# 그해 우리는

①

**이나은 대본집**

그 해 우리는 1

1판 1쇄 발행 2022. 2. 18.
1판 2쇄 발행 2022. 2. 25.

지은이 이나은

발행인 고세규
편집 김민경 디자인 유상현 마케팅 김새로미 홍보 반재서
발행처 김영사
등록 1979년 5월 17일(제406-2003-036호)
주소 경기도 파주시 문발로 197(문발동) 우편번호 10881
전화 마케팅부 031)955-3100, 편집부 031)955-3200 | 팩스 031)955-3111

값은 뒤표지에 있습니다.
ISBN 978-89-349-5231-2 04810
      978-89-349-5233-6 (세트)

홈페이지 www.gimmyoung.com      블로그 blog.naver.com/gybook
인스타그램 instagram.com/gimmyoung      이메일 bestbook@gimmyoung.com

좋은 독자가 좋은 책을 만듭니다.
김영사는 독자 여러분의 의견에 항상 귀 기울이고 있습니다.

# 그해 우리는

이나은 대본집

① 1

김영사

별거 아닌 내 인생도, 고마워지는 순간이 올까요?
늘 이야기를 시작할 때에는
지금 가장 하고 싶은 이야기가 뭘까 고민해 왔습니다.
지금의 내가 가진 생각과 고민, 기억들을 자연스럽게 담아내면
듣는 이에게도 편히 가닿을 수 있지 않을까 기대하면서요.
그래서 지금만 할 수 있는 청춘의 이야기,
〈그 해 우리는〉이 세상에 나왔습니다.

청춘의 순간들을 정말 내 것처럼 담고 싶었습니다.
누군가의 청춘, 그들의 인생이 아니라
우리 각자만의 기억들을 떠올릴 수 있게.
청춘을 지나고 있는 사람도, 청춘이 그리운 사람도
혼자가 아니라는 걸 확인하고 싶을 때
꺼내 보는 이야기가 되길 바랍니다.
그래서 이 이야기의 주인공은 '우리'입니다.

'우리의 삶이 기록이 될 수 있다면',
이 작은 생각으로 시작한 이야기였습니다.

차근차근 인물들의 시선을 따라
그들의 삶을 들여다보니
별거 아닌 것 같던 내 인생도
고마워지는 순간들이 생겼습니다.
드라마 속 인물들이 카메라를 통해
순간을 기록할 수 있다는 게 꽤나 부러웠는데
생각해 보니 지금 우리 인생도 그와 다르지 않았습니다.
서로가 서로의 기록이 되어주고 있으니까요.

참 고맙습니다. 그 해, 우리 서로의 기록이 되어주셔서.
여러분의 따뜻한 시선으로 이야기가 완성되었습니다.

대본집을 펴내는 게 조심스러웠습니다.
많은 사람들의 노고가 담겨 만들어진 드라마라
그 모양새가 탄탄했는데
글로만 마주할 생각을 하니 꽤 걱정도 듭니다.
하지만 글이 주는 공간에 읽는 이의 상상을 더해
좀 더 '내 것'처럼 느껴질 수 있으면 좋겠다는 기대로 펴내봅니다.

이야기를 끝내니 다음 이야기를 하고 싶은 용기가 다시 생깁니다.
주신 관심과 사랑은 늘 곁에서 작은 이야기를 들려드리며 갚겠습니다.

끝으로, 글의 여백을 아름답게 채워주신
배우, 감독, 스태프분 들에게 온 마음을 담아 고마움을 전합니다.
이 작은 이야기의 주인이 되어주셔서 감사합니다.

작가 이나은 드림.

○ 이 책은 이나은 작가의 드라마 대본 집필 형식을 최대한 따라 편집하였습니다.

○ 드라마 대사는 글말이 아닌 입말임을 감안하여, 한글맞춤법과 다른 부분이라 해도 그 표현을 살렸습니다.

○ 띄어쓰기와 말줄임표는 다양하게 표현되어 있습니다. 이는 대사 시 호흡의 양을 다양하게 하고자 한 작가의 의도를 반영한 것입니다.

○ 쉼표, 느낌표, 마침표 등과 같은 구두점도 작가의 의도를 따랐습니다. 마침표가 없는 것 역시 작가의 의도입니다.

○ 이 책은 작가의 최종 대본으로, 방송되지 않은 부분이 포함되어 있습니다.

# 차례

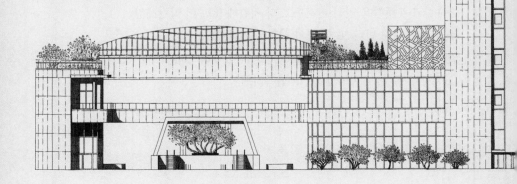

다큐멘터리는 평범한 사람 누구나 주인공이 될 수 있다.
공부 잘하는 전교 1등 국연수도,
매일 잠만 자는 전교 꼴등 최웅도,
원한다면 청춘 다큐멘터리의 주인공이 될 수 있다.
문제는, 이 두 사람은 원하지 않았다는 것뿐.

여기 열아홉 그 해의 여름을 강제 기록 당한 남녀가 있다.
빼도 박도 못 하게 영상으로 남아 전 국민 앞에서 사춘기를 보내야만 했던
두 사람은 하나부터 열까지 모든 게 상극이다.
환경도, 가치관도, 목표도 다른 이 두 사람에게 공통점은 단 하나.
그 해, 첫사랑에 속절없이 젖어 들었다는 것.

그리고 이 이야기는 10년이 흐른 지금, 다시 시작된다.
순수함과 풋풋함은 멀리 던져두고 더 치열해지고, 더 악랄해진
두 사람이 다시 만나 또 한 번의 시절을 기록한다.
말하자면 휴먼 청춘 재회 그리고 애증의 다큐멘터리랄까.
그 해보다 좀 더 유치하고, 좀 더 쩐득하게.

평범한 사람들의 일상도 기록이 되면 이야기가 된다.
서로 너무나 다른 것 같은 다큐와 드라마도
결국은 우리들의 삶을 이야기하고 있는 것처럼.

그 해 두 사람은, 우리는, 우리들은
어떤 이야기를 만들어가고 있을까.

기획의도

구은호 안동구

**웅이 가족**

최호 박원상

이연옥 서정연

최웅                                        최우식

**방송국**

박동일 조복래

정채란 전혜원

임태훈 이승우

김지웅                                        김성철

국연수　　　김다미

이솔이 박진주

강자경 차미경

## RUN팀

방이훈 허준석

김명호 박연우

지예인 윤상정

강지운 차승엽

엔제이　　　노정의

## 엔제이 스태프

박치성 박도욱

안미연 안수빈

# 최웅 (29, 남)
#움직이지 않는 건물과 나무만 그리는 일러스트레이터

"싫어하는 거요? 국연수요. 아니, 국영수요."

웅이와 기사식당, 웅이와 아귀찜, 웅이와 닭발, 웅이와 분식, 웅이와 비어… 한 골목을 장악한 '웅이와'의 그 '웅이' 도련님이다. 모든 어른과 꼬마들이 부러워하는 밥수저를 물고 태어난 도련님이지만 바쁜 부모님 탓에 어렸을 때 기억이라곤 가게 앞 대청마루에 혼자 앉아있는 것뿐이었다. 부모님이 바쁜 것도 싫고 그렇게까지 악착같이 일을 늘려가며 피곤하게 사는 어른들의 삶도 이해가 가지 않는다. 혼자 있는 게 편하고, 여유롭고 평화로운 게 좋다. 그래서 그냥 '꿈은 없고요, 그냥 놀고 싶습니다'라는 말처럼 그렇게 살고 싶었고, 계획대로 되고 있었다. 연수를 만나기 전까진.

매사에 부딪치는 연수와는 그렇게 잠깐 머문 악연이라 생각했다. 계속 가는 눈길도, 자꾸만 건드리는 신경도, 이상한 끌림도, 처음 보는 종족에 대한 호기심일 뿐이라 생각했지 그게 첫사랑의 시작일 줄이야.

누가 그랬다. 입덕 부정기를 지나면 걷잡을 수 없이 빠져드는 것뿐이라고. 좋을 것도 나쁠 것도 없이 평온한 삶만을 유지하던 최웅을 뒤흔드는 건 오로지 국연수 하나뿐이었다. 연수와 함께 있으면 행복하고, 연수가 없으면 견딜 수가 없다. 연수와 많이도 싸웠지만 오르락내리락하는 놀이기구라 생각했지 끝없이 추락하는 낙하산일 줄은 몰랐다.

10년의 시간이 지난 지금의 최웅은 많은 게 변했다. 그늘에 누워 낮잠 자는 평온한 삶을 꿈꿨지만, 지금은 밤에도 잠을 자지 못하는 영혼 없는 삶을 살고 있다. 아티스트로서 최고의 인기와 성공을 이루어내고 있지만, 최웅에 눈에는 어쩐지 공허함만 가득하다. 그리고 연수가 다시 찾아왔다. 처음 만났던 것처럼 예고도 없이. 그렇게 싸웠던 시간들이 아직 부족했던 건지, 아직 할 말이 남은 건지. 하지만 이젠 예전의 최웅이 아니다. 지금의 상황과 많이 변한 최웅의 성격이 이 관계의 새로운 면을 들추어낸다. 2라운드의 시작이다.


## 국연수 (29, 여)
#쉼 없이 달리기만 하는 홍보 전문가

"내가 버릴 수 있는 건 너밖에 없어."

가난한 게 너무 싫은 이유는 내가 남에게 무언가를 베풀 수가 없다는 거다. 특히 날 때부터 따라다닌 가난은 클수록 친구와 밥 한 끼, 커피 한잔하는 것도 꺼리게 만든다. 그래서 그런 것들에 관심이 없는 척, 나만 신경 쓰는 척. 그게 연수가 살아온 방법이었다. 일찍이 부모님을 사고로 잃고 할머니와 둘이 서로를 의지하며 버텨왔다. 이런 개천에서 살아남기 위해 독하게 마음먹었다. 그래서 연수의 목표는 늘 성공이었다. 사실 성공의 기준은 크지 않았다. 그냥 할머니와 나, 두 식구 돈 걱정 안 하고 평범하게 사는 것. 겨우 그 정도지만 연수 혼자 짊어지는 짐은 생각보다 훨씬 무거웠다. 그러던 그 해, 어깨의 고단한 짐을 한순간 잊게 만드는 사람을 만났다. 최웅이었다.

연수에게 이런 사랑스러움이 있을 줄은 몰랐다. 남들에겐 항상 사납고 차갑던 연수가 최웅 앞에선 한없이 다정하고 따뜻하다. 하지만 누군가가 최웅을 건드리면 곧바로 다시 전투 모드가 튀어나와 가만두질 않는다. 연수의 이런 단짠단짠의 모습을 볼 수 있는 건 최웅이 유일하다. 아니, 유일했다. 연수가 자신의 손으로 최웅을 놓기 전까진.

10년이 지난 지금, 성공한 삶일까. 성공만 바라보고 달려왔고 어느 정도 원하던 건 이루었다. 집안의 빚을 다 청산했고, 고정적인 월수입이 있으며, 돈 걱정이 많이 줄었다. 이제야 남들과 비슷한 선상에 서 있다고 생각한다. 하지만 연수는 변한 게 없다. 성공하려고 아등바등 살던 그 삶과 마찬가지로 여전히 달리고 있다. 늘 일이 우선이고 직장에서도 모두가 인정할 만큼 능력 있는 사람이 되었지만 어쩐지 공허하다. 망망대해에서 목표를 잃어버린 방향키를 잡고 있을 뿐이었다. 어디로 가야 하는지 모르지만, 습관이 연수를 쉬지 못하고 달리게 만든다.

그리고 다시 최웅을 찾아갔다. 겉보기에는 쿨하고, 도도하게. 마치 아무 일 없었다는 듯. 하지만 최웅과 마주 앉은 테이블 아래 연수의 손은 미세하게 떨린다. 이게 또 다른 시작이 될지, 아니면 정말 끝을 맺게 될지. 아무것도 모르겠지만, 마주해보려 한다.


# 김지웅 (29, 남)
#전지적 시점의 다큐멘터리 감독


"두 사람 사이에 있지만 그저 지켜만 보는 것. 그게 내 역할이지."

어울리지 않게 외로움이 많은 삶이다. 타고난 생김새는 귀티 나는 도련님 스타일이지만 현실은 그렇지 않다. 집 나간 아버지와 홀어머니 아래에서 충분한 사랑을 받지 못하고 자랐다. 늘 일터에 나가 있는 어머니 때문에 항상 혼자서 지내야 했다. 유난히 외로움을 많이 타기도 했다. 처음 사귄 친구 최웅을 만나기 전까진. 어린 지웅은 최웅과 자신의 모습이 현대판 왕자와 거지라고 생각했다. 많은 걸 가진 최웅이 부러웠다. 하지만 최웅은 모든 걸 지웅과 함께했다. 자신이 가진 걸 마치 당연하단 듯 지웅과 늘 공유했다. 심지어 가장 부러웠던 최웅의 가족까지도. 최호와 연옥은 늘 지웅도 자신의 아들처럼 아끼고 다정하게 대해줬다. 지웅이 열등감을 가질 틈도 없이 사랑으로 대해준 최웅의 가족이 지웅에겐 집과 같은 곳이 되었다.

고등학생 때 처음 다큐멘터리 감독이라는 직업을 마주했다. 연수와 최웅을 따라다니며 촬영을 하는 동일의 모습을 보자 그 직업이 더 궁금해졌다. 사람에 관심이 많고 외로움이 많은 지웅에겐 늘 사람과 부대껴 있을 수 있는 그 모습이 매력적으로 다가왔다.

하지만, 어딜 가나 사람들에게 살갑게 대하고 친절하다는 말을 듣는 지웅에게도 다른 모습이 있다. 지웅은 어머니와 함께 있을 땐 다른 사람이 된다. 워낙 어려서부터 함께 있던 시간이 적었던 걸까. 성인이 된 지금 어머니는 이제 일을 나가시지 않고 같이 지내고 있지만, 둘 사이에 대화는 없다. 어색한 침묵만 흐를 뿐이다.

그러다 이상한 프로젝트를 떠맡게 되었다. 10년 전 연수와 최웅의 다큐멘터리를 다시 한번 찍는 것이다. 자신이 이걸 왜 하는지 잘 모르겠지만 어쩌다 보니 카메라를 들고 둘 사이에 서게 되었다. 처음엔 그저 빨리 끝낼 생각뿐이었다. 그리고 다음은 좀 재미가 생겼다. 여전히 티격태격하는 둘의 모습이 좀 재밌었다. 그리고 다음은. 오래전 애써 묻어뒀던 감정이 다시 들추어지기 시작했다. 절대 그래서는 안 되는. 최웅의 모든 것을 공유할 수 있지만 딱 하나 공유해서는 안 되는 것. 그게 탐나기 시작했다.

# 엔제이 (25, 여)
## #지금이 딱 최정상인 아이돌

"사랑한다는 거 아니고 사귀자는 거 아니고 그냥 좋아만 한다구요."

탑 아이돌 하면 가장 먼저 나오는 이름, 엔제이. 솔로로 데뷔해 9년 차인 지금
도 여전히 정상의 자리에서 롱런 중이다. 그런데 엔제이는 어느 정도 직감하
고 있다. 정상의 자리를 이제는 다음 사람에게 넘겨줘야 한다는 것을. 자리에
대한 위협은 언제나 있었다. 항상 신인 여자 아이돌이 데뷔할 때마다 기사 제
목에는 엔제이가 언급되었다. 그때마다 콧방귀를 뀌었지만 이제는 심상치 않
다. 정말 비켜줘야 할 때가 오는 거 같다.
　현명하다. 멍청하고 어리숙한 소녀가 아니다. 데뷔 때부터 똑 부러지는 성격
이었다. 자신의 장점에 대해 정확히 알고 단점을 장점으로 승화하는 법도 안
다. 영악해 보이지만 그게 이 바닥에서 살아남는 방법이다. 아무것도 하지 않
아도 입방아에 오르는 게 여자 아이돌의 운명이라 엔제이는 정말 최대한으로
아무것도 하지 않았다. 그저 일만 했다. 좋은 모습만 보여주기 위해 정말 좋은
사람인 척 굴었다. 그렇게 9년을 버텨왔다.
　하지만 이젠 천천히 준비 중이다. 진짜 자신의 삶을 살아갈 준비. 그 시작으
로 건물을 매입하기 시작했다. 내 인기는 바닥이 나도 건물은 영원히 남아있
기 때문이다. 이제 하고 싶은 대로 하면서 살아볼까 한다. 사람도 만나고 먹고
싶은 것도 맘껏 먹고. 그 시작에 '최웅'이 걸려들었다. 사람 하나 없이 텅 빈 최
웅의 그림을 보고 있자면 어쩐지 울컥하는 기분이 들었다. 변하지 않는 것. 자
신이 영원히 가질 수 없을 것 같은 그것이 최웅의 그림에는 담겨있었다. 그래
서 그에게도 호기심이 생겼다. 자신의 곁에서 변하지 않고 그 자리에 늘 있어
줄 사람을 찾고 싶다.

# 최웅 주변인물

## 최호 (56, 남) #최웅 아버지

요식업계 서민 백종원. 손만 댔다 하면 성공이다. 기사식당으로 시작해서 하나씩 늘려나가 동네 골목을 다 먹을 만큼 사업 수완이 좋다. 강인함과 듬직함 뒤에 유쾌함과 따뜻함을 가지고 있다. 아들 최웅을 누구보다도 끔찍이 생각하고 아끼지만 괜히 웅이 앞에선 티 내고 싶지 않다. 연옥에게만 더 살갑게 구는 최웅에게 하는 작고 소심한 복수랄까. 매일 웅이를 타박하지만 누가 우리 웅이를 무시라도 하면 곧장 나타나 그 누구보다 큰 목소리로 외친다. '우리 웅이가 뭣이 어때서!'

## 이연옥 (53, 여) #최웅 어머니

음식 솜씨가 기가 막히다. 그저 어머니한테 배운 손맛 그대로 뚝딱뚝딱 만들어냈을 뿐인데 그 맛이 장인의 맛이다. 기사식당을 하며 만들어냈던 밑반찬들이 인기가 터져 하나씩 하나씩 새로 가게를 열어보았는데 역시나 다 대박이 났다. 손맛은 성품을 닮는다고 했나. 정갈하고 푸짐한 음식만큼 성격도 온화하고 따뜻하다. 밥장사를 하는 만큼 그 누구도 밥을 제대로 챙겨 먹지 못하는 건 볼 수 없다. 그리고 역시 그중 가장 으뜸 사랑은 아들 최웅이다. 웅이가 부디 건강하고 행복하기만을 바란다. 밝고 따뜻한 모습 이면에는 과거의 큰 아픔을 가슴 한구석에 응어리로 남겨두고 살아간다.

## 구은호 (27, 남) #최웅 매니저

최웅의 그림에 관한 모든 걸 총괄한다. 아니 일상까지도 좀 총괄하는 편이다. 최호의 가게에서 아르바이트를 하다 그집 아들 최웅에게서 냄새를 맡았다. 성공의 냄새. 예술에 대해 많이 아는 건 아니지만 타고난 센스와 촉이 있다. 그래서 최웅을 따라다니며 설득했다. 무조건 매니저 시켜달라고. 어쩌다 얻어낸

자리인 것 같지만 누구보다도 최웅 그림의 팬이고, 트랜디한 감각으로 최웅의 이미지메이킹에 큰 역할을 한다. 많이 정신없고 시끄럽지만 그만큼 매력도 철철 흐르는 청년이다.

국연수 주변인물

### 장도율 (34, 남) #사회성 없는 클라이언트

프랑스가 본사인 라이프스타일 편집숍 '소앤'의 한국 지점 기획팀장. 타인에 무관심하고 직설적으로 내뱉는 막말에 업계에선 이미 사이코로 유명하다. 업무에서는 늘 칼 같고 딱 떨어지는 사람이지만 일상은 조금 쓸쓸해 보인다. 늘 혼자 있는 게 익숙하던 도율에게 어느 날 맞은편 자리에 연수가 털썩 앉는다. 와인을 마시는 도율 앞에서 소주를 들이켜는 연수. 와인과 소주의 조합은 썩 좋지 않다. 하지만 오히려 그게 새로운지, 연수에게 흥미로움을 느낀다.

### 강자경 (75, 여) #연수 할머니

큰아들 부부를 사고로 잃고 슬퍼할 새도 없이 핏덩이 같은 손녀를 품에 안았다. 여린 풀잎 같은 연수를 끌어안으며 자경은 더 모질고 강해졌다. 궂은일을 마다하지 않고 일하느라 성격이 드세고 억세졌지만, 모자람 없이 연수를 키우려 평생을 애쓰며 살았다. 하지만 너무 일찍 철이 들어버린 연수를 볼 때마다 자신의 모자람이 보여 칼바람이 가슴을 파고든다. 스스로 커버린 연수에게 자경은 더 이상 해줄 게 없다. 자신이 떠나면 연수에게서 가족이란 걸 모조리 빼앗게 될까 봐, 연수를 사랑해 줄 쓸만한 녀석 하나 찾는 것 빼곤.

### 이솔이 (30, 여) #작가 출신 술집 사장님

연수의 유일한 친구. 드라마 작가로 데뷔했다 때려치웠다. 술과 맛있는 음식이 좋고, 사람이 좋기 때문에 술집을 차리지 않을 이유가 없었다. 드라마 한

편으로 번 돈으로 호기롭게 장사를 시작했지만 역시 만만치가 않다. 그래도 다시 돌아갈 생각? 아직은 없다. 작가 출신답게 상상력과 행동력이 뛰어나다. 제 버릇 남 못 준다고 여전히 인생을 드라마틱하게 살려 한다.

## 김지웅 주변인물

### 박동일 (39, 남) #다큐멘터리 제작사 팀장
지웅의 직속 선배. 10년 전 연수와 웅이의 다큐멘터리를 기획하고 촬영했다. 휴먼 다큐에 능하며 다소 거친 외모와 달리 굉장히 따뜻하고 인간적인 사람이다. 지웅을 다큐의 세계로 끌어들인 장본인이기도 하다. 다큐에 굉장한 자부심을 가지고 있다.

### 정채란 (27, 여) #조연출
일 잘하는 조연출은 어디를 가나 환영받는다. 성실하고 무던한 성격에 선배 PD들이 1순위로 탐내는 조연출이다. 첫 작품을 지웅과 함께했다. 처음 지웅을 봤을 때부터 짝사랑 각이 너무나 보이길래 일부러 거리를 두려 노력했는데 지금은 지웅만 빼고 온 회사 사람들이 다 눈치챈 모양이다. 그리고 이제 채란도 눈치를 챘다. 자신이 짝사랑하는 사람의 시선이 어디로 향해 있는지. 그래도 채란은 담담하게, 천천히, 한 걸음씩 자신의 감정을 앞으로 내디딜 줄 아는 친구다.

### 임태훈 (27, 남) #인턴
인턴의 기본 소양은 확실한 친구다. 말 잘 듣고, 체력 좋고, 잔머리는 굴릴 줄 모른다. 하지만 눈치가 조금은 부족한지, 자신이 스파이로 이용되는 줄도 모르고 동일의 지령을 충실히 이행한다. 지웅과 채란의 팀에 들어가 그들과 계속 붙어 있으면서 많은 것을 배워나간다. 그런데 그들에게서 배운 게 일 20, 짝사랑 80이라면?

# RUN 회사 사람들

### 방이훈 (40, 남) #RUN 대표
아무것도 하지 않아 별명이 미스터 낫띵. 아무것도 하지 않고 조직을 굴러가게 하는 것도 어떻게 보면 능력이다. 언제나 팀원들과의 소통에 목말라 있고, 끼고 싶지만 팀원들이 잘 끼워주지 않는다. 하지만 그런 걸로 속상해할 사람이 아니다. 낙천적이고 유쾌하다. 연수와는 대학 선후배 관계로, 사람들이 알고 있는 것보다 어쩌면 더 연수와 특별한 사이일지도.

### 김명호 (28, 남) #기획팀 팀원
방대표와 영혼의 듀오. 은근하게 멕이기를 잘한다. 하지만 밉지가 않다. 능글맞고 익살스럽게 말하는 재주가 있다. 이훈을 잘 따돌리는 것처럼 보이지만 그래도 끝까지 남아 이훈과 잔을 부딪쳐주는 건 명호뿐이다.

### 지예인 (27, 여) #기획팀 팀원
정보에 능하고 눈치가 빠르다. 특히 누구누구 사이의 썸과 같은 정보에는 환장하며 달려든다. 일 안 하고 뺀질거리는 것처럼 보이지만 능률은 최고. 맡은 바는 빠르게 끝내고 칼퇴한다.

### 강지운 (26, 남) #기획팀 인턴
대학 졸업 후 첫 사회생활. 전체적으로 회사에 크게 만족하며 다닌다. 연수에게서 배울 점이 가장 많다고 생각하며 진심으로 존경한다.

## 박치성 (33, 남) #엔제이 매니저

엔제이 곁에서 묵묵히 제 할 일 하는 매니저. 예전과 달리 큰 흔들림을 겪고 있는 듯한 엔제이에게 도움이 되고 싶지만 적극적으로 개입하진 못하고 있다. 하지만 엔제이가 무언가 결심을 한다면, 그땐 무조건적인 지지를 할 생각이다.

## 안미연 (31, 여) #엔제이 스타일리스트

친구가 없는 엔제이에게 그나마 친구라고 할 수 있을 만한 여자 사람 지인. 사적인 이야기도 많이 들어주고 고민도 나누지만, 진짜 친구가 될 만큼 깊이 있게 다가가지는 못한다. 엔제이에게 안쓰러운 마음이 들지만 어쩔 수 없는 방관자 입장.

| | |
|---|---|
| **플래시컷** Flashcut | 화면과 화면 사이에 들어가는 순간적인 장면으로, 주로 과거의 중요한 기억으로 되돌아갈 때 쓰인다. |
| **점프컷** Jumpcut | 연속성이 없는 장면을 연결해 급격한 장면전환 효과를 주고자 할 때 쓰인다. |
| **인서트** Insert | 화면의 특정 동작이나 상황을 강조하기 위해 삽입한 화면으로 이 화면을 삽입함으로써 상황이 명확해지고 스토리가 강조되는 효과가 있다. 대개 클로즈업을 사용한다. |
| **몽타주** Montage | 따로따로 편집된 장면들을 짧게 끊어서 연결해 하나의 긴밀하고도 새로운 내용으로 만드는 편집 기법을 의미한다. |
| **(E)** Effect | 효과음을 뜻하며, 보통 등장인물은 보이지 않고 소리만 나는 경우에 사용한다. |
| **(N)** Narration | 등장인물 사이에 오가는 대사가 아닌 독백이나 시청자를 향한 설명을 뜻한다. |
| **(F)** Filter | 전화기를 통해 들려오는 대사나 마음속으로 하는 이야기를 표현할 때 사용한다. |

**EP 01**

"아. 싫어하는 거요? 국연수요."

**EP 02**

"내가 유치하게 안 굴고 진지했으면, 감당할 순 있었고?"

**EP 03**

"국연수가 싫은 10가지 이유. 마지막 열 번째. 자기 인생에서 나를 너무 빨리 지워버렸다는 거."

**EP 04**

"거봐. 날 망치는 건 늘 너야."

**EP 05**

"자고 갈래?"

**EP 06**

"우리가 헤어진 건, 다 내 오만이었어. 너 없이 살 수 있을 거라는 내 오만."

**EP 07**

"이제야 국연수가 돌아온 게 실감이 나네. …지겹다 정말."

**EP 08**

"지나갈까, 여기 있을까."

# 나는 네가 지난여름에 한 일을 알고 있다

**S#1.   교실, 아침.**

자막   **2011년.**

텅 빈 교실 뒤편. 의자에 혼자 앉아있는 최웅.
멍하니 앞을 보고 있다.

최웅   어… 시작해요?

어색하게 눈치 보다 인사를 한다.

최웅   안녕하세요.

**S#2.   교실, 낮.**
수업시간. 칠판 가득한 글씨들을 흥미 없단 듯 보고 있는 최웅.

하품을 크게 한다.

최웅    (N) 제 이름은 최웅이에요.

자막    **최 웅 (19, 남)**

졸린 듯 책상에 엎드리려다 멈칫. 흘끗 옆에서 촬영 중인 카메라를 본다. 정면으로 카메라를 보는 최웅. 촬영 중인 동일이 난감해한다.

동일    (소곤거리는) 카메라 보지 마요.
최웅    (같이 소곤거리며) 그치만 신경 쓰이는데…
동일    카메라 없다고 생각해요.
최웅    있는 걸 어떻게 없다고 생각해요?

다시 고개를 돌리지만 계속 어색하게 카메라를 의식하는 최웅.

최웅    (N) 보다시피 어… 촬영 당하고 있어요.
연수    (나지막하게) 멍청아. 앞이나 봐.

고개를 돌리는 최웅. 옆자리에 연수가 칠판을 보며 필기 중이다.

최웅    (N) 혼자가 아니라

흘끗 최웅을 노려보는 연수.

연수      (나지막하게) 얼빵하게 보지 말고 앞이나 보라고.


같이 노려보는 최웅.


최웅      (N) 이 재수 없는 애랑 같이요.


그러곤 다시 카메라를 흘끗 보곤 어색하게 웃어 보인다.


(E) 종소리.


수업이 끝나는 종소리가 울리고, 연수가 자리에서 일어난다.


연수      차렷. 선생님께 경례.
학생들    수고하셨습니다.


어수선해지는 교실.
자리에서 일어나려는 최웅을 연수가 붙잡는다.


연수      어디 가?
최웅      남이사. 내가 다 너한테 보고해야 하냐?
연수      (동일을 보며) 피디님. 잠깐 끊어주세요. 저 이 멍청한 애랑 더 못
          찍겠어요.
최웅      멍청한 애?
연수      지금 며칠 쨌데 계속 그렇게 카메라만 보면서 꼼지락거려? 너
          때문에 수업에 하나도 집중이 안 되잖아.
최웅      바로 옆에 카메라가 있는데 어떻게 신경 안 쓸 수가 있냐?

| 연수 | 수업에 집중해. 집중력이 그거밖에 안 되냐? |
|---|---|
| 최웅 | 내가 옆에서 꼼지락거리든 말든 너나 수업에 집중해. 집중력이 그거밖에 안 되냐? |
| 연수 | 넌 더 떨어질 성적도 없어서 그렇게 막 나가도 되겠지만, 내 성적이 조금이라도 떨어지면 니가 책임질 거야? |
| 최웅 | (카메라 보며) 얘 말하는 거 보셨죠? (연수를 보며) 넌 더 떨어질 사회성이 없어서 좋겠다. |

서로 노려보는 둘.

| 연수 | (한숨을 쉬며) 이걸 왜 한다고 해서… |
|---|---|
| 최웅 | 그러니까 넌 이걸 도대체 왜 한다고 한 건데? |

최웅을 가만히 노려보는 연수.

| 연수 | (N) 제 이름은 국연수예요. |
|---|---|

자막 **국연수 (19, 여)**


## S#3. **도서관, 낮.**

| 연수 | (N) 처음 최웅을 본 건 1학년 땐가. |
|---|---|

책을 잔뜩 들고 와 사서 책상에 올려두는 연수.

| 사서 | 또 이만큼이나 읽는다고? |
|---|---|
| 연수 | 시험 기간이라 덜 읽는 거예요. |
| 사서 | (책을 찍으며) 대단하다 정말~ 졸업할 땐 여기 있는 거 다 읽고 가겠어. 자. 여기. |
| 연수 | (책을 받아 간다) 안녕히 계세요. |

나가려는 연수가 멈칫하더니 고개를 돌린다.
벽에 붙어 있는 종이.

**[ 5월 독서왕 ]**
1등 1-3 최웅
2등 1-7 국연수
…

가만히 종이를 바라보는 연수.

| 연수 | 선생님. |
|---|---|
| 사서 | 응? |
| 연수 | 최웅이 누구예요? |
| 사서 | 어? |
| 연수 | 이번 달도 걔가 1등이에요? |
| 사서 | 아~ 웅이? 저기 있잖아. 쟤 몰라? |

사서의 시선을 따라가니 도서관 책상에 혼자 앉아 책을 읽고 있는 남학생이 있다. 가만히 보다가 성큼성큼 다가가는 연수.

연수    (N) 어울리지 않는 곳에서였죠.


연수가 앞에 와서 서있는 줄도 모르고 책에 빠져있는 최웅.


연수    야.

최웅    (그제야 고개를 드는) ?

연수    나 7반 국연수.

최웅    ?

연수    너 전교 몇 등이야?

최웅    뭐가?

연수    성적 등수.

최웅    (빤히 보다) 267등.

연수    ?

최웅    ?

연수    우리 전교생이…

최웅    267명.


빤히 서로를 보는 둘.


연수    (N) 그땐 그냥 이상한 애구나 생각했어요.


말없이 돌아서 가는 연수.


최웅    (N) 아니, 잠깐. 그건 두 번째구요.


31
나는 네가 지난여름에 한 일을 알고 있다

## S#4.　대강당, 아침.

최웅　(N) 처음 본 건 입학식 날이었어요.

고등학교 입학식 날. 1학년 신입생들이 강당에 줄 서있고 교장
이 단상에 서있다.

교장　올해 최우수 입학생은… 국연수 학생입니다!

박수가 쏟아지고 연수가 당당한 걸음으로 단상으로 올라간다.
연수의 옆에 서있던 최웅이 그런 연수를 흘끗 바라본다. 연수가
단상으로 올라가자 여기저기 학생들이 킥킥거리며 비웃는다.

학생1　이름이 국영수래? 국영수 잘하는 국영수야? (웃는)
최웅　(N) 걸음걸이가 꼭 싸우러 가는 수탉 같길래 눈길이 갔어요.
학생2　야. 교복 봐라. 아빠 꺼 입고 왔냐?
학생3　너무 클리셰 아니냐? 전교 1등들은 교복 단체로 맞추나 봐.
학생1　양말 봐. 만 원 주면 저거 신고 등교하기 가능?
학생2　웃겨~ 죽어도 싫어.

상장을 받아 들고 당당하게 제자리로 돌아오는 연수.
여전히 주변 학생들이 돌아보며 수군거린다. 그때, 연수가 갑자
기 고개를 홱 돌리자 모든 학생들은 다 시선을 피하고 최웅만
가만히 보다 눈이 마주친다.

최웅　(N) 입학하고 처음 마주친 학우라 친절하게 웃어주려 했는데

어색하게 웃어 보이는 최웅. 연수가 입을 연다.

연수    (입 모양으로) 야.

최웅    ?

연수    (입 모양으로) 뭘 봐.


최웅, 천천히 눈을 돌린다.


최웅    (N) 성격이 좀 이상한 애더라구요.


## S#5.    교무실, 낮.

프린트물을 잔뜩 들고 교무실로 들어가는 연수. 교무실 문 옆엔
최웅이 손을 들고 책가방을 머리에 올리고 무릎을 꿇고 있다.
흘끗 보곤 지나치는 연수.

연수    (N) 아무튼 그 후론 제 인생에서 얽힐 일은 없을 거라 생각했
        어요.


담임에게 가서 프린트물을 전달하곤 잠깐 이야기를 나누는 담
임과 연수.

담임    한번 잘 생각해 봐. 피디가 내 친구놈이라 잘 아는데 막 성가시
        게 하진 않을 거야. 그래도 너 공부 방해될 거 같으면 하지 말
        고. 알겠지?

연수    저 혼자 찍는 거예요?

| 담임 | 아니 한 명 더 같이. 전교 1등과 전교 꼴등이 한 달간 붙어 생활 하는 걸 관찰하는 다큐멘터리라더라구. |
|---|---|
| 연수 | (생각하는) |
| 담임 | 아무튼 생각해 봐. |

연수, 인사하고 돌아서다 멈춰 다시 돌아본다.

| 연수 | 그런데 그거 찍으면… 출연료 같은 거도 줘요? |
|---|---|
| 담임 | 그럼. 당연하지. |

골똘히 생각하다 다시 돌아 나가는 연수. 지나가다 최웅과 눈이 마주친다. 무신경하게 서로를 바라보다 동시에 고개를 돌린다.

| 연수 | (N) 저랑은 달라도 너무 다른 애니까요. |
|---|---|

## S#6.  웅이와 먹자골목, 저녁.
웅이와 기사식당, 웅이와 닭발, 웅이와 분식, 웅이와 아귀찜이 즐비한 골목을 혼자 이어폰 꽂고 지나가고 있는 최웅. 웅이와 기사식당에서 연옥과 최호가 나온다.

| 연옥 | 웅아!!! |
|---|---|
| 최호 | 최웅!!! 얼른 와봐! |

멈춰 서는 최웅. 본능적으로 위험을 감지한다.

| 최웅 | (N) 그런데 모든 건 제 뜻과 상관없이 벌어졌어요. |
|---|---|

최웅에게 다가와 끌고 가는 연옥. 최호의 곁에 동일이 서있다.

| 연옥 | 웅이 너 촬영 한다는 거 왜 말 안 했어? |
|---|---|
| 최웅 | 아니. 나 분명 안 한다고 말했… |
| 최호 | 녀석아. 피디 선생님이 여기까지 오셨잖아. 왜 안 한다고 했어? 어? |
| 연옥 | 그것도 전교 1등이랑 같이 찍는 거라며? 당연히 해야지 그럼. |
| 최호 | (동일을 보며) 허허. 이 녀석이 도통 학교에선 뭐 하고 다니는지 알 수가 없었는데 그런 거 찍으면 저희가 두고두고 볼 수도 있고 너무 좋을 겁니다. |
| 최웅 | 아니 나 안 찍을 거라니까요? |
| 최호 | 왜? 왜 안 찍어? |
| 최웅 | 그런 걸 왜 찍어요. 얼굴도 다 팔리고… |
| 동일 | 두고두고 좋은 추억으로 남길 수 있어 학생. |
| 최웅 | 나 이제 고3인데 공부 방해될 거란 생각은 안 해봐… |
| 연옥 | 얘는. 전교 꼴등을 전교 1등 옆에 붙여준다는데 감지덕지하지. 무슨 소리야? |
| 최웅 | 아니… |

최웅을 바라보는 연옥, 최호, 동일.

| 최웅 | (N) 마치 그래야만 한다는 것처럼요. |
|---|---|
| 최웅 | 걔 좀 이상하단 말이에요! |

## S#7.    교실, 아침.

교실 맨 뒤편. 적당히 거리를 두고 나란히 의자에 앉아 인터뷰하고 있는 최웅과 연수. 뚱한 표정이다. 둘 다 말이 없다.

연수    (N) 어쨌든 그렇게 시작하게 된 건데…

최웅    (N) 하…


## S#8.    교실, 낮.

담임    웅이가 연수 옆에 가서 앉아.

가방을 챙겨 뚱한 표정으로 연수의 옆에 앉는 최웅. 책상엔 작은 카메라가 설치되어 있고 옆에선 동일이 촬영 중이고 연수는 거들떠보지도 않는다. 교과서와 샤프, 지우개만 가지런하게 놓여 있는 연수 책상. 그 옆으로 최웅은 가방에서 주섬주섬 커다란 필통과 연습장, 연필꽂이, 연필깎이 등 한참을 꺼낸다.

연수    (못마땅한 듯) 그게 다 뭐야?

최웅    (대꾸 않고 계속 꺼내 세팅하는)

필통을 열자 형형색색 펜들이 쏟아지는 걸 보곤 머리가 지끈거리는 연수.

연수    (N) 생각보다 더 성가시고

연수    꼭 빈 수레가 요란하다고 하지.

최웅    나보고 하는 말이야?

연수    (으쓱하곤) 하나라도 넘어오면 다 버린다. 알아서 해.

최웅    (N) 생각보다 더 재수 없더라구요.


## S#9.  급식소, 낮.

마주 보고 앉아 밥을 먹는 연수와 웅. 옆에서 촬영하는 동일. 한 마디 말이 없다. 웅이 흘끗 연수의 눈치를 본다.

최웅    (N) 처음엔 친해지려고도 생각해 봤죠.

최웅    흠흠. 너…

말하며 웅이 숟가락으로 소시지를 푹 찍자 소시지가 연수 가슴 팍에 날아가 떨어진다.

최웅    어…? 쏘리.

아무렇지 않게 휴지로 닦는 연수. 요구르트를 집어 꾸욱 누르며 웅이 쪽으로 뜯는다. 얼굴에 다 묻은 웅이. 침착하게 닦아낸다. 멀뚱히 쳐다보는 연수.

최웅    난 미안하다고는 했는데.

연수    아. 난 별로 안 미안해서.

씨익 웃는 둘. 살벌하다.

연수    (N) 그런데 어떡해요. 그냥 안 맞는데.


**S#10.  체육관, 낮.**

짝피구를 하고 있는 학생들. 최웅과 연수가 짝이다. 연수가 최
웅의 뒤에 붙어 일부러 최웅을 휘두르며 공을 다 맞춰대고 있
다. 그러다 정면으로 날아오는 공을 최웅이 고개를 숙여 피하고
뒤에 있던 연수가 맞고 쓰러진다.


최웅    (즐거운 표정으로 손 내밀며) 저런… 괜찮아?


노려보곤 손톱을 세워 손을 꽈악 잡는 연수.


최웅    악!!!
연수    (N) 유치하기 짝이 없고


**S#11.  교실, 낮.**

수업시간. 연수는 손을 번쩍번쩍 들며 계속 질문을 한다. 주변
에서 눈치를 줘도 아랑곳 않는다. 그 옆에서 최웅은 꾸벅꾸벅
졸다 연수가 자꾸 손을 드는 바람에 잠에서 깬다. 짜증 가득한
표정의 최웅.


최웅    (N) 모든 게 다 자기 위주고

**S#12.  교정, 낮.**

벤치에 누워서 책을 읽고 있는 최웅. 그 모습을 찍고 있는 동일.

최웅    그늘에 누워있는 걸 제일 좋아해요. 살랑이는 바람. 나무 사이
         로 비추는 햇살…

최웅의 시선을 연수의 얼굴이 가린다.

연수    꼴값 떤다.
최웅    비켜줄래?
연수    그 책. 빨리 읽고 반납 좀 하지?

최웅, 얄밉게 책을 덮고 머리에 베곤 눈을 감는다. 어이없는
연수.

연수    (N) 쓸데없이 나태하고


**S#13.  교실, 밤.**

야자시간. 집중해서 수학 문제를 풀고 있는 연수. 최웅도 집중
해서 책을 보고 있지만 교과서 사이에 만화책을 끼워 두고 있
다. 조그맣게 큭큭거리자 바로 만화책을 뺏어 던져버리는 연수.
최웅, 어이없다는 듯 바라만 본다.

최웅    야 너…!
담임    (문을 열며) 누구야? 최웅! 또 너야? 떠들지 말라고 했지!

나는 네가 지난여름에 한 일을 알고 있다

억울하게 연수를 노려보는 웅.


최웅      (N) 안 그래도 피곤한데 사람을 더 피곤하게 만들어요.

연수      (N) 보면 볼수록 한심 그 자체예요.


## S#14.  교실, 아침.

다시 인터뷰.


최웅      …그런데 질문이 뭐였죠?

연수      집중 좀 하지?

최웅      아. 싫어하는 거요? 국연수요.

연수      (노려보는)

최웅      국영수. 국영수를 싫어한다구요.

연수      (카메라를 보며) 한심한 거요. 한심하게 구는 모든 생명체를 싫어
         해요.

최웅      이기적인 거. 세상에서 자기만 잘난 줄 아는 거.

연수      남한테 민폐 끼치는 거. 망할 거면 혼자 조용히 망하지 남한테
         는 왜 피해를 주는 건지…

최웅      말을 막 하는 거. 생각을 거치지 않고 막 뱉나봐요. 생각이 아주
         짧은 거죠.

연수      (비웃으며) 생각이 없는 건 누군데. 생각이 짧은 것도 아니고 아
         예 없어요. 얜.

최웅      얜? 너 나보고 하는 말이야?

연수      너도 아까부터 나보고 지껄이는 거 같길래.

최웅      지껄… 말 다 했냐?

| 연수 | 하고 있잖아. 아직. |
|---|---|
| 최웅 | (카메라 노려보며) 그러니까 이걸 왜 찍는다고 하셨죠? |
| 연수 | 전교 1등이 전교 꼴등을 갱생시키는 프로그램. 맞죠? |
| 최웅 | 사회성 떨어지는 애 옆에서 얼마나 오래 버틸 수 있는지 실험하려고 하시는 건가? 이렇게 사람을 두고 실험하는 거 윤리적으로 어긋나는 거 아니에요? |
| 연수 | 전교 1등과 전교 꼴등 중에서 누가 더 반사회적일까요? (으쓱이는) |
| 최웅 | 이런 애가 나중에 사회에 나가면 주변 사람들만 힘들어진다구요. 장담해요. |
| 연수 | 글쎄. 넌 이미 사회에서 도태되어 사라져있을 텐데 뭘 장담할 수 있을까? |

서로 노려보는 둘. 동시에 고개를 돌린다. 그리고 억지로 웃어 보인다.

| 동일 | 두 사람이 생각하기에 10년 후의 모습은 어떨 것 같나요? |
|---|---|
| 최웅 | (질문을 가만히 듣다) 10년 후요? 스물아홉인가… |
| 연수 | 저는 뭐 당연히 뭐든 잘하고 있을 거예요. |
| 최웅 | 뭐 그냥… 아무것도 안 하고 평화롭게 살고 있었으면 좋겠어요. |
| 연수 | 언제나 앞에서 이끌어가며 주체적인 삶을 살고 있겠죠. 성공한 삶. |
| 최웅 | 그냥 조용히 지냈으면 좋겠는데… |
| 연수 | 어쨌든, |
| 최웅 | 확실한 건 10년 후엔, |
| 연수 | 이 답답한 애랑 볼 일은 없을 거예요. |

최웅    제가 하고 싶은 말이에요.


인터뷰 화면에 프레임이 생기며 유튜브 화면으로 바뀐다.
영상 제목 [ 전교 꼴등과 전교 1등의 슬기로운 학교생활 EP 01 ]
2011. 06. 15.
유튜브 화면으로 바뀌며 화면 밑 조회수가 빠른 속도로 올라
간다. 그리고 마구 생겨나는 댓글들.


**댓1**    [ 역주행 성지 순례 왔습니다. 로또 맞게 해주세요. ]

**댓2**    [ 여기서 그 유명한 짤들이 다 나왔구나ㅋㅋㅋ ]

**댓3**    [ 티키타카봐ㅋㅋㅋ 10년 지났네ㄷㄷ 이 분들 근황 좀요! ]

**댓4**    [ 웅이랑 연수도 이제 30살이겠네. 후속편 가즈아! ]

**댓5**    [ 나 얘들 아는데⋯ ]

**댓6**    [ 나 저 둘 다 알고 있음! 질문 받는다. ]


＊제목 삽입〉〉




S#15.    **소앤 회의실, 아침.**


자막    **그리고 현재.**


누군가를 멍하니 보고 있는 연수.


연수    (N) 이게 아닌데⋯

도율    국연수 씨?

연수, 정신 차리고 다시 억지로 웃어 보인다. 시간은 오전 9시를 조금 넘기고 있다. 회의실 안에는 RUN팀 지운, 예인, 명호 그리고 소앤팀 도율, 지현.


도율  (차갑게) 더 들어봐도 별거 없을 거 같은데 계속하실 거냐고 물어봤습니다.

연수  (N) 내가 생각한 삶은 이게 아닌데…


심호흡하며 화를 꾸욱 참는 연수.


연수  네. 준비한 건 다 들어보시고 의견을 주시면 감사하겠습니다. 이어서 소앤샵 온라인 PR 방안에 대해 말씀드리겠습니다.


곧 다시 PPT를 시작한다.


연수  …이렇게 지속적인 온라인 캠페인과 챌린지 참여 유도를 통해 소앤샵의 오픈 전부터 사람들의 관심을 집중시킬 예정입니다. 또한 해시태그 이벤트를 통해…

도율  (말을 끊으며) 국연수 씨.

연수  네?

도율  기대 이하인데요.

연수  ?

도율  저희가 OT 드린 내용이랑은 다른데요. 모르겠으면 미리 물어보셨어야죠. 저희는 그런 뻔한 거 하고 싶은 게 아닌데 말이죠.

연수  기본적으로 오픈 전 대중의 관심을 주목시키기 위해서는 온라인상에서 계속 이슈를 생성해…

| 도율 | 그걸 제가 모를 거 같지는 않죠? |
|---|---|
| 연수 | 그렇지만 저희가, |
| 도율 | RUN이라고 했죠? 회사 규모는 작아도 젊은 조직에 수상 내역도 꽤 화려하고 이 바닥에선 꽤 탄탄한 업체라고 들었는데… (프린트물을 슬쩍 뒤집으며) 이렇게 허접하게 일하는데 그렇게 회사 이미지 메이킹한 점은 높이 사드리죠. (옆을 보며) 지현 씨. 오후 PPT… (시계를 보곤) 10시로 당겨줘요. 가능하죠? |
| 연수 | 장도율팀장님. |
| 도율 | (연수를 보곤) 끝나셨죠? 더 남았나요? |
| 연수 | (N) 이렇게 개무시 당하는 건 제 삶의 계획에 없는 일인데요. |
| 연수 | (가만히 보다) 네. 남았습니다. |
| 도율 | (귀찮다는 듯) 네. 그럼 빠르게 들어보죠. |

연수가 뭔가 생각한 듯 PPT를 재빠르게 넘겨 마지막 부분을 띄운다. 화면엔 소앤샵의 건물 외관 사진.

| 연수 | 오프라인으로는 소앤샵 오픈에 맞춰서 아티스트와 콜라보를 진행할 예정… |
|---|---|
| 도율 | (손을 들어 말을 끊으며) 아티스트 굿즈로 끌어들이는 것도 이제 지겹지 않나요. 굿즈만 소비되고 실제적인 효과는 미미한 거로 알고 있는데. 소비자들도 이제 그런 거에… |
| 연수 | (똑같이 손을 들어 말을 끊으며) 들어보신다고 하시지 않았나요. 장도율팀장님. |

싸한 회의실 안. 가만히 서로를 보고 있는 둘.

도율    (가만히 보다 계속하란 듯 제스처) 하시죠.

연수    단순한 굿즈로 콜라보를 하겠다는 건 아니구요. (PPT 화면을 넘기며) 일마샵 자체를 굿즈화해서 홍보에 적극 활용을 할 계획입니다.

다음 장으로 넘기자 건물 일러스트 그림들이 등장한다.

연수    요즘 가장 핫한 일러스트레이터 '고오' 작가의 그림들입니다. 건축물을 주제로 섬세하고 감각적으로 그려내는 작업물로 인기를 얻고 있으며 최근에는 유명 아이돌 엔제이 양이 그림을 구매해서 더 주목받고 있죠. 이 작가님과 콜라보해서 소앤샵 오픈식 날 라이브 드로잉 쇼를 진행할 계획입니다.

도율    (골똘히 보며) 계속해 봐요.

연수    작가의 이미지 또한 소앤샵이 추구하는 신선하고 혁신적인 디자인의 프리미엄 라이프스타일 편집샵 이미지와 일치한다고 볼 수 있습니다. 독창적인 그림, 그림에 대한 섬세함과 진지한 태도로 이미 국내외 수많은 팬을 가지고 있는데요. 이번에 소앤샵 건물 외관을 그려 이슈화한다면 소앤샵을 새롭게 떠오르는 핫플레이스로 자리매김하는 데에는 틀림없이 확실한 방법이 될 겁니다.

침묵. 당당한 연수의 표정.

도율    작가는 섭외 가능한 겁니까?

연수    그럼요. 문제없습니다.

도율    네. 그러셔야 할 겁니다.

팽팽한 긴장감.

도율      나쁘지 않네요. 이런 걸 두고 왜 앞에 뻔한 것들로 시간을 낭비
         했는지는 모르겠지만.
연수      순서에 따라…
도율      (끊으며) 진행해 보시죠.

         도율과 소앤 팀원들이 빠져나간다. 재빠르게 다가오는 팀원들.
         도율이 나간 문만 노려보고 있는 연수.

지운      팀장님! 고생하셨어요. 진짜 멋지셨습니다!
예인      와. 장도율팀장 저분 막말 장난 아니라더니 진짜 살벌하네요.
명호      일부러 저러는 거지. 일부러 꼭 아침 일찍 미팅 잡고 오라 가라
         하면서 주도권 잡고 흔들고 사람 말하는데 툭툭 끊고. 어우.
지운      맞아요. 너무 심했어요. 그래도 이 프로젝트 거의 따낸 거 아니
         에요?
예인      근데요 팀장님. 진짜 작가님 섭외돼요? 마지막 방안은 아직 협
         의되지 않은 거 아니었어요?

         연수가 천천히 하지만 세게 프린트물을 구겨 쥔다.

연수      (살벌하게) 재수 없는 인간.

         그 모습을 보고 서로 눈치 보며 슬며시 떨어지는 지운, 예인, 명
         호. 재빠르게 자리를 정리한다.

| 연수 | 우선 회사 복귀해서 작가 관련 자료 모조리 다 넘겨줘요. 영상, 인터뷰, SNS 다 빠짐없이. 어떻게 해서든 이 건은 저희가 따내야 합니다. |
| 예인 | 그 작가님 워~낙 신비주의로 유명하잖아요. 전시나 판매할 때도 얼굴 본 사람이 없다는데… |
| 연수 | (살벌하게) 찾을 겁니다. 무슨 수를 써서라도. |
| 예인 | 아 네네… 알겠습니다. |

나가는 연수.


## S#16. 야외 주차장, 오전.

신경질적으로 차 키를 누르며 차를 찾고 있는 연수.

| 연수 | (중얼거리는) 사람이 말을 하는데 툭툭 잘라먹는 건 어디서 배워처먹은 개매너야. 하… 어딨어 차? |

멀리서 번쩍이자 다가간다. 차 문을 열려는데 옆에 누군가 서있다.

| 연수 | (신경질적으로) 뭐야? (돌아보곤 환하게 웃으며) 어머. 장도율팀장님. |
| 도율 | (이상하게 처다보는) |
| 연수 | 무슨 더 하실 말씀이라도… |
| 도율 | (고개를 까딱하며) 차 문까지 직접 열어주시는 겁니까? |
| 연수 | 네? |

그제야 차를 보고 확인한 연수.


연수    아. 죄송합니다. 회사 차가 아직 익숙하지 않아서 잘못 봤네요.
        (비켜주는)

도율    (타려다 멈추는) 국연수 씨.

연수    (환하게 웃으며) 네?

도율    저는 객기를 싫어합니다. 책임감 없는 게 제일 한심하다고 생각
        하거든요.

연수    네?

도율    작가 섭외 가능하다는 말. 그저 뱉은 말이 아니어야 할 겁니다.
        그렇게 한심한 사람은 아니겠죠 국연수 씨?


도율의 차가 떠나고, 멍하니 멀어지는 차를 바라보는 연수.


연수    (N) 10년이 흐른 지금,

연수    (살벌하게 웃으며) 하… 저 자식이 진짜…

연수    (N) 제가 이딴 말을 들으면서 살고 있을 줄은 상상도 못 했던
        걸요.



## S#17.  웅이와 기사식당 앞, 오전.

가게 앞 평상에 앉아있는 최웅.


최웅    (N) 전 알고 있었어요.


평화로운 듯 눈을 천천히 감고 바람을 느낀다.

최웅      (N) 제 삶은 이렇게 평화로울 거란 걸요.

눈을 뜨고 따사로운 햇살을 올려다본다. 마치 영화처럼 햇살을 잡으려는 듯 손을 뻗는 최웅.

최웅      (N) 늘 꿈꿔왔던 대로…
지웅      컷- 뭐 하는 거야 저건?

평상 옆, 가게 정문에서 카메라로 최호를 촬영 중이던 지웅이 카메라를 내린다. 지웅을 돌아보는 최웅. 최웅의 옆엔 콩나물이 한 바구니 수북이 쌓여있다.

지웅      (최웅을 보며) 쓸데없는 손짓 하지 말아줄래? 아부지 찍어야 하는 데 시선이 그쪽으로 가잖아.
최호      (최웅을 돌아보며) 뭐여! 최웅! 너 땜에 NG 났잖어! 여기 걸리적 거리지 말고 쩌기로 가서 해!
최웅      내가 먼저 여기 앉아있었던 거 같은데?
최호      (무시하고 지웅을 보며) 야 이게 긴장이 안 될 줄 알았더만 카메라 가 코앞에 있으니까 떨리긴 떨린다? (심호흡을 크게 하는)
지웅      (웃으며) 아부지. 이렇게 간단한 가게 홍보 영상 찍는 거도 이렇 게 떨면 나중에 잘돼서 테레비라도 나오면 어쩌려고 그런대?
최호      테레비~? 흠흠. 그럼 다시. 다시 한번 해보자.

지웅이 다시 카메라를 들고 최호가 긴장한 얼굴로 카메라를 바라본다. 못마땅한 얼굴로 둘을 바라보며 콩나물 대가리를 따는 최웅.

최웅     (N) 좀 더 조용히 지내면 더 좋을 것 같긴 하지만요.

최호     (잔뜩 긴장한 채 카메라를 보는) 어 흠흠… 그러니까 우리 웅이와는
        어… 25년 전에 이 동네로 와서 처음 웅이와 기사식당을 시작
        으로 웅이와 아구찜, 웅이와 닭발… 어 그리고… 웅이와… 어…


        연옥, 가게에서 콩나물 한 바구니 더 가지고 나오며,


연옥     아유. 그만해. 바쁜 애 붙잡고 시간 너무 뺏고 있네. (지웅 보며)
        회사 가봐야지? 안 늦었어?

지웅     괜찮아요. 천천히 가도 돼요.

연옥     (다정하게) 밥 먹고 가. 밥. 알았지?


        최웅, 자연스럽게 평상에 드러눕다 그대로 연옥에게 목덜미를
        잡혀 앉혀진다.


연옥     (콩나물 바구니를 옆에 두며) 어딜? 또 드러눕지 말고 얼른 따. 이
        것도.

최웅     나는 바쁜 애 붙잡고 시간 뺏고 있다는 생각 안 들어?

연옥     얼씨구. 니가 바쁘긴 뭐가 바빠? 출근을 하니 뭘 하니?


        그 모습을 카메라에 담고 있는 지웅.


최웅     (카메라를 발견하곤 노려보며) 좋은 말로 할 때 치워라.

최호     어허. 바쁜 시간 내서 도와주고 있는 애한테 고맙다고는 못할망
        정 말 꼬라지가 그게 뭐야?

연옥     (최웅을 보며) 너 그거 다 하고 와서 카운터 봐. 또 도망가지 말고.

연옥이 식당으로 들어간다. 지웅, 피식 웃으며 최웅을 계속 찍고 있다. 카메라를 들고 최웅의 얼굴에 가까이 가져다댄다.

최웅      치우라고 했다. 분명. 카메라나 손가락 둘 중에 하나 잃고 싶지 않으면.

지웅      오늘 얼굴은 무슨 일이시죠?

최웅      돼지고기도 양념을 하면 8시간을 재워.

지웅      무슨 말이죠?

최웅      근데 난 정확히 2시간 반 잤거든. 돼지고기보다 못 잔 거지.

지웅      너도 돼지만큼 먹고 싸는데 안타깝네.

최웅      시끄러. 안 치워?

지웅      아부지가 가게 홍보 영상에 너도 같이 찍으라는데…

최웅      싫어. 무조건 싫어. 안 된다고 해. 알겠지? 어?

지웅이 더 카메라를 들이대자 티격태격 싸우는 둘. 그때, 식당에서 연옥이 큰 소리로 부른다.

연옥      웅아!

그러자 최웅과 지웅이 동시에 돌아본다.

지웅      네!

최웅      어?

＊ 플래시컷〉〉 어린 시절 회상.

1. 초등학교 운동장, 아침.

입학식. 운동장엔 1학년 학생들이 줄 서있다.

연옥    웅아!!!

그러자 앞뒤로 나란히 서있던 지웅과 최웅이 동시에 뒤돌아본
다. 연옥은 밝게 웃으며 최웅에게 손을 흔들고 그 모습을 물끄
러미 보던 지웅은 고개를 다시 돌리고 애꿎은 땅바닥만 발로 찬
다. 여기저기 아이들은 뒤돌아보며 엄마 아빠와 손을 흔들기 바
쁘다. 혼자 바닥만 보던 지웅은 최웅의 실내화 가방이 눈에 들
어온다. 큼지막하게 쓰인 이름을 본다.

지웅    (혼잣말로) 최…웅?
최웅    (반갑게 손을 내밀며) 웅. 난 최웅이야. 넌 이름이 뭐야?
지웅    (빤히 보다 칫 하고 비웃으며) 안 알려줄 건데?

그러곤 뒤돌아선다. 하지만 지웅이 멘 가방 뒤에 '김지웅'이라
고 크게 쓰여있다. 빤히 보는 최웅.

＊다시 현재〉〉

연옥    (빼꼼 고개를 내밀고) 아니. 너 말고 지웅이. 밥 차돌된장 줄까?
지웅    아유. 좋죠!
최웅    엄마 나는 안 물어봐?
연옥    너도 같은 거 먹어.

다시 가게로 들어가는 연옥. 최호가 다가온다.


최호	(지웅 어깨를 토닥이며) 웅아. 나 다시 제대로 연습해 올 테니까 너 쉬는 날 다시 찍자. 알겠지?

지웅	전 아무 때나 괜찮으니까 아부지 준비되시면 언제든 말하세요.

최호	(활짝 웃으며) 그려 그려. 고맙다. 우리 지웅이가 PD라 덕분에 이런 걸 다 해보고… 참나. 밥 두 그릇 먹고 가. 알았지? (옆에 있는 최웅을 흘끗 보고 혀를 차는)

최웅	아버지. 그 눈빛은 좀 서운한데.

최호	넌 이따 배추 들어오니까 그거 다 옮겨 놔! 또 홀랑 도망가지 말고! (가게로 들어가는)

최웅	다들 내가 아들인 거 잊지 말아줬으면 좋겠는데! (무시하자 지웅을 보며) 아무래도 '웅이와'는 니가 물려받을 거 같다. 요즘 부모님의 행보가 심상치 않네.

지웅	여러모로 너보단 내가 자랑스러운 아들상이긴 하지.

최웅	(못마땅한) 요즘 촬영 없냐? 왜 자꾸 여기 얼쩡거리면서 내 상속권 위협하냐?

지웅	(평상에 앉으며) 프로그램 하나 끝내고 간신히 조금 쉬었다. 안 그래도 이제 새 작품 들어가면 또 죽어라 바빠지는데 그 전에 형아가 놀아줘야지. (웅이 따 놓은 콩나물 대가리 껍질을 긁어모아 다시 콩나물 위에 촤라락 흩뿌린다.)

최웅	(멍하니 보다) 너 지금 뭐 하는?

지웅	(씨익 웃곤) 놀아주잖아.


최웅, 멍하니 보다 벌떡 일어난다.

최웅    이 자식이…!

지웅    (소리치는) 아부지! 최웅 도망가는데요!


그러자 최호가 뛰어나온다.


최호    최웅!!! 너 또!!!


당황한 최웅, 최웅을 잡으려는 최호와 평상 위에서 요리조리 피해 다니는 최웅. 곧이어 연옥도 나온다. 최웅 발에 걸려 콩나물 바구니가 체이고, 콩나물이 흩뿌려진다.


연옥    얘가 얘가! 먹을 거 가지고 장난치지 말랬지!!!

최웅    아악! 엄마 아부지! 나 말고 저 자식이!

연옥    진짜 철 안 들래 최웅! 너 나이가 몇이야!


한 걸음 뒤로 빠져 그 모습들을 카메라로 찍고 있는 지웅. 연옥이 최웅의 등짝을 때리고 콩나물이 흩뿌려지며 도망 다니는 최웅의 모습을 고속으로 담으며 흐뭇하게 화면을 바라본다. (고속으로) 긴박한 와중에 지웅을 노려보는 최웅의 얼굴.


최웅    (N) 물론 이것보단 좀 더 어른답게 살고 있을 줄 알았지만요.



## S#18.  RUN 사무실, 낮.

모여 앉아 수다 떠는 기획팀 예인, 명호, 지운.

| 예인 | 국팀장님, 장팀장님 똑같은 사람끼리 한판 붙은 거지. 그걸 1열에서 직관하는 꿀잼이라니. |
|---|---|
| 명호 | 어어 봤지? 장팀장 막 말 툭툭 끊으면서 치고 나오니까 국팀장님도 지지 않고 막 받아치는 거. (연수 흉내 내는) 들어보신다고 하시지 않았나요, 장도율팀장님? 캬. |
| 지운 | 그래도 국팀장님 멋있던데요. 안 그래요? |
| 명호 | 멋있지. 이번 건도 우리처럼 코딱지만한 회사가 따낼 수 있는 건이 아닌데 국팀장님 혼자 하드캐리하고 있잖아. 거의 우리 회사 소녀가장이야. 우리 대표님한테는 복덩이지. |
| 예인 | 그런데 그 칼이 우리를 향한다고 생각해 봐요. 지금처럼 클라이언트랑 싸울 땐 세상 든든한 내 편인데 그게 우리한테 꽂히면…! 어후. 지운씬 아직 인턴이니까 모르는 게 나아요. 모르는 게 나아. |
| 명호 | 북극곰은 두 손으로 사람을 찢고, 국팀장님은 말로 사람을 찢… (벌떡 일어나 해맑게 웃으며) 잘 이야기하셨어요, 팀장님? |

대표실에서 나오는 연수. 셋이 제자리로 흩어진다. 자리에 앉는 연수.

| 연수 | 다들… |
|---|---|
| 명호 | 네! |
| 연수 | 아까 말한 고오 작가 관련 자료들 3시까지 최대한 업데이트해 주세요. |
| 명호 / 예인 / 지운 | 네. 알겠습니다. |

대표실에서 나오는 이훈.

| 이훈 | 다들 수고했어! 정말! 이번 거 진행하기로 했다며? 그 어려운 걸 또 우리 국팀장이 해내잖아. 자. 오늘같이 기쁜 날에는 기획팀 다 같이… |
| 연수 | 안 합니다. 회식. |
| 이훈 | 안 할 거야. 어. 하지 마. 회식. 요즘 시대가 어느 땐데 회식 그런 거 어. 하는 거 아니에요. 알죠? 우리 그런 거 딱 싫어해. 그럼 그냥 저녁을 같이 먹을까? 어떻게 생각해 명호? |
| 명호 | 다 같이 점심을 먹는 게 어떨까요 대표님. |
| 이훈 | 왜. 저녁 시간을 내주기는 아깝다 이건가? 명호? |
| 명호 | 그럴 리가요. 서로 업무량 때문에 퇴근 시간 맞추기 쉽지 않으니까요. |
| 이훈 | 그래. 그럼. 지금 점심 먹으러 갈까? |
| 명호 | (웃으며) 아. 저희 점심 먹고 왔습니다. 대표님. |
| 이훈 | 그게 무슨 소리지? |
| 명호 | 생각해 보니 방금 저희가 들어오면서 다 같이 먹고 왔지 말입니다. |
| 이훈 | 나는? 왜 나는 부르지 않았지? |
| 명호 | 대표님 오늘 장트러블 때문에 PPT 참석 안 하신다고 하셔서 당연히 점심도 안 드실 줄 알았습니다. |
| 이훈 | 날카로운 지적이야. 예리해. 그럼 저녁도 싫고 점심도 안 되는 거면… |
| 명호 | 커피 하시죠. 커피. (커피를 들어 보이는) |
| 이훈 | (둘러보는) 다들 커피도 있네? 이거. 굉장히 소외감을 느끼는 부분인데. |

시끄러운 와중에 커피를 한 모금 마시는 연수. 고오 작가의 일

러스트 자료들을 펼친다. 섬세한 그림들을 집중해서 한 장 한 장 바라본다. 연수의 핸드폰이 울린다. [솔이 언니]. 하지만 신경 쓰지 않고 그림에만 집중하는 연수. 건물과 나무. 공간에 대한 그림들이다. 그리고 허름한 철물점 그림.


**S#19.    휘영동 먹자골목, 낮.**

그림 속 철물점 앞을 스쿠터 타고 지나는 누군가.


**S#20.    최웅 집 앞, 낮.**

이어서 곧 작은 마당이 있는 2층 주택에 도착하는 스쿠터. 스쿠터를 세워 두고 헬멧을 벗고 집으로 들어간다. 얼굴은 보이지 않는다.


**S#21.    최웅 집 안, 이어서.**

적당한 크기에 깔끔한 내부. 지하로 가는 계단 옆에 놓인 슬리퍼를 신고 내려간다. 지하엔 넓은 나무 책상과 곳곳에 놓인 건물, 나무 그림들. 벽면과 창엔 여러 건물들 사진이 붙어 있고 책상엔 작업 중인 그림과 볼펜들이 흐트러져 있다. 한편엔 잔뜩 쌓여있는 책들. 그리고 이내 편한 옷으로 갈아입고 자연스럽게 안경을 쓰고 작업 중이던 그림을 살핀다. 최웅이다.

(E) 핸드폰 진동 소리.

아랑곳 않고 음악 볼륨을 높인다. 사진 속 골목의 모습을 펜으로 섬세하게 하나하나 선을 더해간다. 미동도 않고 집중하자 시간이 빠르게 흘러가 어두워진다.


**S#22.** **연수네 집 쪽 골목, 저녁.**

옹이 그리던 골목을 지나가는 연수. 터덜터덜. 힘이 없다. 전화가 걸려온다. 솔이다.

연수    (전화받는) 어. 왜…

솔이    (F) 죽을래!!! 전화를 이제 받아?!


**S#23.** **최웅 작업실, 저녁.**

쿵쾅거리며 작업실로 내려오는 은호. 여전히 작업 중인 최웅.

은호    왜 전화를 안 받아 왜!

최웅    (슬리퍼 신은 발을 보이며) 신발 신은 거 안 보이냐? 출근했어.

은호    인간적으로 전화는 좀 받자. 응?

최웅에게 다가가는 은호. 주섬주섬 챙기더니 최웅을 일으켜 세운다.

최웅    뭐야? 왜 이래?

은호    일어나. 운동 갈 시간이야.

최웅    뭐래. 안 놔 이거?

| 은호 | 형 요즘 계속 잠도 못 잔다며? 빨리 일어나. |
|---|---|

끌어내는 은호.

| 최웅 | 야! 야! 싫어! 놓으라고! |
|---|---|
| 은호 | (아랑곳 않고 끌고 가는) 아티스트 건강 관리도 매니저의 중요한 업무 중 하나거든. |

## S#24.  산책로, 저녁.
산책로를 따라 억지로 뛰고 있는 최웅. 뒤에서 은호가 밀고 있다.

| 최웅 | 진짜. 안 그래도 피곤한 사람을 더 피곤하게 해. |
|---|---|
| 은호 | 이런 매니저가 어디 있냐? 진짜 스윗하다 나. |
| 최웅 | 너 해고야. |
| 은호 | 고용노동부에서 연락받고 싶어? 자. 저기까지만 뛰자! 좀만 더 힘내! |
| 최웅 | (멈춰 서며) 못해. 못해. 힘들어. |
| 은호 | (아랑곳 않고 미는) 핫둘셋넷! 둘둘셋넷! |
| 최웅 | (고통스러운) 진짜 짜증 나 구은호! |

은호, 더 빠르게 뛰며 최웅을 민다.

## S#25.  공원, 저녁.
조금 더 뛰어가자 앞에 누군가 보인다. 손을 흔들고 있는 사람.

지웅이다. 지웅 앞에 도착한다.

최웅　　헉… 헉… 뭐야 너.

지웅　　깃발. 골인 지점.

최웅　　(숨을 몰아쉬는) 가지가지 한다. 둘이.

은호　　형 어제도 두 시간 반밖에 못 잤다며?

최웅　　(지웅에게) 은근히 다 떠벌리고 다닌다 너.

지웅　　(비닐봉지를 들며) 맥주.

최웅　　(뺏어서 걸터앉으며) 넌 일 안 하냐? 이 정도면 짤린 거 아냐?

지웅　　(맥주 한 캔 은호에게 던지고, 자신은 이온 음료를 꺼내는) 일만 잘하면
　　　　이렇게 놀아도 돼.

은호　　(최웅 옆에 앉으며) 근데 형 아직도 아줌마 아저씨한테 형 뭐 하고
　　　　다니는지 말 안 했어?

최웅　　뭐 대충 그림 그리는 거 아셔.

은호　　아까도 나한테 형 먹고살 정도는 버냐고 걱정하시던데. 형 이름
　　　　아무리 검색해 봐도 아직 아무것도 안 보인다고… 그런 거 자세
　　　　히 오픈 안 했어?

지웅　　얼마 버는데? 나한테도 좀 오픈해 봐.

은호　　무슨 가족한테까지 익명 유지하냐? 이 형 이거 지독한 컨셉충
　　　　이야. (슬쩍 지웅에게 손가락으로 시그널 보내는)

지웅　　그렇게 벌어? 니가? 개새끼!

최웅　　(지웅을 보며) 이건 그냥 욕하고 싶어서 한 거 같은데?

지웅　　참. 너 아부지가 배추 안 옮겨 놨다고 내일 너 찢어버리신다
　　　　더라.

공기가 선선한 여름밤. 각자 아무렇게나 걸터앉아 있는 셋.

최웅   (멍하니 보다) 요즘 날씨 왜 이렇게 쓸데없이 좋냐?


최웅, 맥주 캔을 따는데 거품이 분수처럼 흘러넘친다. 최웅, 지
웅을 보지만 뭐라 할 기운조차 없는 표정.


지웅   (얄밉게 자신의 음료 캔을 따며) 저런.



## S#26. 이작가야, 저녁.

흐르는 맥주 거품에 입을 재빠르게 대는 연수. 솔이, 오픈식 주
방에 서서 한심한 표정으로 보고 있다.


솔이   이년 이거 또 하나도 안 듣지? 어휴. 재수 없는 년.

연수   손님 너무 없다 언니. 망하는 거 아냐?

솔이   야!!!

연수   깜짝이야. 속삭여도 들릴 만큼 가까이 있거든 우리?

솔이   너 오늘 소개팅 빵꾸낸 게 몇 번째인지 알아?

연수   세 번.

솔이   네 번이다 이년아. 너 그 사람한테 악감정 있냐?

연수   보지도 않은 사람한테 어떻게 악감정이 있어.

솔이   그런데 너희 회사 1층 카페에서 만나기로 한 것도 빵꾸를 내?
       하도 니가 바쁘다고 지랄해서 그것도 점심시간 쪼개서 찾아간
       사람을?

연수   (심드렁하게) 진짜 까먹었어.

솔이   지랄 났다 진짜. 인성 왜 그러냐? 너 그 인성으로 사회생활 가능
       한 거 맞냐?

| | |
|---|---|
| 연수 | 나보다 심한 사람도 하는 게 사회생활이더라. |
| 솔이 | 시끄럽고. 니가 네 번이나 깐 그분께서 진짜 니가 어마어마하게 마음에 드셨는지 한 번 꼭 만나고 싶으시단다. 불쌍하기도 하지. |
| 연수 | 그래? |
| 솔이 | 그래? 같은 소리 하네. 너 진짜 이번에는 무조건이야. 이번에 안 나가면 나도 인간적으로 너 손절할 거야. |
| 연수 | 아. 알았어. 알았어. |
| 솔이 | 어휴. 지겨워. 아니. 내가 너 연애하래? 그냥 남자만 만나. 만나기만이라도 해. 좀. |
| 연수 | (들은 채 안 하고 술을 따라 마시는) |
| 솔이 | 맨날 회사. 집. 여기. 회사. 집. 여기. 눈알엔 영혼도 없이 텅텅 비어서 껍데기만 왔다리 갔다리 하는데 |
| 연수 | 껍데기. 껍데기 땡긴다. 껍데기 해줘. |
| 솔이 | 좀 소울 풀하게 살자. 어? 그렇게 죽어라 일해서 무슨 낙으로 사는 건데? 너 빚도 다 갚았잖아. 근데 왜 아직 그러고 살아? |
| 연수 | 남자 만나는 게 소울 풀하게 사는 거야? 됐거든. 일이나 할래. |
| 솔이 | 그럼 일하는 데서 만나던가. |
| 연수 | 끔찍한 소리 하지 마. 술맛 떨어지게. |
| 솔이 | 아니면 너… |
| 연수 | ? |
| 솔이 | 설마 그 자식 아직 못 잊었다거나… |
| 연수 | (벌떡 일어나는) 이 집은 사장이 술맛 떨어지게 하네. 나 갈래. |
| 솔이 | 알았어. 알았어. 저 승질머리 진짜. |

연수, 다시 혼자 술잔을 들이킨다.

## S#27.　공원, 밤.

아무도 없는 공원 한쪽 벤치에 앉아 캔맥주를 들이켜고 있는 최웅. 지웅과 은호는 텅 빈 농구대에서 가볍게 농구를 하고 있다. 지웅의 공을 뺏다 지친 은호는 최웅의 곁으로 와 앉는다.


은호　(맥주 한 모금 마시곤) 형. 진짜 라이브 드로잉 쇼 할 생각 없어?

최웅　안 해.

은호　아 좀. 이 말도 안 되는 신비주의 좀 버리면 안 돼? 혼자 20세기 살고 있냐? 요즘은 소통의 시대라니까.

지웅　(다가와 음료를 마시는) 얘가 소통이 되는 인간이겠냐. 말도 못 하는 애를.

은호　이해가 안 돼. 5년 전엔 갑자기 성공할 거라고 몇 년을 처박혀서 죽어라 펜질만 하더니 이젠 기회가 있어도 안 한다는 게. 도대체 무슨 생각이야?

지웅　뜨니까 변하는 거지. 내가 봤을 땐 병이다 이거.

은호　형 아직 자만하긴 이르다? 누아 작가 이번에 SJ랑 콜라보한다더라.

지웅　누아가 누구야?

은호　있어. 형이랑 그림체 완전 비슷한 작가. 일종에 라이벌?

최웅　(비웃는) 라이벌 웃기고 있네. 내가 찐이고 걘 짭이야.

은호　이 기세면 형이 짭 되는 거 금방이거든? 다시 실업자 되어서 5년 전으로 돌아가고 싶어?

최웅　왜 자꾸 옛날 얘기를 해.

은호　자극 좀 받으라고. 다시 옛날처럼 그렇게 살고 싶냐?


맥주 한 모금 마시는 최웅.

최웅     (중얼거리는) 그때가 꼭 나쁘지만은 않았는데.


지웅이 최웅을 바라본다. 멍하니 뭔가를 생각하는 듯한 최웅.


은호     뭐라는 거야 이 형?


지웅, 농구공을 최웅에게 던진다. 멍하니 있다 공에 맞은 최웅.


최웅     야!!
지웅     15점 내기. 니가 이기면 내가 내일 너희 가게 배추 다 옮겨준다.


어이없어하는 최웅. 하지만 비장한 얼굴로 공을 들고 일어선다.



## S#28.  **연수 집, 밤.**
어두운 집. 작은 거실에 연수 할머니(자경)가 웅크리고 잠들어
있다.


연수     (꼬옥 안으며) 자경쓰~
자경     (어렴풋 깨는) 아구구. 술 냄새. 옘병 또 술 먹고 들어왔어?
연수     (배를 조물락거리며) 할머니 배 인형으로 만들고 싶다. 맨날 조물
        락거리게.
자경     또 헛소리하제. 얼른 가서 씻구 자. 닐 또 출근해야 하면서.
연수     나 늦어도 방에서 그냥 자라니까. 맨날 나 기다리다 여기서 잠
        들지 말구.
자경     (일어나며) 더워서 나왔어. 더워서. (연수의 엉덩이를 찰싹 때리며) 얼

|      | 른 들어가. 얼른. |
| 연수 | 씻겨줘. 할머니. |
| 자경 | 아구. 징그러. 징그러 죽겠어. |

자경이 방에 들어가더니 클렌징 티슈를 들고나온다.

| 자경 | (티슈를 뽑아 연수 얼굴에 대며) 써글년. 늙은이 부려먹으니까 좋디? |

연수, 기분 좋게 웃는다. 티슈를 뺏으며,

| 연수 | 알았어. 내가 할게. 들어가서 주무세요. 할머니. 뽀뽀. |
| 자경 | 아유 징그러 징그러! 저리 가! 썩은 내 나 썩은 내! |

기분 좋게 웃는다.


## S#29.  **연수 방, 밤.**

편한 옷으로 갈아입고 책상에 앉은 연수. 노트북을 열어 이것저것 검색하다 작가의 인터뷰를 다시 꼼꼼하게 읽어본다. 그러다 하나의 질문에서 멈춘다.

Q. 작가님 그림에선 사람을 볼 수가 없는데, 이유가 뭔가?

[ 변하지 않고 흐르지 않는 걸 사랑한다. 사람은 시간의 흐름에 따라 변하기도 사라지기도 한다. 그래서 사람도, 시간도 내 작품엔 없다. ]

연수, 손끝으로 책상을 톡톡 두드린다.


## S#30.  다큐 방송사, 낮.

사원증을 목에 걸며 복도를 거쳐 사무실로 들어가는 지웅. 복도에는 다양한 다큐멘터리 프로그램 포스터가 걸려있다.


채란   선배. 팀장님이 선배 찾으시던데요.

지웅   알아. 10분에 한 번씩 전화를 하는데… 너 또 집 안 갔냐?

채란   (옷 냄새를 맡는) 냄새나요?

지웅   며칠째야?

채란   아직 4일쨈데.

지웅   너 내가 집은 가라고 했지? 편집실에서 사는 거 계속하면 버릇 되고 습관된다.

채란   박피디님은 조연출 때 집 가는 건 상상도 할 수 없는 일이었대요.

지웅   듣지 마. 그 녀석 말은 다 걸러 들어. 아니. 걸러도 들을 거 없으니까 그냥 듣지 마.

채란   (피식 웃고 인사하곤 지나가는)

지웅   (돌아서) 아. 정채란.

채란   네?

지웅   너 나 다음 들어가는 거 같이해.

채란   박피디님 거 어느 정도 마무리하고…

지웅   됐어. 내가 뺏어 올 거야. 그렇게 알고 있어. 가. 임마.

## S#31.  회의실, 낮.

회의실에 앉아있는 동일. 지웅이 들어온다.


지웅      나 찾았어요?

동일      어. 이게. 빠져가지고. 지금 몇신데 이제 나와?

지웅      쉴 땐 좀 쉽시다. 이렇게 부른 거 보면 또 나 갈아넣을 데 찾았나 본데.

동일      짜식. 눈치만 늘지.

지웅      미리 말하지만 나 휴먼 다큐 안 해요. 딴 거 할 거야.

동일      아 왜~

지웅      재미없어요. 시사 프로그램 줘요. 타이밍도 지금이 딱이고.

동일      또 지 무덤 지가 파서 들어가지. 염병. 그게 얼마나 빡센지 몰라?

지웅      그래도 재밌잖아요. 창호형이 안 하려 한다면서요? 나 줘요 그럼. 내가 할게요.

동일      해. 하게 해줄게.

지웅      (의심스러운) 왜 이러시지? 진짜? 진짜요?

동일      대신 그 전에 하나만 먼저 해. 휴먼 다큐.

지웅      이럴 줄 알았지. 순순히 하고 싶은 거 하게 해줄 리가 없지.

동일      간단한 거야. 이번 특집으로 낼 거. 4주짜리.

지웅      4주짜리면 다른 사람 시켜도 되잖아요. 한피디라던가…


동일이 노트북을 내밀어 영상을 보여준다. 유튜브에 올라가 있는 연수와 최웅의 다큐멘터리 영상.


동일      이거.

지웅의 표정이 묘하다.


## S#32.  **RUN 사무실, 낮.**

조용한 사무실. 기획팀 팀원들이 권태롭게 일을 하고 있다. 명
호, 이어폰 꽂고 모니터 한가득 엔제이 뮤직비디오를 틀어놓고
히죽거리며 리듬 타고 있다.


예인      (큰 소리로) 헐. 대박.

명호      (괜히 당황하며 이어폰을 빼며) 아냐. 이거 작가 자료 찾으려고 어쩔
         수 없이 보고 있는 거…

예인      (자신의 모니터를 보며) 와… 내가 왜 이걸 몰랐지?

지운      (다가가는) 작가 찾았어요?


예인이 손짓하자 재빠르게 모이는 명호와 지운. 예인의 모니터
를 보자 유튜브 영상에 연수의 얼굴이 있다.


명호      이게 뭐야?

지운      어? 국팀장님 아니에요?

예인      와… 나 이거 옛날에 봤던 영상인데 왜 몰랐지? 왜 전혀 생각을
         못 했지?

명호      이게 뭔데? 응? 뭔데?


모여들어 영상을 보는 셋.


지운      와. 대박. 국팀장님 되게 어려보이신다.

| 예인 | (흥분한) 이거 짤로 엄청 돌았었는데. 도대체 왜 눈앞에 국연수를 두고 왜 몰랐지 내가? |
|---|---|
| 명호 | 이게 조회수야? 이야… 장난 아니다. |

화면엔 연수가 경멸스럽다는 듯 최웅을 보고 독설을 날리는 장면.

| 지운 | 와… 이때도 국팀장님 장난 아니시네요. |
|---|---|
| 명호 | 장도율팀장이랑 말투가 똑같네. 똑같아. |
| 예인 | 맞아! 지금보다 더 심하면 심했지. 얘. 얘가 웅인데. 얘를 아주 쥐 잡듯이 잡았거든요. |
| 명호 | 웅이라는 사람도 지지는 않는데? |
| 예인 | 둘이 싸우는 거 보면 진짜 살벌해요. 근데 내가 봤을 땐 대체적으로 연수가 시비를 먼저 털더라구. 웅이한테. |
| 연수 | 그래요? |
| 예인 | 그렇다니까. 내 촉은 약간 이때 연수가 웅이를 좋… 팀장님! |

뒤에 불쑥 나타나 함께 영상을 보고 있는 연수를 보고 화들짝 놀란 예인. 명호와 지운은 이미 자리로 황급히 돌아가 있다.

| 지운 | 팀장님. 오셨어요. |
|---|---|
| 명호 | (급하게 일하는 척) 그.. 지운 씨. 아까 그거 내가 부탁한 그거 말이야… |
| 예인 | (사색이 된) 티.. 팀장님. 언제부터 계셨어요? |
| 연수 | 제가… |
| 예인 | 네? |

| 연수 | (담담하게) 장도율팀장이랑 똑같아요? |
|---|---|
| 명호 | 누가요? 팀장님이요? 에이. 무슨. 그럴 리가요. 장도율 그분이랑 비교할 분이 아니시죠. |
| 연수 | 저도 그렇게 재수 없어 보인다는 말이죠. 흠… |
| 예인 | 에이. 아니에요. 팀장님. 그.. 그게. 이 영상이… 아마 팀장님 악마의 편집에 당하신 거 같아요! |
| 명호 | 맞아요. 그러신 거 같아요. 고소하셨어요? 이런 건 고소했어야죠! |

이훈이 들어온다.

| 이훈 | 뭐야? 뭔데? 왜 다 모여있어? 뭐야? 나도 볼래. |

이훈이 끼어들려 하지만 명호와 지운이 비켜주지 않는다.

| 연수 | 이런 거 지우려면 어떻게 해야 하는지 아는 사람 있어요? |
|---|---|
| 지운 | 어… 이건 방송사 채널이라 채널에 얘기하셔야 할 거 같은데… |
| 연수 | 그래요? |
| 이훈 | 뭔데? 방송? 무슨 방송? |
| 명호 | 제가 방송사에 컴플레인 걸어볼까요? |
| 연수 | (자리로 돌아가며) 작가 자료는 찾고 있죠? |
| 명호 | 네네! 그럼요! 있는 거 없는 거 다 긁어내고 있습니다. |
| 이훈 | 명호. 비켜봐. 나도 좀 보자. 어? |
| 연수 | 다음 주엔 방안을 넘겨야 합니다. 다들 시간이 넉넉하신가 봐요? |

연수의 서늘한 눈빛에 당황하는 팀원들.

| | |
|---|---|
| 연수 | 참 그리고 예인 씨. |
| 예인 | 네? |
| 연수 | 나 아니고 걔가 먼저였어요. |
| 예인 | 무슨… |
| 연수 | (차분하게) 먼저 시비 터는 건 항상 내가 아니라 최웅이었다구요. |
| 예인 | (당황한) 아. 네. 그게 그러니까 제 말은… |
| 이훈 | 아 뭔데! 뭐냐고!!! 나도 좀 알자! |

연수, 아무렇지 않게 자리에 앉는다. 하지만 곧 미간이 찌푸려진다.


## S#33.  방송사 회의실, 낮.

| | |
|---|---|
| 지웅 | 안 돼요. |
| 동일 | 뭐가 안 돼 임마! |
| 지웅 | 이걸 뭐 하러 다시 찍어요? |
| 동일 | 이거 안 보여? 조회수? 댓글 봐라. 이게 요즘 우리 채널에서 제일 잘나가고 있는 거 아냐? |
| 지웅 | 그냥 잠깐 반짝하는 거죠. 보는 것도 다 애들이 보는 거 같구만. |
| 동일 | 요즘 국장님 지시가 뭔 줄 아냐? 젊은 시청자들을 끌어와야 한다고. 단기간에 20대 끌어올 수 있는 게 이거보다 더 좋은 방법이 있나? |
| 지웅 | 조회수 나오고 애들 좋아한다고 다 찍어요 우리가? |
| 동일 | 너 요즘 일반인들 연애하는 예능 같은 게 왜 떴는지 아냐? |
| 지웅 | ? |

동일    리얼 예능인데 드라마보다 더 드라마 같거든. 이 영상 다시 한 번 봐봐. 요즘 이거만한 청춘 드라마도 없다? 그런 애들을 10년 이 지난 지금 어떻게 살고 있는지 담으면, 그림 나오지 않아? 이 건 잘 묶으면 괜찮은 청춘 다큐 영화로도 뽑을 수도 있다?

지웅    근데 이걸 제가 왜 해요? 이거 선배가 찍은 거잖아요.

동일    내가 다시 현장 나가리? 그리고…

노트북에 멈춰져 있는 영상. 화면 속 연수와 최웅 뒤로 흐릿하 게 지웅이 모습이 보인다.

동일    너가 제일 잘 알 거 아냐. 애들. 아직 애들이랑 연락하고 지내?

지웅    (가만히 생각하는)

동일    뭐 하고 지낸대? 나도 사실 엄청 궁금해. 10년이나 지났는데 많 이 변했으려나.

지웅    포기하셔야 할걸요.

동일    아 왜? 너 안 하면 다른 애라도..

지웅    애들이 절대 안 찍으려고 할 거라고요.

동일    왜? 아직도 많이 싸우니 애들? 사이가 그렇게 안 좋아?

가만히 화면을 보는 지웅.


**S#34. 최웅 집, 낮.**

거실 소파에 누워 꼼지락거리며 핸드폰으로 유튜브 영상을 보 고 있는 은호. 연수와 최웅의 다큐 영상에 댓글을 달고 있다.

| 은호 | (댓글 쓰며 중얼거리는) 최웅 지인입니다… 그는… 지금도 영상이 랑 똑같이… 이상합… 니다… |
|---|---|

(E) 핸드폰 진동 소리.

옆에 놓인 최웅의 핸드폰에 전화가 온다.

| 은호 | (대충 부르는) 형! 전화 오는데! 혀엉!! |
|---|---|

최웅의 핸드폰을 확인하는 은호. 멍하니 본다.

## S#35.  작업실, 낮.
혼자 집중해서 계속 작업 중인 최웅. 그때, 쿵쾅거리며 은호가 계단을 내려온다. 머리 산발에 엉망인 모습.

| 은호 | 혀.. 혀.. 형형형형.. 형!!!! |
|---|---|
| 최웅 | 배추 옮기러 간다고 해. 이따 갈 거야. |
| 은호 | 아니 아니 아니!!! |
| 최웅 | (한숨 쉬곤) 당장 오래? |
| 은호 | (핸드폰을 웅에게 던지는) 빠.. 빨리!!! |
| 최웅 | (받곤) 이거 또 관심 끌려고 쇼를 하지? |

핸드폰을 본다. 발신인 – 엔제이 님

| 은호 | (흥분한) 빨리 받아 빨리 빨리 빨리! |
|---|---|

| 최웅 | (잠깐 멍하니 보는) |
| 은호 | 이 미친놈! 배신자! 언제 번호 주고받았어!!! 나 몰래!!! 더러운 배신자!!! 아니 일단 빨리 받으라고! |
| 최웅 | (얼떨결에 전화받는) 여보세요? |

## S#36. 밴 안, 같은 시각.

화려한 차림으로 앉아있는 엔제이.

| 엔제이 | 통화하기 힘드네요. 작가님? 새벽에 작업하신다고 해서 새벽에도 전화해 봤는데 안 받고, 아침에 잘 안 잔다고 해서 전화해도 안 받고… |

## S#37. 작업실, 같은 시각.

최웅에게 바짝 붙어있는 은호. 최웅을 팡팡 내려친다.

| 최웅 | 아. 안녕하세요. 엔제이 님. 전화하신 거 몰랐네요. |

## S#38. 밴 안, 같은 시각.

| 엔제이 | 아이돌보다도 바쁜가 봐요. 하긴. 제가 그림 샀다는 기사 나고 작가님 더 많이 바빠졌죠? |

## S#39.   작업실, 같은 시각.

최웅       아. 네. 덕분에 찾는 사람들이 더 많아졌습니다. (꾸벅 인사하는)
          감사합니다.

          은호가 옆에서 뭐라 말하지만 최웅이 알아듣지 못한다.


## S#40.   밴 안, 같은 시각.

엔제이     말로만 감사하세요? 저 작가님 작품 더 구경하고 싶은데… 오
          늘 뭐 하세요?


## S#41.   작업실, 같은 시각.

최웅       아… 저 이따 배추 옮기러 가야 하는… (은호가 입을 틀어막는다)


          * 화면 분할〉〉

엔제이     네?
최웅       아 배추… (옆구리 찔리는) 악.. 아 그러니까…
엔제이     이따 잠깐 만날래요? 작업실도 구경 가고 싶고.
최웅       어… 오.. 오늘이요?
엔제이     네. 오늘. 마침 오늘 저 일찍 끝날 거 같거든요.
최웅       아 그러면 이따가 끝날 때 말씀하시면…

| 엔제이 | 오케이. 이따 그럼 연락할게요! |
|---|---|

전화 끊기고, 엔제이 사라지고, 얼떨떨한 최웅.

| 은호 | (최웅을 내려치며) 미쳤어 미쳤어 미쳤어! 엔제이랑 연락하고 있었어? 이 배신자야! 이 더러운 놈! |
|---|---|
| 최웅 | 지금 처음 연락한 거야. |
| 은호 | 번호는 언제 교환한 건데? 어? |
| 최웅 | 먼저 물어보시길래… |
| 은호 | 엔제이가?? 형 번호를?? 왜??? |
| 최웅 | 몰라. 임마. 떨어져. |
| 은호 | (머리를 감싸 쥐며) 미쳤구나. 말도 안 돼. 세상이 너무 변했어. 최웅이 엔제이랑 전화 통화를 했어. |
| 최웅 | 그런데… |
| 은호 | (멍한) |
| 최웅 | (진지하게) 아무래도 그럼 공짜로 달라는 거겠지? |
| 은호 | 엉? |
| 최웅 | '말로만 감사하세요?' 다음에 '작가님 작품 더 구경하고 싶은데'라고 했잖아. 그림을 좀 달라는 거겠지? |
| 은호 | 형. 엔제이 지난주에 150억짜리 건물 하나 더 샀대. |
| 최웅 | (입을 틀어막는) |
| 은호 | 그리고 달라 그러면 줘. 그냥 다 줘. 그냥… 형이 가진 거 다 줘버려. 그냥 다 갖다 바치란 말야. (머리 감싸는) 엔제이가 작업실을 온다고… 나 뭐 입지? 어? 형 나 오늘 뭐 입을까? 어? |

## S#42.  RUN 사무실, 저녁.

6시가 넘은 시간. 여기저기 퇴근 눈치를 보고 있다. 집중해서 컴퓨터를 보고 있는 연수.

명호  (소리 안 나게 예인에게 입 모양과 몸짓을 하며) 퇴근 언제 할 거야?

예인  (똑같이) 10분 있다가 내가 먼저 할게요.

명호  (똑같이) 아니. 내가 먼저 할 테니까 그다음 예인 씨가…

대표실에서 나오던 이훈. 명호와 예인을 보고 대화에 껴든다.

이훈  (똑같이) 명호. 끝나고 한잔?

명호  (똑같이) 죄송해요. 저 오늘 야근이라.

이훈  (지운을 보고) 그럼 지운이는…

소리 없이 몸짓으로 대화를 하고 있는 사람들 틈에서 연수는 몰입해서 컴퓨터를 보고 있다. 그러다 멈칫. 뭔가를 발견하곤 한참을 들여다본다.
연수 핸드폰과 가방을 챙기며 일어선다.

연수  다들…

신나게 손짓, 발짓하던 팀원들이 그대로 얼어 연수를 본다.

연수  퇴근하세요. 고오 작가 건은 제가 해결하겠습니다.

소리 없이 입 틀어막는 팀원들. 연수, 나가는데 전화가 걸려온

나는 네가 지난여름에 한 일을 알고 있다

다. 핸드폰을 확인하곤 아차 하는 표정이다.


## S#43. **최웅의 집, 저녁.**

최웅의 옷장을 헤집어가며 옷을 찾고 있는 은호.


최웅  진짜 한 번만 더 뒤져봐. 너도 뒤질 줄 알아.

은호  지금 심장이 터져서 먼저 뒈질 거 같거든? 나 엔제이 연습생 때 부터 팬이었단 말야. 한 번만 봐줘라. (자켓을 꺼내는)

최웅  아니. 집 안에서 자켓을 입고 있는 게 일리가 있다고 생각해?

은호  아아아아. 뭐 입지? (서랍 깊은 곳에서 니트를 하나 꺼내는)

최웅  야 그거…

은호  (똑같은 니트가 하나 더 나온다) 뭐야? 이건 왜 두 개야? (둘러보곤) 구려. (휙 던지는)


최웅의 얼굴에 떨어지는 니트. 최웅, 니트를 바라본다.


은호  (잠깐 멈추는) 설마. 커플티? (최웅을 보며) 뭐야 그 추억에 젖은 얼굴은?

최웅  시끄러. (니트를 개는)

은호  형이 커플티 그런 것도 했어? 귀엽네. 최웅? (다시 서랍을 뒤지는)


가만히 니트를 바라보는 웅.


은호  (진지하게 가죽 자켓을 꺼내며) 가죽 자켓도 오반가?

**S#44. 택시 안, 저녁.**

창밖을 보는 연수. 비가 내리기 시작한다. 핸드폰을 만지작거린다. 뭔가 망설이다 연락처를 눌러본다. 많지 않은 연락처 목록을 내려보다 멈춘다.


**S#45. 작업실, 저녁.**

마찬가지로 차를 마시며 창밖에 내리는 비를 보고 있는 최웅. 최웅의 뒤로 잘 개어져 있는 니트. 그리고 핸드폰이 울린다.


**S#46. 길거리, 저녁.**

택시에서 내리며 우산을 펼치는 연수. 잠깐 멈춰 서 심호흡을 한다.


**S#47. 최웅 집, 저녁.**

외투를 걸치고 신발을 신는 최웅.


**S#48. 바, 저녁.**

빗물을 털며 바에 들어서는 연수. 직원이 나와 맞이한다.

| | |
|---|---|
| 직원 | 반갑습니다. 일행 있으신가요? |
| 연수 | 네. |
| 직원 | 예약하신 분 성함이… |

연수, 바를 둘러보다 한 곳에 시선이 멈춘다. 그리고 커지는 눈.


## S#49.  **카페, 저녁.**

혼자 앉아 창밖을 보며 내리는 비를 보고 있는 최웅. 그때, 누군가 다가와 최웅의 옆에 선다. 천천히 고개를 돌려 올려다보는 최웅.


## S#50.  **바, 저녁.**

연수, 혼자 앉아있는 도율 곁에 서있다.

연수      (당황한) 장팀장님?

도율      (흠칫 놀라는)


그리고 서로의 옷에 시선이 닿는 둘. 같지만 색깔이 다른 니트를 마치 커플룩처럼 입고 있다. 당황하는 연수.

도율      이거… 난감하네요.

연수      (당황한) 여기서 혼자 뭐 하세요?

도율      (흘끗 자신의 앞에 놓인 와인잔을 보곤) 글쎄요. 뭐 하는 거로 보이십니까?


연수 당황하고 있는데 직원이 다가와 도율의 뒷자리에 안내한다. 어색하게 서로 등을 맞댄 채 앉게 된 둘. 그때, 연수의 곁으로 누군가 다가온다. 얼굴은 보이지 않는.

민수     국연수 씨?


## S#51. **카페 안, 저녁.**

여자1    맞죠? 최웅?

        최웅, 멍하니 여자를 바라본다. 최웅의 옆에 서있는 두 명의
        여자.

여자1    왜~ 그 다큐멘터리에 나오는! 전교 꼴등!

        최웅, 가만히 보다 고개를 돌리며,

최웅     아닌데요.
여자1    에이~ 맞는데 뭐~
여자2    야. 아니라잖아. 가자.
여자1    (끌려가며) 아니. 맞다니까? 똑같이 생겼는데 무슨~

        최웅, 뚱한 얼굴로 보다 손목시계를 확인한다.


## S#52. **바, 저녁.**
        민수가 연수의 곁에 서있고, 연수 살짝 일어난다.

연수     아. 네. 강민수 씨?

민수   네. 앉으세요.

마주 보고 앉는 연수. 도율과 등지고 앉은 상황이 불편하기만
하다.


민수   오늘은 나오셨네요.
연수   아… 전에는 정말 죄송합니다.
민수   아뇨. 뭐…
연수   그럼…
민수   (웃으며) 제가 네 번이나 바람맞았는데도 오늘 연수 씨를 꼭 보
      고 싶었던 건 확인해 보고 싶은 게 있어서요.
연수   네?
민수   (물을 한 모금 마시곤) 처음 소개팅은 여의도에서 저녁 7시 약속이
      었는데 안 오셨죠. 두 번째는 홍대에서 8시였는데 역시 안 오셨
      고. 물론 둘 다 일 때문이셨구요.
연수   아. 저기…
민수   세 번째는 주말이었죠? 오후 3시 약속이었는데 5분 전에 연락
      와서 회사에 급한 일이 생겨서 취소하셨고. 네 번째가 어제 점
      심. 연수 씨 회사 앞 카페에서 점심시간 30분 시간 내기로 했는
      데 그것마저도 일하느라 깜빡하셨고. 그쪽 회사 일은 연수 씨가
      다 하나 봐요.
연수   저.. 강민수 씨.
민수   그래서 제가 다섯 번째를 꼭 보고 싶다고 말씀드렸습니다. 이
      정도면 오기가 생겨서요. 오늘도 사실 안 오면 어떡하나 걱정
      많이 했는데 다행히 와주셔서 감사합니다.
연수   죄송합니다. 그건…

| 민수 | 제 시간 허비한 만큼 가치가 있을까 조금은 기대했는데 역시 그럴 만큼은 아니시네요. 치사해 보이겠지만 (활짝 웃으며) 네. 이러려고 불렀습니다. (자리에서 일어나는) |
|---|---|
| 연수 | 저기. 강민수 씨? |
| 민수 | 좋은 인연 만나세요. 글쎄, 만날 수 있을진 모르겠지만. 그럼 전이만. |

민수가 일어서 나가고 연수 혼자 덩그러니 남는다. 당황스러운 연수. 잠깐 멍하니 있다 슬며시 가방을 챙겨 일어난다. 그러다 멈칫. 도율을 돌아본다.

| 연수 | …다 들으셨나요? |
|---|---|
| 도율 | 아뇨. |
| 연수 | 그러기엔 장팀장님 입에 걸린 미소가 마음에 걸리네요. |
| 도율 | 네. 들렸습니다. |
| 연수 | 모르는 척해주시면 감사하겠습니다. |
| 도율 | 소개팅한 거 말입니까, 소개팅하러 와서 바람맞은 거 말입니까? 어디부터 모르는 척해드리면 되죠? |
| 직원 | 주문하신 음식 나왔습니다. |

음식이 세팅되고, 연수가 가만히 보다 도율의 앞에 앉는다.

| 연수 | 혼자 드시는 것 같은데 합석해도 괜찮나요? |
|---|---|
| 도율 | (미간을 찌푸리며) 그러기엔 지금 국연수 씨와 제 옷이 상황이 좀 웃기지 않습니까. |
| 연수 | 같은 옷 입고 등지고 따로 먹는 게 더 이상하지 않을까요? 제 |

음식과 제 술은 제가 계산할 테니까 그냥 자리만 빌려주시죠.

도율   (잠깐 고민하다) 뭐. 그러시죠.


연수, 아무렇지 않게 메뉴판을 본다.


S#53.   **카페, 저녁.**

냅킨에 펜으로 뭔가 끄적이고 있는 최웅. 그때, 핸드폰에 문자
가 온다. 확인하는 최웅.

[ **망할 비. 촬영이 끝나질 않네요. 죄송해요 작가님. 내일 오전에 작
업실로 가도 괜찮을까요? - 엔제이** ]

확인하곤 대수롭지 않은 듯 자리에서 일어나 나가는 최웅. 테이
블엔 창밖의 풍경이 대강 그려진 냅킨만 남아있다.


S#54.   **인서트.**

비 오는 밤거리 전경.


S#55.   **바, 밤.**

도율 앞엔 와인잔이 놓여있고 연수의 앞엔 소주가 놓여있다. 꽤
시간이 흘러 빈 병이 늘었다.

연수   계속 그렇게 재미없게 드실 겁니까?

도율    재미없다고 생각해 보진 않았는데요.

연수    원래 이렇게 혼술 종종 하세요?

도율    뭐. 그렇죠. 퇴근하다 가끔.

연수    장팀장님도 껍데기 같으신가 보네요.

도율    무슨 말인지 모르겠네요.

연수    (한 잔 마시곤) 우리 팀원들이 장팀장님이랑 제가 비슷하다고 하더라구요.

도율    글쎄요. 비슷한 건 옷밖에 없는 것 같은데.

연수    (피식 웃는) 그래서 그 말 듣고 좀 놀랐어요. 장팀장님 보면서 그래도 내가 저 인간보다는 더 인간답지라고 생각했었거든요.

도율    취하셨습니까? 취한 척 속마음 얘기하시는 겁니까?

연수    저 안 취해요. 점점 느는 건 술뿐이라. 취하질 않더라구요.

도율    (와인 한 모금 마시는)

연수    흐음. 정말 할 얘기가 없네요. 일 얘기 꺼내면 끝도 없이 할 거 같긴 한데 지금은 절대 꺼내고 싶지 않고…

도율    전 일 얘기라면 들을 준비 되어있습니다.

연수    흐음… 무슨 얘기를 할까요.


술잔을 비우는 연수.


연수    그 니트 얼마에 사셨어요? 저 쿠폰 먹여서 할인 많이 받았는데 그래도 내가 더 비싸게 샀으면 속상한데.

도율    정가에 샀습니다.

연수    다행이네요. 그런데 너무 신기하지 않아요? 이렇게 똑같은 옷을 입고 같은 곳을 오다니.

도율    처음입니다. 타인과 같은 옷 입고 이렇게 있는 게. 계속 난감하네요.

연수     커플티 같은 거도 안 입어보셨어요?

도율     그런 한심한 걸 제일 싫어합니다.

연수     저도 한심한 걸 세상에서 제일 싫어했는데.


연수, 뭔가 생각하더니 피식 웃는다.


도율     (흘끗 보곤) 그런데 그 한심한 걸 했었나 보군요.

연수     아 뭐… 가끔 내가 아닌 다른 사람이 될 때가 있잖아요.

도율     그런가요.

연수     (도율을 보더니) 역시. 그래도 장팀장님보다는 제가 더 인간적인
게 맞네요.

도율     또 그 말입니까?

연수     전 되게 되게 유치하게 굴어봤거든요.


연수, 웃는다. 그 모습을 가만히 보던 도율. 와인을 한 모금 마
신다.


연수     저도 와인 한 입만 먹어도 되나요?

도율     와인이랑 소주는 조합이 좋지 않을 텐데요.

연수     괜찮아요. 저 다 잘 먹거든요.


연수가 도율의 잔을 가져가 한입에 털어 넣는다.

## S#56. **작업실, 밤.**

가죽 자켓을 입고 작업실 구석 소파에서 꾸벅꾸벅 졸고 있는 은호. 최웅, 샤워 후 편한 옷을 입고 수건으로 머리를 털며 작업실로 들어선다. 책장에 꽂힌 책들을 가만히 보며 고르고 있는 최웅. 그때, 한쪽 책장에 아무렇게나 꽂혀있던 종이 한 장이 떨어진다.

최웅    (N) 그러니까,

허리를 숙여 종이를 집어 드는 최웅. 놀이 공원이 그려져 있는 그림. 가만히 바라본다.

최웅    (N) 10년 전에도 그랬듯이,


## S#57. **최웅 집, 아침.**

시끄럽게 울리는 초인종 소리. 베개로 귀를 막아보지만 초인종은 계속 울린다.

최웅    (눈 감은 채) 야! 구은호!!

답이 없는 은호. 짜증 난 얼굴로 부스스 일어나는 최웅.

최웅    (N) 이번에도 모든 건 또 제 뜻과 상관없이 벌어졌어요.
최웅    (툴툴거리며 문을 열러 가는) 이 시간에 도대체 누가…

문을 벌컥 연다. 문 앞에는 연수가 서있다. 잠깐 눈을 찌푸리며
다시 보는 최웅.

최웅    (N) 마치 그래야만 한다는 것처럼요.

연수, 가만히 최웅을 바라본다.

연수    (N) 다시는 얽힐 일 없을 거라 생각했는데.


## S#58.  회의실, 아침.
S#33. 이어서.

지웅    포기하셔야 할걸요.

동일    아 왜? 너 안 하면 다른 애라도..

지웅    애들이 절대 안 찍으려고 할 거라고요.

동일    왜? 아직도 많이 싸우니 애들? 사이가 안 좋아?

지웅    (잠깐 생각하다) 애증이라는 거 있죠.

동일    응?

지웅    대개 애정과 증오는 한 끗 차이로 같이 오더라구요.

동일    무슨 말이야?

지웅    만났었어요. 둘이.


## S#59.  최웅 집, 이어서.
가만히 보다 문을 쾅 닫는 최웅. 문을 닫아놓고 멍하니 생각하

는 최웅. 그러다 주변을 살펴 뭔가를 찾는 듯하다.

지웅    (E) 한… 5년 정도?
동일    (E) 둘이? 그러니까 둘이 연애 뭐 그런 걸 했다고?

문을 다시 여는 최웅. 여전히 연수가 서있다.

연수    또 닫을 거야?
지웅    (E) 그리고 엄청 지랄 맞게 헤어졌죠.

가만히 서로를 보는 둘.

지웅    (E) 서로 상처 줄 만큼 줘서 아마 다신 안 볼걸요.
연수    너…

최웅이 들고 있던 분무기로 연수에게 촥촥 물을 뿌린다.

END.

S#  **에필로그 (과거)**

그림 속 놀이 공원과 같은 놀이 공원. 연수와 같은 니트를 입고 두터운 목도리를 하곤 아이스크림을 두 개 들고 서있는 최웅.


최웅   뭐라고?

연수   헤어지자고.

최웅   지금 이 상황에서 그게 할 말이야?

연수   응. 이별이 상황 봐가면서 하는 거야?

최웅   이번이 다섯 번째야.

연수   그중에 두 번은 너였어.

최웅   진심으로 하는 말이야?

연수   어. 진심이야.

최웅   또 니 맘대로지. 모든 걸 다 니 멋대로 해야 직성이 풀리지! 뭔데? 왜 또 혼자 생각하고 멋대로 판단하고 통보하는 건데?

연수   넌 늘 그딴 식으로 생각해 왔지? 나만 이기적인 년이고, 나만 나쁜 년이잖아. 그치?

최웅   비꼬지 마.

연수   너 헤어지자는 말도 먼저 하기 싫어서 이러는 거잖아. 아니야?

최웅   국연수.

연수   니가 원하는 대로 나쁜 년처럼 굴어준다니까? 그러니까 끝내자고. 끝내면 되잖아!


돌아서려는 연수의 팔을 잡는다. 팔을 뿌리치고 간다.


최웅   야! 국연수!!!

연수가 돌아본다. 말없이 노려보기만 하는 둘.

최웅     …그거 내가 사준 옷이야.

그러자 다시 빠르게 돌아오는 연수. 최웅의 앞에서 니트를 벗어
얼굴에 집어 던지곤 얇은 반팔 차림으로 떠난다.

# 1792일의 썸머

## S#1.  고등학교 교정, 낮.

자막  **연애 50일.**

대빗자루로 교정을 쓸고 있는 연수와 최웅.

| | |
|---|---|
| 최웅 | (N) 국연수는 가끔 이상한 질문을 해요. |
| 연수 | 만약에 말이야. |
| 최웅 | 응? |
| 연수 | 나는 대학 붙고 너는 떨어지면 어떡하지? |
| 최웅 | (멈칫하다) 붙을 거야. 나도. |
| 연수 | 이대로라면 너 떨어질걸. |
| 최웅 | 야. 너 내가 떨어지길 바라냐? |
| 연수 | 아니. 만약에. 만약에라는 거잖아. 난 대학교 가고 너 재수하면 우리 어떡해? |
| 최웅 | (잠깐 생각하다) 일단 안 떨어질 건데. 혹시 떨어지면 너네 대학 |

근처에서 재수할 거야. 그리고 도시락 싸 들고 다니면서 너 옆에서 공부할 거야.

연수    (가만히 생각하다) 흐음. 그렇게 내가 좋아?

연수의 말에 최웅이 얼굴이 빨개지더니 말없이 거칠게 빗자루질을 한다.

연수    응? 야. 말 안 해? 응?
최웅    그쪽 빨리 좀 쓸어.
연수    그렇게 내가 좋냐구? 어?


## S#2.    대학교 강의실, 낮.

자막    **연애 240일.**

혼자 강의실 뒤로 들어가 자리를 찾아 앉으려는 최웅.
전화를 받고 있다.

최웅    뭐라고?
연수    (F) 만약에 말이야.
최웅    (N) 아무 때나 불쑥 말이죠.

＊화면 분할〉〉 캠퍼스를 걸으며 통화 중인 연수.

최웅    또 뭐?

| 연수 | 만약에 너가 나 몰래 미팅을 나가면 어떻게 해? |
|---|---|
| 최웅 | 무슨 소리야. 내가 미팅을 왜 나가? |
| 연수 | 그럼 내가 너 몰래 미팅을 나가면… |
| 최웅 | (소리치는) 너 미팅 나가? |

학생들이 최웅을 돌아보자 눈치 보고 다시 작게 말한다.

| 최웅 | 그게 무슨 말이야? |
|---|---|
| 연수 | 아니. 만약에 말이야. |
| 최웅 | 김지웅 너 미행 붙일 거야. |
| 연수 | 걔가? 퍽이나. |
| 최웅 | 미팅 나갈 시간도 없게 내가 너한테 붙어있을 거야. |
| 연수 | (기분 좋게 웃는) |
| 최웅 | 나 진심인데. 너 오늘 수업 5시에 끝나는 거 다 알아. 꼼짝 말고 있어. |
| 연수 | 어제 봤는데 또 봐? 최웅 너 나 엄~청 좋아하나 봐? |
| 최웅 | 수업 시작한다. 끊어. |
| 연수 | 야..! |


S#3.   **연수 방, 오후.**

자막   **연애 520일.**

침대에 누워 콜록콜록 기침을 하고 있는 연수. 침대 옆엔 최웅이 물수건을 적시고 있다. 연수, 기침을 하는 와중에도 최웅을

아련하게 바라보며,

연수    …만약에 말이야.

최웅    (걱정스런 표정으로 쳐다보는)

연수    내가 아파서 이대로 못 일어나면 어쩔 거야?

최웅    (어이없는) 무슨 말이야? 너 이거 감기야.

연수    세상일은 예측할 수 있는 게 아니잖아?

최웅    오버하지마. 너 지금 열도 많이 내렸어.

연수    그러니까 만약에, 만약에라는 거잖아. 내가 갑자기 이대로 영원
       히…

최웅    (버럭 소리 지르는) 야!!! 쓸데없는 말 하지 마!

최웅    (N) 국연수는 제가 고통받는 걸 즐기는 것 같아요.


최웅, 연수 이마에 손을 대어보곤, 이마를 찰싹 때린다.


최웅    다 나았어 너. 일어나서 빨리 죽 먹어.


연수, 이마를 문지르며 최웅을 흘끗 본다.


연수    (N) 그냥. 그렇게라도 계속 듣고 싶은 게 있었거든요.



# S#4.   웅이 방, 낮.


자막    **연애 915일.**

편안하게 누워 만화책을 보는 둘. 연수가 웅을 흘끗 본다.

연수      (N) 최웅은 이상한 게,

연수      야.

최웅      다 읽었냐? 바꿔줄까?

연수      만약에 말이야.

최웅      (울상 지으며) 또?

연수      응. 만약에…

최웅      (귀 막으며) 아 몰라 몰라! 그거 좀 그만해!

최웅이 피해도 연수가 끈질기게 붙어 말한다.

연수      만약에 내가 교환 학생으로 외국 나가야 하면…

최웅      (화들짝 놀라며) 너 교환 학생 신청했어? 왜?

연수      아니. 만약이라고 만약.

안 된다며 방방 날뛰는 최웅. 그 모습을 지켜보는 연수.

연수      (N) 분명 날 많이 좋아하는 것 같긴 한데

연수      만약에 취업을 했는데 멀리 가게 되면 어떡하지?

최웅      나도 따라가서 취업하면 돼. 아니 난 취업 안 해도 되니까 그냥 따라가면 돼.

연수      왜? 그렇게까지 나랑 꼭 붙어있고 싶어?

최웅      (말없이 다시 만화책을 보는)

연수      (쿡쿡 찌르며) 우리 꽤 오래 만났는데 안 지겨워? 응? 그렇게 좋아?

연수가 최웅의 옆에 달라붙자 최웅이 피한다.

연수    (N) 뭐랄까. 꼭 결정적으로 중요한 말은 안 하더라구요.

연수    (만화책을 웅이에게 던지는) 너 진짜 짜증나!

최웅    야! 만화책을 머리에…!

연수    됐어! 나 갈래! 혼자 쳐 놀던가!

최웅    또 또 저 승질…! 야! 갑자기 왜 화내는 건데!

최웅    (N) 왜 '만약'을 생각해서 자꾸 절 괴롭히는지 모르겠어요.

연수    (N) 진짜 몰라서 그러는 건 아니겠죠?


## S#5.  공원, 낮.

자막    **연애 1150일.**

여유롭게 그늘 아래에 돗자리를 펴고 앉아있는 연수와 옆에 누워 그림을 그리고 있는 최웅.

연수    (N) 그리고 마지막으로 그 질문을 했을 때였어요.

연수    아. 평화롭다.

최웅    (말없이 집중해 그리는)

연수    … 만약에 말이야.

최웅    (볼펜을 떨어뜨린다) 그거 금지어라고 했지?

연수    마지막. 진짜 마지막. 더는 안 할게. 됐지?

최웅    (한숨을 쉬며 구시렁대는) 도대체 왜 그러는 거야. 진짜.

연수    우리가 진짜 헤어지면 어떡하지?

말이 없다.

최웅    안 헤어져.
연수    헤어질 수도 있잖아.
최웅    나는 안 헤어져.
연수    확신해?
최웅    응.
연수    그럼 내가 떠날 수도 있잖아.
최웅    (말없는)
연수    내가 너 버리고 가면?

다시 최웅이 말없이 그림을 그린다.

연수    응? 만약에 말이야. 만약에. 그럼 어쩔 거야?
최웅    …안 봐.
연수    응?
최웅    다신 너 안 봐.
연수    와. 단호하네 최웅. 진짜 안 봐? 죽을 때까지?
최웅    응.
연수    내가 다시 찾아가면?
최웅    물 뿌리고 소금 뿌려서 쫓아낼 거야.
연수    내가 무슨 악귀야? 뭘 그렇게까지 해.
최웅    그러니까.

최웅이 연수를 가만히 올려다본다. 눈빛이 깊다.

최웅      나 버리지마.

연수      (N) 그런 표정은 처음 봤던 것 같아요.


다시 말없이 그림 그리는 최웅.


최웅      (N) 그런데 어쩌면 그때 국연수는 '만약'이 아니었나봐요.


**S#6.    최웅 집 앞, 아침.**
EP01 엔딩 이어서.
최웅의 집 앞에 서있는 연수.


연수      너…


최웅이 들고 있던 분무기로 연수에게 촥촥 물을 뿌린다.
멍하니 보다 얼굴에 묻은 물을 천천히 닦는 연수.


연수      …소금도 뿌릴 거야?


서로를 바라보는 둘.


최웅      (N) 지금 이렇게 제 앞에 서있는 거 보면.

연수      (N) 어쩌다 우린 또 이렇게 되었을까요.


＊ 제목 삽입〉〉

## S#7.　휘영동 골목, 아침.

지웅이 카메라로 웅이와 기사식당을 찍고 있고, 최호 어색하게 서서 손님들을 맞이하고 있다.


최호　(흘끗흘끗 카메라를 보며) 어… 저는 이렇게 항상 손님들을 직접 맞이합니다. 그리고 다들 워낙 오랫동안 단골인 손님들이 많아서…

창식　(식당 들어가다 카메라를 보고 흠칫 경계하는) 최사장. 뭐.. 뭣이여 이거?

최호　(속삭이는) 아. 저 그 뭐 촬영하고 있어. 그냥 자연스럽게 해.

창식　(어색하게 카메라를 보는) 나.. 나도 찍히는겨?

최호　어어. 그냥 늘 하던 대로 하면 돼. 들어가. 그냥.


끝까지 카메라를 쳐다보며 들어가 자리에 앉는 창식.
지웅이 창식을 따라간다.


지웅　이 가게에 자주 오시는 단골이신가 봐요?

창식　(잔뜩 언 채 속삭이는) 지웅아. 뭐 하는겨 이게?

지웅　그냥 자연스럽게 답해주세요. 이 식당 다니신 지는 얼마나 되셨죠?

창식　(창백해지는) 지.. 지웅아. 나 못 알아보는겨? 나 쩌기 철물점인디…

최호　아이 참. 캇뜨 캇뜨!


지웅이 카메라를 내린다.


최호　아이. 창식이. 지웅이는 그냥 피디 선생님이다 생각하고 물어

|      |                                                                                                    |
|------|----------------------------------------------------------------------------------------------------|
|      | 보는 말에 자연스럽게 답만 하면 돼. 자꾸 그렇게 아는 체하지 말고.                                    |
| 창식 | 아 지웅아. 그런겨?                                                                                  |
| 지웅 | (웃으며) 아저씨. 그냥 저는 없다 생각하고 그냥 대답해 주시면 돼요.                                    |
| 창식 | 있는 걸 우찌 없다고 생각혀.                                                                         |
| 최호 | 아 거참. 촌스럽네 창식이. 나 하는 거 잘 보고 배워. 자연스럽게. 카메라가 나를 보고 있어도 없는 척. 모르는 척. 시치미 뚝 떼면서 말하란 말야. |
| 창식 | 알았어. 알았어. 내 한번 볼 테니까 다시 혀봐. 신기허네 이거.                                         |
| 손님 | 저기. 계산이요!                                                                                     |
| 최호 | (달려가는) 아 네네! 잠시만요!                                                                        |

카운터로 가 계산을 하는 최호. 손님이 나가고,

|      |                                                                                                    |
|------|----------------------------------------------------------------------------------------------------|
| 최호 | 웅아. 최웅 이 자식 이거 어디 갔어? 오늘 일찍 일어나서 카운터 좀 보라고 했더니… 내 이놈의 자식을 그냥… |
| 지웅 | 웅이 요즘도 밤에 잠 잘 못 자는 거 같아요.                                                           |
| 연옥 | (화들짝 놀라며 주방에서 빼꼼 얼굴을 내미는) 웅이 요즘도 못 자? 괜찮아진 거 아니었어?                |
| 최호 | (걱정스런) 그래? 또 그림 그린다고 그렇게 못 자는 거야? 걔가 맨날 집 안에만 처박혀 있어서 그래. 너가 한 번씩 애 데리구 산책하고 운동 좀 하고 해줘. |
| 연옥 | 어머 어머. 우리 애 약 하나 지어다 멕여야겠네. 웅이 아빠. 용태 씨한테 전화 넣어서 약 하나 지어요.     |
| 창식 | 애는 무슨 애여. 그만큼 다 큰 애가 어뎠다고 호들갑들이여?                                            |

| 최호 | (지웅을 보며) 그럼 지금 웅이 뭐 하고 있어? 아침에 자고 그래? |
|---|---|
| | 내가 한번 가봐야… |
| 지웅 | (시간을 보곤) 이 시간이면… 막 잠들었을 거예요. 이거 찍고 이 |
| | 따 제가 가볼게요. |

호들갑 떠는 최호와 연옥의 모습을 보는 지웅. 그저 부러운 마음이다.

## S#8.  **최웅 집 거실, 아침.**

거실 테이블에 마주 앉아있는 최웅과 연수. 긴장감이 흐른다.
한참 후 연수가 먼저 입을 뗀다.


| 연수 | 잘.. |
|---|---|
| 최웅 | 잘 지냈냐고 물어보러 온 건 아닐 텐데. |
| 연수 | 좋… |
| 최웅 | 좋아 보인다는 텅텅 빈말을 하려고 온 것도 아닐 텐데. |
| 연수 | (욱하다 참는) |
| 최웅 | 내가 이러는데도 참는 거 보면 뭐 되게 중요한 일인가 봐? |
| 연수 | (N) 안 본 사이에 얘는 왜 더 재수 없어졌을까요. |

연수가 어색하게 웃어 보이곤 가방을 열어 뭔가 뒤적거린다.

| 연수 | 그게… |
|---|---|
| 최웅 | 잠깐. |
| 연수 | ? |

웅이 연수를 가만히 본다.

최웅   너… 결혼하냐?
연수   아니.
최웅   (아무렇지 않게) 그럼 됐어. 계속해. 하던 거.
연수   (N) 뭔가 좀 변한 거 같기도 하구요.

가방에서 고오 작가 일러스트 그림들을 꺼내는 연수.

연수   너 맞지?
최웅   (흘끗 보곤) 아닌데.
연수   뭔 줄 알고 아니래?
최웅   (말없이 차 한 잔 마시는)
연수   표정 보니까 너 맞는데. 고오 작가. 너지?
최웅   아니라니까.
연수   처음 그림 봤을 땐 에이 설마 했어. 니가 이렇게 열심히 살았을
       리가 없으니까.
최웅   (미간을 찌푸리는)
연수   다시 계속 보다 보니까 그린 장소들이 익숙하더라고. 너가 다니
       는 곳 뻔하잖아.
최웅   (괜히 그림을 뒤적거리는) 평범한 장소들인데?
연수   그리고 인터뷰. 사람을 그리지 않는다는 이유가 예전에 너가 했
       던 말이야.
최웅   사람 안 그리는 건 흔한 거야.
연수   그래 여기까진 심증. 그리고 이건, (핸드폰을 꺼내 웅에게 보여준다)
       물증.

SNS에 올라가 있는 엔제이 사진을 보여준다.

최웅     이게 뭐?

연수     엔제이 매니저 SNS에서 찾았는데 거기 뒤에 흐리멍텅한 사람.

다시 유심히 보자 엔제이 뒤로 최웅이 흐릿하게 찍혀있다.

연수     앞구르기 하면서 봐도 너야.

최웅     이걸… 알아본다고?

연수     전시회 때도, 그림 팔 때도 절대 모습을 드러내지 않는다고 유
         명하신 고오 작가님께서 엔제이한테 그림 팔 땐 직접 갔더라?

최웅     (고개를 돌리며) … 팬이야.

연수     그래. 그러시겠지. 아무튼 난 고오 작가 만나러 왔어. 최웅 말고.
         제안할 게 있어서.

최웅     그래? (팔짱을 끼며) 그럼 해봐.

연수     (N) 역시 좀 뜨면 다 변하나 봐요. 저 건방진 자세 좀 봐요.

연수, 심호흡하고 억지 미소를 띤다.

연수     (기획안을 내밀며) 고오 작가님. 이번에 저희가 프리미엄 라이프
         스타일 편집샵 '소앤샵'과 작가님의 콜라보를 진행하고자 하는
         데요. 소앤샵의 오픈과 동시에 작가님의 드로잉을 라이브 쇼로
         진행을 하면 어떠할까 하는데 작가님 생각은 어떠신가요?

최웅     (기획안을 다시 밀며) 싫은데요.

연수     네?

최웅     싫다구요.

| 연수 | (참으며) 이유를 여쭤봐도 될까요? |
|---|---|
| 최웅 | 그냥. 싫어요. |
| 연수 | 그래도 읽어보시고 어떠한 점이 싫은지 말씀해 주시면 저희가 수정해서… |
| 최웅 | 싫습니다. 수정하실 필요도 없고 그냥… |
| 연수 | 야!!! |
| 최웅 | 누구 부르는 거야? 작가야 최웅이야? |
| 연수 | 너 유치하게 공과 사 구분 안 할래? |
| 최웅 | 구분했는데. 공과 사. 그러니까 이렇게 들어주고 앉아있지. |
| 연수 | 그럼 왜 싫다는 건데? 제대로 들어보지도 않고 너 내가 하니까 그냥 싫다고 하는 거 아냐? |
| 최웅 | 나 사람들 앞에 서는 거 싫어. 찾아봤으면 잘 알 텐데. 그리고 너가 하니까 싫은 것도 맞고. |
| 연수 | (어이없다는 듯) 하. 최웅. 많이 컸다? |
| 최웅 | 글쎄. 원래 너보다는 컸던 것 같은데. |
| 연수 | 유치하게 굴지 말고 다시 한번 검토해 보고 생각 바뀌면… |
| 최웅 | 그건 누구한테 하는 말이야? 작가? 최웅? |
| 연수 | 야!!! |

아무렇지 않게 차를 한 모금 마시는 최웅.

| 연수 | (N) 역시 찾아오는 게 아니었어요. 이런 수모를 당할 바엔… |
|---|---|
| 최웅 | (가만히 보다) 왜 찾아왔냐. 국연수. |
| 연수 | 뭐? |
| 최웅 | 다시는 안 볼 거라고 했을 텐데. |
| 연수 | 나도 이 일 아니었으면 안 찾아왔어. |

| 최웅 | 고작 이런 일 때문에 찾아왔다고? |
|---|---|
| 연수 | 고작 아니고 나한텐 중요한 일이야. |
| 최웅 | 글쎄. 5년 만에 찾아올 만큼 중요한 일은 아닌 것 같은데. |
| 연수 | 넌 뭔데 5년이 지났는데 아직 그렇게 화가 나있는데? |
| 최웅 | 넌 뭔데 고작 5년에 그렇게 쿨한데? |

말없이 서로를 바라본다. 그때, 바스락거리는 소리에 연수와 최웅이 돌아본다. 은호가 막 깬 듯 부은 얼굴과 까치집으로 시리얼을 들고 서있다.

| 은호 | (천천히 시리얼을 입에 털어 넣다 멈칫) |
|---|---|
| 최웅 | 너 뭐 하냐 거기서. |
| 은호 | 꿈이 아닌가. 형 지금 앞에 있는 사람 연수 누나 닮았어. |
| 연수 | 쟤도 여전하네. 구은호. |
| 은호 | 와. 목소리도 똑같아. (머리를 긁적이며) 아침부터 형이 전 여자친구랑 마주 보고 있는 꿈을 내가 꾸고 있어. 신기하지. 하하 참. |
| 최웅 | (자리에서 일어나며 연수에게) 아무튼 난 그 일 관심 없으니까, 볼일 끝났으면 가지? |
| 연수 | (노려보곤 가방을 챙기는) 재수 없는 놈. |
| 은호 | (어리둥절한) 꿈이 아냐? 진짜야? 형? 누나가 왜 여기서 나와? |

그때, 울리는 초인종.

| 최웅 | (멍하니 서있는 은호를 보곤) 뭐 해? 나가봐. |
|---|---|

어리둥절해하며 현관으로 나가는 은호. 문을 활짝 연다. 엔제이

가 서있다. 그러자 다시 문을 쾅 닫는 은호.

최웅     뭐야? 누군데?

은호     하하 참. 이렇게 맥락 없는 거 보면 꿈이 확실하네. 그렇지. 꿈이지.

최웅     뭐라는 거야?

최웅이 현관으로 나간다. 문을 다시 열자 엔제이가 그대로 서 있다.

엔제이     작가님. 좋은 아침.

그 모습을 보자 은호가 털썩 주저앉는다.

엔제이     (은호를 보곤) 괜찮아요. 자주 있는 반응이니까. 작가님. 오랜만이에요.

최웅     아… 어떻게 연락도 없이.

엔제이     작가님 이 시간에 전화 잘 안 받잖아요. 들어가도 되죠?

엔제이가 성큼 들어오자 가방을 챙겨 일어나던 연수가 흠칫 놀란다.

엔제이     (은호와 연수를 흘끗 보곤) 음.. 여기 일반인 여러분은 작가님 직원들?

연수     나 갈게.

연수가 나가며 엔제이에게 가볍게 인사하곤 최웅을 흘끗 본다.
보지도 않는 최웅.


S#9.    **최웅 집 앞, 아침.**
문을 닫고 나오는 연수. 다시 현관문을 돌아본다.

연수    아주 지 잘나간다고 사람 무시하는 거 봐. 지가 언제부터 작가
       님이었다고…

       열 받는지 문을 한 번 걷어차려는데 문이 다시 벌컥 열린다. 최
       웅이다. 흠칫 놀라는 연수.

연수    뭐.. 뭐?

       최웅이 말없이 소금 그라인더를 꺼내 소금을 갈아 뿌린다.

연수    저… 저 미친놈이! 야!!!
최웅    잘 가라.

       그리고 다시 닫히는 문. 어이없는 연수. 괜히 문을 한 번 발로
       차고 돌아선다.


S#10.   **최웅 집, 아침.**
문을 닫고 가만히 서있는 최웅.

| | |
|---|---|
| 최웅 | (N) 버킷리스트를 오늘 하나 해결했어요. |
| 최웅 | (뿌듯한 표정으로) 하! 여기가 어디라고! |

돌아보자 은호와 엔제이가 서있다.

| | |
|---|---|
| 은호 | (복화술 하듯) 형. 지금 뭐 하는 거야. 엔제이 씨 기다리잖아. |
| 엔제이 | 손님이 있었나 봐요 작가님? |
| 최웅 | (소금을 감추며) 아. 갑자기 찾아오실 줄 모르고… |
| 엔제이 | 제가 좀 불쑥 찾아가도 환영받는 스타일이라 자꾸 멋대로 구네요. 쏘리요. |
| 은호 | 쏘리라뇨. 전혀요. (폴더인사하며) 구은호입니다. 웅이 형 매니저구요. 그림 전시 문의나 구매 문의나 기타 여러 가지 크고 작고 하찮은 문의까지 다 저한테 해주시면 됩니다. |
| 엔제이 | 웅이 형? 작가님 이름이에요? |
| 최웅 | 아… 네. 최웅입니다. |
| 엔제이 | 아하. 제가 오늘 너무 이른 시간에 왔나요? |
| 은호 | 아뇨! 항상 언제든 아무 때나 오셔도 됩니다. 작업실은 그러라고 항상 열려있는 거니까요! |
| 최웅 | 내 작업실이 왜 항상 열려있.. |
| 은호 | 궁금한 게 있으시면 언제든 불쑥불쑥 찾아오셔도 돼요. 누추하신 분이 이런 귀한 곳에 와주셔서… 아니 아니! 귀.. 귀하신 분이!! 귀하신 분이 이런 누추한… 죄송해요! |
| 엔제이 | 괜찮아요. 제 앞에서 사람들이 말 더듬는 것도 자주 있는 일이라. 작업실 구경해도 되죠? |
| 은호 | 그럼요! 제가 모시겠습니다. 이쪽으로… |

은호가 지하 계단으로 엔제이를 안내한다. 최웅은 그 자리에 서서 다시 한번 현관문을 바라본다.

최웅      (N) 오늘같이 통쾌한 날은 두고두고 기억할 거예요.
엔제이    작가님?
최웅      아. 네.

함께 지하로 내려가는 최웅. 하지만 계속 신경 쓰이는지 문을 돌아본다.


## S#11.  **휘영동 골목, 아침.**

여전히 카메라로 웅이와 기사식당을 찍고 있는 지웅.
창식이 식당에서 나온다.

창식      (여전히 어색하게 카메라 의식하며) 어.. 자.. 잘 먹었슈. 여.. 여전히 맛있구먼. 번창하세유.
최호      (마찬가지로 어색하게 손 흔들며) 어어. 들어가요. 행복한 하루를 보내길 바라요.

둘을 담다 골목으로 앵글을 돌려 천천히 인서트 컷을 담는다. 그러다 앵글에 누군가 들어온다. 멀리서 다가오는 그녀. 연수다. 천천히 카메라에서 눈을 떼고 연수를 바라보는 지웅.

지웅      … 국연수?

## S#12. 작업실, 아침.

엔제이가 작업실에 걸려있는 그림들을 유심히 보고 있다.
은호가 최웅에게 재빠르게 다가와 속삭인다.


은호    내가 지금 이 더러운 몰골로 감히 엔제이 님과 마주하고 있었는
       데 말을 안 해줬어? 배신자.


하지만 최웅은 멍하니 다른 생각 중이다.


최웅    (N) 분명 이건 통쾌함이 맞겠죠?

엔제이   작가님.

최웅    (N) 이날만을 기다렸는데…

엔제이   작가님?


은호가 최웅의 발을 꾸욱 밟는다.


최웅    흐어. 네?

엔제이   그림 의뢰도 가능해요?

최웅    어떤..?

엔제이   제가 부탁드리고 싶은 게 있는데 그것도 그려주실 수 있나 해
       서요.

최웅    아. 전 사람은 그리지 않구요. 건축물이나 나무, 배경 위주로 그
       리는…

엔제이   그러니까 건물이요. 내 건물.

최웅    네?

엔제이   내 건물들 좀 그려줘요. 이쁘게.

입을 틀어막는 은호.

은호      (속삭이는) 존나 멋있어…

엔제이    (그림들을 둘러보며) 제가 요즘 인생에 낙이라는 게 별로 없거든
요. 뭘 해도 심심하고 다 재미없고. 내가 이렇게 살려고 지금까
지 악착같이 살아왔나 생각하니까 좀 짜증 나기도 하고.

은호      (몰입하며 듣는) 어머 어떡해…

엔제이    그런데 요즘 건물을 사서 가만히 보고 있으면 뭐랄까… 답답한
게 뻥 뚫리는 느낌이랄까. 혈액 순환도 잘 되고 밤에 잠도 잘 오
고 밥맛도 좋고. 보기만 해도 든든하달까.

은호      (감격스러운 표정으로 박수 치는) 다행이다.

엔제이    작가님 그림을 보고 있어도 그렇거든요. (그림을 다시 본다)


엔제이가 진지하게 그림을 다시 들여다보자 잠깐 침묵. 진지한
표정을 감추고 다시 웃으며 돌아본다.


엔제이    편안해. 안정감 있고. 역시. 세상에 변하지 않는 건 건물밖에 없
어. 건물을 사야 해. 작가님도 건물 좀 사셨나?

은호      그럴 리가요. 여기도 월세인걸요.

엔제이    뭐. 아무튼. 어때요? 해주실 수 있어요 작가님? 제가 그림 더 샀
다고 하면 작가님한테도 좋을 텐데. 그렇지 않아요?

최웅      그런데 괜찮으시겠어요? 그래도 아이돌인데 건물 뭐 그런 거로
괜히 기사 나는 거 이미지에 안 좋을 수도 있는데…

엔제이    상관없어요. 아까 말한 인생에 낙이 없다는 게 다 평생 해온 이
미지 관리 때문이었으니까. 이젠 좀 그딴 거 생각 안 하고 막 살
아갈 예정이라.

| 최웅 | 아… 그럼 제가 좀 생각을.. |
|---|---|
| 은호 | (발을 밟으며) 될 겁니다! 분명! |
| 엔제이 | 그럼 생각해 보시고 연락주세요. (시간을 보곤) 가야겠다. 좀 더 보고 싶었는데 아쉽네요. |
| 은호 | 또 오세요! 언제든! 이곳은 항상 열려있으니까! |
| 엔제이 | (은호를 보고 웃는) 고마워요. |

은호, 녹는다. 엔제이, 최웅을 흘끗 본다.

| 엔제이 | 흐음… 작가님 지난번에 제 팬이라고 하지 않았어요? |
|---|---|
| 최웅 | 아 네. 팬입니다. |
| 엔제이 | 오늘 보니까… 아닌 것 같은데. 벌써 한 번 봤다고 질리셨나. |
| 최웅 | 네? 무슨… |
| 엔제이 | 아까부터 계속 관심이 여기가 아니라 다른 데 가있는 거 같은데… (웃으며) 제가 또 그런 건 귀신같이 눈치채는 편이라. |
| 최웅 | 아니. 그게 아니라… |
| 엔제이 | 그럼. 또 봐요. 작가님. |

엔제이가 지나쳐 내려가고 은호가 재빠르게 따라간다. 웅은 창밖으로 문을 바라본다.

| 최웅 | (N) 왜 계속 신경 쓰이는 거죠. |
|---|---|

## S#13.  휘영동 골목, 오전.

골똘히 생각하며 터덜터덜 걷고 있는 연수.

연수　(N) 더럽게 유치한 놈. 그까짓 거 안 하면 그만이에요. 자존심이 있지 다시 그 수모를 당할 바에는…

＊ 플레시컷〉〉EP01. 회상

도율　작가 섭외 가능하다는 말. 그저 뱉은 말이 아니어야 할 겁니다. 그렇게 한심한 사람은 아니겠죠 국연수 씨?

＊ 다시 현재〉〉

연수　(머리를 헝클며) 아아악! 진짜. 괜히 오버해서… 하. (멈춰 서는) 눈 딱 감고 다시 매달려봐..? 아니. 소금까지 쳐 맞고 내가 그 자식한테 어떻게 다시…!

그때, 오토바이가 연수 옆을 빠르게 지나간다. 그러자 황급히 연수를 잡아채는 지웅.

지웅　(놀란) 무슨 생각을 하길래 앞을 안 보는 거야?
연수　어?
지웅　(손을 놓으며) 똑바로 보고 걸어. 골목이 좁아.
연수　와아. 너 진짜 오랜만이다. 어디서 갑자기 튀어나온 거야?
지웅　갑자기 튀어나온 건 너지. 니가 여기는 무슨 일로 왔냐?
연수　아. 너도 이 동네 살지.
지웅　설마… 최웅 보러 왔냐?
연수　하. 최웅은 무슨. 대단하신 고오 작가님 보러 왔다가 대차게 무시당하고 가는 중이다.

| 지웅 | 무슨 말이야? |
|---|---|
| 연수 | 그게.. 아니다. 됐다. 최웅 갠 철들 생각 없대? 애가 더 유치해졌어. |
| 지웅 | 걔가 혹시 너한테 물 뿌리고 소금 뿌렸냐? |
| 연수 | (입을 틀어막는) 그걸 니가 어떻게 알아? |
| 지웅 | (한숨 쉬는) 그 자식 그거 구은호 세워놓고 50번은 더 연습한 거야. 그거. |
| 연수 | 어…? |
| 지웅 | 생각보다 더 미친놈이라는 거지. 그런데 진짜 니가 찾아올 줄 몰랐는데. 걔가 연습을 괜히 한 건 아닌 거네. |
| 연수 | (이마 짚는) 두통 올 거 같아. 그런 제정신 아닌 애랑 내가 대화를 하러 왔다니. 미쳤지. |
| 지웅 | 무슨 일 있냐? |
| 연수 | 내가 일적으로 부탁할 게 있었는데… 후. 됐다. 그 정신 나간 애랑 뭘 하겠니. 나 간다. |

지나쳐가는 연수. 그러다 멈칫. 다시 돌아선다.

| 연수 | 아. 미안. 내가 이래. 되게 오랜만에 본 건데 너도. |
|---|---|
| 지웅 | ? |

연수가 한 걸음 더 다가온다. 지웅, 멍하니 연수를 본다.

| 연수 | 잘… |
|---|---|

그때, 또 한 번 오토바이가 지나가고, 이번엔 연수가 넋 놓고 있

는 지웅을 낚아챈다. 가까워지는 둘. 그러곤 다시 손을 놓는다.

연수    조심해. 골목이 좁아.
지웅    (가만히 보다) 방금 뭐라고 했어?
연수    아…

씨익 웃곤 어깨를 으쓱하는 연수.

연수    잘 지냈어? 김지웅.

그런 연수를 가만히 바라보는 지웅.


S#14.    **최웅 집 마당, 오전.**
호다닥 뛰어나와 마당에서 고개를 빼꼼 내밀어 괜히 골목을 한
참 쳐다보는 최웅. 나갈까 말까 하다 괜히 다시 마당을 서성인
다. 그러다 마당 한쪽 놓인 의자에 비스듬히 걸터눕는다. 한참
을 가만히 하늘만 올려다본다.

최웅    …소금은 좀 심했나?


S#15.    **인서트.**
어둑해지는 동네 전경.

## S#16.　**연수 집, 저녁.**

편한 옷차림으로 저녁상을 차리고 있는 연수.


연수　할머니! 밥 먹자!


상을 들고 자경의 방으로 가는 연수. TV를 틀어놓고 선잠이 든 자경.


연수　(자경에게 속삭이는) 할머니.
자경　(잠에서 깨는) 으응.
연수　(웃으며) 밥 먹고 자. 응?
자경　(일어나는) 벌써 저녁 시간이여?
연수　할머니 이젠 여덟 시 뉴스도 보기 전에 잠들겠어.
자경　몇 시여. 연속극은 보고 자야지.
연수　곧 하겠다. 밥 드시면서 봐요.


자경에게 수저를 쥐여준다. 간단하지만 정갈한 밥상.


자경　뭣이 어째 요렇게 피부도 뽀얗고 이쁘디야.
연수　(기분 좋은) 뭐야~ 방금 세수해서 그렇지 뭐. 참…


연수가 고개를 들자 자경은 TV 속 엔제이 광고를 보고 있다.


자경　(엔제이를 보며) 쟈는 요즘 자주 보이대. 근데 어찌 저렇게 쪼꼬만 한 얼굴에 오밀조밀하게 참하게 생겼댜?
연수　(어이없이 보는) 할머니.

자경 으잉?

연수 쟤가 예뻐 내가 예뻐?

자경 (뭔 소리냐는 듯 한 번 보곤 국을 뜨는)

연수 하. 할머니. 이러면 되게 섭섭하지. 나 할머니 손녀인데? 잰 쌩판 남인데?

자경 쟈도 누군가의 손녀겄지.

연수 그게 무슨 말도 안 되는 답이야 할머니?

자경 니가 말도 안 되는 질문을 하니께 그렇지. 얼렁 먹어. 국 식어.

연수 (어이없지만 웃긴) 이거 봐. 내 사회성은 다 할머니 닮았어. 할머니 때문에 내가 이렇게 승질머리가 드러운 거야.

자경 없이 살면 승질머리는 드러워야 하는겨. 어디 가서 남이 무시 못 허게. 알겄어?

연수 (가만히 보다) 그치? 내가 요즘 너무 성질 죽이고 살았지? 그래서 내가 요즘 기가 좀 죽었나 본데…

자경 (숟가락 내려놓으며) 누가 너 무시해? 누구여! 누가 우리 손주 기 죽여! 누구여! 땅그지 같은 자식. 데려와. 할미가 혼꾸멍내줄 테니까.

연수 (기분 좋게 웃는) 이거 봐. 내 할머니 맞네. 맞아.

조촐하지만 따뜻한 분위기의 저녁.

## S#17. 웅이와 비어, 저녁.

꽤나 사람들이 가득 찬 가게 안. 은호가 서빙을 하고 있고, 최호, 맥주 케그를 교체하고 있다. 그러곤 맥주 탭으로 이동해 교체한 맥주를 조금 따라 보고 불빛에 비춰 색을 확인 후, 향을 맡아본다.

은호    아저씨. 5번 테이블에 흑맥 두 잔 추가요.

최호    아이고. 그거 나가면 우리 이제 흑맥주 다 떨어지겠는데. 손님
한테 꼭 안내 드리고 재고 한번 확인해봐.

은호    오케이! 알겠습니다!

최호    그리고 그거만 하고 얼른 가서 쉬어. 뭣 하러 여기서 계속 일하
고 있어?

은호    에이. 매번 용돈 챙겨주시잖아요. (찡긋 윙크하는) 저도 뭐라도 해
야죠.

최호    안 그래도 된다니까 거참.


은호, 맥주 기계로 맥주잔을 채운다.


손님    여기 사장님! 맥주 두 잔 더 추가요!

최호    네! 갑니다!! (손님에게 다가가서 주문을 받는) 어때. 그 맥주는 입에
맞으셨고? 이번에는 뭐로 드릴까? (메뉴판을 보고 있는 손님에게 가
까이 다가가) 좀 더 부드러운 거 찾으면 요거. 밀맥주가 아주 좋거
든. 어때. 이번엔 그걸로 한번 드려볼까?


바쁜 가게 안. 그때, 맥주를 따르고 있는 은호 바로 앞 바 테이
블에 앉은 누군가가 은호를 부른다.


솔이    여기요.

은호    네?

솔이    (진지한 얼굴로 메뉴를 보고 있는) 매운 치킨 반반이랑 치킨샐러드

랑 음… 떡볶이랑 음… 닭발 볶음밥 이것도 주세요.

은호, 흘끗 솔이 테이블을 보는데 이미 여러 메뉴 접시들이 가
득하다. 술도 안 마시면서 혼자서 먹고 있는 솔이가 어쩐지 수
상하다.

은호    네~. 왜 술은 안 드세요?
솔이    (건성 대답하는) 먹을 거예요.

솔이, 음식 하나하나를 자세히 사진을 찍고 있다. 그리고 뭔가
작은 종이에 메모를 한다. 잠시 후, 음식들을 솔이 앞에 놓아주
는 은호.

은호    음식 나왔습니다~ 다 드실 수 있으시겠어요?
솔이    (까칠하게) 뭐 그런 걸 물어봐요? 안 남길 테니까 걱정 마세요.
은호    아니. 서비스 좀 더 드리려구요. (크리스피 텐더 놓으며) 이건 크리
        스피 텐더. 신메뉴인데 요즘 반응 제일 좋거든요.
솔이    (눈을 반짝이는) 아 그래요? 근데 이걸 서비스로 주셔도 돼요?
은호    그럼요. 이렇게나 많이 시키신 거 보면 정말 맛있다는 건데…
        아님 먹방 유튜버이신가? 그러고 보니 어디서 본 거 같기도 하
        고…
솔이    (어색하게 웃으며) 아니에요. 무슨. 암튼 잘 먹을…
은호    (바에 턱을 괴고 기대며) 근처에 가게 냈어요?
솔이    네. (고개를 홱 드는) 에?
은호    (해맑게 웃으며) 괜찮아요 괜찮아. 뭐~ 경쟁사 살피는 게 뭐 나쁜
        일인가~ 여기 그럴려고 오는 사람들도 많아요. 뭐 열심히 적으

시는 거 같던데 뭐 적은 거예요? 어디에 오픈했어요? 가게 이름은 뭐예요? 맥줏집? 아님 음식점?

해맑게 질문하는 은호와 당황한 솔이.

솔이    (애써 당당하게) 하. 아니거든요? 뭐 이거 눈치보여서 맘대로 시켜 먹지도 못하겠네!
은호    내가 여기 사장님이랑 절친이거든요. 레시피 좀 물어봐 드려요?
솔이    (재빠르게) 그럴 수 있으세… (정신 차리고) 아니. 어머. 아니라니까 그러네. (괜히 핸드폰을 보곤, 어색하게) 아. 참. 나 가야 하지? (벌떡 일어나는) 계산해 주세요.
은호    남기고 가시게요? 포장해 드릴까요?
솔이    (눈치 보다 작게) 네. 그러시던가요.
은호    (해맑게 웃는) 가서 천천히 음미해서 레시피 꼭 알아내세요. 화이팅.

솔이, 찌릿 노려본다. 곧 포장된 음식을 들고 가게를 나간다.
은호, 테이블을 치우는데 솔이 두고 간 메모가 있다. [ 떡볶이-존맛… 매운 치킨-대존맛… 닭발 볶음밥-존맛… ] 등… 온통 맛있다는 말뿐인 메모.

은호    (메모를 보곤) 흠… 저 사람 장사 망할 거 같은데.

그때, 최호가 다가온다.

최호    은호야. 이제 그만하고 얼른 가봐. 오늘도 웅이 집으로 가니?

| 은호 | 네. 그러려구요. (뿌듯하게) 저 없으면 그 형 아무것도 못 하잖아요. |
|---|---|
| 최호 | 그래 그럼. (한약 두 상자를 건네며) 이것 좀 가져가서 애 좀 먹여. 기력에 좋고 불면증에 좋다니까. 너두 같이 먹구. 응? |
| 은호 | 진짜 최웅은 무슨 복이래… 이런 부모님이 어딨어 참나. 아저씨. 최웅 말고 저 키우시면 안 돼요? 최호, 은호. 이름도 딱이잖아요. 웅이와 말고 호호와로 해요. 응? |

은호의 애교에 기분 좋게 웃는 최호.


## S#18.  **최웅 집 마당, 저녁.**

어둑해진 마당에 아까 그 의자에서 그대로 잠들어있는 최웅. 누군가 다가가 최웅의 얼굴에 작은 조명을 비춘다.

| 최웅 | (눈부셔서 일어나는) 으응…? |
|---|---|

지웅이 자신의 얼굴에 조명을 가져다 댄다.

| 최웅 | 아씨 깜짝이야! |
|---|---|
| 지웅 | 왜 여기서 불쌍하게 자냐. 안 그래도 불쌍하게 생긴 애가. |
| 최웅 | (눈 비비며) 오늘 아침에 잠 못 잤어. |
| 지웅 | (다시 최웅에게 조명을 비추는) 연수 왔다 갔다며? |
| 최웅 | (조명 밀치며) 아. 치워. 눈부셔. 어떻게 알았냐? |
| 지웅 | 아까 봤어. 골목에서. |
| 최웅 | (놀라며) 언제? 나 보기 전이야, 후야? |

| 지웅 | 소금 맞고 나오는 길. |
|---|---|
| 최웅 | 아… 그것도 말했냐? |
| 지웅 | 말 안 해도 내가 알지. 니가 그거 몇 년 준비한 건데. 제정신이냐? |
| 최웅 | (말없는) |
| 지웅 | 같은 성인 남성으로서 부끄러움은 내 몫인가 보다. |
| 최웅 | …진짜 다시 볼 줄 몰랐어. |
| 지웅 | (가만히 보다) 그래서. 다시 보니까 어땠는데. |
| 최웅 | 모르겠다. 내가 무슨 말했는지 기억도 안 나. |
| 지웅 | 쓸데없는 말만 늘어놨겠지. |
| 최웅 | 시비 걸러 왔냐? |

잠깐 침묵. 지웅, 최웅을 가만히 바라본다.

| 최웅 | (지웅을 흘끗 보곤) 왜. 뭐가 궁금한데? |
|---|---|
| 지웅 | (다시 최웅에게 조명을 비추며) 글쎄. 니 정신연령? 중학교는 들어갔으려나. |
| 최웅 | (눈을 찌푸리는) 치워. 근데 연수가 뭐 별다른 말은 안 했어? |

지웅이 가만히 생각한다.

| 지웅 | 응. 별로. |
|---|---|
| 최웅 | (일어나며) 그래? 들어가자. 쌀쌀하다. |
| 지웅 | 됐어. 집 갈 거야. |
| 최웅 | 뭐야? 그럼 왜 온 거야? |

최웅이 구시렁대며 집으로 들어가고 지웅은 잠깐 서있다 조명

을 껐다, 켰다 반복하다 곧 완전히 꺼진다.


## S#19. 연수 집, 아침.

연수       (신발 신으며) 할머니. 나 갈게!

자경       (고개를 빼꼼 내밀며) 할미 말 새겼지? 무시하는 놈들 있으면 다
         줘 패버려. 알았지?

연수       (피식 웃으며) 알았어. 걱정마시죠.

연수       (N) 할머니 말을 들으니 간단해졌어요.


## S#20. RUN 사무실, 아침.
         당찬 걸음으로 출근하는 연수.


연수       (N) 기죽을 거 없이 당당하게 말하고 수습하는 거예요.

지운       국팀장님. 좋은 아침입니다!

연수       네. 지운 씨도요.

명호       오. 팀장님 어쩐지 오늘 좀 기분이 좋아 보이십니다!

연수       그런가요?

연수       (N) 작가는 못 찾았다고 하고 대안을 기가 막힌 거로 제시하면
         돼요. 능력을 제대로 보여줘서 무시 못 하게 하면 돼요.

명호       참. 그리고 지금 대표님 방에…

이훈       (반갑게) 아 국팀장! 이제 왔어?


         연수가 돌아본다. 이훈과 함께 대표실에서 나오는 도율을 보고

멈춰 선다.

이훈 　장도율팀장이 아침 일찍 여기까지 오셨어. 진행이 꽤 잘 되고 있다며?

놀란 표정의 연수.

연수 　(N) 그러면 되는 건데…
도율 　출근이 꽤 늦은 편인가 봐요. 국연수 씨.
이훈 　하하. 저희 회사는 좀 더 자유롭고 창의적인 분위기를 위해 출근 시간을 자율 출근으로 하고 있습니다. 창의적인 기획안. 이게 다 이런 분위기에서 나오는 거거든요.
연수 　(당황한) 장팀장님이 월요일 아침부터 여기 오실 줄은 몰랐습니다.
도율 　진행 사항에 대해 이야기할 것도 있고, 오늘 소앤샵 가오픈 일정에 맞춰 실무자들과 한번 둘러보는 게 좋을 것 같아서 왔습니다.
이훈 　저랑 같이 가서 확인하시면 됩니다. (자켓을 입으려는)
도율 　국연수 씨랑 가죠. 어차피 이 프로젝트 국연수 씨가 다 맡고 있는 거 아닙니까?
이훈 　(바로 자켓 벗으며) 역시 실무자랑 동행하는 게 가장 효율적이죠. 괜히 과정을 늘려서 뭐 하겠습니까 하하! (해맑게) 국팀장. 뭐 해. 얼른 같이 다녀와.
연수 　아. 네. 그럼… 같이 가시죠 장팀장님.
연수 　(N) 갑자기 변수가 생겼어요.

얼떨결에 도율과 나가는 연수.


## S#21.  **엘리베이터 앞, 아침.**
나란히 엘리베이터를 기다리고 서있는 도율과 연수. 연수가 흘 끗 도율을 본다.

연수   아. 장팀장님 그날은…
도율   (흠칫 놀라며 쳐다보는)
연수   (웃으며) 잘 들어가셨죠?


도율, 의아하게 쳐다본다. 그때, 도착하고 열리는 엘리베이터. 도율이 먼저 타고 연수도 뒤따라 탄다.

도율   혹시… 기억이 안 나시는 겁니까?
연수   네?


엘리베이터가 멈춰 서고, 사람들이 우르르 탄다. 연수가 뒤로 물러서다 휘청거리며 도율에게 등을 기댄다. 그때, 갑자기 떠오 르는 기억.

＊플래시컷〉〉 그날 밤 회상.


비가 부슬부슬 내리고, 도율이 연수의 한 발짝 뒤에서 우산을 씌워주고 있다. 취한 연수가 휘청거리며 넘어지려 하자 도율이 뒤에서 붙잡는다.

| 도율 | 국연수 씨. 많이 취하신 것 같은데… |
|---|---|
| 연수 | 저 안 취한다니까여? 무슨 말을 그렇게 섭섭하게 하세여? |
| 도율 | 그럼 걸음을 똑바로 걸어주셨으면 좋겠는데. 우산은 왜 들고만 |
| | 있고 안 쓰시는 거죠? |
| 연수 | (우산을 꼭 끌어안고 통곡하듯) 우산이 없어요. 제가. 우산이 없습니 |
| | 다! 우산이… 장팀장님… 제가… 슬프게도 우산이 없어요… |
| 도율 | 국연수 씨 손에 있는 그거. 그게 우산입니다. |

＊다시 현재〉〉

입을 틀어막는 연수.

| 연수 | (N) 이.. 이게 도대체 무슨 기억이죠? |
|---|---|

엘리베이터가 1층에 도착하고 사람들이 내린다.
멍하니 서있는 연수.

| 도율 | 안 내리십니까? |
|---|---|
| 연수 | 아. 네. 내… 내립니다. |

## S#22.  **주차장, 아침.**
멍한 얼굴로 도율을 따라가는 연수.

| 도율 | 제 차로 가시죠. |
|---|---|
| 연수 | 아. 네네.. |

## S#23. 차 안, 아침.

이미 충격받은 얼굴로 조수석에 올라타는 연수. 안전벨트를 채우자 갑자기 또 떠오르는 기억.

＊플래시컷〉〉 그날 회상.

대리 기사가 도율의 차를 운전하고 있고 조수석엔 도율이 타있다. 그리고 뒷좌석에 탄 연수가 두 사람 사이로 고개를 쑤욱 내밀고 눈 풀린 채 대리 기사를 노려보고 있다.

연수 　(대리 기사를 노려보며) 장팀장님.

도율 　네. 국연수 씨.

연수 　지금 누군가가 팀장님 차를 훔치는 것 같습니다.

대리 기사가 연수를 흘끗 쳐다본다.

도율 　훔치는 거 아니고 운전해 주시는 겁니다.

연수 　(계속 노려보며) 걱정 마세요 팀장님. 제가 예의주시하고 있습니다. (딸꾹질하는)

도율 　(한숨 쉬곤) 네. 감사합니다.

대리 기사 (흘끗 눈치 보며) 이.. 이분 괜찮으신 거겠죠?

연수 　(뚫어져라 대리 기사만 보는) 그쪽. 조심해요. (딸꾹) 장도율 성격 드러워서 합의 없어요. (딸꾹)

도율 　나 들으라고 하는 소리 같은데요 이건.

＊다시 현재〉〉

더 충격받은 표정의 연수. 차가 출발하고 연수는 고개를 돌려
창밖만 본다.

도율   말이 없어지셨네요 국연수 씨.

연수   네?

도율   뭔가 기억이 나신 겁니까?

연수   아뇨. 네? 아니. 뭐가. 무슨 기억 말씀하시는 거죠? (억지로 웃는)

도율   (흘끗 보곤) 기억났나 본데.

연수   무슨 말씀하시는지 잘…

도율   어디까지 기억났죠? 저한테 소시오패스라고 하신 것도 기억나
      셨습니까?

연수   (홱 돌아보며) 네?


＊플래시컷〉〉 그날 회상.


뒷좌석 안전벨트에 결박된 채 흐트러져 있는 연수. 멍하니 창밖
을 보며 아련하게 중얼거린다.


연수   한껏 소시오패스인 척…

도율   (흘끗 돌아보며) 네?

연수   성공을 위해서라면 남들을 개무시하는 잔혹한 냉혈한인 척…

도율   저 보고 하는 말이십니까?

연수   나는야 공감 능력은 없지만 지능은 높고 일 잘하는 도시의 차가
      운 남자인 척…

도율   국연수 씨.

연수   테레비가 사람들을 다 망쳐놔요. 울 할매랑 같이 보는 연속극에

도 맨날 그런 실장님이 나오니까 다들~~~ 그런 써글놈이 멋있는 줄 알고~~~ 에이. 땅그지 같은 놈.

대리 기사     픕.

도율          (흘끗 보곤 미간을 찌푸리는) 국연수 씨. 후회하지 마시고 그만…

연수          내 말 끊지 말라고오! 왜 맨날 다 듣지도 않고 사람 말 뚝뚝 끊어대냐고오! 지 모가지도 그렇게 뚝뚝 끊어버리면 좋겠어? (딸꾹)


＊다시 현재〉〉


고개를 푹 숙이고 두 손을 공손하게 모으고 있는 연수.


연수          장도율 팀장님. 제가 정말 큰 결례를 범했습니다. 정말 죄송합니다.

도율          거기까지 생각이 났나보군요.

연수          죄송합니다. 변명의 여지가 없습니다. 제가 술에 취해 큰 실수를…

도율          술에 안 취하신다더니 아주 흥미로웠습니다.

연수          제가 어떻게 해야 용서해 주실 수 있을까요?

도율          됐습니다. 이번 프로젝트 잘 진행해 주시면 됩니다.

연수          아… 그건…

도율          다 왔네요.

## S#24. 최웅 집, 오전.

은호        형!! 형 형 형!!!

은호가 작업실로 뛰어 내려간다. 작업실 책상에 엎드려 자던 최
웅을 깨운다.


최웅        하… 나 방금 잠들었는데.

은호        (기획안 내밀며) 형. 이게 뭐야?

최웅        (찌푸리며 보는) 뭐가?

은호        이거 뭐냐고! 이거 누가 주고 갔어?

최웅        (멍하니 보다) 아. 국연수 왔을 때…

은호        헐 대박. 연수 누나 이런 일 한대? 아니. 그것보다 이거 형 보고
          같이하재? 대박. 대박. 그래서 왔었구나. 역시 연수 누나가 구질
          구질하게 최웅을 찾아왔을 리가 없지. 암.

최웅        뭔 소리야.

은호        한다고 했지? 어?

최웅        아니. 안 한다고 했…

은호        미쳤어!! 이걸 왜 안 해! 제대로 보긴 봤어?

최웅        뭐 라이브 드로잉 쇼 어쩌구 하다니까 당연히 안 한다고 했지.
          나 그런 거 안 할 거라고 했잖아.

은호        이건 소앤샵 그리는 거잖아! 소앤샵 몰라?

최웅        (멍한) 뭔데 그게.

은호        하… 런던 파리 다음에 이번에 한국에 오픈하는 편집샵. 몰라?
          이게 제안이 형한테 왔으면 당연히 해야! 다른 사람은 몰라
          도 형은!

최웅    왜?

은호    장 페라가 설계했다잖아. 이거.

최웅이 바로 기획안을 뺏어가 다시 들여다본다.

은호    지가 그렇게 좋아하는 건축가면서 그런 것도 몰라?

최웅    (멍하니 보는)

은호    얼른 다시 연수 누나한테 연락해서 하겠다고 해. 괜히 센 척하
        다가 이게 뭐야. 소금이나 뿌리고! 똥멍충이! 누나한테 가서 싹
        싹 빌어!

최웅    (다시 기획안을 내려놓고 멍하니 생각하다) 안 해.

은호    (등짝을 때리며) 뭐라는 거야 진짜! 형이 그걸 안 그린다고? 있어
        봐. (핸드폰으로 검색하는) 어. 오늘 가오픈 날이네.

최웅    (흘끗 보는) 오늘?

은호    일어나. 얼른. 가서 직접 보고도 안 그리고 싶은지.


## S#25.  대기실, 낮.

대기실에 앉아 메이크업 수정을 받고 있는 엔제이.
뒤엔 의상들이 가득 들어오고 여러 스태프들이 체크하며 정신
없는 분위기다.
그리고 핸드폰만 계속 들여다보고 있는 엔제이.

엔제이    흠. 연락이 안 오네.

미연      (헤어스타일링하며) 누구?

엔제이    그 그림 작가.

| | |
|---|---|
| 미연 | 뭐 연락주기로 했어? |
| 엔제이 | 내가 뭘 부탁했는데 생각해 보고 연락주기로 했거든. |
| 미연 | 얼마나 지났는데? |
| 엔제이 | (시간을 보곤) 하루하고 세 시간. |
| 미연 | 얘는. 그 정도면 그럴 수 있지. |
| 엔제이 | 나한테는 그럴 수 없지. |
| 미연 | 어우. 재수. 너 그 사람 앞에서도 그런 식으로 말했지? |
| 엔제이 | 응. |
| 미연 | 그 사람도 아티스트잖아. 그것도 꽤 잘나가는 아티스트. 너 재수 없어서 늦게 연락하려나 보다. |
| 엔제이 | 그럴 리가 없을 텐데. |
| 미연 | 왜 신경 써? 잘생겼어 그 작가? |
| 엔제이 | 아니. 약간… (고민하다) 멍청하게 생겼어. |
| 미연 | 큰일 났네. 너 스타일이네. |
| 엔제이 | 그러니까 말이야. 내 스타일로 생겨놓고 왜 연락을 안 하지? (매니저 보며) 오빠. 나 오늘 스케줄.. |
| 치성 | 안 돼. 풀이야. 이번 주 다 풀이야. |
| 엔제이 | 뺄 수 있는 날 없어? |
| 치성 | 어. 없어. 너 지난주랑 지지난주 뺀 거 이번에 메우는 거라 절대 안 돼. |
| 엔제이 | 흐음… |
| 치성 | 제발. 너 또 머리 굴리는 소리 들리니까 제발 아무 생각도 하지 말아주라. 나 좀 봐서. 엉? |
| 엔제이 | 흐음… 내가 먼저 연락해 볼까? 아니다. 연예인이 일반인한테 먼저 너무 많이 연락했어. 그치? |
| 미연 | 그래. 참아 좀. |

엔제이   아니지. 아티스트니까 일반인은 아니지. 연반인 정도? 그럼 내
        가 먼저 연락해도 뭐. 나쁘지 않지.

        톡톡톡 메시지를 쓰는 엔제이.


## S#26.   다큐 방송사, 낮.

자리에 앉아 노트북으로 유튜브 영상을 보고 있는 지웅. 연수와
최웅의 과거 영상이다. 지웅의 옆자리에 앉아있던 채란이 지웅
에게 다가온다.


채란   선배. 그거 하시게요?
지웅   아니. 안 할 거야.
채란   그런데 왜 계속 봐요?
지웅   그냥.
채란   난 그거 재미있겠던데.
지웅   (돌아보는) 왜?
채란   그 둘. 살아있잖아요. 팔짝팔짝.
지웅   뭔 생선 말하듯이 말하냐.
채란   둘이 케미도 좋고 캐릭터도 좋고 초여름 계절이랑 어울리는 어
       설프고 풋풋한 느낌. 웬만한 드라마보다 더 설레는 청춘물 같고
       좋던데요. 유치하지만 그 나이 때 하는 꽤나 진지한 고민들도
       담겨있고. 사람들이 왜 좋아하는지 왜 다시 보고 싶어 하는지
       좀 알 것 같더라구요.
지웅   뭐 계속 싸우기만 하는데…
채란   원본 테이프 봤어요? 그거 보면 좀 생각 더 달라질걸요?

| 지웅 | 원본? 넌 언제 그거까지 찾아봤냐? |
|---|---|
| 채란 | 거기 원본엔 선배도 많이 나오거든요. 열아홉엔 꽤 귀여우셨던데요. |
| 지웅 | 뭐? |
| 채란 | 아무튼 한번 봐봐요. |
| 지웅 | 안 봐. 시간 없어. |
| 채란 | 뭐 그럼. 저는 이만 촬영 나갑니다. |

채란이 가고 지웅이 유튜브를 들여다보다 창을 닫는다.


## S#27.  편집실, 낮.
테이프를 잔뜩 들고 들어오는 지웅.

| 지웅 | 하. 내가 왜 이걸… |
|---|---|

한쪽에 쌓아놓고 테이프 하나를 넣어 플레이한다. 심드렁한 표정으로 앉아 보는 지웅. 그러다 점점 몰입하게 된다.


## S#28.  소앤샵, 낮.
나란히 들어서는 도율과 연수. 이곳저곳 다니며 도율이 연수에게 말하고 연수는 부지런하게 체크하고 있다.
가구와 인테리어 소품 등 다양한 제품들이 비치되어 있고, 구경하는 사람들도 꽤 있다.
도율의 걸음에 맞춰 연수가 부지런히 따라다닌다.

## S#29.　소앤샵 앞, 낮.

소앤샵 건물을 보며 서있는 최웅과 은호.

은호　어때? 이래도 안 그리고 싶다고?

멍한 표정으로 한참 바라보는 최웅.

은호　어휴. 안에도 보면 마음이 바뀔걸?

최웅을 데리고 들어간다.


## S#30.　소앤샵, 낮.

엘리베이터 쪽으로 가는 도율과 연수.

직원　아. 팀장님. 지금 엘리베이터 잠깐 교대로 점검 중이라고 합니
　　　다. 15분 후면 끝나는데 잠깐 기다리시겠습니까?
도율　괜찮습니다. 에스컬레이터 이용하죠.

도율과 연수가 올라가는 에스컬레이터를 나란히 탄다. 계속 업
무 이야기하는 둘.

도율　주력은 가구와 조명입니다. 그러니 PPL 품목에 우선적으로 배
　　　치해 주시고 샵 전체 공간 또한 로케이션으로 적극적으로 활용
　　　해서 홍보해 주셔야 합니다. 드라마, 예능, 다큐멘터리 가리지
　　　않고 매체 통해 홍보가 될 만한 건 초반에 확실히 잡아주세요.

| 연수 | 네. 알겠습니다. |
| 도율 | 그리고 지난번 PPT 때 말한 아티스트와 콜라보 건은… |
| 은호 | 누나!! 연수 누나!! |

그때, 반대편에서 내려가는 에스컬레이터에 은호와 최웅이 서 있다. 은호가 큰 소리로 연수를 부르자 당황하는 연수와 최웅. 둘이 눈이 마주친다.

| 은호 | 어! 누나! 우리가 올라갈게! 거기 있어! |

어긋나고 멀어진다. 당황스러운 연수.

| 연수 | 아 저… 그게. 죄송합니다. |
| 도율 | 괜찮습니다. 시간 드려야 하나요? |
| 연수 | 아뇨. 아닙니다. 계속 진행하시죠. |

## S#31.  소앤샵, 낮.

2층을 둘러보고 있는 도율과 연수. 그때, 은호가 소리친다.

| 은호 | (해맑게) 누나!!! |

은호가 최웅을 질질 끌며 연수에게 다가온다.

| 연수 | (나지막하게) 저 자식이 진짜..! |
| 은호 | 누나! 한참 찾았잖아! 내가 최웅 데리고 왔어! 잘했지? |

연수    (웃으며 최웅에게 복화술) 야. 빨리 얘 끌고 나가.

최웅    (무심하게) 나도 끌려 온 거로 안 보이냐?

은호    누나가 형한테 일 같이 하자고 찾아왔었…아악!


최웅이 은호 발을 즈려밟는다.


최웅    (나지막하게) 아예 다 소문을 내라.


은호, 그제야 도율을 보고 아차 싶다. 도율이 흘끗 최웅을 바라
본다.


연수    (어색하게 웃으며) 어 그래. 은호야. 나 지금 일하는 중이니까 나중
        에…

도율    (연수를 보며) 국연수 씨. 잠깐 시간 필요하시면 비켜드리겠습
        니다.

연수    아 아뇨. 정말 괜찮습니다.

은호    아. 연수 누나랑 같이 일하시는 분이세요?

연수    (난감한) 어… 이분은 여기 소앤샵 마케팅 팀장님이시고…

은호    오! 진짜요? 저희도 여기에 진짜 진짜 관심 많거든요! (최웅을 툭
        툭 치며) 형. 형. 이분이 팀장님이시래.

최웅    (나지막하게) 진짜 그만 더 쪽팔리게 하고 가자.

도율    오늘 정식 오픈이 아니고 가오픈 날이라 좀 어수선할 순 있지만
        천천히 둘러보고 가세요. 혹시 불편한 게 있다거나 의견이 있으
        시면 나가시기 전에 저희 직원에게 말씀해 주고요.

은호    아. 네네. 그럼요! 굉장히 친절하시네요. (연수 보고) 누나. 그럼
        이따 끝나면 연락 줘! 아. 내 번호는… 아니다. 웅이 형한테 연

락하면 되겠다. 그럼…

최웅이 은호를 끌고 간다. 멍하니 어이없는 표정으로 서있는 연수.

연수    죄송합니다. 팀장님.

도율    (최웅을 바라보다) 아뇨. 괜찮습니다. 재미있는 분들이네요.

연수    (빤히 도율을 보는)

도율    왜 그러시죠?

연수    아. 아니… 불쾌할 수 있는 상황인데 팀장님답지 않게…

도율    소시오패스처럼 굴지 않아서요?

연수    아. 아니! 제 말은 그게 아니라!

도율    (피식 웃는다) 가시죠.

도율이 웃는 걸 보고 멍하니 서있다 정신 차리고 따라가는 연수. 그리고 멀지 않은 곳에서 은호와 최웅이 둘을 보고 있다.

은호    팀장이라는 사람이 저렇게까지 쓸데없이 잘생긴 이유는 뭐야?

최웅    (말없이 보는)

은호    둘이 저렇게 같이 있으니까 일하러 온 게 아니라 데이트하는 커플 같…

최웅이 은호의 머리를 후려친다.

은호    악! 왜 때려!

최웅    넌 내 매니저라는 놈이 아예 내가 누군지 다 떠들고 다니지? 너 어디 가서도 이딴 식으로 하고 다녀?

은호 　아니 진짜. 형은 무슨 복면가왕이야 뭐야. 뭘 그렇게 자꾸 정체
　　　를 숨기려고 오버를…

최웅 　시끄러워. (홱 돌아선다)

은호 　가게? 연수 누나 기다렸다가 얘기 안 해보고? 엉?

최웅 　위층 아직 다 안 봤어.

은호 　이거 봐. 이거 봐. 완전 관심 생겼지? 엉?


총총 따라가는 은호.


## S#32.　대기실, 낮.

엔제이가 몸에 꼭 맞는 무대 의상을 입고 스타일리스트가 등 지
퍼를 올려주고 있다.


지영 　언니. 둘에 숨 마셔요. 자. 하나 둘!

엔제이 　흐읍―

지영 　오케이. 됐다. 좋아요.


엔제이가 들고 있던 핸드폰을 보자 눈이 커다래진다.


엔제이 　잠깐. 잠깐. 내려. 내려.

지영 　네?

엔제이 　이거 다시 내려봐. 빨리!

지영 　(지퍼 내리며) 어? 왜요, 왜요?

엔제이 　(다시 숨을 내쉬며) 후― 미쳤어?

| | |
|---|---|
| 지영 | 어머. 너무 작아요 언니? |
| 엔제이 | (핸드폰을 보며) 읽씹을 해??? |

**[ 작가님~ 생각은 좀 해봤어요? ]** 라는 엔제이 메시지에 1이 지워져있고 답장이 없다.

| | |
|---|---|
| 미연 | 어머. 그 작가? 호오. 보통이 아닌가베? |
| 엔제이 | 답장 중인 거겠지? 신중하게 대답하려고 이러는 거지? |
| 미연 | 얼마나 지났는데? |
| 엔제이 | 13분. |
| 미연 | 어휴. 요즘 애들 연락법 못 따라가겠다. 겨우 13분 가지고 그러니? 어우. 유치해 죽겠네. |
| 엔제이 | 그렇게 신중한 타입으로 보이진 않았는데. 왜 읽고 씹는 거지? 흠… 나 이 옷 좀 벗겨줘 봐. |
| 미연 | 치성아. 얘 큰일 났다. 또 이런다. |
| 치성 | (말리며) 야. 왜 또! |
| 엔제이 | 리허설 정도는 스킵해도 되잖아? 나 잠깐 좀 나갔다 올래. |
| 치성 | 요즘 왜 그러냐 진짜. 예전엔 안 그랬잖아. 너 벌써 별거 아닌 일로 펑크 몇 번 냈다고 소문 돌고 있는 거 몰라? 얼른 다시 리허설 준비하자. 응? |
| 엔제이 | 예전엔 안 그랬으니까 이제 좀 이러면 안 돼? |
| 치성 | 야. 너 진짜 이 바닥 소문 금방인 거 몰라? 왜 이래 정말! |

치성이 소리치자 스태프의 시선이 집중된다. 하지만 아무렇지 않은 표정의 엔제이.

| 엔제이 | 언니 오빠들. 지난번에 틈틈이 다른 일 알아보라고 한 거 나 진심이야. |
|---|---|
| 치성 | 야. 너 무슨… |
| 엔제이 | 나 요즘 갑자기 사고 쳐서 바로 은퇴할 수도 있을 거 같은 기분이야. 퇴직금은 잘 챙겨줄 테니까 걱정하지 말고 다른 연예인 알아보던가 아님 다른 일 미리 알아보라구. |
| 미연 | 야! 너 또…! 꼭 말을 그렇게 정떨어지게 해야 하니? 이게 니가 갑자기 하기 싫으면 그냥 다 관두는 일이야? |
| 엔제이 | 갑자기 아닌 거 알잖아. |
| 미연 | 뭐? |
| 엔제이 | 나 이렇게 될 때까지 그냥 모르는 척했잖아. 다들. |

엔제이 말에 다들 조용해진다.

| 엔제이 | (담담하게) 이런 별거 아닌 일로 나 이러는 거 진짜 또라이 같지? 그냥 이것도 모르는 척해줘. 이렇게라도 안 하면 나 진짜 숨 못 쉴 거 같아서 그러니까. |

치성, 한숨을 쉰다. 엔제이, 담담한 얼굴이다.


**S#33. 소앤샵, 오후.**

다 둘러보고 엘리베이터 쪽으로 가는 도율과 연수. 연수가 도율의 눈치를 보다 결심한 듯 이야기를 꺼낸다.

| 연수 | 저 팀장님. 드릴 말씀이 있습니다. |

| | |
|---|---|
| 도율 | 네. 말씀하시죠. |
| 연수 | (심호흡하곤) 지난번 PPT 때 말씀드린 아티스트 콜라보 건 말입니다. |
| 도율 | 네. |
| 연수 | 진행이 어려울 것 같습니다. |
| 도율 | (멈춰 서는) 왜죠? |
| 연수 | 작가님 컨택 라인을 확보하지 못했습니다. 그리고 찾아본 바 그 작가님은 대중 앞에 나서는 작업은 하지 않는다고 합니다. |
| 도율 | (가만히 보다) 국연수 씨. |
| 연수 | 네. 실망하셨을 거 압니다. 정말 죄송합니다. 하지만 제가 반드시 더욱 효과적인 대안을 제시해 드리겠습니다. |
| 도율 | 마지막은 기억이 나지 않나 봐요. |
| 연수 | 네? |
| 도율 | 소시오패스까지 기억하신 걸 보면. 그날. 국연수 씨 집 앞에서 기억은 아직 못 찾았나 봅니다. |
| 연수 | 그게 무슨… |

연수, 갑자기 뭔가 떠오른다.

＊플래시컷〉〉 그날 회상.

연수 집 앞. 쭈그리고 앉아있는 연수와 난감하게 우산을 들고 서있는 도율.

| | |
|---|---|
| 연수 | 저 작가 찾았어여. (딸꾹) 팀장님한테 무시 안 당하려고. (딸꾹) |
| 도율 | 그건 듣던 중 반가운 소리네요. |

145
1792일의 썸머

| 연수 | 설마 설마 했는데⋯ 진짜 걔일 줄은 몰랐는데⋯ |
|---|---|
| 도율 | 네? |
| 연수 | 근데 제가 어떻게 걔를 다시 찾아가요? (딸꾹) |
| 도율 | 무슨 말이죠? |
| 연수 | (고개를 푹 숙이며) 최웅 그 자식을 제가 어떻게 다시 찾아가요. |
| 도율 | 고오 작가. 아시는 분인가요? |
| 연수 | 헤어진 지 5년이 지났는데⋯ |

말없는 연수. 도율이 연수를 조심스럽게 흔든다.

| 도율 | 국연수 씨? |

연수 고개를 드는데 눈이 촉촉하다.

| 연수 | ⋯다른 사람도 아니고 최웅을 어떻게 다시 봐요. |

＊다시 현재〉〉

입을 틀어막는 연수.

| 연수 | (N) 제가 도대체 무슨 말을 한 거죠? |
|---|---|
| 도율 | 아까 그분 맞죠? 고오 작가. |
| 연수 | 저.. 그.. 그게. |
| 도율 | 이미 이야기는 나눈 것 같고. 혹시 사적인 관계 때문에 불편한 거면 저희 쪽은 담당자를 국연수 씨가 아닌 다른 사람으로라도 바꿔서 진행할 의사가 있습니다. |

| 연수 | 장팀장님. |
|---|---|
| 도율 | 물론 처음부터 국연수 씨가 맡아왔던 만큼 본인이 마무리하는 게 가장 좋을 것 같지만 공과 사가 구분이 잘 안 되시는 분이라면 어쩔 수 없구요. |
| 직원 | (도율에게 다가와 뭔가 알리는) |
| 도율 | 네. 제가 확인하죠. (연수를 보곤) 이만 돌아가셔도 좋습니다. 그럼. 다음 진행이 되면 다시 연락주시죠. |

도율이 돌아간다. 멍하니 서있는 연수.

| 연수 | (N) 어떡하죠. |
|---|---|

그때, 엘리베이터가 멈춰 서고 문이 열린다. 엘리베이터 안엔 최웅이 서있다. 마주치는 눈.

| 연수 | (N) 이제 어떻게 해야 할까요. |
|---|---|
| 최웅 | (가만히 보다) 안 타? |

연수가 최웅의 옆에 나란히 선다. 문이 닫힌다.

## S#34. **엘리베이터 안, 오후.**
말없는 두 사람.

| 연수 | 은호는? |
|---|---|
| 최웅 | 먼저 내려갔어. |

다시 침묵. 그러자 갑자기 엘리베이터가 멈춰 선다. 층수가 사라지고 [점검 중]이라고 뜬다.

최웅     (버튼을 눌러보는) 뭐야?
연수     아… 아까 교대로 점검한다더니.

호출 버튼을 누르는 연수.

연수     (버튼에 대고) 2호기 안에 사람 있습니다. 확인해 주세요.
연수     잠깐 기다리면 되겠지.
최웅     놀라지도 않냐?
연수     놀랄 일도 많다.

다시 침묵. 기다리다 연수가 먼저 흘끗 최웅을 본다.

연수     관심 없다더니 여기까지 왔냐?
최웅     뭐… 기획안을 오늘 제대로 봤거든.
연수     (피식 웃는) 이거 봐. 그때 보지도 않고 그냥 싫다고 한 거지?
최웅     (말없는)
연수     시간이 그렇게 지났는데 넌 아직도 그렇게 유치하냐? 물 뿌려, 소금 뿌려. 너 그것도 몇 번이나 연습한 거라며?
최웅     김지웅이 일렀냐?
연수     철 좀 들어. 겨우 생각해서 한 게 그거야?
최웅     그럼 넌.
연수     ?
최웅     (연수를 보며) 겨우 생각해서 찾아온 게 같이 일하자는 거였냐?

연수, 최웅을 본다.

연수      그럼 내가 무슨 이유 들고 널 찾아가야 하는데?

최웅, 연수를 바라보다 시선을 돌린다.

연수      적어도 난 너처럼 유치하게 굴 생각은 없었어. 그래도… 5년 만에 처음 보는 거니까.
최웅      내가 유치하게 안 굴고 진지했으면,
연수      ?
최웅      감당할 순 있었고?

최웅, 다시 연수를 본다. 서로 바라보는 둘.

연수      만약에.
최웅      ?
연수      진지하게 굴었으면, 어떻게 했을 건데?

서로를 바라보는 눈빛이 흔들린다. 그때, 다시 엘리베이터가 작동한다. 그리고 1층에 도착해 문이 열린다.

직원      죄송합니다. 잠깐 실수가 있었나 봅니다.
연수      아뇨. 괜찮습니다.

그사이 최웅이 지나쳐 나간다. 그 뒷모습을 바라보는 연수.

## S#35.  최웅 집 앞, 오후.

천천히 노을 지는 오후. 최웅이 터덜터덜 집으로 걸어가고 있다.


최웅    (N) 유치한 거 맞네요. 도망치기나 하고.


한숨 쉬는 최웅. 그러다 멈칫. 집 앞에 너무 수상한 커다란 밴이
서있다. 천천히 다가가는 최웅. 그러자 창문이 열리고 엔제이가
팔을 괴고 빼꼼 얼굴을 내민다.


엔제이   안녕. 작가님.

최웅    (당황한) 아니. 엔제이 씨. 여긴 또 왜…

엔제이   작가님 핸드폰 어디 있어요?

최웅    제 핸드폰이요? (주머니에서 꺼내는) 여기 있는데.

엔제이   흠. 잃어버린 거 아니구나? 그럼 왜 제 메시지 씹어요?

최웅    네? 아. 아까 읽고 생각해 보고 답장하려고 미뤄뒀는데…

엔제이   절 미뤄둬요? 저 미루고 뭐 하고 계셨는데요 그럼?

최웅    아. 밖에 잠깐 나가 있어서… 아니 그런데 지금 뭐 하시는 거죠?
       왜 이렇게 불쑥 찾아오시고…

엔제이   그냥요.

최웅    ?

엔제이   그냥. 내 메시지 씹고 뭐 하고 있나 궁금해서.

최웅    일 없으세요? 제일 바쁘실 분이…

엔제이   5분만 더 있다 가려고 했어요. 곧 음방 생방 있거든요. 잠깐 시
       간이 나서 굴러와 봤어요.

최웅    여기까지요?

엔제이   그러게요. 왜 이럴까요? 왜 이러는 거 같아요?

최웅      (놀라는) 네?

엔제이    (잠깐 가만히 보다 피식 웃는다) 심심해서 그렇죠. 제가 원래 심심할
        틈이 없는 사람인데 요즘은 부쩍 좀 심심해지는 거 같아서 메시
        지 읽씹 하는 사람 어떻게 생겼나 구경하러 왔어요.

        최웅, 이상하단 듯 바라본다.

최웅      생각보다 또르… 독특한 분이시네요.

엔제이    다른 말 하려고 했던 거 같은데? 못 보고 갈 줄 알았는데 그래
        도 봤네요. 일찍 일찍 좀 다녀요. 세상이 얼마나 험한데.

최웅      저기 아직 여섯 시도 안 됐어요.

엔제이    여섯 시에도 세상은 흉흉해요. (시간을 보곤) 늦었다. 갈게요.

최웅      아니 진짜 제가 메시지 답 안 했다고 이렇게 오신 거예요?

엔제이    궁금하면 또 한 번 씹어보시던가.

        해맑게 손을 흔들고 창문을 닫는다. 그리고 출발하는 밴.

## S#36.  밴 안, 오후.

치성      (운전하며 한숨을 쉰다)

엔제이    1번. 너무 귀엽다. 2번. 너무 또라이 같다. 어땠을 거 같아?

치성      2번.

엔제이    (으쓱하는) 뭐. 어쩌겠어. 그래도 이러니까 속 시원하고 심지어
        재미있는걸.

치성      그래. 그래. 너라도 재미있으면 됐다.

| 엔제이 | 걱정 마. 아직 무대 안 늦었잖아? |
|---|---|
| 치성 | 너 때문에 요즘 내가 심장 쪼들려서 죽겠다. 어휴. |
| 엔제이 | (씨익 웃으면서 창밖을 보는) 난 요즘 좀 살겠는데. |

## S#37.  편집실, 저녁.

어두운 편집실 안. 쌓여있던 테이프는 어느새 반대편에 놓여있고 마지막 테이프를 보고 있는 지웅. 표정이 복잡하다. 가만히 보다 핸드폰을 드는 지웅. 동일에게 전화를 건다.

| 지웅 | 선배. 나 이거 할게. 할게요. |
|---|---|

## S#38.  최웅 작업실, 밤.

늦은 밤. 작업에 집중하고 있는 최웅. 문득, 잠깐 멈춰 멍하니 창밖을 바라본다.

## S#39.  연수 집, 밤.

설거지를 마치고 자경의 방으로 들어가 잠든 자경 대신 TV를 끄고 이불을 꼼꼼하게 덮어주고 나오는 연수.
조용하고 어둑한 거실에 앉아 조용히 캔맥주 한 캔을 마시며 나지막하게 한숨을 쉰다. 생각이 많은 얼굴이다.

## S#40. **편집실, 밤.**

봤던 장면들을 다시 계속해서 돌려보고 있는 지웅.


암전.


## S#41. **길거리, 아침.**

길거리에서 목욕 바구니를 들고 추리닝 차림으로 전화를 받고 있는 연수.


연수    (짜증 난다는 목소리) 뭐? 뭘 하라고?


## S#42. **최웅 집 마당, 낮.**

썬캡 쓰고 쭈그리고 앉아 잡초를 뽑던 최웅. 지웅을 올려다보고 있다.


최웅    뭐?
지웅    촬영해야 한다고 너.
최웅    (피곤하단 듯) 진짜 짜증 나는 소리 좀 하지 마.
지웅    해야 돼. 나. 그러니까 너도 하게 돼 있어.
최웅    무슨 말 같지도 않은 소리야.
지웅    너랑 연수. 다시 찍자고. 다큐멘터리.


멍하니 지웅을 본다.

최웅    미쳤냐! 내가 그걸 하게!!! 내가 니가 하라면 다 하는 노예냐!!!

END.

| S# | **에필로그** |
|---|---|
| | 최웅의 집. 나란히 의자에 앉아있는 연수와 최웅. |
| | 연수, 뚱한 표정이다. |

| 최웅 | 안녕하세요. 제 이름은 최웅이에요. |
|---|---|
| 연수 | 제 이름은… |

한숨 쉬는 연수.

| 연수 | (짜증 가득한) 진짜 이걸 해야 해? |
|---|---|

연수, 짜증 가득한 얼굴이다.
최웅, 팔짱 낀 채 카메라를 보다 씨익 웃는다.
그리고 둘을 묵묵히 촬영하고 있는 지웅.

내가 널 싫어하는 10가지 이유

**S#1.** **최웅 집 마당, 낮.**

의자에 앉아있는 최웅. 카메라를 바라보며 인터뷰.

최웅    싫어하는 거요?

최웅, 팔짱을 끼며 망설임 없이.

최웅    여전히 국연수요.

잠깐 생각하다,

최웅    (카메라를 바라보며) 제가 걔를 싫어하는 이유는 10가지도 말할
수 있어요.

## S#2.    고등학교 교실, 낮.

최웅        (N) 우선, 알다시피 국연수는 굉장히 이기적이에요.

최웅, 옆자리 연수를 보고 있다. 연수의 옆에 서있는 여학생 둘.

학생1      연수야. 응? 지난주 필기만 보여주면 안 될까? 그거 시험에 나오는 거라며.

공책을 소리 나게 덮는 연수.

연수        (담담하게) 싫은데.
학생1      제발. 응? 그 부분 필기한 사람 너밖에 없단 말야.
학생2      그래. 내일 시험인데 우리 다 같이 살아야지. 잠깐만 보고 바로 돌려줄게!

연수, 공책을 다시 편다. 기대하는 학생들. 그러자 연수가 노트 한 부분을 주욱 찢어낸다.

연수        (담담하게) 어쩌지. 나도 이제 없는데. 그럼 이제 가줄래?

그러곤 이어폰을 꽂는 연수. 어이없다는 듯 보는 학생들.

학생1      진짜 재수 없는 건 알았는데…! 와…!

그 모습을 턱을 괴고 가만히 보고 있는 최웅.

**S#3.    대학교 강의실, 낮.**

발표자로 앞에 서있는 연수. 그리고 옆으로 팀원들 셋이 나란히
서있다. 포인터로 화면 가득 PPT를 띄우는 연수.


연수    3장 발표를 맡은 2조 조장 국연수입니다. 저희 조 팀원은…


그리고 포인터를 누르자, PPT 표지에 있던 팀원들 이름이 하나
하나 사라진다.


연수    없습니다. 발표 시작하겠습니다.


연수의 말에 술렁이는 학생들.
팀원들은 어이가 없다는 듯 연수를 바라본다.
최웅, 뒷자리에 앉아 그럴 줄 알았다는 듯 연수를 보고 있다.


최웅    (N) 그리고 사회성이 부족.. 아니 없어요. 그냥 없어요.



**S#4.    술집, 밤.**

마주 보고 있는 최웅과 연수. 기분 좋게 술잔을 부딪친다.


최웅    (잔을 비운 후) 오늘은 취할 때까지 먹어보자! 내가 잘 데려다줄
       테니까 걱정 말고.
연수    왜 너가 날 데려다줄 거라 생각해?
최웅    (웃으며) 그래도 내가 너보다는 잘 먹으니까…
연수    왜? 해본 적 없잖아.

| 최웅 | 아니 그래도 내가 남자니까… |
| 연수 | (술병을 들어 따르는) 해보자. |
| 최웅 | 응? |
| 연수 | (웃으며) 누가 이기나 해보자고. |
| 최웅 | (N) 뭐든 무조건 이기려고만 하는 |
| 최웅 | 진심이야? |

말없이 잔을 부딪치고 원샷한다. 눈빛이 불타오르는 연수.

| 최웅 | (피곤한) 아니 재미있게 술 마시러 와서 왜 경쟁을 하고 그래. 그냥 마시자. |
| 연수 | (단호하게 술잔을 보며) 비워. |

울상 지으며 잔을 비우는 최웅. 다시 연수가 잔을 따른다.

| 최웅 | 그냥 너가 이겼다고 하자. 그만해. 응? |
| 최웅 | (N) 피곤하고 쓸데없는 승부욕에. |


## S#5. 캠퍼스 안, 낮.

연수, 남자 셋과 말로 싸워대고 있다. 그리고 연수를 뜯어말리고 있는 최웅.

| 연수 | 선배 같지도 않은 게 무슨 선배라고! 웃기시네! 고작 있는 게 선배라는 그 뭣도 아닌 벼슬이에요? |
| 남학생1 | 뭐? 이게 진짜 오냐 오냐 하니까! (손을 드는) |

| 연수 | 언제 오냐 오냐 했는데? 내가 니 손주냐? 니가 키우는 개새끼냐? |
|---|---|
| 최웅 | (연수 막으며) 제발. 가자. 그냥. 응? |
| 남학생1 | 니? 니라고 했냐? 아오 진짜! |
| 최웅 | (남학생에게 머리 숙이며) 죄송합니다. 얘가 흥분해서… |
| 연수 | 니가 왜 죄송해? 비켜. (남학생을 똑바로 쳐다보며) 다시 말해 보라니까요? 아까 지껄인 말? |

사람들이 모여 보든 말든 지지 않고 싸우는 연수. 가운데서 최웅만 바짝 마른 나뭇가지처럼 흔들리고 있다.

| 최웅 | (N) 싸움이란 싸움은 다 걸고 다니는 안하무인인 데다 |

## S#6.  **미용실, 오후.**

| 최웅 | (N) 고집은 고집은 얼마나 센지. |

남자 장발 펌 머리 잡지 사진을 들고 최웅의 얼굴 앞에 가져다 대고 있는 연수.

| 최웅 | (사진을 치우며) 미쳤냐! 이걸 어떻게 해! |
|---|---|
| 연수 | 왜? 못할 건 뭐야? |
| 최웅 | 내가 이딴 뽀글 머리가 어울릴 거 같아? |
| 연수 | 그러게 왜 이렇게 안 생겼대? |
| 최웅 | 야!!! |
| 연수 | (미용사를 보며) 이렇게 해주세요. |

| 미용사 | 이 학생 머리는 이렇게 하기엔 너무 짧은데… |
|---|---|
| 연수 | 괜찮아요. 그냥 해주세요. |
| 최웅 | 야!!! 왜 내 머리를 니 맘대로 정하냐고! |
| 연수 | 어제부터 내 이상형은 이 머리가 잘 어울리는 남자로 하기로 했거든. |
| 최웅 | (온몸으로 짜증을 표현하며) 아아 진짜! 뭔 말이야 도대체 그게!!! 나 안 해! 싫다고!!! |
| 연수 | (단호하게 미용사를 바라보며) 해주세요. |
| 최웅 | (N) 하기로 마음먹은 건 무조건 다해야 직성이 풀리는 싸이코예요. |

## S#7.  편의점, 아침.

편의점 카운터에 서서 일하고 있는 연수와 그 앞에 서있는 최웅.

| 최웅 | 오늘만 빼면 안 돼? 응? |
|---|---|
| 연수 | 안 돼. 엄청 중요한 일도 아닌데 알바를 왜 빼. |
| 최웅 | 진짜 오늘이 벚꽃 마지막 날이라니까? 진짜 진짜 마지막이래 오늘이. 내일 비 온단 말야. |
| 연수 | 아니 그러니까 벚꽃 그걸 보러 왜 거기까지 가? 다음에 가. 내년에. |
| 최웅 | 아 작년에도 내년에 가자며! 올해가 내년인데 왜 안 가! 이제 꽃잎이 다 떨어질 때라 이때가 젤 예쁘다고 했단 말야! |
| 연수 | 질 때 예쁜 꽃을 뭐 하러 봐? 향기도 안 나는 그저 방사형으로 여러 장 뭉쳐서 피는 쓸모없는 꽃일 뿐이야. |
| 최웅 | (N) 또 여자애가 낭만이라고는 코딱지만큼도 없어요. |

| 최웅 | (노려보는) 그래서 진짜 나랑 벚꽃 보러 안 간다는 거지? |
|---|---|
| 연수 | (귀찮다는 듯 최웅을 보며) 손님. 다음 손님 기다리시니까 비켜주시죠. (뒷사람 보며) 계산 도와드릴게요. |

씩씩거리는 최웅.


## S#8.  캠퍼스 안, 오후.

동훈과 함께 걸어가고 있는 최웅. 맞은편에서 빠른 걸음으로 다가오고 있는 연수를 발견하다.

| 최웅 | (N) 음… 또… 몇 개 남았죠? 아, |
|---|---|
| 최웅 | 어. 야! 국연수! |
| 연수 | (흘끗 보곤) 어. |
| 최웅 | (연수 손에 있는 삼각김밥을 본다) 뭐야? 나랑 밥 먹기로 했잖아. |
| 연수 | 어? 아. 친구랑 먹어. 나 과제 수정할 게 있어서 도서관 가. |
| 최웅 | 뭐야. 난 너랑 점심 먹으려고 수업 없는데 나왔는데! |
| 연수 | (옆을 보며) 쟤랑 먹어. 중요한 과제야. 나 간다. 이따 연락할게. |

연수가 지나가자 뾰루퉁하게 서있는 최웅.

| 최웅 | (N) 항상 중요한 게 얼마나 많은지 매번 제멋대로인 것도 아주 싫어요. |
|---|---|
| 동훈 | 쟤가 니 여친이라고? |
| 최웅 | 응. |
| 동훈 | 와… 쟤였어? 너 혼자 연애하는 거 아니냐? |

최웅 (찌릿 노려보며) 아니거든.

동훈 쟤 유명하잖아. 예쁘긴 한데… 성격이 완전… 으. 저런 애랑 어떻게 사귀냐?

동훈의 말에 최웅의 표정이 굳는다.

최웅 야. 니가 연수에 대해서 뭘 알아?

동훈 어?

최웅 함부로 지껄이지 마. 아무것도 모르면서.

최웅 (N) 그리고 또 싫은 건,


## S#9.  **몽타주.**

최웅 (N) 남들은 모르는 국연수의 모습을

1. 고등학교 도서관, 오후.

최웅과 연수 단 둘이 넓은 책상에 앉아있다. 그리고 최웅 앞으로 펼쳐지는 연수의 필기 노트.

최웅 (N) 나만 알고 있다는 거예요.

연수 이 부분이랑 이 부분은 꼭 나오니까 여러 번 보고. 전체 세 번은 반복해서 돌려. 지켜볼 거야. 알겠어?

최웅에게 집중적으로 꼼꼼하게 시험공부를 알려주는 연수.

2. 웅이와 기사식당, 아침.

가게 앞 평상. 수북이 쌓인 콩나물. 편안한 옷을 입고 연옥과 함께 오순도순 콩나물을 다듬고 있는 연수. 환하게 웃으며 자연스럽게 연옥과 대화를 이어나간다. 그 모습을 옆에서 신기하게 보는 최웅.

3. 길거리, 밤.

술에 취한 최웅을 번쩍 업고 걷고 있는 연수. 비틀대지만 뿌듯한 표정으로 묵묵히 걸어간다.

4. 캠퍼스 안, 낮.

남자 셋과 싸우고 있는 연수. 연수, 말리는 최웅 손을 잡으며,

연수      한 번만 더 최웅한테 그딴 식으로 하면 가만 안 둬요 진짜!!! 애가 착하다고 만만하게 보고 이거저거 다 시켜대면서 애를 뺑뺑이 돌리는 거 내가 모를 줄 알아요?! 미친년이 뭔지 궁금하면 어디 한 번 또 건드려봐요!

연수가 잡은 손을 바라보는 최웅.

5. 최웅 방 안, 오후.

연수의 얼굴 앞에 오드리 헵번 사진을 가져다 대고 있는 최웅.

그리고 사진을 치우자 뾰루퉁한 표정의 연수가 앞머리를 헵번 처럼 잔뜩 짧게 자른 채 있다. 만족한 듯 깔깔 웃는 최웅과 그 모습을 보고 피식 웃는 연수.

## S#10.  **휘영동 골목, 밤.**

어두운 골목. 빛이 비추고 있는 평상. 최웅이 앉아있다. 그리고 주머니에 양손을 꽂은 채 다가오는 연수. 흘끗 연수를 보곤 괜히 툴툴대는 최웅.

최웅  (괜히 안 보며) 늦었는데 왜 나오라 해?

연수  삐쳤냐?

최웅  내가? 뭐가? 왜? 삐쳐? 아니?

연수  점심 매일 같이 먹으면서 한 번 안 먹는다고 뭐 삐치고 그래.

최웅  (여전히 안 보며) 글쎄. 정확히 말하면 한 번은 아닐걸?

연수  (피식 웃는) 쪼잔하게 그걸 다 세고 있었냐?

최웅  (돌아보며) 쪼잔? 지금 쪼잔이라고 했…

연수가 주머니에서 주먹을 빼자 괜히 흠칫 쪼는 최웅.

최웅  (안 놀란 척) 뭐.. 뭐 왜?

연수가 주먹을 최웅의 머리 위로 들어 올린다. 그리고 주먹을 펴자 벚꽃 잎이 하늘하늘 떨어진다. 멍하니 보는 최웅. 연수, 나 머지 한 손도 꺼내 또 벚꽃을 차르르 떨어뜨린다.

연수    벚꽃 봤다. 우리.

       연수, 해맑게 웃는다. 연수가 웃는 모습을 멍하니 바라보는 최
       웅. 같이 피식 웃는다.

최웅    (N) 이런 모습들은 나만 보여줘서

       벚꽃이 아직 붙어있는 연수의 손을 잡아채 끌어당기는 최웅.

최웅    (N) 사랑할 수밖에 없게 만들어요.

       슬로우. 두 사람의 입술이 닿기 전 화면 전환.


## S#11.  길거리, 밤.

최웅    (N) 그리고 아홉 번째 이유.

       서로 바라보고 서있는 둘.

최웅    (N) 그렇게 사랑할 수밖에 없게 만들어 놓고,
최웅    우리가 왜 헤어져.

       최웅, 심장이 짓눌린 듯한 표정으로 연수를 바라본다.

최웅    (N) 가장 행복하다고 생각할 때,

| 최웅 | …넌 꼭 힘들 때 나부터 버리더라. |
| --- | --- |
| 최웅 | (N) 국연수는 저를 가장 높은 곳으로 데려가 |
| 최웅 | 내가 그렇게 제일 버리기 쉬운 거냐. 니가 가진 것 중에. |
| 연수 | (잠깐 정적 후) 아니. |
| 최웅 | (N) 거기서 저를 떨어뜨려요. |
| 연수 | 내가 버릴 수 있는 건 너밖에 없어. |
| 최웅 | (N) 가장 잔인하게. |

연수, 돌아선다. 최웅, 멍하니 서서 연수를 바라볼 뿐.


## S#12.  **최웅 방 안,**

현재. 침대에 누워 멍하니 천장을 보고 있는 최웅.


＊플래시컷〉〉EP02 회상.

엘리베이터 안. 서로를 바라보는 둘.

| 연수 | 만약에. |
| --- | --- |
| 최웅 | ? |
| 연수 | 진지하게 굴었으면, 어떻게 했을 건데? |

＊다시 현재〉〉

최웅, 베개로 얼굴을 꾹 덮는다.

* 제목 삽입〉〉


**S#13.** **최웅 집, 아침.**

식탁에 앉아 까치집 머리로 시리얼을 우유에 말아 우걱우걱 먹으며 패드로 유튜브 화면을 보고 있는 은호. 진지한 표정으로 최웅/연수 다큐멘터리 영상에 댓글을 보고 있다.


[ 이작가야: 국연수 지인입니다. 애가 물론 성질머리는 더럽지만 그래도 착해요. 최웅이 은근히 먼저 시비 걸어서 약 오르게 하는 스타일임. ]


댓글을 보곤 잠깐 생각하더니 대댓글을 다는 은호.

[ 엔제이여신님: 엥. 최웅은 좀 이상할 뿐이지 먼저 시비 거는 사람은 아님여. 님 뇌피셜인듯. ]


그러자 곧 다시 달리는 대댓글.

[ 이작가야: 님 최웅 아세여? 좀 이상하다니. 매우 많이 이상함. 님이야 말로 뇌피셜 ]


댓글을 보자 어이없다는 듯 숟가락을 내려놓고 바로 다시 대댓글을 다는 은호.

[ 엔제이여신님: 어이없네요. 최웅 근황 알면 깜짝 놀라실 걸요? 지

금 엄청 잘나감.]

그때, 거실로 최웅이 전기 파리채를 들고 나온다.

은호    (최웅 보곤) 형. 잠은 좀 잤어?

말없이 최웅이 모기를 잡는 듯 휘적거린다.

은호    벌써 모기가 나오기 시작했나?

또 울리는 댓글 알림.

[ 이작가야: 근황이 뭔데여?ㅋ 아무렴 우리 똑똑한 연수보다 잘나
갈 리는 없을 텐데. ]

은호    (어이없단 듯) 허!

재빠르게 댓글을 쓰는 은호. 최웅은 여전히 멍한 얼굴로 파리채
를 휘적거리고 있다.

[ 엔제이여신님: 최웅 사실 맹한 거 컨셉이었음. 지금 돈도 잘 벌고
엄청 잘나가는… ]

몇 번 휘적거려보더니 뭔가 맘에 안 드는지 전기 파리채를 손으
로 톡톡 두드려보는 최웅.

은호     (최웅을 보곤) 형 뭐 하는..

짧게 톡톡 두드려보다 길게 손을 대자 감전되는 최웅.

최웅     으어어!

그 모습을 가만히 바라보는 은호. 조용히 쓰던 댓글을 지운다.
최웅, 혼자 짜릿함을 느끼곤 다시 아무 일 없다는 듯 파리채를
휘젓는다.

은호     (안쓰러운 표정으로) 딱 모기 지능 정도인가…
최웅     야. 나 당분간 스케줄 어떻게 돼?
은호     (시리얼 먹으며) 하반기 전시 준비 말곤 없지. 왜? 아. 그거 하게?
        드로잉 쇼?
최웅     (잠깐 생각하다) 스케줄 많이 잡아. 요즘 너무 쉰 거 같아.
은호     엥? 갑자기? 이번엔 좀 쉬면서 하기로 했잖아.
최웅     잡생각이 많아졌어.
은호     (숟가락을 떨어뜨리며 최웅을 멍하니 보는)
최웅     왜?
은호     형 또 예전처럼 미친놈같이 일에 처박히는…
최웅     (자르며) 아니야. 그 정돈 아냐. 어쨌든 좀 더 잡아줘. 드로잉 쇼
        는… 조금 더 고민해 볼게.
은호     (최웅을 신경 쓰며) 알았어. 근데 형 잠은 좀 자야 해. 요즘 다시 심
        해지는 거 같아 불면증.

은호의 말에 시큰둥하게 계속 파리채만 휘두른다. 타닥 — 모기

가 잡히고,

최웅      (멍하니 보며) 여름이 오긴 왔나 보다.


## S#14.  **길거리, 아침.**

핸드폰으로 유튜브 댓글을 빤히 보고 있는 솔이. 더 이상 대댓
글이 달리지 않자 의아해한다.

연수      뭐 봐?

솔이 옆에서 나란히 걷고 있는 연수. 둘 다 편한 추리닝 차림에
목욕 바구니를 들고 아이스크림을 하나씩 물고 있다.

솔이      (핸드폰을 숨기며) 아냐. 암것도.
연수      (잠깐 생각하다) 언니. 있잖아… 나…
솔이      뭐?
연수      (잠깐 생각하곤) 아. 아니다. 아냐.
솔이      사람을 미치게 하는 데는 두 가지 방법이 있는데. 하나는 말을
         하다 마는 거고…
연수      얼마 전에 나 최웅 만났어.
솔이      (소리 없이 놀라는)
연수      만났다보단 뭐 내가 찾아간 거지.
솔이      너가? 왜? 뭣 땜에? 너 설마 아직도 걔…
연수      아니. 일 때문에. 지금 프로젝트 때문에 꼭 붙잡아야 하는 사람
         이 있는데 그게 최웅이더라고. 웃기지 않아?

| 솔이 | 어머 어머. 걔가 왜? 걔 뭐 하는데? 걔 진짜 뭐 엄청 잘나가고 |
|---|---|
|  | 그래? |
| 연수 | 뭘 어쩌고 살았는지. 엄청 성공했더라. |
| 솔이 | 와… 그 허구한 날 그늘 밑에 누워만 있던 애가? 진짜 인생 알 |
|  | 수 없구만? |

말없는 연수. 솔이가 흘끗 바라본다.

| 솔이 | 그래서. 어땠는데? |
|---|---|
| 연수 | 뭐가? |
| 솔이 | 뭐긴. 그래서 걔 보니까 어땠냐고. |
| 연수 | 글쎄. 아무렇지도 않았는데? |
| 솔이 | (연수를 가늘게 쳐다보며) 어휴. 아무렇지 않기는 개뿔. 나도 어디 |
|  | 서 전남친들 이름만 들려도 심장이 발가락까지 치고 올라오는 |
|  | 데 니가 최웅을 봐도 아무렇지 않아? |
| 연수 | 그러기엔 언닌 전남친이 너무 많지 않아? |
| 솔이 | 시끄러. 암튼 너 그거 쿨병도 병이다? |
| 연수 | 쿨병이 아니라 쿨한 거야. (도도하게) 알잖아. 나 뒤끝 없고 깔끔 |
|  | 한 거. |

솔이, 못마땅한 얼굴로 연수를 본다. 그때, 연수의 핸드폰이 울
린다.

| 연수 | 여보세요? (잠깐 듣다) 김지웅? |
|---|---|

EP02 S#41. 이어지는 상황.

연수       (짜증 난다는 목소리) 뭐? 뭘 하라고?


## S#15.   **스튜디오, 낮.**

광고 촬영 세팅 중인 현장. 바쁘게 움직이는 스태프들 사이로 한쪽 옆엔 엔제이가 의자에 앉아 대기하고 있다. 핸드폰을 보며 뭐가 그렇게 재미있는지 큭큭거리고 있는 엔제이. 미연이 메이크업 도구를 들고 다가온다.


미연       또 그거 봐?


엔제이, 최웅과 연수의 다큐 영상을 보고 있다.


엔제이      작가님 아주 내 앞에선 다 내숭이었어.

영상 속 최웅  (선이 번져버린 그림을 들고 잔뜩 약 오른 표정으로 소리치며 쫓아가는) 아 진짜!! 국연수!!! 이 싸이코!!

미연       (흘끗 보곤) 귀엽긴 한데 좀 어딘가… 맹해 보인다.

엔제이      그러니까 내가 관심이 가겠어 안 가겠어.


댓글들을 천천히 읽어보는 엔제이.


**[ 엔제이여신님: 어이없네요. 최웅 근황 알면 깜짝 놀라실 걸요? 지금 엄청 잘나감. ]**


엔제이      닉네임 바람직하고.

댓글에 좋아요를 누르는 엔제이.

| | |
|---|---|
| 미연 | 뭐 하는 사람이길래 그런 영상을 찍었대? |
| 엔제이 | 그러게. 알면 알수록 새로운 걸 보여주네. 심심할 틈이 없게. |
| 미연 | 에휴. 난 널 알 수가 없다. 정말. |
| 엔제이 | (흘끗 보곤) 치성 오빠? |
| 미연 | 아. 대표님 호출. |
| 엔제이 | 왜? 뭐 때문에? |

미연, 잠깐 눈치를 본다.

| | |
|---|---|
| 엔제이 | 왜? 그냥 말해. |
| 미연 | 너 어제 SNS에 라이브 켠 거… 그거 때문인가 봐. |
| 엔제이 | 그게 왜? |
| 미연 | 그게… 뭐 아무것도 모르는 사람들이 너 우울증인 거 같다. 약한 거 같다 뭐라 뭐라 떠들어댔나 봐. 기사도 났고. 진짜 별의별 거로 다 트집 잡고… 에휴. |
| 엔제이 | (가만히 생각하는) |
| 미연 | 신경 쓰지 마. 잠깐 그러고 마는 거 알잖아. |
| 엔제이 | 귀신이네. 다들. |
| 미연 | 뭐? |
| 엔제이 | 앞으로 대표님이 오빠나 언니 호출하면 그냥 나한테 말해. 내가 직접 갈 테니까. 대표님도 참. 언니 오빠들 쥐 잡듯이 잡으면 뭐해. |

엔제이, 핸드폰을 미연에게 다시 건네고 눈을 감는다.

엔제이    나 잠깐만 잘게.

미연      그래.


         그때, 핸드폰이 울린다.


엔제이    (미간을 찌푸리며) 그냥 꺼버려.

미연      알았어.

엔제이    (갑자기 눈을 번쩍 뜨며) 근데 누구야?

미연      전화? 최우…ㅇ


         바로 미연에게서 핸드폰을 뺏어가는 엔제이.


엔제이    (멍하니 보는) 전화 왔네.

감독      자! 다시 촬영 들어갈게요! 엔제이 씨!

엔제이    감독님 5분! 아니 10분만요!!! 나 화장실!


         그리고 황급히 벗어난다.



**S#16.  스튜디오 밖, 낮.**

         건물 벽에 달라붙어 심호흡 한 번 하고 도도한 표정으로 전화를
         받는 엔제이.


엔제이    (받으며) 어머. 제가 광고 촬영 중이라 늦게 받았네요. 무슨 일이
         시죠 작가님? (기다리는데 말이 없다) 여보세요? 작가님?

핸드폰을 확인하는데 이미 끊겨있다. 어이없어 바로 다시 전화를 거는 엔제이.

엔제이    (전화 연결이 되자 소리치는) 아니 무슨 신호음 열 번을 안 기다리고 끊어요? 처음으로 먼저 전화한 주제에?


## S#17.  최웅 집, 낮.

먼지떨이로 구석구석 청소하며 전화를 받는 최웅.

최웅      아… 그랬습니까 제가?


＊화면 분할〉〉

엔제이    네. 그러셨어요. 작가님이. (괜히 퉁명스럽게) 왜 전화하셨어요?
최웅      지난번에 말하신 그거. 건물 그려달라는 거.
엔제이    하시겠다구요?
최웅      네. 그런데 일단 제가 항상 그리고 싶은 것만 그려와서 요청받고 그리는 건 처음이라 우선 직접 그 건물들을 봐야 결정할 수 있을 것 같아요.
엔제이    아유. 당연하죠. 어때. 지금 바로 보러 갈까요?
최웅      아 오늘은 제가 좀 어려울 것 같고… 엔제이 씨도 바쁘지 않으세요?
엔제이    바쁜데 안 바빠요.
최웅      네?
엔제이    아무튼 바쁜데 안 바쁘니까 작가님 일정 괜찮은 날 말해 봐요.

| 최웅 | 음… 스케줄 확인해 보고 연락드릴게요. |
|---|---|
| 엔제이 | 그 말은 연예인인 내가 해야 할 말일 텐데. 왠지 억울한데… |

## S#18.  스튜디오 밖, 낮.

그때, 조감독이 빠르게 엔제이에게 다가온다.

| 조감독 | 엔제이 씨. 감독님이 지금 바로 들어가야 한다고… |
|---|---|
| 엔제이 | (흘끗 보곤 최웅에게) 아무튼. 연락 줘요. 아. 최대한 빠르게 연락 줘야 할 거예요. 연락드릴게요 하고 연락 늦게 하는 거 그거 되게 별로 거든요. 끊을게요. |

## S#19.  최웅 집, 낮.

전화를 끊는 최웅. 뭔가 옆에서 이상한 기운이 느껴져 고개를 돌리자 은호가 세상 차가운 표정으로 최웅을 바라보고 있다.

| 최웅 | 깜짝이야. 왜 그렇게 처다봐? |
|---|---|
| 은호 | 나보고 일… 잡으라면서… 엔제이 님 일은… 지가 직접 연락해…? 매니저인 날 두고…? |
| 최웅 | 뭘 그거 가지고…. |
| 은호 | 그거~? 그거~? 와. 최웅. 진짜 웃긴다. 진짜 많이 컸다 최웅. 이제 엔제이 님하고도 연락하고 그러니까 막 어 막 엄청 잘나가는 아티스트가 됐다고 생각하나 보지? 와. 진짜. 형은 크게 저항 받을 거야. 나한테도 엔제이 팬들한테도 국민들한테도 엄청난 저항을 받을 거야. |

최웅     시끄러. 너 할 일은 따로 있어.

은호     (기대하는) 어! 뭔데? 뭔데? 엔제이 님 만나러 갈 거야 지금??? 차 준비할까?


## S#20.  최웅 집 마당, 낮.

썬캡 쓰고 쭈그리고 앉아 잡초를 뽑는 최웅. 은호도 한쪽에서 투덜대며 잡초를 뽑고 있다.


은호     내가 형 매니저지 노예가 아니거든? (잡초를 집어 던지며) 내가 이 런 것까지 해야 해?

최웅     인간이 도리가 있으면 밥값은 해야지. 너 이번 달에 며칠이나 우리 집에서 먹고 자고 했는지 말해 줘?

은호     치사하게 그걸 세고 있냐? 며칠 좀 묵었다고 그걸…

최웅     냉장고를 싹 다 비워 놨잖아! 메뚜기 떼도 아니고 너만 왔다 가면 집에 먹을 게 없어 먹을게! 너 내가 그거 다 돈으로 청구 할까?

은호     형 뒷마당은 내가 할게. 들어가서 쉬어.

최웅     잡초 다 뽑고 시멘트도 발라.

은호     아 그건 전문가 불러!

최웅     진열장에 위스키 한 병 없어졌더라.

은호     내가 사실 시멘트 전문가야. 몰랐지? 어디 바르면 돼?


그때, 최웅의 앞으로 그림자가 드리운다. 눈을 찌푸리며 올려다 보는 최웅. 지웅이 서 있다.

| 최웅 | 뭐야? |
|---|---|
| 지웅 | 촬영하자. |
| 최웅 | 뭐? |
| 지웅 | 촬영해야 한다고 너. |
| 최웅 | (피곤하단 듯) 진짜 짜증 나는 소리 좀 하지 마. |
| 지웅 | 해야 돼. 나. 그러니까 너도 하게 돼 있어. |
| 최웅 | 무슨 말 같지도 않은 소리야. 아부지가 나 찍어 오래? |
| 지웅 | 그거 말고. 너랑 연수. 다시 찍자고. 다큐멘터리. |

멍하니 지웅을 본다. 옆에서 입을 틀어막고 있는 은호.


## S#21.  **최웅 집, 낮.**

테이블에 마주 보고 앉아있는 최웅과 지웅. 그리고 은호는 옆에서 둘의 눈치를 보고 있다.


| 최웅 | 싫어. |
|---|---|
| 지웅 | 이유는? |
| 최웅 | 미쳤냐? 나보고 그걸 국연수랑 다시 찍으라는 게? |
| 은호 | 맞아. 형. 연수 누나랑 형이랑 둘이 다시 하는 건 좀… |
| 지웅 | 한 달만 촬영하면 돼. 내가 직접 찍을 거고. |
| 최웅 | 갑자기 그걸 왜 다시 하려고 하는데? |
| 지웅 | 알다시피 요즘 그 영상이 다시 역주행이기도 하고. 이번에 특집으로 청춘 다큐 기획 중이라 딱이기도 하고. 무엇보다 그 영상 재미있어. 좋은 콘텐츠야. |
| 은호 | 그건 맞지. 꿀잼이긴 해. |

| 최웅 | 지랄. 넌 내가 국연수랑 어떻게 헤어졌는지 알면서도 하자는 말이 나와? |
|---|---|
| 지웅 | 시간 꽤 지났잖아. 왜. 아직 뭐 남아있냐? |
| 최웅 | 하! 남아있긴 뭐가 남아있어? 아무것도 없거든? 그냥 싫어. 걔랑 다시 봐야 하는 거 싫다고. |
| 은호 | 그게 남아있는 거야 형. |
| 최웅 | (은호를 노려보곤) 암튼. 안 해. |
| 지웅 | 사실 너희가 그런 미묘한 관계라 지금 찍으면 더 재미있게 나올 거 같긴 한데. 영상 다시 한번 봐. 사람들 댓글도 많고 너희 둘 인기가 꽤 많아. |
| 최웅 | 소시오패스냐? 넌 친구를 팔아먹고 싶냐? 그리고 국연수 걔는 할 거 같아? 어림도 없을걸. |
| 지웅 | 이미 연락해 봤지. |
| 최웅 | (그래도 궁금한) 뭐래? |
| 지웅 | 욕하면서 날뛰길래 일단 잠깐 후퇴했지. |
| 최웅 | 걔랑 나랑 한마음일 때가 다 있네. 암튼 나도 절대 안 해. 알겠어? |

일어나 자리를 뜨는 최웅.

| 은호 | 이번 건 진짜 어려울걸? 형 엄청 좋은 기회 들어왔는데 연수 누나랑 같이 하는 거라 그것도 고민하고 있단 말야. |
|---|---|
| 지웅 | 일도 같이 하고 촬영도 같이하면 되겠네. |
| 은호 | 그런데 같이 붙어있다가 혹시 형이 또 마음이 다시 생기기라도 하면… |
| 지웅 | (가만히 생각하는) |
| 은호 | 안 그래도 형이 갑자기 요즘 일 많이 잡아달라고 해서 걱정되긴 |

하거든. 연수 누나 다시 본 후로 또 생각이 많아진 건지. 어후.
나 옛날 그 꼴 다시는 못 봐. 형도 옆에서 다 봤잖아.

지웅    (잠깐 생각하다) 아찔했지.

은호    그거 다시 감당할 수 있겠어? 기억 안 나?


지웅과 은호. 서로를 바라본다.


＊ 플레시컷〉〉


자막    **5년 전.**


1. 골목길, 밤.


은호    (E) 헤어지고 나서 처음 몇 달은 미친놈인 줄 알았잖아.


술에 취해 비틀거리며 잔뜩 흥이 오른 듯 총총 뛰어다니는 최웅.


은호    아 형! 정신 좀 차려!

최웅    국연수가 제일 싫어하는 게 뭔지 알아?

은호    뭐?

최웅    늦은 밤에 술 취해서 뛰어다니는 거.


전봇대나 나무들을 잡고 해맑게 빙글 돈다.


은호    (E) 연수 누나가 싫어하는 짓들이라면서

2. 편의점, 이어서.

최웅, 지나가다 편의점 앞 아이스크림 박스를 활짝 연다. 그리고 아이스크림을 잔뜩 꺼내 안고 해맑게 편의점으로 들어가 계산대에 쏟아붓는다.

은호 (화들짝 놀라 다가오는) 뭐 하는 건데?

최웅 그리고 또 싫어하는 거. 취해서 아무거나 충동구매하는 거. 내 돈으로 사는데 맨날 지가 잔소리야. 하! 웃겨!

은호 (E) 고삐 풀린 망아지처럼 날뛰질 않나,


3. 최웅 방, 아침.

크게 울리는 알람 소리. 까치집을 한 은호가 간신히 일어나 최웅을 흔들어 깨운다.


은호 형… 일어나. 오늘 시험 있다며.

최웅 (눈 감은 채 웅얼거리는)

은호 어? 뭐라는 거야? (귀를 가져다 대는)

최웅 그리고… 술 먹은 다음 날… 책임감 없이 학교 안 가는 거…

은호 어?

최웅 국연수가 제일 싫어하는 것들…

은호 또 그 얘기냐 미친놈아.

최웅 얼마나 좋아… 잔소리 안 듣고 내 맘대로 다 하니까…


알람을 끄고 툭 던지곤 이불 속으로 쏙 들어간다.

은호  (E) 인생 포기한 놈처럼 한동안 막살았지.

4. 카페, 아침.

퀭한 얼굴의 최웅. 노트북으로 뭔가 집중해서 보고 있다.

지웅  (E) 그다음 개한테 주식 알려준 건 너 아니었냐?

주식 차트를 열심히 보고 있다.

은호  (E) 그게 이별 후에 아픔을 잊는 법이라고 인터넷에 나와있었단 말야. 낮엔 주식하고 밤엔 빡센 운동하면 생각날 틈이 없다고.

5. 식당, 낮.

밥 먹으면서도 눈은 핸드폰 주식 화면으로 고정되어 있는 최웅.

지웅  (E) 그래 뭐. 그건 나름 효과가 있긴 했지.

그러다 멈칫하는 최웅. 멍하니 보다가 그대로 머리를 식탁에 쿵 쿵 박는다. 맞은편에 앉은 지웅이 안쓰럽게 바라본다.

지웅  (E) 그때 날린 돈 메운다고 알바도 하고 바쁘게 살긴 했으니까.

6. 스피닝 짐, 저녁.

신나는 댄스 음악과 함께 아주머니들 사이에서 미친 듯이 스피 닝하고 있는 최웅. 박수치고 손 흔들며 아주 열심이다. 은호, 강 사 석에서 열심히 스피닝 돌리고 있다.

은호     (E) 그때 내 덕분에 운동도 해서 썩어가던 육체 보존할 수 있기 도 했고.


7. 길거리, 낮.

퀭한 얼굴로 후들거리는 다리를 부여잡고 걷고 있는 최웅. 그 모습을 짠하게 바라보고 있는 은호.

은호     (E) 근데 좀 뭐랄까… 되게 바쁜데 되게 불행해 보이긴 했어.


8. 최웅 본가, 오후.

은호     (E) 그런 패턴이 몇 번 반복되고 나서였나. 그리고 그 시기가 온 거지.


굳게 닫혀있는 최웅 방문.

은호     (연옥에게) 오늘도 안 나왔어요 형?
연옥     (울먹이는) 어떡하니 우리 웅이. 어떻게 해야 하니 정말.


지웅이 성큼성큼 방문 앞으로 다가간다. 문을 세게 두드린다.

| 지웅 | 야. 그만하고 문 열어. 미친 새끼야. 셋 셀 때까지 안 열면 부수고 들어갈 줄 알아. 하나. 둘… 셋. |
|---|---|

지웅이 잠깐 보다 망치를 찾아 들고 문 앞에 선다. 그러고 문고리를 내려치려고 할 때, 방문이 열리고 최웅이 멍하니 서 있다. 다가가는 은호. 최웅의 방 안에는 한가득 그림이 흐트러져 있다. 아무 말 없이, 표정 없이 바라보다 다시 책상에 앉아 그림을 그리는 최웅. 그 모습을 말없이 보는 은호와 지웅.

＊다시 현재〉〉

| 은호 | 그런 최웅 옆에 다시 연수 누나를 붙여놓으면… 그건 너무 독이지 않을까? |
|---|---|

지웅, 최웅이 사라진 쪽을 바라본다.

## S#22. **최웅 방, 이어서.**

조용히 최웅 방문을 열어보는 지웅. 최웅, 등을 돌린 채 침대에 누워있다. 그 모습에 괜히 미안해지는 지웅. 잠깐 바라보다 조용히 다가간다. 최웅 뒤에 서서 미안하다고 얘기하려는데 멈칫. 좀 더 가까이 다가가 본다. 등을 돌린 채 누워서 핸드폰으로 유튜브 댓글을 읽고 있는 최웅. '최웅 귀엽다' '최웅 매력 있다' 등 좋은 댓글에 좋아요를 누르고 있다.

| 지웅 | (짠하게) 그치. 그런 말 다 처음 들어보는 말이라 좋지? |
|---|---|

지웅 목소리에 화들짝 놀라 그대로 핸드폰을 놓고 자는 척하는
최웅.

지웅      자는 척하지 마라. 다 봤으니까.

최웅      (말없는)

지웅      암튼. 생각해 봐라. 영상 다시 다 보고 나면 생각이 달라질 수
있어. 나도 그랬으니까.

최웅      (말없는)

지웅      물론 국연수도 너보다 더 하기 싫어하긴 하더라.

지웅이 나가고, 다시 눈을 뜨는 최웅. 흘끗 문을 보곤 다시 제대
로 누워 핸드폰을 본다.

## S#23.   **연수 집, 낮.**

방으로 들어가 노트북을 여는 연수. 머리끈으로 가볍게 머리를
묶고 문서를 열어본다. 그러곤 집중하는 연수. 그러다 인터넷을
켜 이것저것 서치하다 잠깐 멈칫한다. 추천 영상으로 뜬 연수의
다큐멘터리 영상. 미간을 찌푸리고 스크롤을 내렸다가 슬쩍 다
시 올려본다. 괜히 한 번 두리번거리곤, 헛기침하며 슬쩍 재생
을 눌러본다.

연수      (영상 속 자신의 얼굴을 보곤 중얼거리는) 어머. 어린 거 봐. 저 피부
탱탱한 거 좀 봐.

영상 속 연수      (카메라를 보며 미간을 찌푸리며) 최웅 또 야자 째고 도망갔어요.
자기 인생 자기가 엉망으로 살겠다는데 뭐 어쩌겠어요? (어깨를

으쓱하는)

피식 웃는 연수. 어느새 몰입해서 본다.

영상 속 최웅  (카메라를 보며 울상 짓는) 국연수는 사람을 너무 피곤하게 해요.
왜 저렇게까지 피곤하게 사는지 모르겠어요. 일찍 일어나는 새
는 일찍 피곤해질 텐데 말이에요.
연수     그래서 여전히 피곤하게 살고 있지.
영상 속 연수  (카메라를 보며 혀를 차며) 쟤 저러다 커서 뭐가 되려는지. 잠은
죽어서 쭉 잘 수 있는데… 분명 평생 저렇게 나태하게 살 거예
요 쟤.
연수     쟤 커서 유명한 사람이 되었어. 인생은 불공평하다. 연수야.

＊화면 분할〉〉

누워서 핸드폰으로 영상을 보는 최웅과 노트북으로 보는 연수.
피식피식 웃다가 진지하게 보다가 반복하는 둘. 그러다 베스트
댓글을 보고 둘 다 멈칫한다.

[ 맴맴: 청춘이 이런 거였지 생각나게 하는 영상. 두 사람 다 풋풋하
고 여린 게 딱 그 계절을 닮아있다. ]

가만히 영상을 보는데 어쩐지 기분이 이상해지는 연수. 재생을
멈춘다.

**S#24.**   **최웅 방, 이어서.**

핸드폰을 침대에 툭 던지는 최웅. 복잡한 표정이다.

최웅      (중얼거리는) 김지웅이 쓸데없는 말을 해서 괜히…

눈을 감는다.


**S#25.**   **연수 방, 이어서.**

멍하니 있다 영상을 끄고 다시 문서를 여는 연수.

연수      (N) 뭐 이제 다시 볼일도 없을 텐데요.

문서에서 고오 작가 부분을 지우는 연수. 그리고 누아 작가의
그림들을 새롭게 추가한다.


**S#26.**   **휘영동 골목길, 아침.**

연수, 출근길. 바쁘게 걸어가다, 골목 한편에 세워져 있는 차 옆
에 멈춰 선다. 눈에 들어간 게 있는지 확인하는데 갑자기 열리
는 창문.

연수      (N) 그런데 문제는,

최웅이 눈만 드러내 연수를 바라본다. 놀라 그대로 굳은 듯 최
웅을 바라보는 연수.

최웅    (새침하게) 너 보라고 있는 거울 아닌데 그거.

그러곤 다시 얄밉게 창문을 올린다. 연수, 당황해 재빠르게 차를 지나쳐가다 발을 헛디디곤 휘청거린다. 조수석을 살짝 돌아보자 최웅, 비웃음 참는 표정으로 연수를 바라보고 있다. 다시 재빠르게 벗어나는 연수.

연수    (N) 헤어진 5년 동안 분명 단 한 번도 마주친 적 없었는데


## S#27.  휘영동 골목길, 다른 날 아침.
스쿠터를 타고 천천히 지나가고 있는 최웅. 갑자기 골목에서 고양이가 튀어나오자 화들짝 놀라 피하다 균형을 잃고 넘어진다.

최웅    (헬멧을 벗으며 발등을 잡는) 아…

그리고 최웅의 앞에 보이는 신발 하나. 고개를 들어보는데 연수다. 연수도 꽤 당황한 표정으로 최웅을 보곤, 지나간다.

최웅    (N) 갑자기 요즘 너무 지나칠 정도로 자꾸 마주친다는 거예요.


## S#28.  도로, 낮.
택시를 잡으려 서있는 연수. 택시가 연수 앞에 와서 선다. 문을 여는데 당황한 표정의 최웅이 앉아있다. 발엔 가벼운 깁스를 하고 있고 목발 하나를 짚고 일어난다. 당황한 둘. 어색하게 서있

다 그냥 택시를 타는 연수. 문을 닫고 택시가 출발한다.

최웅    (목발 하나를 보곤) 어어! 내 목발!!!

연수, 흘끗 뒤를 돌아보다 옆을 보는데 덩그러니 놓여있는 나머지 목발 하나.

연수    어 기사님! 잠깐 멈춰주세요!

택시, 잠깐 멈춰 서자 최웅이 쳐다본다. 그러자 문을 열고 목발만 툭 집어 던지곤 다시 출발하는 연수.

최웅    (멍하니 보다) 저 저 싸가지…!
연수    (N) 한두 번이면 그러려니 해도

한 발을 짚고 깽깽이로 목발을 주우러 가는 최웅.


**S#29.  마트, 오후.**

카트를 끌며 물건을 담고 있는 연수. 반대쪽에서 최웅도 다리를 절룩거리며 카트를 끌며 물건을 담고 있다. 연수가 과자 봉지를 카트로 집어 던지는데 튕겨져 최웅의 카트로 들어간다.

최웅    어? 저기요.

돌아보는 연수. 또 당황하는 둘.

최웅    (N) 이런 게 가능하다구요?

최웅, 과자를 가리킨다. 그러자 아차 하곤 과자를 다시 자기 카
트로 가져가는 연수. 그러곤 황급히 카트를 끌며 사라진다.


## S#30.  **마트 앞, 이어서.**

양손에 마트 봉투를 들고 서있는 연수. 그 옆으로 최웅도 나온
다. 또 서로를 발견하고 멈칫하는 둘. 그때, 연수가 들고 있던 봉
투 하나가 찢어지며 물건이 쏟아진다.

연수    (한숨 쉬곤) 아 진짜… 왜 이러냐.
연수    (N) 아무리 그래도 이건 좀 심하잖아요.

그 모습을 보고 쿡쿡 웃는 최웅. 찌릿 노려보곤 물건 줍는 연수.
최웅, 느긋하게 옆을 지나가는데 최웅의 봉투 두 개가 다 뜯어
지며 물건이 쏟아진다. 그대로 벙찌는 최웅.

최웅    (N) 도대체 나한테 왜 이러는 걸까요.

그 모습을 보고 웃음을 참는 연수. 한숨을 쉬곤 쭈그려 앉아
물건을 줍는 최웅. 그러다 이건 아니다 싶은지 연수에게 말을
건다.

최웅    (연수를 보곤) 야.
연수    (보는)

| 최웅 | 너 나 따라다녀? |
|---|---|
| 연수 | 무슨 말 같지 않은 소리야? |
| 최웅 | 근데 왜 자꾸 우리 동네 주변을 얼쩡거리는데? |
| 연수 | 우리 동네 주변이기도 하거든? |
| 최웅 | 너 이사 갔잖아. |
| 연수 | 그래서? 내가 어디로 이사 갔는진 알고? |
| 최웅 | 말이 안 되잖아. 5년을 한 번도 본 적이 없는데 갑자기 이렇게 계속 마주친다고? |

물건을 다 줍고 일어나는 연수.

| 연수 | 불편하면 니가 동선을 바꾸지? |
|---|---|
| 최웅 | (오버하며) 불편? 아니? 안 불편한데? 내가 왜 불편해? 너가 불편한 건 아니고? |
| 연수 | (N) 유치한 건 어쩜 하나도 변한 게 없는지. |
| 연수 | 나? 내가 왜? (으쓱하며) 전혀 신경 쓰일 만한 사람이 아닌데 넌. |

연수의 말에 가만히 노려보는 최웅.

| 최웅 | (N) 어떻게 꼭 같은 말을 해도 더 재수 없게 말하는 재주가 있는지. |

둘 사이에 팽팽한 긴장감만 돈다.

| 최웅 | (비아냥거리듯) 너 일부러 그 프로젝트 때문에 계속 내 주변 얼쩡거리는 건 아니고? 내가 마음 바꿔서 해줄까 싶어서? |

| | |
|---|---|
| 연수 | (웃으며) 아. 그거? 신경 안 써도 돼. 너 말고 다른 작가로 진행할 거니까. |
| 최웅 | (멈칫) 뭐. 누구? |
| 연수 | 누아 작가라고 요즘 또 굉장히 핫한… |
| 최웅 | (웃는) 하! 야 걘 짭이야! 그거 내 그림체 따라 하기나 하는 애라고. |
| 연수 | 글쎄. 누가 누굴 따라 하는 건진 대중이 판단하겠지. 난 누아 작가 그림이 더 나은 거 같던데? |
| 최웅 | 뭐? 야!!! 그건 선 넘는 말이지! |
| 연수 | (무시하고 가는) |
| 최웅 | 야! 말하다 말고 어디가! 야!!! |
| 연수 | (얄밉게 돌아보며) 너가 나 보는 거 불편해하는 거 같아서 피해주는 거 안 보여? |
| 최웅 | 야!!! 아니거든! 그리고 누아 걘 진짜 아니야! 야! 어디가? 너 후회할걸? 차라리 다른 작가를 찾지 걘 진짜 아니거든! 야! 듣고 가! |

연수, 지나가다 최웅의 오렌지를 툭 걸어차곤,

| | |
|---|---|
| 연수 | (얄밉게) 아. 실수. 멀리 굴러간다. 얼른 주워. |

그리고 당당하게 돌아서 걸어간다.

| | |
|---|---|
| 최웅 | 야 국연수!!! |
| 연수 | (중얼거리는) 자기만 유치하게 굴 줄 아나? 흥. |
| 연수 | (N) 진작 이럴 걸 그랬어요. 속이 다 시원하네요. |

## S#31.  RUN 사무실, 오후.

대표실에 서있는 연수.


연수      (놀라는) 네?

이훈      조건이 고오 작가였다며. 누아 작가로 진행할 거면 계약 없던
         거로 하재. 작가 찾았다며? 왜 갑자기 작가를 바꾸겠다는 거야?

연수      누아 작가도 지금 꽤 핫한 아티스트이고 소앤 컨셉과도 잘 어울
         린다고 생각합니다. 그리고 우리 쪽에도 굉장히 협조적이구요.

이훈      고오 작가 아니면 안 된다잖아. 왜? 그 작가가 단가가 안 맞아?
         너무 세게 불러?

연수      아니… 그게…

이훈      잘 진행하다 왜 그래? 이번 건 우리 회사에 엄청 중요한 건 알
         고 있지? 국팀장만 믿고 있어 다들.

연수      (머리가 지끈거리는)

이훈      단가가 안 맞는 거면 견적서 뽑아서 다시 가져와 봐. 어떻게든
         맞춰봐야지.


         다시 자리로 돌아오는 연수. 책상에 머리를 쿵 하고 박는다. 그
         런 연수의 눈치를 보는 팀원들.


연수      (N) 하… 왜 이렇게 계속 꼬이는 걸까요.


         눈을 질끈 감는다.


연수      (N) 이게 다 최웅이 나타나고부터 꼬이기 시작했어요.

그때, 연수에게 전화가 걸려온다.


**S#32. 방송사, 저녁.**

퇴근 시간. 몇몇 자리엔 직원들이 일을 하고 있고 동일이 퇴근하려다 지웅의 빈자리를 보곤 채란을 찾는다.


동일  (채란을 보며) 김지웅 이 자식 이거는 오늘 코빼기도 안 보이는데 어딜 싸돌아다니고 있는 거야?

채란  (쳐다도 안 보고 하던 일에 집중하며) 특집 맡은 거 출연자 섭외 다니시는 것 같은데요.

동일  어떻게 설득은 좀 됐대? 이 자식은 꼭 진행 상황을 보고를 안 해요.

채란  선배가 마음먹으면 어떻게 해서든 섭외해 오잖아요.

동일  그치. 그래서 욕을 못 하지. 재수 없게. 근데 걘 갑자기 왜 하겠다고 마음 먹었다냐?

채란  며칠 남아서 테잎 다 돌려보셨던데요. 보다 보니까 뭐 흥미를 느끼셨나 봐요.

동일  그게 또 내가 맛깔나게 찍어서 비하인드들도 아주 재밌는 게 수두룩하지. (신나서 얘기하는) 지금 생각해 보면 김지웅 그거 학생이었을 땐 꽤 귀여웠는데 말야. 촬영하다 옆에서 걸리면 잔뜩 얼어붙어서는…

채란  (동일을 올려다보는) 그런데 왜 매번 지웅 선배 얘기는 저한테 물어보세요?

동일  응?

채란  팀장님뿐만 아니라 다른 사람들도 그러던데.

| 동일 | 그야 당연히. |
|---|---|
| 채란 | ? |
| 동일 | 김지웅에 대해선 네가 제일 잘 알잖아. |
| 채란 | 네? |
| 동일 | 다들 김지웅 어디 있는지 뭐 하고 있는지 궁금하면 다 너부터 찾는데? 몰랐어? |
| 채란 | 왜요? |
| 동일 | 왜긴. |

동일이 정말 몰라서 묻냐는 듯 채란을 본다. 채란이 멍하니 동일을 본다. 그러다 다시 말없이 일에 집중한다.

| 동일 | (옆에 걸터앉으며) 김지웅 고등학생 시절 얘기 더 해줄까? |
|---|---|
| 채란 | (말없는) |
| 동일 | (일어나는) 싫음 말고. 퇴근 할란다. |
| 채란 | 심심하시면 하셔도 돼요. |

동일 피식 웃으며 다시 채란의 옆에 걸터앉는다. 동일이 조잘대고 채란은 묵묵히 일하며 듣고 있다.

## S#33. 회사 앞, 저녁.

재잘재잘 떠들며 퇴근하는 예인, 명호, 지운. 회사 로비에서 밖으로 나온다.

| 명호 | 오늘 국팀장님 웬일로 일찍 퇴근을 하셨대? |
|---|---|

| 지운 | 퇴근 아니고 또 고오 작가 해결하러 가신 거 아니에요? |
|---|---|
| 명호 | 뭐. 아무튼 덕분에 우리도 칼퇴했으니까! 오늘 한잔하러 갈까? |
| 예인 | 저 다이어트 중이거든요? (멀찍이 서있는 남자에게 다가가는 연수를 발견하곤) 헐 대박. 국팀장님 아냐? |

연수가 다가가자 남자가 돌아본다. 지웅이다.

| 명호 | 오… 국팀장님 데이트 때문에 일찍 퇴근하신 건가? |
|---|---|
| 지운 | 와. 멀리서 봐도 괜히 설레는 투샷이네요. |
| 예인 | 대박 사건이네. 국팀장님이… 아닌데. 그럴 리가 없는데… |

함께 멀어지는 연수와 지웅의 뒷모습.

| 명호 | 팀장님도 연애할 수도 있지 왜? |
|---|---|
| 예인 | 흐음. 사실 내가 밀고 있는 주식이 있었거든요. |
| 명호 | 예인 씨 주식해? 괜찮은 정보면 나도 공유해 주지 왜 혼자 하고 그래. 참. |
| 예인 | 아니 진짜 주식 말구요. 전 국팀장님이랑 장도율팀장님 주식에 탑승했었거든요. |
| 지운 | 에? 두 분이요? |
| 명호 | 무슨 말이야 그게? |
| 예인 | 하. 내가 이런 쪽으론 촉이 상당하고 굉장한 편인데. 요즘 장팀장님이랑 국팀장님 사이에 뭔가 달라진 걸 내가 맡았단 말이에요. 그리고 두 분 묘하게 잘 어울리기도 하잖아요. |
| 명호 | 에이~ 그건 너무 뚱촉이다. 둘은 서로 못 잡아먹어서 난리인데. |
| 예인 | 원래 멜로는 다 그렇게 시작하는 거예요. 알지도 못하면서. |

| 지운 | 그래도 아무튼 틀린 거 아니에요? 아까 저분의 등장으로? |
|---|---|
| 예인 | 흐음… 아직 확실히는 모르는 거죠. 일단 더 지켜봐야겠어. |
| 명호 | 그럼 그 안건에 대해서는 대패 삼겹살을 구우면서 얘기해 보는 건 어떨까? |
| 예인 | 아까 못 들었어요? 저 다이어트 중이라니까요? |
| 명호 | 방금 내 말은 못 들었어? 대패 삼겹살이라니까? |
| 예인 | (노려보다) 대패는 얇으니까 괜찮긴 하겠다. 가요. |

총총총 같이 가는 셋.


## S#34.  카페, 저녁.

지웅과 마주 보고 앉아있는 연수.


| 연수 | 괜히 쓸데없는 걸음 한 거 같은데? 난 분명 안 한다고 했어. |
|---|---|
| 지웅 | 이유는 들어봐야지. |
| 연수 | (어이없다는 듯) 이유를 몰라? 최웅이랑 나야. 우리 둘이 왜 그걸 다시 해? |
| 지웅 | 못할 건 뭐야? 이젠 너희 아무 사이 아니잖아. 설마 아직 둘 사이에 뭐가 남아있는 건 아닐 거고. |
| 연수 | (미간을 찌푸리는) 말장난하려고 불렀어? 그런 유치한 방법은 최웅한테나 가서 해. 나한텐 안 통해. |
| 지웅 | (피식 웃는다) 역시. 너한텐 안 통할 거 같았어. |
| 연수 | 그럼 뭐 하러 여기까지 왔냐? |
| 지웅 | 그래도 섭외해야지. 그게 내 일인데. 괜한 말장난이 안 통하면 그냥 정공법밖엔 답이 없지. |

연수, 시간을 보고 팔짱을 낀다.


연수 　그래? 그럼 한번 해봐. 어차피 생각 바뀔 일은 없지만 시간은 줄게.

지웅 　너가 생각하기엔 휴먼 다큐에 나오는 보통 사람들은 뭐 때문에 출연을 결심하는 것 같아?

연수 　(귀찮다는 듯) 뭐 그야 홍보하는 데 도움이 되거나…

지웅 　글쎄. 홍보할 게 없는 보통의 사람들이 대부분일 텐데.

연수 　출연료 주잖아. 나도 그것 때문에 했었고.

지웅 　받아봤으면 알잖아. 그렇게 큰돈 아닌 거.

연수 　(잠깐 생각하다) 지금 나한테 이유를 생각하라는 거야?

지웅 　섭외할 때 난 항상 솔직하게 얘기해. 우리가 줄 수 있는 건 하나밖에 없다고.

연수 　?

지웅 　지금 당신 인생의 한 부분을 기록해 주는 거.

연수 　(피식 웃는다)

지웅 　맞아. 이렇게 말하면 사실 그게 뭐 그렇게 대단한 건지 모르겠다는 반응이 대부분이지. 그런데 찍고 나면, 그리고 그걸 영상으로 볼 수 있게 되면 그때서야 그게 어떤 의미인지 알게 돼.

연수 　(가만히 보는)

지웅 　내 인생에서 순간을 기록해 간직할 수 있는 게 얼마나 값진 건지.


잠깐 침묵.


지웅 　그래서 다른 사람보다 너를 설득하는 건 나한테 더 쉬운 일이야.

연수 　그게 무슨…

지웅      넌 가져봤잖아. 그 기록들.

연수      (멍하니 생각하는)

지웅      그럼 너가 제일 잘 알 텐데. 19살 초여름의 한 부분을 가졌잖아. 솔직히 말해 봐. 그게 너한텐 아무런 의미가 없어?

연수      그건…

지웅      영상은 봤어?

연수      (잠깐 생각하다) 아니.

지웅      (으쓱하는) 너도 최웅도 뭘 피하고 싶은 건지. 그 영상을 보는 걸 주저하는 이유가 뭘까. 나도 처음엔 뭐 굳이 이걸 다시 해야 하나 싶었는데 테잎들 하나하나 다 돌려보니까 해야 할 이유를 알겠더라. 청춘 특집에 가장 적합한 출연자야 너희 둘.

지웅을 가만히 바라보는 연수.

연수      (피식 웃곤) 말 잘하네. 김지웅. 인정.

지웅      당연하지. 이게 내 일인데.

연수      그래도 설득은 실패야. 미안한데 난 안 해.

지웅      그래.

연수      뭐야. 끝이야?

지웅      난 섭외 실패해 본 적 없어.

연수      ?

지웅      그럼 다른 플랜이 있다는 거지.

연수      되게 찜찜한데… 무슨 꿍꿍이인지 물어보면 말해 주니?

의미심장한 표정의 지웅.

지웅      최웅은 말이야.


## S#35.  **삼겹살집, 늦은 저녁.**

술잔을 내려놓는 최웅. 잔뜩 약이 올라있다. 맞은편에 심드렁하게 앉아 고기를 굽고 있는 은호.


최웅      누아는 절대 못 하게 해야 해.

은호      그니까 처음에 연수 누나가 하자고 했을 때 네 감사합니다 하고 넙죽 했어야지.

최웅      미쳤냐? 내가 왜 국연수한테 감사해?

은호      어른이면 공과 사는 구분할 줄 알아야지.

최웅      뭐 다들 언제부터 공과 사 구분이 철저했다고 다 그 얘기야!

은호      어우. 진짜 찌질하다 찌질해. 형 솔직히 말해 봐. 연수 누나가 와서 막 빌면서 형한테 부탁했으면 좋겠지?

최웅      (뜨끔한, 말없이 술 마시는)

은호      일 핑계로라도 그 도도한 연수 누나가 형한테 막 굽히는 거 보고 싶어서 그러는 거지?

최웅      갠 죽어도 안 그럴걸.

은호      그니까 알면서 형이 왜 비비고 있는 거야? 가만 보면 형이 은근 시비를 먼저 거는 거 같단 말야.


술잔을 소리 나게 내려놓는 최웅.


최웅      짜증 나. 그 아무렇지도 않은 척. 태연한 척하는 거. 갠 늘 그런 식이었어. 자기만 잘났고 한 번을 질 줄도 모르고.

은호    이번에도 형이 졌어. 그냥 굽히고 들어가. 형이 하겠다고 하면
      누아보다는 당연히 형이랑 하려 할 거 아냐.
최웅    내가 미쳤다고 국연수 좋은 일 해주냐!!! 걔가 싫어하는 짓만
      골라서 해도 모자랄 판에!

      최웅, 멈칫한다. 뭔가 생각난 듯하다. 그러다 점점 표정이 밝아
      진다.

최웅    (N) 생각이 났어요.
은호    아. 뭐지. 그거 되게 찝찝한 표정인데.
최웅    (갑자기 혼자 피식 웃는다) 그치. 싫어하는 짓만 골라서 해도 모자
      랄 판에.
최웅    (N) 내가 국연수를 이길 수 있는 좋은 생각.
은호    아. 뭔지 모르겠지만 벌써 말리고 싶은데.
최웅    너 내일 일해야겠다.
은호    (젓가락을 떨어뜨리며) 아 왜! 시멘트 다 발랐잖아!
최웅    그거 말고. 너 본업 해야지.
은호    (입을 틀어막는) 이번에는 진짜 엔제이 님이라고 기대해도 되는
      걸까? 형? 응?

      의미심장한 최웅의 표정.

최웅    (N) 왜 진작 이 생각을 못 했을까요?

## S#36. 엔제이 집, 밤.

어둡고 넓은 집 안으로 들어오는 엔제이. 불을 켜자 어쩐지 더 텅 비고 쓸쓸해 보인다. 다시 불을 끄고 조명들만 몇 개 켠다. 그리고 소파에 그대로 널브러지는 엔제이. 집 안이 고요하다. 핸드폰을 이마 위에 올려놓고 가만히 눈 감고 누워있는 엔제이.

엔제이    (중얼거리는) …이 새끼 선수야. 확실해.

벌떡 일어나 핸드폰으로 커뮤니티에 접속하는 연수. 고민 상담 게시글을 쓴다.

[ 제목: 매번 먼저 연락한다고 하고 연락 안 하는 남자 심리, 뭘까요? ]

내용을 작성하는 손가락 속도가 어쩐지 분노를 담아 더 빨라진다.

[ 지가 연락 준다고 해서 내가 먼저 연락하지도 못하고 있는데 며칠이 지나도 연락 없는 이 빌어먹을 남자의 심리는 도대체 뭘까요? (처음 봤을 땐 내 팬이라고 했… (지우고)) 처음 봤을 땐 나 좋다고 했으면서 왜 연락을 안 하는 거죠? 도대체 왜?]

글을 게시하자 곧 댓글이 달린다.

[ 글쓴이 답정녀? 관심 없는 거지 ㅋㅋ ]
[ 아웃오브안중이라는 뜻 ]

[ 어장 속 물고기 17 ]
[ 남자가 꽤 신중한 스타일일 수도 있을 듯 ]

마지막 댓글에 '좋아요'를 누르는 엔제이. 그리고 핸드폰을 툭 던진다. 그러자 다시 자세를 바꿔서 핸드폰을 또 집어 드는 엔제이. 인스타그램에 들어간다.

엔제이 계정 [ nnnjjj.elly 게시물 528, 팔로워 1638만, 팔로잉 43 ]

사용자 검색으로 들어가 '최웅'을 검색하고 하나하나 눌러보지만 찾지 못한다. 잠깐 고민하던 엔제이, '구은호'를 검색한다. 제일 위에 뜨는 구은호의 계정.

엔제이    찾았다.

은호 계정 [ queenj_eunhow 게시물 187, 팔로워 182, 팔로잉 547 ]

사진을 한 장 한 장 보는 엔제이. 최웅이 찍혔거나 함께 찍은 사진들만 골라서 보며 최웅의 모습을 보며 피식 웃는다. 그리고 실시간으로 올라오는 사진 한 장. 은호와 함께 최웅이 고깃집에서 찍은 사진이다.

엔제이    이거 봐. 이거 봐. 놀고먹고 있으면서 왜 연락을 안 하는 건데?

입을 삐죽 내민다. 하트를 누르려다 멈칫하는 엔제이.

엔제이        아. 일반인 사진을 하트 누를 순 없지.

그러다 멈칫. 잠깐 고민을 하더니 그냥 하트를 누른다. 그러곤
뿌듯한 표정의 엔제이. 핸드폰을 다시 툭 던져놓곤 편안하게 늘
어진다.


## S#37.  길거리, 늦은 밤.

자판기 앞에 서있는 최웅. 취한 듯 비틀거리고 있다. 자판기 불
빛을 멍하니 들여다보고 있다. 그러다 고개를 돌려 옆을 보는
데, 어렴풋이 누군가 보인다. 눈을 감았다 뜨는 최웅. 다시 봐도
연수다.

최웅        (중얼거리는) 거봐. 또 국연수야.

점점 다가오는 연수.

최웅        (중얼거리는) 이 동네 사람들은 갑자기 다 증발하기라도 했나. 왜
           맨날 국연수야…

연수        (적당한 거리에 멈춰 서서) 술 마셨냐?

최웅, 가만히 연수를 본다. 눈을 깜빡인다. 연수의 모습이 이별
하던 날의 연수와 흐릿하게 번갈아가며 보인다. 고요한 밤거리.
아무도 지나가지 않고 연수와 최웅만 적당히 떨어져 서로를 보
고 있다.

연수      (한숨 쉬곤) 집이나 똑바로 들어가라.

        지나쳐 가려는 연수.

최웅      (N) 국연수가 싫은 10가지 이유.

        ＊플래시컷〉〉

최웅      내가 그렇게 제일 버리기 쉬운 거냐. 니가 가진 것 중에.
연수      (잠깐 정적 후) 아니. 내가 버릴 수 있는 건 너밖에 없어.

        돌아서는 연수.

최웅      이유가 뭔데.

        계속 걸어가는 연수

최웅      이유가 뭔데!!! 우리가 헤어져야 하는 이유가 뭐냐고!!!

        최웅이 소리쳐도 연수는 떠나간다.

        ＊다시 현재〉〉

        지나치는 연수의 팔을 잡는다. 최웅, 무슨 말이라도 하려는 듯
        입을 벌리려 하지만 차마 입이 떨어지지 않는다. 연수, 최웅을
        본다. 담담한 눈빛. 그 눈을 가만히 바라보던 최웅. 눈을 피하고

손을 놓는다.

최웅      (N) 마지막 열 번째. 자기 인생에서 나를 너무 빨리 지워버렸다는 거.

최웅을 남겨두고 연수 떠나간다.


## S#38. RUN 사무실, 오전.

연수      좋은 아침입니다.

팀원들에게 인사하며 출근하는 연수. 그러자 이훈이 커피를 들고 빙글 돌면서 연수에게 다가온다.

이훈      굿모닝. 국팀장.

연수      기분이 좋아 보이시네요. 대표님.

이훈      당연하지. 국팀장이 이런 선물을 주는데 당연히 기분이 좋지.

연수      네? 무슨 선물이요?

이훈      이렇게 꼭 깜짝으로 하려고 그동안 말 안 했던 거야? 그래도 좀 섭섭해. 말은 해주지.

연수      무슨 말이신지 알아듣게 말해 주셔야…

명호      아까 고오 작가 에이전시에서 사람 왔다 갔어요. 고오 작가님이랑 국팀장님이랑 친구 사이셨다면서요? 왜 말 안 하셨어요?

연수      (멍하니 보는) 누가 왔다 가요?

명호      소앤 건 같이 하겠다고 매니저가 와서 계약서 받아 갔어요.

연수      최웅… 아니. 고오 작가가 하겠다고 했다구요?

명호      네. 뭐 국팀장님이 도와주기로 한 게 있어서 본인도 기꺼이 하기로 했다고 하던데?

연수      제.. 제가요?

이훈      에이. 국팀장. 이런 인맥이 있을 줄 누가 알았겠어? 어쨌든 우리 진짜 이 프로젝트 진행하게 된 거니까 이게 다~ 국팀장 덕분이야! 소앤에도 벌써 다 얘기했다고!


명한 표정의 연수. 뭔가 생각하더니 급하게 돌아서 나간다.


연수      저 잠깐 만나야 할 사람이 있어서…

이훈      어? 국팀장! 어디가!

연수      (N) 에이. 그럴 리가 없어요.



## S#39.  최웅 집, 오전.

테이블에 던져지는 계약서. 그리고 구시렁대는 은호.


은호      무슨 계약서를 아침부터 가지러 가게 시켜? 난 또 엔제이 님 일인 줄 알았는데…

최웅      시킨 대로 잘 말했지?

은호      응.

최웅      국연수 만났어?

은호      아니. 없던데?

최웅      (잠깐 생각하다) 그래? 그럼 곧 시끄러워지겠네.

은호, 소파에 벌러덩 앉으며 핸드폰을 본다.

최웅　너 자리 피하는 게 좋을걸.
은호　왜?
최웅　곧 여기 난리가 날 예정이거든.

무시하고 계속 핸드폰을 보는 은호. 그러다 뭔가 이상한지 갸우
뚱한다.

은호　(손가락으로 숫자를 세는) 일십백천만… 만칠천팔백육십칠?
최웅　응? 안 가냐?
은호　만칠천팔백육십칠…?
최웅　뭔 소리야?
은호　(목을 긁적이며) 형이랑 내가 고기 먹은 사진을 왜 만칠천팔백육
　　십칠명이 좋아요를 눌렀지?
최웅　뭔 말이야 그게.
은호　그치? 내 아이디 어디 털렸나?

가만히 보던 은호. 입을 틀어막고 소파에서 흘러내린다.

최웅　뭐야? 왜 그래?
은호　에.. 엔제이 님이..
최웅　뭐? 왜?
은호　엔제이 님이 내 사진에 하.. 하트를 눌렀어!
최웅　뭔 소리야?
은호　엔제이 님이 내가 올린 사진에 하트를 눌렀다고!!!!

그대로 핸드폰을 끌어안고 바닥을 구르는 은호. 그 모습을 한심하게 바라보는 최웅.

그때, 울리는 초인종 소리. 그러자 최웅이 씨익 웃는다.


## S#40.  **최웅 집 앞, 이어서.**

초인종을 마구 누르고 있는 연수.


＊플래시컷〉〉


지웅   그럼 다른 플랜이 있다는 거지.

연수   되게 찝찝한데… 무슨 꿍꿍이인지 물어보면 말해 주니?

지웅   최웅은 말이야.

연수   최웅?

지웅   아홉 살 땐가… 내가 매일 걔를 엄청 약 올리고 도망 다녔거든.

연수   갑자기 그게 무슨 말이야?

지웅   근데 그게 쌓이고 쌓였나봐. 어느 날 걔가 빙수를 먹자고 가지고 오더라고. 신나서 같이 맛있게 퍼먹었지.

연수   ?

지웅   근데 거기에 복숭아가 들어있던 거였어. 나 복숭아 알러지 있거든.

연수   뭐? 최웅도 복숭아 알러지 있잖아.

지웅   그러니까. 그 미친놈이 나 한번 복숭아 먹이려고 자기도 같이 먹은 거야.

연수   뭐? 걔 진짜 제정신이 아니구나?

지웅   같이 얼굴 퉁퉁 부어서 응급실 실려 가는데 옆 침대에 누워서

|     |                                                                                 |
| --- | ------------------------------------------------------------------------------- |
|     | 걔가 나 보고 씨익 웃더라고. 그때부터 내가 걔를 안 괴롭혔지.                     |
| 연수 | 그 얘기를 근데 지금 왜 하는 거야?                                               |
| 지웅 | 걘 다른 사람한테 고통을 주기 위해서 자기의 고통쯤은 기꺼이 참으면서 할 애라는 거지. 그리고 그 의미는 아마 곧 알게 될 거고. |

＊다시 현재〉〉

|     |                                                                                 |
| --- | ------------------------------------------------------------------------------- |
| 연수 | (N) 에이 설마. 최웅이 그렇게까지 미친놈일까요.                                   |

문이 열리고, 최웅이 예상했다는 표정으로 연수를 바라본다.

|     |                                                                                 |
| --- | ------------------------------------------------------------------------------- |
| 연수 | (N) 라고 생각했는데 그 표정을 보니까 알겠더라구요.                               |
| 연수 | 미친놈 맞네.                                                                     |
| 최웅 | (으쓱하며) 무슨 말이야?                                                          |
| 연수 | 너… 우리 프로젝트 해준다는 이유가 설마…                                         |
| 최웅 | 응. 너도 나 도와줄 거니까.                                                       |
| 연수 | 도와준다는 게 설마…                                                             |
| 최웅 | (웃으며) 나 다큐멘터리 다시 찍고 싶어. 너랑.                                     |
| 최웅 | (N) 어쩌면 지금도 복숭아를 한 움큼 집어삼킨 거 일지도 모르겠지만.                |

어이없다는 연수의 표정. 최웅, 씨익 웃는다.

|     |                                                                                 |
| --- | ------------------------------------------------------------------------------- |
| 최웅 | 그게 내 조건이야. 다큐멘터리 찍자. 한 달 동안.                                   |
| 연수 | 야 최웅!!!                                                                       |

떠나가라 소리치는 연수. 최웅, 신난 표정이다.

최웅     (N) 국연수가 이렇게나 싫어한다면, 얼마든지요.

END.

S#     **에필로그**

오프닝 인터뷰 이어서. 연수, 담담한 표정으로 앉아 뭔가를 듣는다,


연수    (피식 웃으며) 웃긴다. 걔는 아직도 내가 제일 싫대요?


잠깐 생각하다,


연수    글쎄요. 전 아무렇지도 않은데요?


씨익 웃는 연수.


연수    전 원래 쿨한 성격이라 뒤끝 그런 거 하나도 없거든요. 진짜예요.


가만히 카메라를 보고 있는 연수.


＊플래시컷≫ 회상.


자막   **5년 전**


1. 대학 건물 안, 낮.


바쁘게 사물함으로 걸어가 책들을 꺼내고 있는 연수. 사물함 문을 닫자 솔이가 연수를 묘하게 바라보고 있다. 무시하고 지나가는 연수.

2. 도서관 안, 밤.

이어폰 꽂고 열심히 공부하고 있는 연수. 맞은편에 앉은 솔이는
여전히 흘끗흘끗 연수를 바라보고 있다.

3. 카페 안, 오후.

카페 알바 중인 연수. 바쁘게 움직이며 손님을 응대하고 있고
한편에서 커피를 들고 서서 연수를 보고 있는 솔이.

4. 학관 안, 아침.

줄 서서 식권을 고르고 있는 연수. 옆에서 솔이 또 쳐다보고 있
자 연수가 보지도 않고 말한다.

| | |
|---|---|
| 연수 | (한숨 쉬곤) 왜? 할 말 있으면 해. 자꾸 그렇게 쳐다만 보지 말고. |
| 솔이 | 진짜 아무렇지도 않아? |
| 연수 | 뭐가? |
| 솔이 | 너 최웅이랑 헤어진 거… 아무리 그래도 너희 그렇게 오래 만났는데… |
| 연수 | (빤히 보는) |
| 솔이 | 기지배야. 나한테는 솔직해져도 돼. 힘들면 힘들다고 해. 이렇게 아무렇지 않은 척 지내는 게 더 보기 무서워. |
| 연수 | 무슨. 힘들 일도 많다. |
| 솔이 | 진짜 괜찮아? |
| 연수 | (피식 웃으며) 응. 괜찮지. |

5. 연수 집, 밤.

고요하고 어두운 연수 집. 연수가 문을 열고 들어온다.

연수      나 왔어 할머니~

대답이 없자 잠깐 자경의 방문을 보곤 조용히 연수 방으로 들어간다.

6. 화장실, 이어서.

편한 옷차림으로 거울 앞에 서는 연수. 자연스럽게 머리를 올려 묶고 세면대 물을 틀고, 고개를 숙인다. 그런데 한참을 그렇게 고개를 숙이고 있다. 물소리만 크게 들린다. 고개를 들지 않는 연수. 떨리는 연수의 어깨. 그렇게, 흐느낀다. 주먹을 꽉 쥐고. 소리가 새어 나가지 않게, 그렇게 온몸으로 울음을 삼키고 있다.

＊다시 현재〉〉

연수      (빤히 카메라를 보며) 정말 아무렇지도 않아요. 정말로.

EP 04

# 그 시절, 우리가 좋아했던 소녀? 소년?

④

**S#1.** **최웅 집 거실, 낮.**
소파에 편하게 앉아 인터뷰하고 있는 연수.

연수   (피식 웃으며) 뻔히 보일 텐데? 걔가 먼저 나 좋아했어요.


**S#2.** **최웅 집 마당, 낮.**
마당 가운데 덩그러니 의자에 앉아 인터뷰하고 있는 최웅. 내리
쬐는 햇살에 눈살을 찌푸리며 손 그늘을 만들고 있다.

최웅   걔가 그래요? (한숨 한 번 쉬고) 어디 아프대?


**S#3.** **최웅 집 거실, 낮.**
여유롭게 커피를 한 모금 마시는 연수.

연수    그 촬영 다 끝나고 나서도 계속 따라다니고… 만나자고 한 것도 걔가 먼저였을 걸?


## S#4.   **최웅 집 마당, 낮.**
벌레 잡는 듯 허공에 박수치다 팔짱을 낀다.

최웅    하. 그때 걔가 들이댈 때 정신 차리고 도망갔어야 했는데.


## S#5.   **최웅 집 거실, 낮.**
일어나서 자연스럽게 커피잔을 들고 이동하며,

연수    글쎄요. 난 별로 생각이 잘 나진 않는데… 중요한 기억이 아니라.


## S#6.   **최웅 집 마당, 낮.**
그늘 아래로 의자를 들고 엉거주춤 옮겨 가는 최웅. 그러다 멈칫, 어이가 없단 듯 의자를 내려놓는다.

최웅    기억이 안 난대? 허!

다시 자리 잡아 앉으며,

최웅    분명 내가 똑똑히 기억하고 있거든요. 그날이에요. 모든 게 꼬이기 시작한 날이.

최웅이 단호한 표정으로 카메라를 바라본다.


## S#7.  **야산, 오후.**

2010년 초여름. 소나기가 쏟아지고 있는 나지막한 뒷산 풍경.
갑자기 쏟아지는 비에 황급히 뛰고 있는 연수, 최웅, 동일. 비를
피해 정자 아래로 뛰어든다. 품에서 카메라를 꺼내는 동일.

최웅     (N) 그날은 다큐멘터리 촬영 마지막 날이었어요.

동일     어우. 많이도 쏟아진다. 일기예보에도 없던 소나기인데… 이
것 참.

최웅     (머리를 털며) 카메라 괜찮아요?

동일     (카메라를 만지작거리며) 괜찮긴 한데… 배터리가 없네 큰일이네.


주위를 둘러보는 동일.


동일     마지막 컷 담기엔 좋은 그림인데…

한쪽 구석에 카메라를 세우며 각을 보는 동일. 그러곤 하늘을
보다,


동일     지나가는 비일 거 같긴 한데 내가 얼른 가서 배터리랑 우산 좀
챙겨서 올게. 마지막 인터뷰는 꼭 담아야 하니까. 잠깐만 기
다려.

최웅     (당황하는) 어? 우리 둘이 여기 있으라구요?

동일     금방 갔다 올게.

최웅     아니 그럼 저도 같이…

동일이 모자를 뒤집어쓰고 빗속으로 뛰어든다. 어정쩡한 자세로 멈춰 선 최웅. 흘끗 옆에 있는 연수를 돌아본다. 머리에 빗물을 짜내고 있는 연수. 멍하니 바라보자 연수가 흘끗 보곤 어색하게 시선을 피한다.

최웅     (N) 뭐랄까 그냥 좀 모든 게 이상한 날이었어요.

(E) 빗소리.

하염없이 내리는 비를 정자에 나란히 조금 떨어져 앉아 바라보고 있는 둘.

최웅     (N) 괜히 어색하고,

최웅     (멍하니 중얼거리는) 아깐 분명 해가 쨍쨍했는데…

연수     (나지막하게) 그러게.

다시 침묵. 연수를 흘끗 보는 최웅. 티셔츠가 비에 젖어 살짝 떨고 있는 듯하다.

최웅     (N) 괜히 신경 쓰이고,

입고 있던 셔츠를 벗으려 단추를 푸는 최웅. 멋있게 벗곤 연수

어깨 위로 셔츠를 툭 떨어뜨린다.

연수    뭐야?

최웅, 말없이 고개를 돌린다. 연수, 잠깐 최웅을 바라보다 옷을
걸친다.

연수    (조그맣게) 뭐… 고마워.

최웅, 연수를 보는데, 자신의 옷을 걸치고 있는 모습을 보자 괜
히 이상한 기분이 든다. 그리고 어쩐지 연수의 표정도 수줍어
보인다.

최웅    (N) 괜히 좀 다른 느낌인 건,
연수    (최웅 보며) 넌 안 추워?

아무렇지 않은 척, 춥지 않은 척 어깨를 활짝 펴고 헛기침을 하
는 최웅.

최웅    응. 전혀.
최웅    (N) 마지막 촬영이어서 그랬던 건지,

흘끗 연수를 다시 돌아보는 최웅. 멍하니 내리는 비를 보고 있
는 연수를 가만히 바라본다. 멍하니 바라보다 보니 빗소리가 점
점 들리지 않는 느낌이다. 그러다 연수가 최웅을 바라본다. 서
로를 바라보는 둘.

최웅      (N) 그리고 그건 저만 그런 것 같지도 않았구요. 국연수도…

연수      (N) 웃기고 있네.


## S#8.   **최웅 집 거실, 낮.**

다시 현재. 소파에 풀썩 앉는 연수. 어이없다는 듯 실소를 터뜨
린다. 카메라를 보며,

연수      걔가 그래요? 또 자기 멋대로 기억하고 있네.


## S#9.   **정자, 오후.**

다시 과거. 같은 장면 연수 시점. 미간을 찌푸리고 머리에 빗물
을 짜내고 있는 연수.

연수      (N) 그런 분위기였을 리가 없어요. 절대.


연수, 최웅이 자신을 빤히 쳐다보자,

연수      (괜히 퉁명스럽게) 뭘 봐?


최웅, 고개를 휙 돌린다. 그러곤 티 나게 오돌오돌 떨며 왔다 갔
다 하고 있는 최웅.

연수      (N) 그때도 다른 날과 다르지 않았어요.
연수      정신 사나우니까 가만히 좀 앉아있지?

그러자 조금 떨어져 앉는 최웅.


최웅    아깐 분명 해가 쨍쨍했는데…
연수    대기 불안정.
최웅    ?
연수    지금 우리나라 상층에는 찬 공기가 머물고 있는데 낮 동안 기온
       이 크게 오르면 대기가 급격하게 불안정해져서 강한 상승기류
       로 비구름이 갑자기 발달하고…
최웅    (짜증 내는) 왜 또 이 상황에 그런 얘기를 해. 사람 피곤하게…
연수    고1 때 배우는 건데 뭐 니가 알고 있을 리가 없으니까 알려주는
       거야.


       최웅, 연수를 흘겨본다.


연수    (N) 여전히 최웅은 멍청했고,


       연수, 잠깐 내리는 비를 바라보고 있다. 그러다 흘끗 최웅을 보
       는데, 최웅이 셔츠 단추를 하나둘 풀고 있다. 단추를 풀고 셔츠
       를 벗으려다 추운지 황급히 다시 껴입고 목 끝까지 채운다. 그
       모습이 어이없는 연수.


연수    (N) 여전히 한심했죠.
연수    너 뭐 하냐?
최웅    (멈칫, 슬그머니 돌아보곤) **봤어?**
연수    (한심하다는 듯 고개를 젓는)
최웅    (다시 단추를 풀어 셔츠를 벗는다)

| 연수 | 야. 그냥 입고 있어. |
| --- | --- |
| 최웅 | (셔츠를 연수에게 뚱하게 내미는) 너 입어. |
| 연수 | 나? 됐어. 억지로 줄 필요 없… |
| 최웅 | (군이 걸쳐주는) 됐어. 입어. |

그러곤 티 나게 자신의 몸을 꼬옥 감싸 안는다. 꾸깃한 셔츠를 대충 걸친 채 그런 최웅을 보다 피식 웃는 연수. 다시 앞을 보는 둘. 연수, 싫진 않은지 발을 살짝 흔들고 있다.


## S#10.  최웅 집 마당, 낮.
다시 현재. 목을 긁적이며 카메라를 보는 최웅.

| 최웅 | 물론 디테일한 기억은 조금 다를 수가 있는데… |
| --- | --- |

＊ 분할 화면

거실 소파에 팔짱 끼고 앉아있는 연수.

| 연수 | 자기 기억 속에선 뭐 지가 엄청 멋있는 줄 아나 봐. |
| --- | --- |
| 최웅 | 뭐 걘 자기는 되게 쿨하게 군지 아나 본데. 그날따라 이상하게 군 건 개였거든요. |
| 연수 | 전 뭐 늘 하던 대로 했을 뿐인데요? |
| 최웅 | 원래 그런 애가 아닌데 그날따라… |
| 연수 | 아니 글쎄, 나보다 오히려 걔가… |
| 최웅 | 분위기를 자꾸 이상하게 만들더라구요. |

둘 다, 잠깐 가만히 카메라를 본다. 뭔가 생각을 하는 듯하다 괜히 시선을 피한다.

＊연수 화면 사라지고

최웅. 괜히 시선을 돌리다 시계를 본다.

최웅     아참. 배추 옮길 시간인데…

일어나다 엉거주춤하게 멈춰 서는 최웅.

최웅     (카메라 보며) 야. 근데 국연수랑 나 만난 얘기는 안 내보낼 거지?
        다 편집해.

지웅, 카메라 뒤에서 얼굴을 내민다.

지웅     글쎄. 그건 내 재량인데.
최웅     (놀라는) 뭐? 미쳤어? 안 돼! 절대 안 돼!
지웅     편집 권한은 피디인 나한테 있는 건데. (어깨를 으쓱하는)
최웅     야!!!

최웅, 지웅을 노려본다. 그러다 뭔가 생각난 듯.

최웅     아디다스!
지웅     ?
최웅     나이키!! 발렌시아가!!! 구찌!! 에르메스!!! 티파니!!!

갑자기 브랜드 이름을 줄줄이 말하는 최웅. 당황하는 지웅.


## S#11.  최웅 집 거실, 낮.

연수        (웃으며 욕설을 계속 내뱉는다, 삐처리)

그런 연수를 카메라 들고 멍하니 보고 있는 지웅.

연수        (웃으며) 어디 한번 편집해서 내보내 보던가. 모든 말끝마다 삐
처리 하고 싶지 않으면.

지웅        너희는 꼭 하는 짓도 똑같네.

연수        그러니까 최웅이랑 나 그렇고 그런 건 단 하나도 내보내지 말라
고. 알겠어? 인터뷰는 이 정도면 됐지?

연수, 일어나 도도하게 자리를 뜬다.

＊제목 삽입〉〉


## S#12.  카페, 낮.

못마땅한 얼굴로 마주 보고 앉아있는 연수와 최웅. 그리고 둘
사이에 앉아있는 지웅. 연수와 최웅이 종이 한 장씩 지웅에게
내민다. 지웅, 종이를 꼼꼼히 읽어 본다.

지웅        그러니까 이게 너희들의 촬영 조건이라는 거지?

| 연수 | 피차 너도 다 아니까 편하게 말할게. 우리가 이걸 정말 좋아서 찍는 게 아니잖아? 그리고 꽤나 불편하기도 할 거고. |
|---|---|
| 최웅 | (얄밉게) 너 불편해? 난 안 불편한데. 저런. 뭐가 그렇게 불편할까? |
| 연수 | (씨익 웃으며) 그래? 너 안 불편해? 그러니까 한결 마음이 놓인다 야. 난 또. 니가 워낙 좀 유치하고 찌질한 스타일이다 보니까 걱정을 좀 했지 뭐야? |
| 최웅 | (이를 악물고) 찌질이라니.. (웃는) 글쎄. 시간이 꽤나 많이 흘렀고 보다시피 나는. 꽤나 많이 바꼈잖아? 누군가가 간절히 와서 같이 일해 달라고 사정사정을 할 정도로? |
| 연수 | 야. 내가 언제 사정사정을 했다고…! |
| 최웅 | 찌질하다고 사람 긁은 건 누군데! |
| 지웅 | (머리를 짚으며) 미안한데. 나 좀 조용히 읽어볼 수 없을까? |

다시 말없이 서로만 노려보고 있는 연수와 최웅. 지웅, 연수가 내민 종이를 본다. 한 장 가득 빼곡히 적혀있는 조건들. (촬영 시간 준수, 촬영 장소 협의 필요, 촬영 일정 변경 안내는 24시간 전에, 모든 촬영보다 개인 일정과 업무가 우선한다, 지나친 사생활 노출X 등등)
다음 최웅이 쓴 종이를 보자 딱 두 가지 적혀있다. (피곤하게 하지 말기, 귀찮게 하지 말기)

| 지웅 | 그래 뭐. 최대한 반영해 보도록 할게. 우선은 카메라와 익숙해져야 하니까 별다른 거 없이 둘의 일상 그대로를 당분간 팔로우 할 거야. 각자의 일상뿐만 아니라 둘이 같이 있는 모습도. |
|---|---|
| 연수 | (피식 웃으며) 내 일상은 집 회사 집 그리고 회사밖에 없는데 괜찮겠어? 그리고 회사 가 있는 동안은 어차피 못 찍을 텐데… |
| 지웅 | 그건 이미 협의됐어. 회사 일도 팔로우할 거야. 오히려 좋아하 |

던데? 프로젝트 홍보된다고.

연수     (머리가 지끈거리는)

최웅     난 작업할 때 누가 있는 거 되게 예민해.

지웅     그건 최대한 카메라 고정으로 찍을게.

연수     (미간을 찌푸리며) 근데 정말 이게 재밌을 거라 생각해? 지금 듣기 만 해도 벌써 재미없어.

최웅     (조용히 끄덕인다)

지웅     그건 내가 알아서 하니까 걱정말고. 뭐 더 궁금한 거 있어? 방 금 들어보니까 두 사람 다 불편한 거 없다는 거 같고. 그럼 문 제없지?


연수, 최웅, 뚱하게 쳐다만 보고 있다. 지웅, 손을 내밀며,


지웅     그럼 잘 해보자 우리.


연수 먼저 일어나 자리를 뜬다. 그리고 곧바로 최웅도 일어난다.


최웅     (지웅을 보며) 너 이번 건 망하겠다. (어깨를 툭툭 치고 가는)


뻗은 손을 다시 내리고, 일어나는 지웅.


## S#13.  몽타주.


1. 웅이와 기사식당, 아침.

따분한 얼굴로 카운터에 서서 손님을 받고 있는 최웅. 한쪽 옆에선 지웅이 그런 최웅을 촬영 중이다. 가게로 들어서는 창식.

창식　　최사장 나왔슈. (카메라를 보곤, 긴장하는) 어? 뭐여? 오늘도 찍는 겨? (살짝 기대했던 듯) 지웅아. 오늘도 촬영하는겨? (카메라가 향하고 있는 최웅을 발견한다) 뭐여. 웅이도 찍히는겨?

최웅　　(목을 긁적이며) 아저씨. 오랜만이에요.

창식　　어어… (카메라 흘끗 보곤, 웅이에게 소곤거리는) 오늘은 컨셉이 뭐여?

최웅　　아저씨. 그냥 신경 쓰지 마시고 앉으셔서 식사하고 가세요.

창식　　어어? 어찌 또 신경을 안 쓸 수가 있겠어.

최호　　아이. 창식이. 일루 와. 일루.

창식을 옆으로 끌고 가는 최호. 한쪽 구석에서 최호, 연옥, 창식이 목을 빼고 최웅과 촬영 중인 지웅을 구경한다. 늘어지게 하품하는 최웅.


2. 산책길, 아침.

한쪽 곁에서 편안한 운동복을 입고 스트레칭을 하는 연수. 연수 옆으로 솔이가 있고, 채란이 카메라를 들고 촬영 중이다.


솔이　　(작게 속삭이는) 최웅이랑 이걸 다시 한다고? 제정신이야?

연수　　(한숨 쉬며) 내가 하고 싶었겠어? 이게 다~ 먹고 살려고 몸부림치는 직장인의 애환이랄까.

솔이　　최웅이랑 다시 붙어있는 건 괜찮고? 혹시 뭐 너네 둘이 다시 뭐…

연수    시끄러. 말도 안 되는 소리 하지 마시죠.

솔이    그래. 그래. 꺼진 남자 다시 들여다보는 거 아니다. 정신 똑바로 차려.

연수    아 진짜. 그런 거 아니래도. (흘끗 채란을 보고) 어? 언제부터 찍으셨어요?

채란    (담담하게) 신경 쓰지 마시고 편안하게 얘기하세요.

솔이    에이. 우리가 편하게 얘기하면 다 비방용일걸요.


연수, 크게 스트레칭을 하며 카메라를 흘끗 보는.


연수    (바로 돌변하는) 뭐. 보통 직장인들은 주말에는 늘어져 쉬거나 자거나 할 텐데 전 그렇지 않아요. 시간을 허투루 쓰는 건 용납할 수 없죠. 주말에도 이렇게 계획적으로 하루를 보내요. 보통 아침엔 이렇게 조깅을 하러 나오곤 한답니다.


어느새 돌변해 뻔뻔하게 이야기하고 있는 연수를 신기하게 보는 솔이.


솔이    촬영하기 싫어하는 모습이 아닌데?

연수    낮잠? 글쎄요. 전 잠은 밤에 자야 한다고 생각해요. 누구처럼 매일 낮잠이랍시고 빈둥거리는 거. 딱 질색이거든요. (싱긋 웃는) 그럼. 평소보다는 좀 천천히 뛸게요. 따라오세요.


총총 뛰어가는 연수. 그 뒤를 쫓는 채란.

그 시절, 우리가 좋아했던 소녀? 소년?

솔이   (이상하게 보는) 누가 봐도 촬영 되게 하고 싶었던 거 같은데?
      곧 따라간다.


      3. 최웅 집, 다른 날 오후.


      소파에서 늘어지게 낮잠을 자고 있는 최웅. 얼굴엔 책이 덮여있
      다. 그리고 그 모습을 가만히 찍다가 한숨을 쉬는 지웅. 발가락
      으로 살짝 최웅을 툭툭 건드려본다.


지웅   (나지막하게) 야… 야. 최웅.


      최웅, 목을 긁적이며 그냥 돌아눕는다.


      4. RUN 사무실, 다른 날 저녁.


      꼼짝 않고 자리에 앉아 일하고 있는 연수. 곁에 촬영 중인 채란.
      주변에 팀원들이 일부러 카메라 근처를 기웃거려도 보지만 연
      수는 아랑곳 않고 일에만 집중하고 있다.


      5. 최웅 작업실, 다른 날 늦은 밤.


      조용히 집중해서 작업 중인 최웅. 책상에 작은 카메라가 설치되
      어 있고 작업실 한쪽에 삼각대 위에 카메라가 놓여있고 아무도
      없다.


      6. 이작가야, 다른 날 밤.

바에 혼자 앉아 맥주를 마시고 있는 연수. 촬영 중인 채란. 솔이가 안주를 내어준다.

솔이      신메뉴. 테스트해 봐.
연수      (육전을 한 입 먹곤, 진지하게) 음~
솔이      (기대하는) 어때? 괜찮지?
연수      별론데?
솔이      (다시 뺏어 가며) 너 가. 왜 왔어? 집으로 썩 꺼져버려.


7. 웅이와 기사식당 앞 평상, 다른 날 아침.


퀭한 얼굴로 물안경 쓰고 양파를 까고 있는 최웅. 옆엔 양파가 수북이 쌓여있다. 그 모습을 촬영 중인 지웅. 최웅, 지웅에게 양파 껍질을 던지며,


최웅      얌마 그만 찍고 너도 빨리 까!
지웅      (한숨 쉬고 나지막하게) 저는 없다고 생각하시라니까요.
최웅      (비아냥거리는) 양파 까는 거 백날 찍어서 뭐 쓸 수나 있겠냐? 쯧쯧. (약 올리듯) 좀 재밌게 까볼까? 엉?


8. RUN 사무실, 다른 날 낮.


어제와 똑같이 꼼짝 않고 자리에서 집중해서 일하고 있는 연수. 옆에서 찍고 있는 채란도 지친 얼굴이다.

그 시절, 우리가 좋아했던 소녀? 소년?

## S#14.    방송사 회의실, 낮.

이마를 짚고 있는 지웅. 맞은편에 앉아있는 채란. 고요하다. 회의실 문이 열리고, 동일이 얼굴을 내민다.


동일    (해맑게) 어이. 분위기가 왜 이래?

지웅    (노려보며) 작가 언제 붙여주는 거예요?

동일    나도 노력하고 있다고. 갑자기 빼올 수가 있나? 바로 들어갈 수 있는 작가들은 너랑 하기 싫다는데 뭐. 이건 내 탓 아니다?

지웅    갑자기 이거 들어가라고 그렇게 난리를 치더니 지원을 이렇게 안 해준다구요?

동일    있어봐. 있어봐. 든든한 지원군 보낼 테니까! 암튼. 고생해라! (채란을 보곤) 네가 고생이 많다. 화이팅!


동일이 나가고, 다시 침묵.


지웅    쓸 거 없지 거기도?

채란    (단호하게) 네. 전혀요.

지웅    (한숨 쉬곤) 일단. 둘 다 소집해.



## S#15.    최웅 집 거실, 오후.

최웅, 혼자 거실로 들어서 주변을 둘러본다.


최웅    야. 김지웅! (조용한) 없냐? 갔냐?


그제야 만족한 얼굴의 최웅. 소파에 드러눕는다.

최웅     (N) 이거 생각보다 더 쉽게 촬영도 끝낼 수 있을 거 같은 느낌이에요.

최웅     (나지막하게) 이제야 평화롭네.

곧 최웅의 눈이 깜빡이다 스르륵 감긴다. 최웅이 눈을 감으며 암전. 잠시 후 다시 끔뻑이며 눈을 뜨는데 흐릿하게 지웅이 움직이는 게 보인다. 그리고 다시 암전.

최웅     (N) 저는 잠을 깊게 자지 못해요.

다시 끔뻑이며 눈을 뜨자 지웅과 채란이 카메라를 들고 이야기하고 있는 게 보인다. 다시 암전.

최웅     (N) 늘 반쯤 잠들고 반쯤 깨어있죠.

다시 눈을 뜨자 이번엔 테이블에 팔짱 끼고 앉아있는 여자의 형상이 보이는데 얼굴은 잘 보이지 않는다. 다시 암전.

최웅     (N) 한 번에 꾸는 꿈만 500개쯤 될 거예요.

다시 흐릿하게 눈을 뜨자 여자가 조금 더 가까이 와서 서있다.

최웅     (N) 그래서 꿈인지 현실인지 구분을 잘 못 하기도 하구요.

다시 눈을 뜨는 최웅. 흐릿하게 보이는 얼굴. 연수의 얼굴이다. 가까이서 가만히 자신을 내려다보고 있다.

최웅    (N) … 이건 당연히 꿈이겠지만.


멍하니 계속 쳐다보는 최웅.


연수    너 괜찮아?


멍하니 보다 망설임 없이 손을 뻗어 연수의 얼굴에 손을 가져다
댄다. 잠깐 놀라 가만히 있던 연수, 화들짝 놀라 뒤로 물러난다.


연수    뭐.. 뭐야!!
최웅    (그제야 화들짝 놀라며 벌떡 일어나는) 뭐야 너!!
연수    (당황한) 뭐 하는 거야?
최웅    (어안이 벙벙한) … 진짜네.
연수    (괜히 볼을 털어내며) 진짜긴 뭐가 진짜야? 꿈꿨냐 너?
최웅    (당황한) 언제 왔냐? 남에 집에 말도 없이 와있으니까 놀랐지.
연수    (옆 소파에 걸터앉으며) 아~까 왔다. 김지웅이 할 말 있다고 해서.
        넌 밤에 뭐 하길래 낮에 이렇게 쳐 자냐?
최웅    잠을 잘 못 자서 그래.
연수    왜 못 자는데?
최웅    (연수를 가만히 보다 고개를 돌리는) 김지웅은?
연수    잠깐 나갔다 온다던데.


그리고 멀뚱히 앉아있는 둘. 침묵. 어색한 침묵이 지나가고, 최
웅이 소파에서 일어난다. 최웅, 2층 가는 계단 앞에 선다. 흘끗
뒤를 돌아보자 연수 혼자 소파에 앉아 괜히 딴청을 부리고
있다.

| 최웅 | 나 작업실 내려갈 건데. |
| 연수 | (돌아보는) |
| 최웅 | 뭐… 할 거 없으면 구경이라도 하던가. |
| 연수 | 응? |
| 최웅 | (시선 피하며) 아니 뭐. 그럼… 보고 싶으면. |

내려가는 최웅. 연수도 잠깐 망설이다 따라 내려간다.


## S#16. **최웅 작업실, 오후.**

최웅이 먼저 들어가고 따라 들어가는 벽면과 바닥에도 놓여있는 그림들을 보고 눈이 휘둥그레지는 연수.

| 연수 | (나지막하게) 우와… |

절로 소리를 내곤 민망한 듯 헛기침을 한다. 그러곤 조용히 그림을 천천히 둘러본다. 괜히 민망해지는 최웅.

| 최웅 | 뭐… 너무 자세히는 보지 말고. |
| 연수 | 이 그림 죽인다. 이 건물은 어디에 있는 거야? |
| 최웅 | (들뜬 듯) 파리에 있는 건물. 그 건축가가 이번에 소앤 건축 하기도 했고. 내가 제일 좋아하는 건축가야. |
| 연수 | 그래서 한다고 한 거구나? |
| 최웅 | (머쓱한, 말없는) |
| 연수 | 사실 이 정도일 줄은 몰랐는데. |
| 최웅 | 뭐가? |

연수    어렸을 때 공부는 안 하고 그림만 그리고 있을 때도 사실 뭐 공
       부하기 싫어서 그러는 줄 알았거든.

최웅    사람마다 잘하는 게 있는 거야. 그런데 맨날 넌 나한테 공부하
       라고 잔소리 잔소리를… 이제 알겠냐 너의 가학성을?

연수    그래도 그 잔소리 덕분에 대학을 들어갔을 텐데?


       맞는 말이라 입을 삐죽이는 최웅. 연수, 책꽂이에 놓여있는 드
       로잉들을 집어 든다. 몇 장 넘기며 보다 잠깐 멈칫하는 연수.


연수    어? 이거…


       고등학교 건물이 그려져 있는 드로잉. 한쪽 모퉁이에 화이트 칠
       이 덕지덕지 되어있다. 그림을 보곤 최웅을 바라본다.


       ＊플래시컷〉〉과거 회상.


       1. 고등학교 교실, 오전.


       최웅이 자리에 앉아 초집중해서 그림에 선을 하나씩 추가하며
       그리고 있고 그 모습을 찍고 있는 동일. 그때, 연수가 옆자리에
       앉다 최웅의 팔을 툭 친다. 대각선으로 주욱 어긋나버리는 선.


연수    아이고. 실수.


       천천히 연수를 돌아보는 최웅.

| 연수 | (흘끗 그림을 보곤) 괜찮아. 괜찮아. 지우면 되지. |

그러곤 손가락에 침을 묻혀 엇나간 선을 슥슥 문지른다. 번지는 선.

| 최웅 | (멍하니 카메라를 보며) 카메라 좀 꺼주세요. |
| 연수 | 끄지 마세요. |
| 최웅 | 꺼주세요. |
| 연수 | 안 돼요. 피디님. 절대 끄지 마세요. |

최웅이 자리에서 벌떡 일어나자 연수도 동시에 일어난다. 그리고 황급히 도망가는 연수.

| 최웅 | 국연수!!! |

쫓아가는 최웅.

2. 도서관, 밤.

야자시간. 간간이 학생들이 앉아 공부하고 있고 연수의 대각선 앞에서 엎드려 자고 있는 최웅. 연수, 주변 눈치를 슬쩍 보더니 슬며시 최웅의 노트에 손을 뻗어 그림을 빼 온다. 그러곤 화이트를 꺼내 번진 그림을 열심히 수정하는 연수. 좀 덕지덕지 되었지만 그래도 만족해서 뿌듯하게 웃는 연수.

＊다시 현재〉〉

홱 하고 그림을 뺏어가는 최웅.

연수    이거 버렸다더니?

최웅    버린 줄 알았는데 왜 거기 껴있지.

연수    나 때문에 망쳤다고 그렇게 난리 치더니. 거봐. 살짝 보면 별로 티 안 나잖아?

최웅    너 때문에 망친 거 맞거든. 그리고 잘 보면 티 나.

연수    에게? 그래 놓구 그때 며칠을 삐쳐 있었으면서. 치사하게.

최웅    너 때문에 망친 게 한두 개냐?

연수    뭐? 야. 그림 건든 건 그거 한 번밖에 없거든? 아닌가? 두 번 인가?

최웅    (돌아서며) 내 인생도 망쳐놨지. 엉망으로.

말하고 본인이 놀라는 최웅.

최웅    (N) 아, 이게 아닌데…

연수    (멈칫) 뭐? 야. 말을 왜 그렇게 하냐?

최웅, 듣지 않고 책상으로 간다.

연수    내가 뭘 망쳐?

최웅    (N) 이런 말 하려고 한 게 아닌데.

연수, 최웅 책상으로 다가온다.

연수    뭐야. 그렇게 뱉어놓고 끝이야?

최웅     (퉁명스럽게) 그럼. 아냐?

최웅     (N) 왜 한 번씩 이렇게 속이 뒤틀리는 기분일까요.

연수     계속 그렇게 굴 거야? 뭐가 나 때문에 얼마나 대단하게 망쳐졌
        는데 니 인생이? (둘러보며) 봐. 잘 지내고 있잖아. 뭐가 엉망인데?

최웅     (책상 의자에 앉으며) 그 그림처럼 살짝 보면 티 안 나나 보지.

연수     (한숨 쉬곤) 뭐 언제까지 나 죄인 만들어서 세워놓을 건데. 촬영
        도 같이 하기로 한 마당에 좀 좋게좋게 지내면 안 돼?

최웅     (N) 저도 그러려고 했죠.

최웅     난 너처럼 쿨하지 못해서.

최웅     (N) 그런데 왜 이렇게 찌질한 말들만 나오는 걸까요.


        연수, 가만히 보다 돌아선다. 그러다 다시 돌아 책상을 짚고 최
        웅을 바라본다.


연수     가만히 있으니까 아주 자기만 피해자인 척. 웃긴다 최웅.

최웅     그럼 너도 가만히 있지 말던가.

연수     우리가 헤어진 게 다 나 때문이었어?


        연수의 말에 최웅의 눈빛이 흔들린다. 서로를 바라보는 둘. 눈
        빛에 둘 다 상처가 가득하다.


연수     찍지 마. 김지웅.


        연수가 돌아보자 문에 서서 카메라를 만지던 지웅이 멈칫한다.


지웅     귀신이네.

그제야 지웅을 보는 최웅.

연수    (퉁명스럽게 지웅을 보며) 모든 걸 다 찍을 생각이야?

지웅    (으쓱하며) 그게 내 역할이긴 하니까.

연수    (지나쳐가며) 사람 불러놓고 왜 이렇게 늦게 와? 할 얘기나 빨리해.


계단을 내려가는 연수.


지웅    (최웅 보며) 또 싸웠냐?


최웅, 멍하니 계단을 바라본다.


## S#17.  **최웅 집 거실, 오후.**

테이블에 앉아있는 넷. 연수와 채란이 나란히 앉아있고 맞은편
엔 최웅과 지웅이 앉아있다. 어쩐지 냉랭한 분위기.


채란    분위기가 어쩐지 살벌하네요.

지웅    (눈치 주는)

채란    저만 그런가…


연수, 흘끗 최웅을 보다 안 되겠는지 벌떡 일어난다.


연수    미안. 나 뒤에 일정이 있어서 먼저 가봐야겠다. 중요한 용건 아
        니면 정리해서 문자나 아님 전화로 해줘.

황급히 나가는 연수. 최웅도 그 뒷모습을 가만히 보고만 있다.

지웅  뭐… 그럼 일단 너라도…

최웅, 벌떡 일어난다.

최웅  (담담하게) 촬영 이거 하기로 한 거, 잘 한 건지 모르겠다.

그러곤 계단으로 내려간다.

채란  흠… (어깨를 으쓱하며) 개판이네요. 컨셉 이야기는 꺼내지도 못
    했는데…

지웅, 가만히 생각하다,

지웅  뭐 이럴 거 예상 못 한 건 아니니까.
채란  두 사람 이대로 계속 팔로우만 해도 될까요?
지웅  (고민하다) 일단 오늘은 퇴근해. 집으로 가지? 내려줄게.

지웅, 카메라 가방을 챙겨 일어난다. 채란이 따라간다.


S#18. **차 안, 저녁.**
생각에 잠긴 얼굴로 운전하고 있는 지웅. 옆에 앉은 채란이 흘
끗 지웅을 바라보지만 조용한 차 안.

| 지웅 | 처음은 리뷰로 시작해야겠다. |
|---|---|
| 채란 | 네? |
| 지웅 | 처음 둘이 만났을 때 어땠는지, 10년 전에 왜 영상을 찍게 됐는지, 그리고 다시 지금 만났을 때 어떤지. 좀 좋은 기억들을 최대한 끌어내 봐야겠어. |
| 채란 | 아… (잠깐 생각하다) 그 두 분 연애했었죠? |
| 지웅 | (흘끗 채란을 본다) 그게 보여? |
| 채란 | 옛날 촬영본 보고 이번에 실제로 보니까… 답이 나오던데요. 뭐. |
| 지웅 | (피식 웃는) 눈치 빠르네. 역시 우리 회사 에이스. |
| 채란 | 선배랑 최웅 씨는 언제 처음 만났어요? 꽤 오래된 친구 같던데. |
| 지웅 | 초등학교 입학식 때. 내 뒤에 서있었어 걔가. 그때 줄을 잘못 선 거지. |
| 채란 | 그분 볼수록 매력 있는 거 같던데. 학교 다닐 때 인기 꽤 있지 않았어요? |
| 지웅 | 우리 회사 에이스라는 말 취소. 사람 보는 눈이 아직 엉망이네. |
| 채란 | (웃는다) |
| 지웅 | (잠깐 생각하다) 연수가 인기 많았어. |
| 채란 | 국연수 씨요? 그랬을 거 같아요. 좀 영상에선 차갑게 보여지긴 했지만. |
| 지웅 | 차갑게 굴어서 애들이 다가가질 못한 거지. 걘 모르겠지만 좋아하기만 하고 말 못 한 애들이 꽤 있었지. |

채란, 지웅을 흘끗 본다.

| 채란 | 선배도 국연수 씨랑 친했어요? |
|---|---|

지웅, 잠깐 생각하는 듯하다.

지웅   뭐 글쎄. 예전에도 지금도 그냥 관찰자 정도?

지웅을 흘끗 보는 채란.

지웅   (내비게이션을 보곤) 이 근처인 거 같은데…
채란   저기 앞에 세워주세요.

지웅, 차를 세운다.

지웅   내일 천천히 나와. 일 별로 없으니까.
채란   그거 아세요?
지웅   ?
채란   회사 사람들은 선배 되게 차갑고 무뚝뚝한 줄 알아요.
지웅   알아. 나 인기 없는 거. 그래서 나랑 프로그램 같이 하려는 사람
      별로 없잖아.
채란   (지웅이 한 말 따라 하는) 인기 많아요. 차갑게 굴어서 다가가질 못
      한 거지. 선밴 모르겠지만 좋아하기만 하고 말 못 하는 사람들
      많을걸요.
지웅   (피식 웃는) 고맙다. 위로가 되네.
채란   이런 모습을 알아야 할 텐데 사람들이. 태워다주셔서 감사합
      니다.
지웅   그래. 내일 보…

그때, 차 뒷좌석에서 갑자기 누군가 스르륵 일어난다.

| 지웅 | (백미러로 보곤 화들짝 놀라는) 뭐야! 누구야! |
|---|---|

눈을 비비고 있는 태훈. 채란이 흘끗 보더니 아무렇지 않게,

| 채란 | 모르셨어요? 아까 올 때부터 같이 타고 왔는데. |
|---|---|
| 지웅 | (황당한) 누군데? |
| 채란 | 팀장님이 보낸 든든한 지원군이요. 인턴. |
| 태훈 | (정신 차리곤, 바짝 앉으며) 안녕하십니까! 선배님! 임태훈입니다! |
| 지웅 | (어이없다는 듯 보는) 인턴? |
| 채란 | (담담하게) 어제 첫 출근. 그리고 아직까지 못 퇴근. |
| 태훈 | (씩씩하게) 저는 괜찮습니다! |
| 지웅 | (한숨 쉬는) 근데 왜 쟤를 여길 보내? 여기가 무슨 어린이집이야? |
| 채란 | (으쓱하는) 팀장님이 그러시는 거 한두 번인가요 뭐. |
| 지웅 | 하… 이번 촬영 하나부터 열까지 다 엉망이네. 다시 돌려보내. 차라리 팀원 안 받는 게 나아. |

어리둥절해 하고 있는 태훈.


## S#19.  길거리, 저녁.

| 채란 | 그럼 들어가세요. |
|---|---|

채란이 내리자 지웅의 차가 떠나가고, 자리에 서서 사라지는 모습을 끝까지 바라보고 있는 채란. 돌아서는데 태훈이 멀뚱멀뚱 서있다.

채란  (흠칫 놀라는) 넌 왜 여기 있어?

태훈  아… (가만히 생각하는) 그… 저도 퇴근하나요?

채란  (한숨 쉬곤) 택시 잡아줄게. 들어가.


채란, 택시를 잡고 지갑에서 2만 원을 꺼내 태훈에게 쥐여준다.


채란  첫날부터 그렇게 집 안 들어가면 나중에 개고생한다. 가.


돌아서는 채란. 그 모습을 보고 해맑게 웃으며 꾸벅 인사를 하는 태훈.


태훈  조심히 들어가세요 선배님!



## S#20.  **최웅 작업실, 밤.**

책상에 앉아 작업하고 있는 최웅. 그런데 생각이 복잡한지 손에 잘 잡히지 않는다.


＊플래시컷〉〉회상.


최웅  내 인생도 망쳐놨지. 엉망으로.


＊다시 현재〉〉


최웅  (펜을 놓으며) 하. 그런 말을 왜 지껄인 거야. 찌질하게.

벌떡 일어나 한구석에 쌓여있는 책들을 훑어본다. 한 권을 뽑아 들고 한쪽에 앉아 책에 집중해 본다. 조금 집중하는 듯하더니 곧 다시 얼굴 위에 올려놓고 한숨을 쉰다.

최웅      하… 오늘도 못 자겠네.


## S#21.   연수 방, 밤.

베개에 얼굴을 묻고 발버둥 치는 연수.

＊ 플래시컷〉〉 회상.

연수      우리가 헤어진 게 다 나 때문이었어?

＊ 다시 현재〉〉

연수      하. 괜히 쓸데없는 말을 했어. 국연수. 미쳤냐? 너라도 쿨하게 넘어갔어야지.

침대에서 벌떡 일어나는 연수. 바른 자세로 앉고 명상을 시도하 듯 숨을 고르게 쉬고 눈을 감는다. 그것도 잠시, 천장을 올려다 보며 한숨을 쉰다.

연수      이걸… 앞으로 한 달을 해야 한다는 거지…

＊ 분할 화면〉〉

멍하니 올려다보며 한숨 쉬는 연수와 책을 팽개치고 머리를 헝크는 최웅.

둘 사이로 지웅의 화면이 끼어든다.


**S#22.   편집실, 늦은 밤.**
영상들을 돌려 보며 혼자 남아 노트에 구성안을 끄적이고 있는 지웅.

지웅      (한숨 쉬는) 얘네 둘을 어떻게 해야 하나…


**S#23.   소앤 회사 회의실, 오전.**
회의실 테이블. 한쪽 편엔 장도율을 비롯한 소앤 팀원들이 나란히 앉아있고, 맞은편엔 방이훈과 연수, 명호, 예인이 앉아있다. 그리고 한쪽 구석에서 카메라를 들고 있는 채란. 이훈이 계속 카메라를 의식하고 있다.

도율      (서류를 덮으며) 어쨌든 프로젝트가 진행될 수 있게 되어 다행입니다.

이훈      아유. 같이 할 수 있게 되어 영광입니다.

도율      쉽지 않았을 텐데, (연수를 보며) 이번에 국연수팀장님이 애 많이 쓰셨습니다.

연수      감사합니다.

도율      (카메라를 흘끗 보곤) 촬영도 프로젝트의 홍보 방향으로 잘 활용을

그 시절, 우리가 좋아했던 소녀? 소년?

해주셨으면 합니다. 그리고 작가 미팅에 제가 직접 참여했으면
하는데…

이훈    아 그럼 미팅 장소 이곳으로 바꿔서…

도율    아닙니다. 제가 그쪽으로 가겠습니다. 매번 오시느라 번거로우
       실 텐데. 저 한 명이 움직이는 게 낫죠.


예인, 놀란 얼굴로 명호와 시선을 주고받는다.


이훈    그래 주신다면야 저희야 너무 감사하죠!

도율    네. 그럼 이만 마치도록 하죠.


자리에서 일어나 나가는 도율. 재빠르게 모두들 따라 나간다.
이훈, 채란 앞을 지나가다 슬쩍 속삭인다.


이훈    (카메라 보며) 저는 혹시 인터뷰 같은 거나 뭐 필요하신 거 없으
       세요? 편하게 말해 주시면 제가 다…

예인    (이훈을 쿡 치며) 대표님 빨리 나가세요.


떠밀려 나오는 이훈.



## S#24.  **회사 복도, 이어서.**

도율이 잠깐 멈춰서 다시 돌아보자, 다 같이 멈춰 선다.


도율    아참. 이번 주 금요일에 작게 오픈 기념 파티를 여는데 다들 시
       간 괜찮으시면…

| 이훈 | 오! 파티요? 너무 좋죠~ 저도 꽤나 파리피플이라… |
|---|---|
| 도율 | (연수를 보며) 국연수팀장님도 오실 수 있으신가요? |
| 연수 | (당황하는) 네? 아… |
| 예인 | 팀장님 가셔야죠! |
| 연수 | 아 네. 별다른 일정 없으면 참석하겠습니다. |
| 도율 | 네. 그럼 국연수 씨는 잠깐 저하고 가는 길에 이야기 좀 더 했으면 하는데… |

연수와 도율이 앞서가고, 채란은 계속 연수를 팔로우하고 있다.
뒤에 남아있는 예인, 명호, 이훈.

| 예인 | 어때요? |
|---|---|
| 명호 | 호오… 진짜 예인 씨 말 듣고 보니까 좀 그렇긴 한데? |
| 이훈 | 어? 뭐가? |
| 예인 | 심증 900퍼라구요. 사람이 순식간에 너무 달라지지 않았어요? |
| 이훈 | 누가? 누가 달라져? |
| 명호 | 그렇긴 하지. 좀 부드러워진 거 같기도 하고… 우리 회사까지 와주겠다고도 하고… |
| 예인 | 무엇보다 국팀장님을 계속 챙기는 느낌이잖아요. |
| 이훈 | 국팀장이 뭐? 나도 좀 같이 알자. 어? |

엘리베이터 앞에 나란히 서서 이야기 중인 도율과 연수를 본다.
셋이 일부러 다른 엘리베이터로 돌아간다.

그 시절, 우리가 좋아했던 소녀? 소년?

**S#25.** **최웅 집 거실, 오전.**

거실 소파에 앉아 TV를 보고 있는 은호. 채널을 돌리다 멈칫
한다. 멀끔하게 차려입은 남자가 인터뷰를 하고 있는 모습이다.

은호       어? 뭐야. 이젠 TV에도 나와?

지하 계단에서 올라오는 최웅. 뒤따라 지웅이 카메라를 들고 팔
로우한다.

은호       (최웅을 보곤) 뭐야. 또 작업실에서 밤샜어?
최웅       언제 왔냐?
은호       좀 전에. (카메라를 보곤) 오. 계속 촬영 중이었네?

은호, 카메라를 향해 양손으로 브이를 하고 흔든다.

최웅       (TV를 보곤) 뭐야. 아침부터 왜 재수 없는 얼굴을 보고 있어?
은호       아 형. 저 사람 누아 작가 이제 막 방송도 타나봐.
최웅       (흘끗 본다) 관심 없어.
은호       형도 이제 딱 오픈해가지고 저런 애들 다 싹 정리하고 보여줘야
          지. 우리도 인터뷰 잡을까? 응?
최웅       (주방으로 향하는) 됐어.
은호       아. 형은 드로잉 쇼 때 짠 하고 화려하게 등장하고! 그다음 다큐
          멘터리 나오는 거도 쫙 풀리면! 그럼 확 유명해지겠지? 그럼 티
          비 토크쇼 나가자.
최웅       시끄러. 이번 주는 스케줄이 어떻게 돼?
은호       어… 내일 드로잉 쇼 관련 미팅 있고, (그러다 다시 TV를 본다. 뭔가

잘못 들었나 하는 얼굴로) 어?

최웅     (냉장고를 열어 물을 꺼내며) 수요일 미팅하고 그리고?

은호     (TV를 보며) 어어? 어~? 뭐라는 거야? 저 자식이!


최웅, 흘끗 보곤 물을 마신다.


은호     형!! 형형!! 빨리 와 봐! 빨리! 아 지금 물 마실 때가 아니야!


최웅, 귀찮다는 듯 다가가는,


최웅     아 왜 또.

은호     이 새끼가 지금 형 물 멕이고 있는 거 같은데?


＊TV 속 화면〉〉


진행자     특히 요즘 세대들에게 작가님의 작품이 사랑을 많이 받고 있다고 하는데 어떤 부분이 그들과 통했다고 생각하시나요?

누아     글쎄요. 아무래도 저의 대중과의 소통 방법이 영향을 미치지 않았을까요? (웃는) 저는 작품에 있어 일방향적인 전달이 아니라 쌍방향의 소통을 좀 더 중요하게 생각하거든요. 그리고 그림체로 말하자면… 선명한 느낌의 컬러감과 볼드함이 요즘 뉴트로 감성과 잘 맞아떨어지지 않았나 싶기도 하구요.

진행자     그림체 이야기가 나와서 조심스럽게 여쭤보겠습니다. 아마도 많은 분들이 궁금해하실 텐데요. 역시나 큰 사랑을 받고 있는 '고오' 작가와 작가님 둘의 작품이 꽤 많이 비교가 되고 있는데, 항간에는 둘의 작품에 꽤나 유사하다는 말까지 나오고 있는 거 알고 계시죠?

누아      (웃으며) 그런가요?

진행자    나아가 표절이라는 단어까지 언급이 되어지는데, 이에 대해서 어떻게 생각하시나요?

누아      (웃으며) 글쎄요. 표절이라고 제가 딱 단정 지어서 말하기 좀 어렵구요. 표절이라는 게 그렇잖아요. 맞다 아니다 딱 잘라서 말하기 어려운 거. 아마 본인이 제일 잘 알 거예요.

그러곤 화면 한쪽엔 누아의 그림 옆에 최웅의 그림이 같이 나란히 뜬다.

누아      아니면 그냥 저에게서 영감을 많이 받으신 거일 수도 있죠. 뭐 그건 전 상관없습니다.

\* 다시 현재>>

가만히 서서 바라보고 있는 최웅.

은호      저 새끼 미친놈 아냐? 누가 누구보고 표절이래? (핸드폰을 드는) 있어봐. 하. 다 뒤졌어. 형 걱정하지마. 내가 기자들 연락할게.

최웅, 계속 가만히 보고만 있다.

은호      어디서 금방 들통날 구라를 치고 있어? (전화하는) 네. 한기자님. 저 구은호…

최웅, 핸드폰을 뺏어 전화를 끊는다.

은호    어? 뭐야 형?

최웅    됐어. 뭐 하러 관심을 줘.

은호    아니 지금 형보고 지 거를 표절했다고 하는데 가만히 있어 그럼?

최웅    이런 거 일일이 다 대응하지 마. 피곤해.

은호    형은 가만히 있으라니까? 내가 알아서 다 할게.

최웅    됐어. 일단 가만히 있어.


은호가 다시 핸드폰을 집어 들자,


최웅    가만히 있으라고 했어. 짤리기 싫으면.

은호    아 형!!!


지웅의 카메라 화면 속 최웅, 담담한 얼굴로 가만히 TV를 바라보고 있다.



## S#26. 사무실, 낮.

명호의 자리에서 지웅이 함께 컴퓨터 모니터를 심각하게 보고 있다.


명호    (연수를 보곤) 어어. 국팀장님! 이것 좀 보셔야 할 거 같은데요.

연수    무슨 일이죠?


연수, 명호에게 다가간다. 화면에 떠있는 기사.

그 시절, 우리가 좋아했던 소녀? 소년?

[ 예술계 잇단 표절 논란, 고오 작가의 표절? ]

[ 내용: 최근 '엔제이가 산 그림'이라는 유명세로 인기가 치솟고 있는 건물 일러스트레이터 '고오' 작가. 하지만 한 방송에서 누아 작가는 고오 작가의 표절을 의심하는 발언을 해 논란이 되고 있다… ]

연수, 유심히 기사를 읽어본다.

명호      어떡하죠? 소앤 측에 이슈를 바로 전달하고 대응할까요?

연수, 잠깐 생각하다

연수      일단 소앤에 이슈는 제가 전달하겠습니다. 그리고 작가 측에
         는… 우선 연락하지 말고 기다리세요.
지운      괜찮을까요? 지금 실검에도 오르고 벌써 반응이 심상치 않긴
         한데…
연수      네. 괜찮습니다.
명호      뭐 혹시 아시는 거라도 있으세요? 어떻게 확신하세요?
연수      표절 아닙니다. 그러니까 다들 걱정 마시고 할 일들 하세요.

연수, 다시 자리에 돌아와 앉는다. 그러곤 아무렇지 않게 업무
를 시작한다.

S#27.   **최웅 집 마당, 오후.**
         썬캡을 푹 눌러 쓰고 마당에 있는 나무 가지치기를 하고 있는
         최웅. 그 모습을 집 안에서 창으로 바라보고 있는 은호. 걱정스

러운 얼굴이다. 곧 카메라를 들고 혼자 집 안으로 들어오는 지웅. 은호가 지웅에게 잽싸게 다가간다.

은호  형. 형. 웅이 형 어때? 뭐래?
지웅  (카메라를 들어 보이며) 나도 쫓겨난 거 안 보이냐?
은호  화났어?
지웅  한마디 말도 안 하고 입 꾹 닫고 있어서 포기했어.
은호  아씨. 그니까 바로 일단 기사 대응해야 하는데…!
지웅  냅둬. 그냥 얽히고 싶지도 않은 거 같으니까.
은호  하아… 내 생각에는 말이지. 웅이 형이랑 그 누아 작가랑 원래 알던 사이 같단 말이지. 근데 형이 말을 안 해주니까 답답하단 말야. 형은 뭐 아는 거 없어?
지웅  (가만히 생각하는) 글쎄… 어디서 본 거 같기도 하고.

은호, 지웅 같이 창밖의 최웅을 바라본다. 묵묵하게, 격하게 가지치기를 하고 있는 최웅의 뒷모습.


## S#28.  웅이와 기사식당, 오후.
음식이 조리되고 있는 주방 앞에 앞치마를 입고 서서 인터뷰 하고 있는 연옥. 지웅이 촬영 중이다.

연옥  (카메라를 보며) 우리 웅이는 화를 낼 줄을 몰라요. 그 어려서부터 한 번을 화를 내는 걸 본 적이 없어. 어릴 땐 마냥 순하다고 좋아했는데 지금 생각하면…. (잠깐 멍하니 생각하다 먹먹한 한숨을 쉬는) 다 우리 잘못인 거 같네. 얼마나 답답했겠어 그 어린 애가…

**S#29.   웅이와 비어, 저녁.**

카운터에 서서 인터뷰하는 최호. 역시 지웅이 촬영 중이다.


최호    말을 안 하니까 우린 모르지… 가끔은 뭘 생각을 하고 있는지도
       아예 모르겠어. 어려서부터 우리가 워낙 바쁘다 보니까 애가 여
       기 평상에 앉아서 맨날을 혼자 놀았거든. 글쎄 그래서 그런가…


       한숨을 쉬는 최호.


최호    그래도 그 아이하고 있을 땐 안 그랬어. 그땐 애가 막 팔팔하고
       활기차고 그랬거든. (카메라를 보며) 그래서 난 다시 이거 촬영한
       다고 해서 얼마나 좋은지 몰라. 다시 그때만큼만 생기가 돌아도
       너무 고맙지.


       손님이 카운터로 다가오고,


최호    (환하게 웃으며) 아이고. 맛있게 드셨습니까? 어디 보자 3번 테이
       블이…



**S#30.   최웅 작업실, 밤.**

음악을 틀어놓고 눈을 감고 의자에 기대어있는 최웅. 말없이 생
각하는 듯하다. 그때, 노크 소리가 들리자 아무렇지 않게 다시
책상에 앉는 최웅.


최웅    어.

은호    (문을 빼꼼 열며) 형. 내일 소앤 프로젝트 미팅 있는 거 알지? 혹시 좀 그러면 미룰까?

최웅    뭐가 그래?

은호    괜히 뭐 표절이냐 뭐냐 그러면…

최웅    됐어. 왜 미뤄. 뭐… 그쪽에서 연락 온 거 있어?

은호    소앤 쪽에서?

최웅    아니 뭐… (흘끗 보곤) 아무 연락 없어?

은호    없는데?

최웅    그래. 뭐. 가봐.

은호    (슬쩍 눈치 보곤) 나 오늘은 집에 가서 잘게. 오늘은 좀 잠 좀 푹 자 형. 알겠지?


최웅, 가만히 생각한다. 은호가 나가고, 핸드폰을 보는 최웅. 아무런 연락이 와 있지 않다.


최웅    (중얼거리는) 뭐야. 앤 그냥 관심이 없는 거야?




**S#31.    RUN 사무실, 밤.**

불 꺼진 사무실. 11시가 넘어가는 시간. 어둠 속에 연수 혼자 남아 무언가 작업 중이다. 기지개를 한 번 켜고 계속 작업하는 연수.




**S#32.    RUN 회사 앞, 낮.**

회사 앞에 덩그러니 서있는 최웅. 통화 중이다.

그 시절, 우리가 좋아했던 소녀? 소년?

| 최웅 | 아니. 매니저가 아티스트보다 늦게 오면 내가 뭐가 돼? |
|------|-----|
| 은호 | (F) 형 진짜 미안 미안. 금방 가! 들어가서 그냥 인사만 하고 가만히 앉아있어! 알겠지? |
| 최웅 | 끊어. |

주머니에 손을 찔러 넣고 가만히 보다 건물로 들어간다. 옆엔 지웅이 카메라로 팔로우하고 있다.

| 최웅 | (카메라를 보며 담담하게) 아무래도 매니저를 다시 뽑아야겠어요. |

## S#33.  RUN 사무실 라운지, 낮.

작은 라운지에 모여 앉아있는 예인, 명호, 지운.

| 예인 | 아까 장도율팀장님 봤어요? 오자마자 또 국연수팀장님 찾는 거? 커피까지 사 들고? |
|------|-----|
| 명호 | 맞아. 봤어. 나도 이제 확실하다 쪽에 한 표야. |
| 지운 | 뭐가 확실해요? |
| 명호 | 장도율팀장님이 국팀장님 좋아한다니까. 아. 자기 지난번 회의 없어서 모르겠구나? 그때도 장난 아니었어. 그 차가운 양반이 국팀장한테만 얼마나 부드럽게 구는지. |
| 예인 | 거봐. 맞다니까. (시계를 보곤) 곧 미팅 시작하겠다. (커피를 들고 일어서며) 지운 씨. 회의실 세팅은 해놨어요? |
| 지운 | 네. 이미 했죠. |
| 예인 | 작가님 아직 안 오셨나? 나 완전 궁금한데. 가서 기다리고 있어야지. |

예인, 라운지에서 나와 도는데 최웅과 바로 마주친다. 최웅, 지웅 없이 혼자 서있다.

예인    엄마 깜짝이야! (커피를 쏟을 뻔한)
최웅    (같이 놀란)
예인    커피 안 쏟았죠? 어휴. 큰일날 뻔했네. (최웅을 보곤) 근데 어떻게 오셨… 엥?

최웅을 뚫어져라 보는 예인.

예인    (놀라 소리치는) 어어? 최웅이다!


## S#34.  **회의실, 이어서.**

문 앞에서 서서 문고리를 잡으려다 멈칫하는 최웅. 잠깐 머뭇거리고 있다. 그때, 안에서 문이 열리며 연수가 서있다. 서로 눈이 마주치고 놀라는 둘. 잠깐 어색하게 서로를 바라보다 먼저 눈을 피하는 연수.

연수    들어오시죠. 작가님.

연수, 도율의 옆으로 가서 앉는다. 최웅, 나란히 앉은 둘을 보다 맞은편에 앉는다. 지웅, 자연스럽게 따라 들어와 한쪽 편에서 촬영을 이어간다. 도율을 흘끗 훑어보는 최웅. 도율의 고급스러운 옷차림과 자신이 입고 온 캐주얼한 옷을 비교해 본다. 그리고 생각나는 방금 들은 말.

| 명호 | (E) 장도율팀장님이 국팀장님 좋아한다니까. |
| --- | --- |

괜히 둘을 한 번 더 번갈아 보는 최웅. 그러다 연수와 또다시 눈이 마주치지만 어색하게 피하는 둘.

| 도율 | 시작을 그럼 작가님 매니저님도 오시면 할까요? |
| --- | --- |
| 최웅 | 뭐 바로 시작하셔도 상관없습니다. |
| 도율 | 그래도 같이 공유를 하는 게 좋을 것 같네요. 그럼 시작 전에 간단하게 질문을 해도 괜찮을까요? |
| 최웅 | 네. 하세요. |

최웅, 꺼내 둔 노트와 펜을 가까이 당겨온다. 펜을 집어 드는데,

| 도율 | 지금 논란되고 있는 것부터 묻고 싶습니다. |
| --- | --- |
| 최웅 | (멈칫하는) |
| 도율 | 표절하셨습니까? |
| 연수 | 저, 장팀장님. |
| 도율 | 아 제가 돌려 말하지를 못해서요. 실례가 된다면 죄송합니다만 저희 쪽에선 중요한 문제라서요. |
| 최웅 | (가만히 보는) 대답해야 할까요? |
| 도율 | 대답해 주시는 편이 좋죠. 저희에겐. |

긴장감이 돈다.

| 최웅 | (가만히 보다) 걱정 안 하셔도 됩니다. 그런 문제는 없습니다. |
| --- | --- |
| 도율 | 표절은 진위 여부를 밝혀내기가 어렵다고 들었습니다. 표절이 |

아니라는 걸 증명하는 방법이 어렵다고 알고 있는데, 어떻게 증명하실 생각이신가요? 문제가 없을 거라 확신하시나요?

연수　장팀장님. 그건 팀장님이 질문하실 문제가 아닌 것 같습니다.

최웅　(도율을 보며) 증명은 간단합니다. 표절을 하지 않았다는 근거는 많지만 표절을 했다는 증거는 찾을 수 없을 거니까요. 그걸 알고 있으니 확신하구요.

도율, 가만히 최웅을 본다.

도율　(웃으며) 답변해 주셔서 감사합니다. 저로서는 확실히 하고 가야 할 문제라 작가님께 큰 결례를 범하면서도 물어봤습니다. 확신하신다니 저도 믿고 진행하겠습니다.

최웅　네. 괜찮습니다.

도율　아. 작가님도 혹시 이번 주 금요일에 시간 괜찮으시면 소앤 오픈 기념 파티 참석해 주시겠습니까? 그때, 오늘 범한 실수도 만회하고 싶은데요.

최웅　생각해 보고…

도율　국연수팀장님도 참석하십니다. (연수를 보며) 그렇지 않습니까?

연수　네? 아… (생각하는)

최웅　(가만히 생각하다) 가겠습니다. 초대해 주셔서 감사합니다.

서로 바라보는 시선에 묘한 긴장감이 있는 연수와 도율. 그때, 문이 열리고 은호가 헐레벌떡 들어온다.

은호　아유. 늦어서 정말 죄송합니다.

은호, 숨을 몰아쉬며 두리번거리는데 어쩐지 분위기가 묘한 기분이다.


## S#35.  RUN 회사 앞, 오후.

건물에서 나오는 최웅과 은호 그리고 지웅.


최웅     너 진짜 한 번만 더 미팅에 늦어봐.

은호     진짜 진짜 미안. 택시 잡을까?

최웅     잠깐만.


최웅, 잠깐 생각한다.


최웅     너 파티 가봤냐?

은호     파티? 무슨 파티. 누구 생일 파티해?

최웅     아니. 좀 고급스러운 파티 말야.

은호     아~ 그거~

최웅     가봤어?

은호     티비에서 많이 봤지. 파티는 무슨. 왜?

최웅     그런 데 갈 땐 뭐 입고 가냐?

은호     흐음… 턱시도? 나비넥타이?


최웅, 은호를 위아래로 훑어본다. 캐주얼한 차림의 은호.


최웅     아니다. 됐다. 내가 누구한테 물어보냐 지금.

은호     엉? 뭔데?

| 최웅 | 됐어. 너 먼저 가. 나 어디 좀 들렀다 가게. (지웅 보며) 너도 그만 따라와. 내 사생활이야 이건. |
|---|---|
| 지웅 | 사생활을 찍는 게 내 일인데? |
| 최웅 | (노려보며) 오늘 충분히 많이 가져갔을 텐데? 자꾸 내 개인 시간 없이 그러면 나 다 관둬버린다 진짜. |

지웅, 카메라 내리며 어깨를 으쓱한다.

| 지웅 | 그래 오늘은 넘어가줄게. 그런데 그 협박 자주 하면 효과 없다. |
|---|---|

최웅, 무시하고 자리를 뜬다.


## S#36.  명품 거리, 오후.

고급스러운 쇼핑 거리에 덩그러니 서있는 최웅. 그 위압감에 괜히 위축이 된다. 매장 입구에 멍하니 서있다 큰마음 먹고 들어가려고 손잡이를 잡았다가 다시 놓는다. 다시 심호흡하고 들어가려다가 나오는 사람들에 기가 죽어 다시 밀려난다. 자신의 옷차림을 보고 고민하는 최웅.
핸드폰을 꺼낸다. 연락처에서 국연수를 검색했다가 잠깐 생각해 보고는 고개를 크게 젓는다. 그때, 떠오르는 누군가.
최웅, 고민하다가 전화 버튼을 누른다.


## S#37.  명품 거리, 오후.

썰렁한 고급진 거리에 여전히 덩그러니 서있는 최웅. 그때, 멀

그 시절, 우리가 좋아했던 소녀? 소년?

리서 누군가가 걸어온다. 마치 런웨이를 걷는 듯 도도하고 화려한 걸음걸이로 다가오는 엔제이. 후광이 비추는 듯하다. 최웅, 눈이 점점 커진다.

엔제이   (선글라스를 벗으며) 아니 이게 누구야. 작가님?

최웅     와… 진짜 방금 영화 보는 거 같았습니다.

엔제이   알아요. 막 슬로우 걸렸죠? (머리를 넘기며) 아니 난 작가님이 이런 문제로 연락을 줄 거라고는 상상도 못 했네?

최웅     죄송해요. 너무 당황스러우셨죠?

엔제이   당황스러운 건 마침 내 스케줄도 비어있어서 거절할 수 없었다는 거죠.

최웅     정말 다행이네요. 와주셔서 너무 감사합니다. 제가 꼭 이 은혜는 꼭꼭 보답하겠습니다. 제가 이런 꼴로 이런 고급진 곳을 가본 적도 없고… 들어가도 뭘 사야 할지 모르겠고… 순간 생각나는 사람이 엔제이 씨밖에 없어서요.

엔제이   되게 괜찮은 말인데 그거? 앞으로도 생각나는 사람이 나밖에 없기 바랄게요. 자 그러면. (다시 선글라스를 쓴다) 준비됐어요?

최웅     근데 엔제이 씨가 더 신나신 거 같은데…

엔제이   세상에 돈 쓰는 일 만큼 재미있는 일이 어디 있겠어요? 따라와요.

## S#38.  몽타주.

1. 매장 안, 오후.

당당하게 매장으로 들어가는 엔제이. 여기저기 점원들이 나와 엔제이를 맞이한다. 엔제이가 최웅을 가리키자 점원들이 옷을 이것저것 들고 와 최웅에게 가져다 댄다. 당황스러운 최웅.

2. 피팅룸 앞, 이어서.

여러 가지 옷을 입고 나오는 최웅. 평소에 입던 스타일이 아닌 깔끔하고 댄디한 느낌의 옷들로 계속 갈아입어 본다. 한 번 입고 나올 때마다 엔제이가 평가를 해주고, 다시 들어갔다 나오면 엔제이 역시 그새 옷을 갈아입고 있고 옆엔 엔제이가 쇼핑한 옷들이 점점 쌓여간다.

3. 거리, 저녁.

해가 저문 거리. 쇼핑 백을 들고 엔제이를 힘겹게 따라가는 최웅. 어째 최웅의 옷보다 엔제이의 쇼핑백이 더 많다.

4. 구두 매장 안, 이어서.

남성 구두가 주욱 진열된 곳에 가서 하나하나 집어주는 엔제이. 최웅, 앉아서 계속 한 짝씩 갈아 신어보고 있고, 엔제이 역시 구두를 잔뜩 쌓아두고 신어보고 있다.

5. 여성 매장 안, 이어서.

자신이 왜 여기 있는지 혼란스러운 최웅. 쇼핑백들과 앉아 녹초가 되어있다. 엔제이, 신나서 자신의 것을 쇼핑하고 있다.


## S#39.  길거리.저녁.

매장에서 나오는 엔제이. 최웅, 커다란 쇼핑백을 3개 들고 있고, 엔제이는 가볍게 나온다. 어느새 어둑해져 있다.


최웅     어? 엔제이 씨 쇼핑백 두고 나왔는데…

엔제이   괜찮아요. 이따 집으로 보내줄 거예요.

최웅     와… 역시. 다른 세상에 사시네요.

엔제이   (시계를 보곤) 둘이서 쇼핑 네 시간이면 뭐 짧게 했다 그죠!

최웅     그중에 제 쇼핑은 30분이었구요.

엔제이   배고프지 않아요?

최웅     아. 제가 사겠습니다. 오늘 이렇게 도와주셨으니까…

엔제이   오. 그럼 저 먹고 싶은 거 있어요.


## S#40.  포장마차, 저녁.

떡볶이 접시가 앞에 놓이고 난감한 표정의 최웅.


최웅     저… 제가 엔제이 씨보단 물론 돈이 없겠지만 그래도 저 꽤 돈
        있으니까 다른 거 드셔도 되는데…

엔제이   어우. 쇼핑한 날에는 떡볶이가 룰이거든요. 어렸을 때부터 쇼핑
        하고 나서는 뭔가 돈을 많이 썼다는 죄책감에 굶거나 이렇게 떡
        볶이나 어묵 같은 거로 때웠어요. 길티 프레져 같은?

최웅     엔제이 씨도 그런 때가 있었군요.

| 엔제이 | 뭐. 당연히 본투비 스타처럼 보이겠지만. 저도 당연히 어렸을 땐 평범했죠. |
|---|---|

떡볶이를 콕 집어 먹는 엔제이.

| 엔제이 | 근데 갑자기 작가님 옷은 왜? 어디 방송 나가요? 그… 누아인가 뭐시깽인가 복수하러? |
|---|---|
| 최웅 | (피식 웃는) 봤어요 그거? |
| 엔제이 | 기사 났는데 어떻게 안 봐요. 나 기사 매니아인데. |
| 최웅 | 그건 아니고, 파티에 갈 일이 생겨서요. |
| 엔제이 | 음… 그럼 아까 그 처음 산 셔츠에 노타이로. 신발은 두 번째 산 거. |
| 최웅 | 역시. 전문가는 다르시네요. |
| 엔제이 | (찡긋 웃는) 그거 유명세라고 생각해요. |
| 최웅 | 네? |
| 엔제이 | 유명해지면 한 번씩 그렇게 세금을 걷어가더라구. 작가님도 이제 유명해지니까 뭐 그런 말 같지도 않은 걸로 기사 나고 그러는 거예요. |
| 최웅 | 아. 고마워요. 그래도 제가 표절 아니라고 믿어주시네요? |
| 엔제이 | 엥. 당연하지. 내 안목을 뭐로 보고? |

어묵 국물이 나온다.

| 엔제이 | 이모님. 여기 소주잔 두 잔 주시겠어요? |
|---|---|
| 최웅 | 어? 갑자기 술이요? |

이어서 소주잔이 두 개 나오고, 그 잔에 물을 따르는 엔제이.

엔제이    하. 오늘 무조건 소주 각인 바이브인데. 내일 화보 찍거든요. (최
         웅에게 잔을 내밀며) 그렇다고 작가님 혼자 소주 먹으면 내가 배
         아파서 안 되니까 같이 물로 짠 해요.

최웅, 피식 웃는다. 물잔을 털어 넣는 둘.

최웅      되게 친절한 사람인 거 같아요. 엔제이 씨는.
엔제이    응?
최웅      잘 알지도 못하는 저한테 이렇게 친절은 베푸는 거 보면.

엔제이, 가만히 최웅을 본다.

엔제이    글쎄. 그건 작가님이 먼저였죠.
최웅      네?
엔제이    (피식 웃으며) 아니에요. (웃으며) 아. 작가님이랑 같이 노니까 재
         미있다. 담에 또 놀아요. 이런 부탁 있으면 언제든 말하고!
최웅      저 그럼 하나만 더 물어봐도 될까요?
엔제이    당연!
최웅      (난감한 얼굴로) 아까 그 구두에는 어떤 양말을 신어야 해요? 안
         신어야 하나?

최웅의 진지한 질문에 엔제이, 꺄르르 웃는다.

**S#41.**  **연수 집, 저녁.**

책상에 앉아 핸드폰을 들고 고민 중인 연수. 최웅에게 메시지를 보낼까 말까 하고 있다.

[ 표절 그거 아닌 거 아니까 신경 쓰지마. 잘 해결될 거야. ] 썼다가 지우고,

[ 아까 장팀장이 한 말 상처받… ] 다시 지운다. 고민하다가,

[ 난 너 믿어. ] 가만히 보다 지우고 핸드폰을 팽개친다.

밤이 어두워진다.


**S#42.**  **최웅 집, 다른 날 저녁.**

소파에 누워서 과자를 먹으며 낄낄거리며 티비를 보고 있는 은호. 그때, 멀리서 최웅의 목소리가 들린다. 은호가 잘 안 들리는지 티비 소리를 줄인다.

은호    어? 형 뭐라고?

최웅    (점점 다가오는) 내 차 키 못 봤냐구.

은호    차 키? 갑자기 차 키는 왜? 운전도 잘 못 해서 맨날 처박아 두면서 갑자기…

은호, 자신의 앞에 선 최웅을 보곤 그대로 말을 잇지 못한다. (최웅 앞모습 노출X)

그 시절, 우리가 좋아했던 소녀? 소년?

| 최웅 | (어색하게 옷을 만지며) 진짜 못 봤냐? |
|---|---|
| 은호 | 누구세요? |
| 최웅 | 어색한 거 아니까 시끄러. |
| 은호 | 형 나 몰래 뭐 맞선 보러 가? |
| 최웅 | 시끄러. 내가 찾는다 그냥. |

은호, 계속 최웅을 본다.

| 은호 | 뭐야. 자존심 상하는데 나 약간 설렜어 형. 형 이리 다시 와봐. |
|---|---|
| 최웅 | 지랄 마! |
| 은호 | 형 그러고 어디 가는데! 어?! 어디 가길래 그러고 가는데!!! 나 빼고 어디!! |


## S#42-1.연수 방, 같은 시각.

거울 앞에 연수. 쥬얼리 케이스에서 귀걸이를 집어 착용한다. 목에는 같은 모양의 목걸이가 걸려있고, 끝으로 매무새를 점검 하는데, 평소답지 않은 드레스 착장이 어색한 듯 이리저리 보곤 긴장한 얼굴이다.


## S#43.  파티장, 늦은 저녁.

작지만 꽤 럭셔리한 느낌의 파티장. 포멀하게 차려입은 사람들 이 서로에게 인사를 나누며 샴페인을 즐기고 있다. 깔끔하고 단 정한 드레스를 입고 들어서는 연수. 조금 어색한지 주변을 두리 번거린다. 그러다 발견한 도율. 한쪽 구석에서 파리에서 온 본점 직원들과 이야기를 나누고 있다. 또 다른 한쪽을 보니 이훈이 신나게 요리들을 쓸어 담고 있고, 예인은 그새 처음 보는 사람들과 친해져 이야기를 나누고 있다. 명호와 눈이 마주치는 연수. 명호가 오란 듯 손짓을 하고 연수는 가볍게 고개를 끄덕인다.

연수      (한숨 쉬는) 괜히 왔나. 너무 어색하네.

연수, 고민하다 돌아선다. 몰래 빠져나가려는 연수. 그러자 들어오던 사람과 부딪히게 되고,

연수      (얼굴도 보지 않고) 죄송합니다. 잠깐 지나갈게요.

연수, 지나가는데 그 사람이 연수의 팔을 잡는다. 그 바람에 돌아서며 올려다보는 연수. 살짝 놀란 얼굴의 최웅. 둘이 시선이 마주친다. 깔끔하게 올린 머리와 깔끔한 셔츠. 어딘가 완전 달라 보이는 최웅의 모습.

최웅      뭐야? 어디 가?

처음 보는 최웅의 모습에 당황하는 연수. 멍하니 보기만 한다.

최웅      이런 데에 나 불러놓고 어디 가냐고.
연수      어…? 아. 나 잠깐…
도율      국연수 씨!

연수와 최웅이 돌아본다. 도율이 다가온다.

| 도율 | 작가님도 와주셨네요. 감사합니다. |
| 최웅 | 온다고 했으니 지켜야죠. |
| 도율 | 네. 그럼 천천히 즐기고 계시죠. 국연수 씨. 소개해 줄 사람들이 있습니다. |

도율, 연수를 사람들 무리로 데려간다. 연수, 돌아서 다시 최웅을 보는데 최웅, 가만히 보고 있다.


## S#44. 파티장, 이어서.
뚱하니 서서 케이터링을 집어 먹고 있는 최웅.

| 최웅 | (N) 도대체 제가 여기를 왜 와있는 건지 모르겠어요. |
| 최웅 | (카메라를 돌아보며) 여기까지 따라와서 찍는 건 너무하지 않냐? |
| 지웅 | 10년 전 찌질한 최웅이랑은 다른 모습 보여주고 싶다며. 오늘이 그런 날 아냐? |
| 최웅 | (흘끗 자신의 상태를 보곤 살짝 우쭐해지는) 뭐… 나쁘지 않지? |
| 지웅 | (카메라를 내리며) 이제 연수 찍으러 갔다 올게. |
| 최웅 | (연수가 있는 쪽을 흘끗 보곤 삐죽거리는) 사람들 사이에 둘러싸여서 바쁜 척 하고 있는 거 뭐 찍을 게 있다고… |

지웅이 가고 그때, 최웅 곁에 누가 다가와 선다.

| 누아 | 오랜만이다. 최웅. |

최웅, 방울토마토를 먹으며 돌아보는데 누아가 서있다.

| | |
|---|---|
| 누아 | 혹시나 올까 했는데 진짜 왔네. 이게 얼마 만이냐? |

최웅, 지나쳐가려 하자 붙잡는 누아.

| | |
|---|---|
| 누아 | 어디 가? 사람이 말하는데. |
| 최웅 | 별로. 사람 같지 않은 게 말해서. |
| 누아 | (웃으며) 뭐야. 왜 이렇게 예민해? |
| 최웅 | 예민한 거 아니고 무심한 거야. 비켜줄래? |
| 누아 | 아직 나한테 감정 남아있냐? |
| 최웅 | 글쎄. 예전엔 불쌍함 조금? 지금은 그마저도 까먹었고. |
| 누아 | (발끈하곤) 왜 반박 기사도 안 내냐? 상대하기도 싫다는 건가? |
| 최웅 | 잘 알고 있네. 그럼 지금도 상대하기 싫은 거 알고 있을 텐데. |

최웅, 지나쳐가려 한다.

| | |
|---|---|
| 누아 | 아무튼 뭐. 잘해보자. |

최웅, 돌아본다.

| | |
|---|---|
| 최웅 | 무슨 말이야? |
| 누아 | 뭐야. 아직 못 들었어? 설마 이거 너 혼자 하는 거로 알고 있냐? |
| 최웅 | 뭐? |
| 누아 | 나도 이거 해. 드로잉 쇼. 너 혼자는 못 미더웠나 봐. (웃는다) |

누아가 자리를 뜨고, 가만히 서있는 최웅. 그러다 눈으로 연수를 찾는다. 연수는 도율과 함께 좀 떨어진 자리에서 사람들과

그 시절, 우리가 좋아했던 소녀? 소년?

웃으며 이야기를 나누고 있다.

최웅    (N) 이게 무슨 말인 거죠.

멍하니 연수를 보고 있는 최웅. 그때, 최웅의 주변에서 몇몇 사람들이 모여 말하는 이야기가 들린다.

관계자1    잘 된 거죠. 표절 이슈로 핫한 작가 둘을 붙여놓으니⋯ 홍보가 기가 막히게 되긴 하겠죠.

관계자2    일 잘하는 건 원래 알고 있었는데. 대단하네요 정말. 이슈 터지자마자 놓치지 않는 거 봐요. 저도 기대가 된다니까요? (웃음)

한쪽 편에서 연수를 찍고 있던 지웅이 고개를 돌려 최웅을 본다. 뭔가 심상치 않음을 느끼고 바라보는데 성큼성큼 연수에게 다가가는 최웅.

최웅    국연수.

최웅이 연수를 돌려세운다.

연수    (웃으며 돌아보다) 어?
최웅    (차가운 눈으로) 너도 알고 있었어?
연수    응? 뭘?

최웅, 연수 눈을 가만히 바라본다. 흔들리는 눈빛.

연수    (N) 뭐죠. 최웅은 왜 날 이런 표정으로 바라보고 있는 걸까요.

최웅    너도… 알고 있었냐고.

도율    작가님. 무슨 일이시죠?

최웅    (연수를 보며 차분하게) 이번 프로젝트. 누아 작가도 같이 하는 거. 알고 있었습니까 국연수팀장님?

연수    (놀라는) 뭐? 그게…

도율    (웃으며 주변 사람들을 정리하곤) 작가님 그건 나중에 다시 이야기 하시죠.


연수, 놀라 최웅을 바라볼 뿐 아무 말 못 한다. 가만히 서로를 보는 둘.


최웅    (연수를 가만히 보다 나지막하게) 거봐. 날 망치는 건 늘 너야.


돌아서는 최웅. 연수, 멀어지는 최웅을 멍하니 보고 서있다. 둘 의 모습 지웅의 카메라 화면에 담겨진다. 가만히 화면을 바라보 다 카메라를 내리고 두 사람을 바라보는 지웅.


                                                        END.

# S# **에필로그**

1. 최웅 집 마당, 낮.

S#10. 최웅, 연수 인터뷰 이어서.

\* 분할 화면

최웅   원래 그런 애가 아닌데 그날따라…
연수   아니 글쎄, 나보다 오히려 걔가…
최웅   분위기를 자꾸 이상하게 만들더라구요.

둘 다 카메라를 가만히 바라본다.

2. 정자, 오후.

다시 과거. 여전히 비가 줄기차게 내리고 있다. 최웅의 셔츠를
걸치고 있는 연수와 조금 떨어져 반팔 차림으로 애서 괜찮은 척
있는 최웅. 최웅, 얼굴이 조금 발갛게 달아올라 있다. 연수, 손을
뻗어 내리는 비를 만진다.

최웅   (N) 그날따라 되게,
최웅   야.

연수, 최웅을 본다.

최웅   마지막 인터뷰에 뭐라고 할 거야?

연수   응?

최웅   (살짝 시선을 피하며) 너 지난번 인터뷰 때 나 때문에 공부 시간 버려서 아깝다 그랬잖아.

연수   그걸 들었어? 왜 엿듣고 그러냐?

최웅   (다시 연수를 보며) 아직도 그래? 시간 버린 거 같냐?


연수, 진지한 최웅의 얼굴에 의아하게 바라본다.


연수   (N) 어울리지 않게 진지한 얼굴을 하질 않나,

최웅   (가만히 보며) 응? 어땠는데?

연수   (N) 안 하던 질문을 하질 않나,

연수   글쎄… 꼭 그렇지만은 않은 것 같기도 하고.

최웅   (연수를 보는)

연수   마지막 날이니까 뭐. 나쁘지 않았던 거로 하지 뭐.


연수, 피식 웃으며 최웅을 돌아보다 괜히 민망해한다. 그 모습을 멍하니 보는 최웅.


최웅   (N) 날 보고… 웃지를 않나.


최웅이 빤히 보자, 괜히 어색한 연수.


연수   넌? 넌 어땠는데?

최웅   (잠깐 생각하다 고개를 돌린다)

연수   응? 넌 뭐라고 할 건데?

그 시절, 우리가 좋아했던 소녀? 소년?

최웅     진짜 귀찮고 짜증 나고 답답하고 재수 없고 얄미워 죽겠고 학교
        안 왔으면 좋겠고 카메라 없을 때 한 대만 때리고 싶고…
연수     그만. 알겠으니까 그만. 물어본 내가 잘못이지.
최웅     또…
연수     알아. 너 나 싫어하는 거 아니까. 그니까…
최웅     나 너 안 싫어하는데.
최웅     (N) 그래서 괜히 그런 쓸데없는 말도 나와버렸구요.


최웅의 말에 돌아보는 연수.


최웅     나 너 안 싫어해.
연수     (조금 당황한) 어.. 뭐. 고맙다. 안 싫어해줘서.


더욱 어색해지는 둘. 최웅, 연수를 가만히 본다. 연수도 최웅을
흘끗 바라본다.


연수     (N) 계속 이상하게 쳐다보지를 않나. 정말 이상했다구요.
최웅     넌…


최웅 뭔가 말하려 하다 그냥 다시 고개를 돌린다. 그때, 갑자기
최웅의 얼굴을 돌리는 연수. 최웅, 놀라 바라본다.


최웅     뭐…
연수     야.
최웅     어?
연수     (놀란) 너 지금 얼굴 완전 빨개. (최웅 이마에 손을 대어보는) 이거

봐. 열나잖아.

최웅      아…

연수      아는 무슨. 안 아파? 되게 뜨거운데?

최웅      괜찮은데.

연수      괜찮긴 무슨. (셔츠를 벗으며) 이걸 왜 날 준 거야… (셔츠를 다시 돌려주려는)

최웅      (거절하며) 됐어. 나 진짜 괜찮다고. 너나 입어.

연수      (다시 주며) 괜히 나중에 내 탓하지 말고 입어! 멋있는 척하려다 이게 뭐야?

최웅      (밀어내며) 아 됐다고! 내가 괜찮다는데 왜 그래?

연수      (셔츠를 최웅에게 집어 던지는) 나보다 더 약해 보이는 게, 괜히 멋있는 척하지 말고 가져가!

최웅      (연수에게 다시 던지며) 내가? 약해? 하! 아니거든!

연수      (다시 던지며) 그거 비 좀 맞았다고 금세 그렇게 열나고 있냐? 하여튼 약해 빠져서는…! 내가 건강 관리도 수험생의 중요한 덕목이라고 분명히 말했…

최웅      (다시 던지며) 또 잔소리! 이 와중에도 잔소리하고 싶냐?

연수      시끄럽고 빨리 입기나 해!


계속 떠넘기며 실랑이를 하는 둘. 연수가 계속 셔츠를 최웅에게 덮으려 한다.


최웅      (발버둥 치며) 아 진짜! 너 안 싫어한다는 거 취소!


연수, 셔츠로 최웅의 얼굴을 감싸버린다. 셔츠로 감싼 얼굴을 잡고 바로 앞에서 마주 보고 있는 연수. 씩씩거리다 멈춘 채 서

그 시절, 우리가 좋아했던 소녀? 소년?

로 바라보는 둘. 너무 가까워 당황스럽다.

연수    (N) 갑자기 모든 걸 이상하게 만들어버린 건 최웅이었다구요.

빗소리만 요란하다. 연수도 최웅도 눈빛이 깊어진다.

연수    (나지막하게) 그럼 나 싫어한다는 거야?

연수    (N) 아니, 날씨 때문이었나.

최웅    …아니.

최웅    (N) 머리를 뜨겁게 달군 열 때문이었나.

연수    그러면?

연수    (N) 아니면 열이 그새 옮았던 걸까.

최웅, 뭐라 말할 듯 입을 움직이고, 연수, 가만히 입술을 바라본다.

최웅    (N) 분명해요. 아침부터 변덕스러웠던 망할 날씨 탓.

최웅    (삼킨 열을 토해내듯) 망했어. 좋아하나 봐.

빗소리. 잠시 후 셔츠가 최웅의 머리에서 떨어지며 최웅이 벌떡 일어서자 그 바람에 한쪽 곁에 놓여있던 카메라가 방향이 살짝 틀어진다. 그러자 카메라 화면에 조금 떨어진 곳에서 우산을 들고 서있는 지웅의 모습이 담긴다.

3. 파티장, 저녁.

다시 현재. 연수, 멀어지는 최웅을 멍하니 보고 서있다. 카메라를 내리고 그런 연수를 가만히 바라보고 있는 지웅.

채란    (E) 선배도 국연수 씨랑 친했어요?
지웅    (E) 뭐 글쎄. 예전에도 지금도 그냥 관찰자 정도?

그 시절, 우리가 좋아했던 소녀? 소년?

말할 수 없는 비밀

**S#1.  파티장 안, 밤.**

가만히 서로를 바라보고 있는 연수와 최웅. 지웅,
최웅을 바라본다.


최웅    너도… 알고 있었냐고.

도율    작가님. 무슨 일이시죠?

최웅    (연수를 보며 차분하게) 이번 프로젝트. 누아 작가도 같이 하는 거.
        알고 있었습니까 국연수팀장님?

연수    (놀라는) 뭐? 그게…

도율    작가님 그건 나중에 다시 이야기하시죠.

최웅    (연수를 가만히 보다 나지막하게) 거봐. 날 망치는 건 늘 너야.


돌아서는 최웅. 연수, 멀어지는 최웅을 멍하니 보고 서있다. 카
메라를 내리고 두 사람을 바라보는 지웅.


지웅    (N) 그러니까 아마 처음 시작은,

지웅, 최웅을 시선으로 쫓는다.


## S#2. 초등학교 교실, 아침.

1999년.

교실 앞줄에서 가방을 풀던 지웅이 최웅을 바라보고 있다. 맨 뒷자리 창가에 앉아있는 어린 최웅(8살). 그리고 최웅의 주변엔 애들이 와글와글 모여있다.


지웅      (N) 꽤 오래전에,

학생1    너 맞지? 너희 아빠 웅이 분식이지?

학생2    우와! 좋겠다! 너 맨날 맨날 떡볶이 공짜로 먹을 수 있어?

학생3    나 한 번만 데려가 주면 안 돼? 응? 응?

학생1    비켜! 내가 먼저야!! 내가 먼저 알았다고!


익숙한 듯 멍하니 앉아있는 웅. 피곤한 표정이다. 그때, 최웅이 지웅을 바라본다.


지웅      (N) 고작 이름 때문이었어요.


지웅이 뭘 보냐는 듯 건방지게 노려보자 갑자기 최웅이 큰 소리로 말한다.


최웅      나 아닌데!

학생1    응?

최웅      그거 나 아니고 (손가락으로 지웅을 가리키며) 쟨데!

최웅의 말에 애들이 모두 지웅을 바라본다. 당황하는 지웅.
그러자 애들이 우르르 지웅에게 다가와 둘러싼다.

학생1    (이름표를 보곤) 김지웅? 아! 너가 웅이 분식이야?
학생2    맞네! 얜가 봐!
학생3    야! 우리 친하게 지내자! 응? 응?

당황한 지웅을 남겨두고 유유히 교실을 빠져나가는 최웅.

지웅    야!! 최웅!!
지웅    (N) 하필이면 동네 왕자님이랑 이름이 비슷했던,

지웅이 소리쳐도 못 들은 척 사라지는 최웅.

지웅    (N) 왕자와 거지 이야기 같았달까.

우글거리는 애들 사이에 이러지도 못하고 꼼짝없이 서있는 지웅.


**S#3.    휘영동 골목, 아침.**

과거 이어서. 골목에 즐비한 '웅이와' 가게 간판들을 멍하니 올
려다보고 있는 어린 지웅. 그러다 시선이 기사식당 앞 평상에
멍하니 혼자 앉아있는 최웅에게 멈춘다.

지웅    (N) 사실 어렸을 땐 그게 뭐가 부러웠겠어요.

식당에서 손님들이 나오다 어린 최웅을 보곤 말을 건다.

손님1   어머 니가 웅이니?

손님2   얘 넌 좋겠다. 태어나서부터 네 이름으로 된 가게도 있고 말이
        야~

손님1   그러게 말이야. 너도 커서 아버지 가게 물려받을 거니?

손님2   그럼 이름도 자기 이름인데 안 물려받겠어? 부럽다 정말~ (소곤
        거리는) 이번에 여기 건물도 최사장이 샀다잖아.


        손님들 사이에 둘러싸여 있다 손님들이 사라지자 다시 혼자 멍
        하니 앉아있는 최웅.


지웅    (N) 어른들이나 하는 알 수 없는 이야기들이었지.


        지웅이 가만히 보다 다가간다.


지웅    야.

최웅    (올려다본다)

지웅    (무서워 보이게) 너 한 번만 더 아까처럼 거짓말해 봐!

최웅    (목을 긁적이며) 응. 미안.

지웅    (잠깐 노려보다) 여기서 뭐 해?

최웅    앉아있는데.

지웅    왜 아까부터 계속 여기에만 앉아있어?

최웅    (다시 시선을 내리며) 엄마가 '여기서만 놀아라' 했어.

지웅    왜?

최웅    (가만히 생각하다) 위험하다고.

지웅     (N) 그리고 왕자라기엔 좀… 어딘가 불쌍해 보이기도.


가만히 최웅을 바라본다.


지웅     (N) 웃기죠. 내가 누굴 불쌍해하다니.


## S#4.   지웅의 집, 오후.

이어서. 작고 낡은 빌라 1층, 현관문을 열고 들어가는 지웅. 집 안은 아늑함보단 썰렁하고 휑한 느낌. 익숙한 듯 신발 벗고 들어가 가방을 내려놓는 지웅. 냉장고를 열고 물을 꺼내 혼자 따라 마시고는 밥솥을 열어보지만 텅 비어있다. 그러곤 식탁 위에 놓인 천 원짜리 몇 장을 바라본다.


지웅     (N) 어쩌면 불쌍함보다


다시 집 밖으로 나가는 지웅.


## S#5.   휘영동, 이어서.

다시 최웅에게 돌아온 지웅. 여전히 평상에 멍하니 앉아있는 최웅의 곁에 앉는다. 최웅이 지웅을 쳐다본다.


지웅     (N) 외로움이었나.


지웅, 괜히 아무렇지 않은 척 발을 동동 굴리다 최웅을 바라본다.

지웅     내가 무서운 이야기해 줄까?

최웅     (동공이 흔들리고, 침을 꼴깍 삼키곤 조심히 끄덕이는)

지웅     (주위를 살피고 목소리를 낮추며) 이건 지어낸 거 아니고 진짜 이야
기야. 매일 밤 12시 종이 3번 울리면 말이야…

무서워하면서도 어느새 집중해서 이야기를 듣는 최웅. 그리고
실감 나게 이야기를 하고 있는 지웅.

지웅     (N) 그냥 그렇게 친구가 된 거 같아요.


## S#6.   **지웅이 집, 낮.**

바닥에 엎드려서 스케치북에 그림 그리고 있는 최웅. 옆엔 지웅
이 최웅의 색연필들로 탑을 쌓고 있다. 시계를 보는 최웅.

지웅     (N) 그런데 뭐 친구가 생겼다고 크게 달라지는 건 없더라구요.

최웅     나 밥…

지웅     (보지도 않고 툴툴대는) 또 밥 먹으러 집에 가냐? 니가 강아지야?

최웅     (스케치북을 챙겨 들고) 잘 놀았어. 내일 봐!

최웅이 방문을 나가고 혼자 남겨진 지웅. 괜히 입을 삐죽거리며
탑을 무너뜨린다.

지웅     (N) 어차피 결국 혼자가 되니까요.

그때, 다시 방문으로 빼꼼 얼굴을 내미는 최웅.


최웅    근데 너희 엄만 언제 오셔?

지웅    (흘끗 최웅을 보곤) 늦게 와.

최웅    왜?

지웅    일하러 가셨으니까.

최웅    그럼 아빠는?

지웅    나 아빠 없어.

최웅    (가만히 생각하다) 그럼 너 밥은 누구랑 먹어?


최웅, 궁금하단 얼굴로 지웅을 바라본다.



**S#7.   최웅 집, 이어서.**

식탁에 가득 차려진 음식들. 멍하니 음식을 보고 있는 지웅의
앞에 밥그릇을 내려놓는 연옥.


연옥    (웃으며) 많이 먹어. 지웅아.

지웅    (꾸벅 인사하며) 감사합니다. 아줌마. (최호를 보며) 아저씨.

최호    고놈 우리 웅이랑 이름도 비슷한데 똘망똘망하게 잘생기기도
       했네~

연옥    자주 놀러 와서 밥 먹어. 알았지? 우리 웅이랑 사이좋게 지내줘
       서 고마워.


지웅, 가만히 음식들을 둘러본다. 옆자리에 앉은 최웅, 아무렇지
않게 밥을 먹고 있고 화목해 보이는 연옥과 최호의 모습에 멍하

니 보기만 하는 지웅.

지웅     (N) 처음이었어요. 그렇게 부러웠던 건.

숟가락을 들어 국을 한 숟갈 떠먹는 지웅.

지웅     (N) 난 절대 가질 수 없는 거라 생각했으니까요.


## S#8.  몽타주.

1. 초등학교, 오전.

지웅     (N) 그런데,

소풍날. 버스를 기다리고 있는 학생들. 한 손엔 다들 도시락 가
방을 들고 있다. 그리고 혼자 검은 비닐봉지를 들고 있는 지웅.
그때, 최웅이 지웅에게 도시락 가방을 내민다.

최웅     이건 니 꺼.

멍하니 도시락 가방을 받아 드는 지웅. 최웅이 음료수도 같이
건넨다. 최웅의 손에 들려있는 똑같은 도시락 가방.

지웅     (N) 최웅은 아니었나 봐요.

2. 기사식당, 오전.

그릇을 싹 비우고 숟가락을 내려놓는 지웅. 맞은편엔 천천히 오물거리며 먹고 있는 최웅.

지웅    (환하게 웃으며) 잘 먹었습니다! 아줌마 밥이 제일 맛있어요!
연옥    (웃으며) 그래? 아휴 고마워. 어쩜 이렇게 싹싹할까?
지웅    (그릇을 들고 옮기는)
연옥    아냐. 뒤. 내가 치울게. (최웅을 보며) 얼른 먹어. 지웅이랑 자전거 타러 갈 거라며?

연옥이 그릇을 들고 가자 최웅이 눈치를 보곤 지웅에게 밥그릇을 내민다.

최웅    한 숟갈만 먹어줘.

크게 한 숟갈을 떠 대신 먹어주는 지웅. 둘이 같이 오물거리다 피식피식 웃는다.

지웅    (N) 최웅은 당연하다는 듯 모든 걸 저와 나눴어요.

3. 길거리, 오후.

(초등학교 고학년으로 성장) 자전거 지지대를 발로 차고 자전거에 올라타는 지웅. 자전거를 타는 최웅과 지웅. 대결을 하듯 서로 빠르게 달린다.

지웅    (N) 시간도,


4. 휘영동 골목, 이어서.


지웅이 먼저 평상 앞에 도착하고 아슬아슬하게 뒤따라 들어오는 최웅.


최웅    아씨 너 반칙이야!
지웅    (자전거 내리며) 넌 안된다고 나한테. (야채 트럭 앞에 서있는 최호를 보곤) 어? 아부지 제가 도와드릴게요.


지웅이 잽싸게 최호에게 다가가 야채를 내리는 걸 돕는다.


최호    아휴. 안 그래도 되는데 웅아. (최웅을 보며) 넌 어디가? 안 돕구!
최웅    (슬쩍 도망가며) 김지웅 힘세요.
최호    저게!
지웅    (N) 일상도,


5. 초등학교, 낮.


졸업식. 여기저기 학생들과 학부모들이 꽃다발을 들고 서있다.
최웅과 최호, 연옥의 사진을 찍어주는 지웅.


최웅    (카메라 보며) 야 너두 와!
연옥    그래 지웅아! 이리 와서 같이 찍자!
최호    (지나가는 사람 보며) 저기 우리 사진 좀 부탁합시다!

지웅, 행인에게 카메라를 넘기고 최웅 가족 사이에 가서 선다. 최웅, 말없이 가지고 있던 꽃다발을 지웅에게 준다. 그런 최웅을 바라보는 지웅. 최웅, 아무렇지 않은 척.

지웅    (N) 가족까지도.
행인    자 찍습니다! 하나 둘 셋!

환하게 웃고 있는 넷.

지웅    (N) 덕분에 내 인생도 남에 인생에 기대어 행복을 흉내 낼 순 있었어요.


## S#9.  고등학교 강당, 오전.

지웅    (N) 그런데 이런 이야기에는 꼭 누군가가 등장하더라구요.

2008학년도 입학식 플래카드가 붙어있는 강당 앞. 학생들이 우르르 들어가고 있고 학부모들도 모여서 수다를 떨고 있다. 잠깐 서서 최웅을 찾는 듯 두리번거리는 지웅. 그때, 지웅의 앞에 서있는 한 여학생이 눈에 들어온다. 물려받은 듯 커다란 교복에 단정하게 묶은 머리. 흘끗 보이는 옆 모습에서 어딘가 단호하고 반짝이는 눈빛. 흘러내리는 잔머리가 신경 쓰이는지 계속해서 귀 뒤로 넘기고 있는 모습. 그 모습을 가만히 보고 있는 지웅. 그때, 그 여학생이 고개를 돌리는 순간 머리 고무줄이 터지고 묶었던 머리가 풀려 흘러내린다. 당황한 여학생(연수)의 눈과 마주치는 지웅의 눈.

지웅      (N) 뻔하죠. 너무나 뻔한데,

연수, 잽싸게 다시 머리를 올려보지만, 고무줄이 없어 당황해한
다. 그때, 멍하니 보고 있던 지웅이 주머니에서 김밥을 묶고 있
던 노란 고무줄을 꺼내 내민다.

연수      (뭐냐는 듯 보는)
지웅      필요해 보여서.

지웅이 내민 노란 고무줄을 잠깐 보더니 가져가 머리를 묶는
연수.

연수      (머리를 묶고 가려다 다시 돌아보곤) 이거. 돌려줘야 해?
지웅      그럴 리가.
연수      (작게, 시크하게) 고마워.

돌아서는 연수.

지웅      (N) 말도 안 되게 예쁜 거죠.

가만히 바라보는 지웅.

**S#10.** **강당 안, 이어서.**

박수 소리와 함께 상을 받고 단상에서 내려오는 연수. 그런 연수를 가만히 보고 있는 지웅. 연수, 최웅의 옆으로 가서 선다.

연수    (최웅을 보며 날카롭게) 뭘 봐?

서로를 바라보고 있는 연수와 최웅.

지웅    (N) 그런데 그건 내 눈에만 그런 건 아니더라구요.

연수가 고개를 돌려도 최웅, 흘끗흘끗 계속 연수를 바라본다.

지웅    (N) 꼭 그런 식이죠.

그리고 조금 떨어진 뒤에서 둘을 바라보고 있는 지웅.

지웅    (N) 그런데 뭐, 문제는 없어요.

지웅, 시선을 돌린다.


**S#11.** **정자, 오후.**

비 내리는 뒷산 정자. 서로를 바라보고 있는 연수와 최웅. 그리고 좀 떨어진 곳에서 우산을 든 채 둘을 바라보고 있는 지웅.

지웅    (N) 저는 그냥 한 걸음 빠져있으면 돼요.

## S#12. **파티장 안, 밤.**

파티장을 빠져나가는 최웅. 그 모습을 혼란스럽게 바라보는 연수. 그리고 둘을 바라보는 지웅.

지웅    (N) 아무래도 이번 생은 내가 주인공이 아닌 것 같으니까요.

지웅, 잠깐 고민하다 파티장을 빠져나간 최웅을 따라나선다.

＊제목 삽입〉〉


## S#13. **파티장 안, 밤.**

최웅이 떠나고, 웅성거리는 사람들. 연수, 멍하니 남겨져 이게 무슨 상황인지 파악 중이다.

도율    생각보다 일이 복잡해졌군요.

연수    (도율을 보며) 장도율팀장님.

도율    네. 국연수 씨.

연수    방금 그게 무슨 말이죠? 이번 프로젝트에 누아 작가가 같이 한다는 말.

도율    말 그대로죠.

연수    제가 분명 표절 의혹 전혀 아니라는 자료도 보내드리지 않았나요? 그런데도 그런…

도율    (끊으며) 지금 저희한테 가장 필요한 게 뭐죠? 이슈. 이 시점에 가장 확실한 방법인 거 같은데.

연수    그렇지만 이건 명백히 계약 위반이고 아티스트를 전혀 존중하지 않는 무례한…

도율    (끊으며) 글쎄요. 계약서는 다시 검토했을 때 크게 문제없을 것
       같던데, 무례하다라… 유난히 감정적이시네요. 두 작가에게 어
       쩌면 기회가 될 것 같은데. 뭐가 문제인 거죠 국연수 씨?

연수    (도율을 가만히 본다)

도율    (연수에게 가까이 다가가 속삭이는) 실망이네요. 그래도 국연수 씨는
       저와 같은 사람일 줄 알았는데. 이렇게 공과 사를 구분하지 못
       하는 사람이었나…


       연수, 표정이 굳는다.


도율    아무튼. 오늘 일은 다시 회의를 해보죠. 어떻게 해서든 진행 시
       켜야…

연수    (도율을 보며) 사과… 하셔야 할 거예요.

도율    네?

연수    작가님께 사과. 반드시 하셔야 할 거라고 말씀드렸습니다. 장도
       율팀장님.

도율    국연수 씨.

연수    감정적인 게 아니라 공감입니다. 공감능력 없이 지적능력으로
       만 일 잘하는 건 자랑이 아니죠. 공감능력도 곧 지능입니다. 기
       본적으로 작가님에 대한, 예술에 대한 존중이 없으셨어요. 팀
       장님.


       연수에게 다가오는 이훈, 명호, 예인.


이훈    국팀장. 지금 이게 무슨…

연수    (도율을 바라보며) 오늘 일은 작가님 다시 만나 사과드리는 게 팀
       장님이 하셔야 할 일입니다. 그리고 추후 진행은 담당자인 제가
       해야 할 일이구요. 더 이상 이런 깜짝 이벤트는 없었으면 합니
       다. 장도율팀장님. 저는 그럼 먼저 가보겠습니다. (가볍게 묵례)

       연수, 돌아선다. 도율, 연수에게 다가가자,

연수    (나지막하게) 제가 장팀장님과 같은 사람으로 평가가 된다니, 제
       지난 행동들을 반성하게 되네요.

       연수, 파티장을 빠져나간다. 눈치 보는 RUN 회사 팀원들과 혼
       자 남겨진 도율.


## S#14.  **차 안, 이어서.**

       운전 중인 최웅. 말이 없다. 지웅도 조수석에 앉아 창밖을 보며
       말없이 생각 중이다. 고요한 차 안.

지웅    (N) 최웅은 늘 이런 식이었어요.

       지웅이 흘끗 최웅을 바라본다.

지웅    (N) 평소엔 아무런 동요 없이 고요하다
지웅    괜찮냐?
최웅    어.
지웅    (N) 국연수만 나타나면 모든 게 흔들리고 무너져버리는.

다시 말없는 차 안.

지웅      (N) 적어도 내가 알던 최웅은 원래 뭐든 흔들릴 게 없었어요.


＊플래시컷〉〉 과거 회상.


1. 고등학교 교정, 낮.


점심시간 축구 중인 운동장. 뛰어다니던 지웅과 학생 두 명이 최웅이 앉아있는 스탠드 옆에 와서 앉아 물을 마신다. 집중해서 드로잉 중인 최웅.


지웅      (최웅을 보곤) 그거 그만 좀 그리고 너도 한 게임 뛰어.
최웅      (말없이 계속 펜을 굴리는)
지웅      (N) 걘 별로 세상에 흥미라는 게 없었으니까요.
학생1    (물을 마시곤 누군가를 보며) 야. 국연수다.
학생2    누구?
학생1    왜 있잖아. 이번에 1등으로 입학한 애. 겁나 예쁜데 좀 싸가지 없다는.


그러자 최웅의 펜이 멈춘다. 그리고 흘끗 연수 쪽을 쳐다보는 최웅. 그런 최웅을 바라보는 지웅.


지웅      (N) 국연수가 나타나기 전까지는.


2. 지웅 집, 이른 아침.

조용한 집 안에서 혼자 학교 갈 준비 중인 지웅.

지웅    (N) 이상하게 들리겠지만, 최웅도 나처럼 딱히 행복하지도 불행
하지도 않은 얼굴을 가지고 살고 있다 생각했는데

문을 쿵쿵 두드리는 소리에 교복 넥타이를 매다 말고 문을 여는
지웅. 그리고 문 앞엔 한껏 상기된 표정의 최웅이 서있다.

지웅    (N) 모든 게 바뀌더라구요.
최웅    (세상 행복한 표정으로) 나 여자친구 생겼어.

멍하니 바라본다.

3. 술집, 밤.

커플 니트를 한 손에 쥔 채 슬픈 얼굴로 술잔을 들이키고 있는
최웅.

지웅    (한숨 쉬곤) 또 헤어졌다고? 다섯 번째냐? 여섯 번째?
지웅    (N) 국연수라면 아주 작은 거 하나에도 모든 게 흔들리는,
지웅    매번 슬퍼하는 건 좀 오버 아니냐? 이제 두 번에 한 번씩만 슬
퍼해.

말없이 술잔을 들이키며 눈물을 글썽이는 최웅.

지웅    (N) 감정을 주체 못 하는 유치한 놈이 되어버린 건.

＊다시 현재〉〉

조용한 차 안. 지웅이 최웅을 흘끗 바라본다.

지웅     너…

최웅, 지웅을 쳐다보는데 담담한 얼굴이다.

지웅     아니다. 다음에.

**S#15.   연수 집, 밤.**
현관문을 열고 들어서는 연수. 자경이 거실에 앉아있다 돌아
본다.

연수     나 왔어~
자경     잉? 많이 늦는다더니만 (시계를 보곤) 우짠 일이여?
연수     (구두를 벗으며) 늦는다고 했으면 방에 들어가서 있지 왜 또 나와
      있어?
자경     들어오는 건 보고 자야지. (연수를 보곤) 아따. 그래 입으니까 참
      이쁘다. 내 새끼.
연수     (웃으며 자경 옆에 편하게 앉는) 할무니 손주 아무거나 입어도 예뻤
      거든요? 뭐 하고 있었어?
자경     어? 그냥, 뭐. 있었지~ 그래서 뭐 어떻뎌? 파틴가 뭔가~ 테레비
      나오는 것처럼 다 이쁘장하게 와서 돌아다니고 그려?
연수     다들 파티에서 자연스럽게 다니는 방법들을 따로 배우기라도

한 건지… 어쩜 다들 여유 있고 멋지더라.

\* 플레시컷〉〉

파티에서 최웅과 처음 부딪히던 순간. 낯선 최웅의 모습.

\* 다시 현재〉〉

잠깐 떠올리곤 아닌 척하는 연수.

연수     할머니 오늘도 계속 혼자 있었어?
자경     뭐. 글치.
연수     요즘 왜 지나 할머니가 통 안 놀러 오셔?
자경     (시선을 피하는) 뭐. 바쁜가 보지.
연수     (자경을 보며) 할머니 또 싸웠지?
자경     싸우긴 뭘 싸워! 하도 그 할망구가 말 같지도 않은 말을 해서 내가 뭐 바른 소리 하나 해줬지. 싸우긴 뭘.
연수     싸웠네. 싸웠어. 아니, 또 미운 말만 골라 해서 지나 할머니 맘 상하게 하셨어~ 그치?
자경     (일어나는) 아니라니까 무슨. 쓸데없는 말 하지 말구 씻구 들어가자 얼렁.
연수     (웃는) 이거 봐. 내가 다 할머니 닮아서 이래. 그거 좀 참고 사이좋게 지낼 순 없어?

자경, 방으로 들어간다.

| 연수 | 내일 지나 할머니 찾아가 봐~ |
|---|---|
| 자경 | 아구 아구. 됐어. |
| 연수 | 아님 내가 모셔 온다? |
| 자경 | 아유. 됐어. (잠깐 고민하다 작게) 안 올라고 할걸? |
| 연수 | 고집 피우지 마시고 먼저 사과하시죠? |

연수, 피식 웃다 문득 생각에 잠긴다.


＊ 플래시컷〉〉 과거 회상.


대학 도서관. 낮.


넓은 책상에 앉아 공부하고 있는 연수. 그때, 연수의 앞자리에 책 여러 권이 놓이고, 연수가 올려다보는데 최웅이다. 말없이 자리에 앉는 최웅. 가만히 연수를 바라보고 있다. 연수, 당황한 얼굴.


| 최웅 | (책에 팔을 올리고 턱을 괴며 속삭이는) 고집 피우지 말고 먼저 사과하지? |
|---|---|
| 연수 | (당황한) 뭐? |
| 최웅 | 지금쯤이면 본인이 잘못한 거 알았을 텐데… 또 자존심 때문에 먼저 연락은 못 하겠고, |
| 연수 | (시선을 회피하는) |
| 최웅 | 먼저 찾아오지도 못하겠고, |
| 연수 | (눈을 굴리다 최웅과 눈이 마주치자 다시 회피하는) |
| 최웅 | 어떻게 해야 할지 머리만 굴리고 있을 게 뻔한데… |

| 연수 | 내가? |
|---|---|
| 최웅 | 그래서 이렇게 내가 찾아왔으니까. 기회 줄게. 해봐. |

연수, 말할 듯 말듯 망설인다.

| 최웅 | 도대체 미안하다는 말 그게 뭐가 어려운 거야? |
|---|---|
| 연수 | (고민하다) 잘… 안 해봐서 못 해. |
| 최웅 | 그러니까 앞으론 좀 많이 해보도록 해. |
| 연수 | (턱을 치켜세우며) 그럼 다들 얕보고 무시한다고. 지고 싶지 않아. |
| 최웅 | (가만히 보다 일어서는) 안 한다는 거지? 갈게 그럼. |

그러자 연수가 황급히 최웅의 손을 잡는다.

| 연수 | (망설이다, 자그맣게) … 미안. 내가 잘못했어. |
|---|---|
| 최웅 | 뭐라고? 안 들려. |
| 연수 | 내가 미안하다고! |

도서관에 있던 학생들이 쳐다보자 창피한 연수. 최웅 씨익 웃으며 자리에 앉는다.

| 최웅 | 멍청아. 나한텐 그래도 돼. |
|---|---|
| 연수 | (입을 삐죽거리는) |
| 최웅 | 내가 계속 이렇게 찾아올 테니까 넌 그냥 미안하다는 말 한마디면 돼. 어차피 지는 건 항상 나야. |

웃고 있는 최웅을 보고 연수, 환하게 웃는다.

\* 다시 현재>>

## S#16. **연수 방, 이어서.**

방 안으로 들어가는 연수. 어두운 방. 책상 의자에 털썩 앉아 스 탠드 조명을 켠다.

연수    (N) 화가 많이 났겠죠?

핸드폰을 바라본다. 최웅에게 연락할까 망설이는 연수.

연수    (N) 그 성격에 또 혼자 참고 있을 텐데…

## S#17. **최웅 작업실, 늦은 밤.**

음악이 흐르고 있는 방 안. 안경을 쓰고 책상에서 작업에 몰두 하고 있는 웅. 진지한 얼굴이다. 핸드폰에 불빛이 반짝이지만 보지 않는 최웅. 시간은 빠르게 흘러가 새벽이 오고, 펜과 안경 을 내려놓고 멍하니 또 생각에 잠긴다. 머리가 아픈 듯 미간을 찌푸리곤 책상에 놓인 약을 입에 털어놓고는 물을 한 모금 마신 다. 그리고 가만히 앉아 눈을 감는다.

## S#18. **편집실, 늦은 밤.**

어두운 편집실. 혼자 앉아 촬영본을 돌려보고 있는 지웅. 그때, 노크 소리가 들리고, 지웅이 돌아보자 채란이 문을 열고 들어온다.

지웅      뭐야? 왜 아직 여기 있어?

채란      정리할 게 있어서요. 오늘 촬영은 어떠셨어요?

지웅      뭐… 사건이 좀 있긴 했는데 어떻게 풀어낼까 싶네.

채란, 지웅을 가만히 본다.

지웅      왜? 할 말 있어?

채란      두 사람을 담아내는 방향을 좀 더 명확히 해야 할 거 같아요. 예를 들면 지금처럼 현재 모습만 보여주는 데에서 그치는 게 아니라 좀 더 두 사람의 관계에 대해 집중하는 쪽으로요.

지웅, 말없이 가만히 있다.

채란      뭐… 이건 그냥 제 생각이요. 곧 작가님도 붙여주신다니까 더 논의해보면 좋을 거 같아요.

지웅      (가만히 생각하다) 그래. 얼른 들어가봐.

채란, 일어나 나가려다 다시 돌아본다.

채란      선배는요?

지웅      (채란을 보는)

채란      아니 뭐… 어떻게 생각하고 계시나 해서…

지웅      (가만히 보는)

채란      이번처럼 선배 생각을 알 수 없는 건 처음이거든요. (가만히 보

다) 제가 도와드릴 거 있음 말하세요. (꾸벅 인사하고 가는)

혼자 남겨진 지웅. 가만히 생각한다.


## S#19.  연수 집 앞, 아침.

아침. 연수 집 전경. 카메라 장비를 챙겨서 연수 집으로 들어가
는 채란 모습.


## S#20.  연수 방, 아침.

옷장에서 옷을 꺼내고 있는 연수. 옆에서 채란이 촬영 중이다.

채란   어디 나가시나 봐요?

연수   아. 해결해야 할 일이 있어서… 잠깐 최웅 만나려구요. 어제 좀
일이 있었는데 사과 좀 하러… (채란을 보며) 아니. 그렇다고 제
가 뭘 잘못하거나 그러진 않았어요. 작은 오해가 있었거든요.
근데 뭐 최웅이 충분히 기분 나빴을 거니까, 제가 먼저 가서 이
야기 좀 해보려구요.


## S#21.  골목, 아침.

걷고 있는 연수와 옆에서 따라가며 찍고 있는 채란.

연수   집으로 가보면 있겠죠 뭐.

채란   연락은 하셨어요?

연수    (잠깐 핸드폰을 보곤 다시 카메라 보며 웃는) 어제 하긴 했는데 뭐…
        일찍 잠들었나 봐요. 지금 다시 해보죠 뭐.

        연수, 핸드폰을 들고 최웅에게 전화를 건다. 신호음이 가고, 계
        속 이야기하는 연수.

연수    아니 근데 정말 이건 제가 잘못한 게 아니에요. 걔가 멋대로 오
        해하고 멋대로 생각한 거지. 웃겨. 걘 내가 그런 짓 할 사람으로
        보이는 건가?

        신호음이 계속 가지만 받지 않자 조금 불안한 연수. 한쪽 다리
        를 떨고 있다.

연수    (약간 어이없는) 그렇다고 또 내가 지 인생을 망친다는 둥. 그런
        말을 할 것까진 없잖아요? 지난번부터 내가 뭘 그렇게 망쳤다
        고 그러는데? 안 그래요?

        신호음이 끊기고, 음성사서함으로 넘어가자 연수, 표정이 바
        뀐다.

연수    (시니컬하게) 그럼 내가 이렇게 먼저 찾아갈 이유도 없지 않나?
        내가 왜? 나중에 일은 정리해서 연락하면 되는 건데. 안 그래요?

        새침한 얼굴로 돌아서는 연수.

연수    마음이 바꼈어요. 안 갈래요.

그때, 멀리서 양손에 장바구니를 들고 다가오고 있는 솔이.

솔이     어? 야! 국연수!


## S#22.　**최웅 집 거실, 아침.**

식탁에 앉아 식빵에 잼을 잔뜩 바르고 있는 최웅. 그 모습을 촬영 중인 지웅. 집 안이 고요하다. 아무런 표정 없이 우걱우걱 빵을 먹는 최웅. 우유를 한 모금 하고는,

최웅     지금 이상한 건, 혼자 사는 집이 조용한 게 당연한 건데 내가 지금 이걸 굉장히 낯설게 느끼고 있다는 거예요.

그때, 다급한 현관문 도어락 소리가 들리고 문이 활짝 열린다.

은호     (소리치는) 형!!!

은호가 들어오는 발자국 소리에 고개를 끄덕이는 최웅.

최웅     (카메라를 보며) 제가 벌써 저거에 익숙해진 거죠.

은호, 최웅의 맞은편에 앉는다. 지웅 자연스럽게 둘을 투샷으로 담는다.

은호     (심호흡하며) 어제 있었던 일 들었어.
최웅     빨리도 알았다.

은호     (화가 난) 어떻게 그럴 수가 있어?

최웅     알아. 그래서 나도 어이가 없는 중…

은호     (배신감에 몸을 떨며) 나만 빼고 파티를 가…?

최웅     (카메라를 스윽 본다, 의아한 표정)

은호     (빠르게 내뱉는) 파티를 초대받았는데 나를 두고 가…? 어제 내가 분명 아무것도 안 하고 티비 보고 있었던 걸 뻔히 봤으면서…! 그렇게 족제비처럼 차려입고 혼자만 몰래 파티를 가?!

최웅     (은호 입에 빵을 물리며) 시끄러. 근데 넌. 어제 일 들었으면 나한테 괜찮냐고 묻는 게 먼저 아냐?

은호     (빵을 떼어내고) 뭐가?

최웅     뭐긴 뭐야. 누아 붙여서 나 뒤통수친 거.

은호     아~ 그거? 근데 사실 괜찮지 않아? 그렇게 둘이 드로잉 쇼하면 형이 그 누아 자식 바로 밟아줄 수 있는 거잖아. 표절 의혹 싹 없애고. (으쓱하며) 우리한테 나쁠 건 없지.

최웅     뭐?

은호     물론 이건 내가 생각만 한 거고. 그쪽에는 아주 지랄을 해놨지. '어떻게 갑자기 이딴 식으로 뒤통수를 칠 수 있나! 어렵게 결정한 건데 이런 식이면 아주 곤란하다!' 아주 차갑고 냉정하고 프로페셔널하게 말해 놨지.


은호, 멋진 척 카메라를 바라본다.


은호     (웃으며) 제가 이렇게 일을 꽤나 잘하는 유능한 매니저입니다.

최웅     내 카메라야.

은호     아무튼 그건 생각해 보자. 형이 본업에서는 얼마나 끝내주는데 그까짓 피라미 한 마리는 바로 공개 망신 줄 수 있지.

은호, 말을 마치고 가만히 최웅을 바라본다. 후줄근한 옷차림에 헝클어진 머리로 식빵을 오물거리고 있는 최웅의 모습. 최웅이 뭘 보냐는 듯 보자, 은호, 미간을 찌푸린다.

은호    근데 형. 너무 아티스트적인 그림이 부족한 거 아냐?

최웅    뭐가?

은호    아무리 그래도 그렇지 나중에 이 영상 나가면 형 놀고먹는 줄 알 거 아냐? 좀 프로페셔널한 모습 좀 찍어 둬야 하지 않겠어?

최웅    (어이없다는 듯) 인위적이고 막 꾸며내고 그러는 거 난 딱 싫어. 자연스러운 모습을 그대로 보여줘야 다큐지. 난 촬영한다고 막 안 하던 짓하고 그러는 거 싫어. 행여나 그런 가식적인 모습 나한테서 기대하지…


**S#23.    갤러리. 낮.**

클래식 음악이 흐르는 고급진 갤러리에 잔뜩 멋있는 척 폼을 잡고 서서 그림을 보고 있는 최웅. 괜히 손가락으로 툭 안경을 고쳐 쓰고, 진지한 표정으로 그림을 보고 있다. 옆에서 촬영 중인 지웅.

최웅    (사뭇 진지하게) 주로 시간이 나면 이렇게 틈틈이 그림을 보러 와요. 끊임없이 자극을 받는 것. 우리 같은 사람들에겐 중요하잖아요?

뒤에서 메스껍다는 표정을 짓고 있는 은호. 카메라 앵글에 잡히자 활짝 웃는다.

| 최웅 | (진지하게 그림을 한참 바라보다) 아마 10년 전 영상에서는 저의 이런 모습들이 잘 보여지지 않았을 거예요. 그땐 뭐랄까… 한국식 교육 특유의 철저한 주입식, 획일화된 교육 방향으로 제 재능을 펼치기엔 좀 좁았다고나 할까. (카메라를 보며, 느낌 있는 척) 이게 본래 제 모습이라고 할 수 있죠. |

한껏 멋진 표정을 짓는 최웅.

| 지웅 | (카메라를 내리며) 어? 야. 미안하다. 배터리가 나갔었네. |
| 최웅 | 응? |
| 지웅 | 배터리 갈아야겠다. |
| 최웅 | 뭐야? 안 찍혔어 그럼? |
| 지웅 | 응. |
| 최웅 | 야!! 이런 중요한 모습을 놓치면 어떡해! 아침에 쓸모없는 모습들은 한참을 찍어놓고…! 너 일부러 그러는 거지? |
| 지웅 | 그럴 리가. |
| 은호 | 카메라도 찍기 싫나봐. (카메라 보며) 토한 거 아냐? |
| 최웅 | 뒤질래? |
| 지웅 | 차에 좀 갔다 올게. |
| 은호 | 형. 차 키 줘. 내가 갔다 올게. 배터리 가져오면 되지? |

은호가 자리를 비우고, 괜히 툴툴대며 옆 그림으로 옮겨가는 최웅. 그때, 최웅의 핸드폰 진동이 울리고, 최웅 흘끗 확인하곤 다시 주머니에 넣는다. 지웅이 바라본다.

| 지웅 | (N) 물론 이건 제가 상관할 바가 아닌데, |

지웅    너 연수한테 연락 없어?

최웅    (멈칫) 왜?

지웅    뭐. 어제 일도 있고… 아무튼 만나서 풀든가 해야지.

최웅    (피하며) 내가 알아서 해.

지웅    뭐. 니가 알아서 하겠지만. 이왕이면 카메라 앞에서 해달라고.

최웅    (노려보는) 진짜 알차게 뽑아 먹는다? 됐어.


다시 말없는 둘. 지웅, 가만히 보다 최웅에게 한 걸음 다가간다.


지웅    (N) 더 끼어드는 게 아닌데,

지웅    너 괜히 미안해서 피하는 거잖아.

최웅    뭐가?

지웅    너 별로 그 일 상관없었잖아. 그런 일에 화나고 그런 애 아니잖
        아 너. 아냐?

최웅    무슨 말이야?

지웅    애초에 일하고는 상관없이 화낸 거잖아. 연수가 그 일을 알고
        계획했을 애가 아니라는 것도 알고 있을 테고.

최웅    (말없이 보는)

지웅    괜히 연수한테 그동안의 화풀이한 거잖아. 안 그래?


가만히 서로를 보는 둘.


지웅    (N) 하지 않아도 될 말인데,

지웅    미련 때문인 거. 보인다고. 다.

지웅    (N) 무슨 말을 듣고 싶은 걸까요.

최웅, 지웅을 가만히 바라본다.

최웅    너 갑자기 관심이 지나치다? 이것도 촬영 때문은 아닐 테고.
지웅    글쎄 갑자기는 아닐 텐데.
최웅    니가 뭘 아는데.
지웅    내가 뭘 모를 이유도 없지.
지웅    (N) 뭘 확인하고 싶은 걸까요.

냉랭한 두 사람. 그때, 또 최웅의 핸드폰이 울린다. 핸드폰을 확
인하는 최웅. 가만히 바라본다.


## S#24.  **이작가야, 낮.**
장바구니를 테이블 위에 올려놓는 솔이와 연수. 촬영하고 있는
채란.

솔이    마침 잘 됐지 뭐야~ 오늘 저녁에 단체 예약이 있어서 준비할
        게 많았거든.
연수    그러게 사람 좀 쓰라니까. 혼자서 어떻게 다 해?
솔이    (장 본 물건들을 꺼내며) 사람 쓰면 월급은 누가 주냐? 좀 도와줘
        라. 오늘은 쉰다며.
연수    모처럼 쉬는 날인데 꼭 부려먹어야 해? 그리고 나 촬영하고 있
        잖아.
솔이    (카메라 보며) 이런 장면들도 좋지 않나요? 너무나 일상적이잖아
        요. 뭐 어차피 계속 연수 찍으시는 거잖아요.
채란    뭐… 저는 신경 쓰지 마세요.

| 연수 | 언니가 뭘 찍는지 뭘 알아? (스티로폼 박스를 보곤) 이건 뭐야? (열어보곤 입을 틀어막는) 허얼. 산낙지야? |
|---|---|
| 솔이 | (찡긋하며) 오늘 새벽에 목포에서 올라온 놈들이야. 이따 손님들 거 빼놓고 탕탕이 한 접시 내줄게. 콜? |
| 연수 | (슬쩍 흘겨보곤) 뭐 하면 되는데? |

* 점프컷〉〉

오픈식 주방에 서서 감자를 깎고 있는 솔이. 그리고 그 모습을 찍고 있는 채란.

| 솔이 | (카메라를 보며) 연수하고는 한 10년? 됐죠. 대학에서 만났거든요. 다들 아시다시피 애가 성격이 워낙 지랄 맞잖아요? 한바탕 화끈하게 싸우고 친해졌죠. 제가 또 이런 지랄견들하고 성격이 잘 맞아요. (찡긋 웃는다) |
|---|---|

그리고 한 구석에서 쭈그려 앉아 양파 껍질을 까고 있는 연수.

| 연수 | (채란을 보며) 왜 저 언니를 찍고 있는 거예요 피디님? |
|---|---|
| 솔이 | (카메라를 보며) 저도 사실 그 영상 완전 팬이었거든요. 댓글도 엄청 달았는데. 닉네임 이작가야. 그게 저예요. 아 제가 원래 드라마 작가였거든요~ |
| 연수 | 피디님. 저 찍으라니까요, 저? |
| 솔이 | 그… 〈전지적 싸이코 시점〉 드라마 아세요? 그거 제가 썼잖아요~ 그거로 번 돈 합쳐서 지금 이렇게 작은 술집을 차렸거든요. 사실 원래는 동업자가 있었어요. 그때 당시 남친이었는데… |

| 연수 | 피디님이 안 물어보고 있잖아. |
|---|---|
| 솔이 | 권리금 넣던 날 하필 그 새끼가 바람 핀 걸 들켰지 뭐예요. 멍청한 놈. 들키긴 왜 들켜. 그래서 바로 (목 날리는 시늉하며) 자르고 무리해서 제가 혼자 열었어요. |
| 연수 | 아무도 궁금해하지 않는 이야기야. |
| 솔이 | (카메라 보며) 그 새끼도 이거 보게 될까요? 야. 진섭아 보고 있냐? 보이냐? 오늘 단체 10명 예약받았다~ 잘 지낸다 난. 너도 잘 지내라. |

솔이를 보곤 고개를 젓는 연수. 계속 양파 껍질을 깐다.

| 채란 | 솔이 씨도 그럼 최웅을 잘 아시나요? |
|---|---|

채란의 질문에 고개를 번쩍 드는 연수. 솔이 표정이 묘하게 신났다.

| 솔이 | 그럼요. 너~무 잘 알죠. 둘이 대학 다닐 때 이야기들은 제가 다… |
|---|---|
| 연수 | (벌떡 일어나며 말을 끊는) 양파가 너무 많잖아 인간적으로! 여기가 무슨 중국집이야? |
| 솔이 | (아랑곳 않고, 싱긋 웃으며) 피디님. 그 둘 얘기 궁금하면 저한테 다 물어보세요. 얼마든지 인터뷰해 드릴게. (뒤돌아보며) 근데 저 우리 가게 이름이 좀 잘 보였으면 하는데… |

## S#25. 갤러리, 낮.

갤러리를 벗어나는 지웅. 마침 들어오던 은호와 마주친다.


은호    어? 왜 나와 형? (옆을 보곤) 웅이 형은?

지웅    일 생겼다고 갔어.

은호    엉? 무슨 일? 내가 모르는 일이 있어? 날 버려두고?

지웅    나도 버려진 거 안 보이냐?

은호    웅이 형 요즘 막 나가네? 매니저로서 내가 한 번 엄중하게 타이
        를… (지웅을 따라가며) 형은 어디로 가?

지웅    나야 뭐. 회사 들어갔다 오게.

은호    그럼 나 가는 길에 좀 내려주라.


그때, 지웅의 핸드폰이 울리고,


지웅    (전화받는) 네. 선배. 웬일이에요? 오늘? (시계를 확인하는) 그걸 무
        슨 한 시간 전에 부탁해요? 조연출 보내요. 아니 채란이는 안 되
        고… (한숨 쉬는) 알았어요. 내가 갈게요.

은호    뭐야? 형도 무슨 일 생겼어?

지웅    나 먼저 간다. (어깨 툭 치며) 들어가라.


지웅이 자리를 뜨고, 덩그러니 남은 은호.


은호    (미련 가득한) 형! 무슨 일인지 모르겠지만 가다가 날 내려줄 순
        있지 않을까? 웅?

**S#26. 방송사, 오후.**

대기실 복도를 카메라를 들고 지나고 있는 지웅. 옆엔 태훈이 같이 따라가고 있다.


지웅    (태훈을 보곤) 몇 명 남았어?

태훈    어… 두 분이요. 엄태란 배우님은 스튜디오에서 대기하고 계시구요. 그리고,


지웅, 한 대기실 앞에 멈춰 선다. 문에는 '엔제이 님'이라고 붙어 있다.


태훈    네. 여기예요.


노크를 하는 지웅. 곧 매니저 치성이 나온다.


치성    무슨 일이시죠?

지웅    마이 스타 다큐 촬영 왔습니다. 엔제이 님 스페셜 클립 오늘 찍기로 협의되었다고 하는데요.

치성    아… 오피디님이 아니신데?

지웅    오피디님 대신 왔습니다. 촬영은 15분이면 끝납니다.

치성    아 네네. 들어오시죠.


문이 열리고, 대기실로 들어가는 지웅. 소파에 편하게 앉아있는 엔제이. 지웅을 흘끗 보자 지웅이 가볍게 인사를 한다. 따라 인사하는 엔제이.

치성    오늘 그 다큐 영상 찍어주기로 했잖아. 피디님이셔.

지웅    안녕하세요. (태훈 보고) 전달 드려.


엔제이를 넋 놓고 보고 있던 태훈. 허겁지겁 엔제이에게 큐카드
를 전달한다.


지웅    700회 특집으로 스페셜 영상을 촬영하는데 축하 메시지와 가
        볍게 시청자분들에게 인사하시면 되구요. 예전 엔제이 님 편 영
        상에 대한 간략한 리뷰를 해주시면 됩니다.

엔제이   여기 피디님 바뀌셨어요?

지웅    아뇨. 오늘만 제가 대신 왔습니다.

엔제이   아~

지웅    준비되시면 바로 촬영 들어가겠습니다.


미연이 메이크업 도구를 가지고 엔제이에게 다가간다. 그러자
갑자기,


엔제이   우리 알지 않아요?


엔제이의 말에 대기실에 있던 모두가 흘끗 지웅을 바라본다.


지웅    (무슨 말이냐는 듯 보는)

엔제이   저 모르세요?

지웅    모두가 알 텐데요.

엔제이   (웃으며) 4년 전에 저 이거 찍을 때 조연출로 계셨던 피디님 아
        닌가?

지웅     아…

엔제이   근데 왜 초면인 척하세요? 되게 차갑게~

지웅     꽤 지나서 기억 못 하실 줄 알았어요.

엔제이   제가 좀 뜻밖에 기억력이 있어요.

지웅     기억해 주셔서 감사합니다.

엔제이   그때 저 엄청 어렸을 때라 엄청 얼타고 있었는데, 피디님도 구
        석에서 얼타고 있는 거 보면 위로 아닌 위로가 되기도 했구요.

지웅     그렇게 자연스럽게 그때 영상에 대한 리뷰를 해주시면 됩니다.
        엔제이 씨.

엔제이   사실 뭐 찍었는진 기억 거의 없어요. 그때 스케줄도 너무 많았
        고 날 찍고 있는 카메라가 어디서 온 카메라인지 구분도 못 했
        으니까. 뭐. 대본 없어요? 주시면 외워서 읽을게요.

지웅     대본 없습니다. 짧게라도 직접 느끼셨던 대로 이야기해 주세요.

엔제이   (잠깐 바라보다) 피디님도 완전 FM 스타일이구나? 알았어요. 생
        각해 볼게요.


        엔제이, 골똘히 생각하는 척 표정들을 짓는다. 지웅, 좀 이상한
        사람이구나 생각한다.


지웅     먼저 인사하는 것부터 촬영할까요?

엔제이   아. 생각났다. 피디님 저 명상하는 거 찍을 때 졸다가 들고 있던
        주전자 떨어뜨려서 엄청 혼났었잖아요. 그거 피디님 맞죠?


        풋 하고 작게 웃는 태훈.


지웅     (당황하는) 아니. 그런 걸 생각하라는 게 아니라…

엔제이    사실 그때 저도 자고 있었거든요. 너무 졸려서 명상한다고 뻥 친 거예요. 주전자 소리에 잠이 확 깼었는데…

지웅      다른 걸 좀 생각해 보시는 건 어떨까요?

엔제이    그때랑 분위기가 많이 달라지셨네 피디님. 그럼 지금은 무슨 프로그램 하고 계세요? 이젠 직접 촬영도 하시는 거 같은데.

지웅      지금은 뭐. 특집 하나 준비하고 있어요.

엔제이    특집? 오.. 무슨 특집이요?


호기심 가득한 얼굴로 지웅을 보는 엔제이.
지웅, 약간 부담스러워한다.


## S#27.    **이작가야, 저녁.**

바 테이블 위에 놓이는 낙지 탕탕이. 녹초가 되어 엎드려있던 연수가 일어난다.


연수      (힘없이) 생각해 보니까 노동의 대가치고는 너무 초라한 것 같다.

솔이      (연수 등을 두드리며) 많이 먹어~ 소주 한 병 갖다 줄까? (채란을 보고) 피디님도 그만 찍고 앉아서 먹어요. 고생 너무 많으셨어~


그때 울리는 가게 전화.
솔이 달려가 잽싸게 받는다.


솔이      네. 이작가야입니다~ 네! 6시 반 예약하셨죠? 열 분! 성함이… 네? 취소요?

솔이의 말에 놀라 쳐다보는 연수.


솔이     (톤이 다운된) 아. 네. 어쩔 수 없죠. 네… 네.


전화를 끊는다. 조용한 술집 안.


연수     (눈치를 보며 조그맣게) 이건 내가 계산하고 먹을게…
솔이     아주 망해가는 술집에다 불을 지르네. 아오!!!
연수     예약 취소야?
솔이     이럴 거면 뭔 낙지를 주문해 낙지를! (카메라를 보며) 이거 찍어
        서 고발 프로그램 같은 거에 보내주실래요? 아오. 스트레스.
연수     (한 젓가락 먹으려다 눈치 보고 내려놓는)
솔이     저걸 다 어떡하나.
연수     손님 오면 낙지 탕탕이로 다 유도를 하자. 오늘 메뉴는 탕탕이
        만 한다고 해.
솔이     (체념한 듯) 우리 가게에 손님 오는 거 봤냐?
연수     뭐 가끔 한두 명씩…
솔이     (한숨 쉬곤) 뭐 어쩌겠냐. 먹어… 진짜 많이 먹어라… (채란을 보며)
        피디님도 정말 그냥 와서 드세요.
연수     (다시 한 입을 먹으려는)


솔이, 바 안으로 들어가며 또 깊은 한숨을 쉰다.
연수, 다시 멈칫하는.


솔이     뭐 부를 사람 없냐?
연수     내가? 있겠어?

| 솔이 | 너 왜 친구 나밖에 없어? |
| 연수 | 그러는 언니는? |
| 솔이 | 전남친은 많아. 넌 전남친도 하나밖에 없는 주제에… |
| 채란 | 아. |

채란의 목소리에 둘 다 돌아본다.

| 채란 | (카메라 뒤에서 얼굴을 빼꼼 내밀며) 부를 사람 있는데. |

누구냐는 듯 보는 연수와 솔이.


## S#28. 방송사, 저녁.

대기실에서 나오는 지웅, 태훈. 엔제이가 따라 나와 배웅한다.

| 엔제이 | 그럼 피디님. 담에 제가 한번 놀러갈게요! |
| 지웅 | (이상하다는 듯 쳐다보는) 진짜… 최웅이랑 친구라는 거죠? |
| 엔제이 | 그렇다니까요. 감독님도 최웅이랑 친구? |
| 지웅 | 뭐. 그렇긴 하죠. |
| 엔제이 | 나 거기 출연해도 돼요? 최웅 친구로. |
| 치성 | (말리는) 그런 거는 다음에 이야기하고… |
| 엔제이 | 회사에서 안 된다고 하면 뭐… 모자이크해 주세요! (씽긋 웃는다) |

얼떨떨한 지웅. 가볍게 인사를 하고 돌아선다. 그때, 지웅의 핸
드폰이 울린다. 채란이다.

지웅     (전화받는) 어. 촬영은 잘하고 있어? (듣고) 그래? (생각하는) 나쁘
        지 않네. 그럼 그렇게 해. 어. 거기로 보낼게. 난 끝나고 갈게.

        지웅, 돌아서다 태훈을 보곤 멈춰 선다.


지웅     인턴. 너 그때 걔 맞지?
태훈     네! 임태훈입니다!
지웅     너 지금 팀 몇 개 돌고 있어?
태훈     어… (생각하며 손가락으로 세는)
지웅     (태훈의 셔츠 목깃을 보는데 꼬질꼬질하다) 집엔 언제 들어갔어?
태훈     (웃으며) 괜찮습니다! 처음엔 이렇게 배우는 거라고…
지웅     들어가 오늘은. 내가 마무리할게.
태훈     아니 저…
지웅     두 번 말 안 해. 들어가.

        지웅, 돌아서 간다.



**S#29.  이작가야, 저녁.**
        오픈식 주방에 서서 도마에 낙지를 두고 탕탕 내려치고 있는 솔
        이. 다시 환한 얼굴이다.


솔이     어우. 피디님. 정말 센스쟁이. 안 그러셔두 되는데! 오시는 분들
        계산은 내가 딱 낙지 값만 받을게요! 술은 프리. 공짜!

        어느새 소주 한 잔을 마시고 있는 연수.

| 연수 | (카메라를 보며) 피디님 일로 와요. 같이 한잔해요. 우리 그러고 |
| | 보니까 밥 한번 제대로 같이 못 먹었잖아요. |
| 채란 | 괜찮습니다. |
| 연수 | 에이. 잠깐 내려놓으면 되잖아요. (낙지 탕탕이 집어서 내밀며) 낙지 |
| | 좋아하세요? |
| 채란 | (당황한) 아 제가 먹을게요. |

연수, 그러다 꿈틀거리는 낙지를 놓친다.

| 연수 | 앗! 흘렸어! |
| 솔이 | 아이 지지배. 그러게 뭘 다 큰 사람을 먹여준다고 그래? (냅킨을 |
| | 건네는) |

연수, 냅킨을 건네받고 쭈그려 앉아 낙지를 찾는다. 채란, 어정
쩡하게 서있다. 그때, 문이 열리고 누군가 들어온다.

| 솔이 | 어서오…어오? |

솔이, 놀라 바라보는데 최웅이 서있다.

| 솔이 | 너… 야. 진짜 오랜만이다? |

솔이의 말에 바닥에서 일어나는 연수. 최웅을 보고 화들짝 놀
란다.

| 연수 | 뭐.. 뭐야 너? 여기 어떻게 왔어? |

연수    (N) 갑자기 이렇게 만나는 건 계획에 없던 건데요.

최웅    (조금 놀랐다 담담하게) 추가 촬영할 거 있다고 해서 왔는데.


그리고 최웅의 뒤에서 고개를 빼꼼 내미는 은호.


은호    난 낙지 탕탕이 있다고 해서 왔는데?


당황한 연수와 오히려 차분한 최웅. 그리고 미어캣처럼 둘을 보는 나머지들.



**S#30.  이작가야, 밤.**

은호, 멋진 척 바 테이블에 기대어 서있고, 그 모습을 촬영 중인 채란. 조금 떨어진 테이블엔 최웅, 연수가 데면데면하게 앉아 있다.


은호    (맥주잔을 들고, 카메라를 보며) 처음 웅이 형을 본 건… 제가 웅이 형 아부지 가게에서 알바 뛸 때였죠. 그때 허구한 날 평상에 늘어져 있는 백수 나부랭이가 하나 있었는데, 알고 보니까 놀랍게도 그 집 도련님이시더라구요. 그래서 은밀하게 접근을 하기 시작했는데,

최웅    나 다 들리는데

은호    근데 저 형이 가끔 종이 쪼가리에 그림을 그리는데 내가 아! 이거다! 하고 동물적인 감각으로 알아봤죠. 이거는 되는 사업이다. 그래서 본격적으로 형 그림 그릴 때 제가 매니저 일 다 봐줬죠. 제가 원래 뭐 하나를 해도 되게 열심히 하거든요.

최웅    아무도 안 물어본 거 같은데.

은호    아무튼 제가 웅이 형 옆에 제일 오래 붙어있으니까 궁금한 거 있으시면 다 저한테 물어보시면 돼요. 언제가 궁금해요? 뭐가 궁금해요? 하는 일? 연애사? (지나가는 솔이를 보곤) 근데 저희 어디서 본 적 있지 않아요?

솔이    (웃으며) 개수작 부리지 말아요.

은호    아핳. 죄송합니다.


은호, 계속해서 조잘대고 있다. 그리고 계속 어색하게 깨작거리고만 있는 연수와 최웅.


연수    (N) 아무래도 제가 먼저 사과를 해야겠죠? 그래. 조금이라도 더 어른스러운 제가 잘 이야기해 봐야죠.

연수    (흘끗 눈치를 보다) 야. 최웅. 어제 일은…

최웅    (말을 끊으며, 담담하게) 미안. 어제 괜히 쓸데없는 말한 거. 못 들은 거로 해. 그 순간에 화가 나서 나도 모르게 아무 말이나 뱉은 거야.

연수    (살짝 당황한) 어…? 아냐. 그래도 내가 잘못했으니까 내가 미안하…

최웅    너 잘못 아닌 거 알아. 그러니까 괜찮아.

연수    (담담한 최웅의 태도가 당황스러운) 어? 아… 어… (생각하다) 소앤 쪽에서도 우리 쪽에서도 공식적으로 너한테 사과할 거야. 그리고 내가 다시 프로젝트 원래대로 되돌려놓을 테니까…

최웅    할 거야. 나.

연수    응?

최웅    그거. 누아 작가랑 같이 한다고.

| 연수 | 뭐? 왜? |
|---|---|
| 최웅 | 글쎄. 딱히 내가 피할 이유는 없잖아. |
| 연수 | 그건 그렇지만… |
| 최웅 | 그리고 사과 안 해도 돼. 이미 만나고 왔으니까. |
| 연수 | 어? 누굴? |
| 최웅 | (담담하게) 장도율팀장. |
| 연수 | (놀란) 그 사람을 만났어? 언제? |
| 최웅 | 아까. 연락이 와서… |
| 연수 | (약간 흥분한) 만나서 뭐라 했는데? 그 사람이 너한테 사과했어? 미안하대? 넌? 넌 할 말 제대로 다 했고? 그냥 또 어물쩡 넘어간 건 아냐? 불쾌한 건 불쾌하다고 말하고 제대로 사과를 받아야… |
| 최웅 | (끊으며) 그건. |
| 연수 | ? |
| 최웅 | (조금 차갑게 바라보며) 내가 알아서 해. |

연수, 차가운 최웅의 모습에 당황한다.

| 연수 | (N) 그런데 오늘 최웅은 왜 낯선 느낌인 걸까요. |
|---|---|
| 연수 | 아.. 그래. |
| 최웅 | 아무튼 이제 오픈일도 일주일 정도 남았으니까 제대로 준비하고 협조할게. 그동안 괜히 유치하게 굴어서 미안하다. |
| 연수 | (N) 물론 이제야 다 제대로 되고 있는 건데 |
| 최웅 | 이거 촬영도 한 달… 하기로 한 거니까 할 수 있는 만큼 최선을 다할게. 별일 없이 잘 마무리해보자. |
| 연수 | (N) 무슨 기분이죠, 이게. |
| 연수 | 어… 그래. 나도 잘 부탁할게. |

그리고 어느새 둘의 모습을 담고 있는 채란.

연수와 최웅, 각자 술잔을 비워낸다. 담담하게.

연수     (N) 왜 뭔가 비틀어진 기분일까요.


## S#31.  **다큐 방송사, 밤.**

간간이 불이 켜져있는 어두운 사무실 안.

책상 위에 카메라를 올려두고 앉아 생각에 잠겨있는 지웅.


＊ 플래시컷〉〉

지웅     미련 때문인 거. 보인다고. 다.


＊ 다시 현재〉〉

지웅     (N) 쓸데없는 오지랖. 웃기죠.


그때, 동일이 지웅의 책상 앞에서 핸드폰 불빛으로 자신의 얼굴을 비춘다.


지웅     (동일을 발견하곤, 놀라지 않는) 뭐예요?

동일     놀라는 척이라도 해줘라 좀. 재미없는 놈.

지웅     왜 또 주말인데 나오셨대? 집을 너무 싫어하는 거 아니에요?

동일     집에 있어 뭐해. 혼자 궁상이나 떨고 있지. 너는 왜 이 시간에 들어와 있어?

| 지웅 | 오늘 찍은 거 백업 좀 해두고 가려구요. |
|---|---|
| 동일 | 오태진이가 너한테 땜빵 시켰다며? 채란이 시키지 왜. |
| 지웅 | 걔도 지금 현장 나가 있어요. 그리고 우리 팀원 좀 넣어달라니까 인턴을 보내요? |
| 동일 | 그래서 니가 다시 빠꾸 먹였잖아. |
| 지웅 | (한숨 쉬곤) 다시 보내요. 다른 팀 뺑뺑이 돌리지 말고 그냥 우리 팀만 나오게 해요. |
| 동일 | (웃으며) 짜식. 은근히 정 많은 놈이라니까. 참. 그거는 잘 진행되고 있냐? 통 소식이 안 들려. 맨날 너는 지 혼자 다 해 먹으려고 해. |
| 지웅 | 잘 되지도 잘 안 되지도 않습니다~ |
| 동일 | 나도 걔들 궁금한데. 현장 한번 구경 가야겠다. 어때 넌? 재미는 있나? |
| 지웅 | (노트북에만 시선을 둔 채) 글쎄… 괜히 한다고 했나. |

동일, 지웅을 가만히 바라본다.
지웅, 동일이 말이 없자 올려다본다.


＊플래시컷〉〉


2010년. 여름. 운동장 옆 스탠드.
카메라를 잠깐 내려놓고 땀을 닦는 동일. 그때, 지웅이 스탠드 아래에서 동일을 올려다본다.


| 지웅 | 아저씨. 그거 재미있어요? |
|---|---|
| 동일 | 뭐가? |

| 지웅 | 카메라 뒤에서 사람 찍는 거요. |
|---|---|
| 동일 | 그럼. 재미있지. 찍기만 하는 줄 알아? 내 맘대로 갖다 붙이기도 하지. |
| 지웅 | 그게 왜 재미있어요? 다른 사람 찍는 게. |
| 동일 | 원래 남에 인생 들여다보는 게 재미있어. 세상에 별의별 사람 다 만나고, 보고, 겪다 보면 별거 없는 내 인생이 고마워지기도 하거든. |
| 지웅 | (동일을 가만히 바라보다, 생각하는) |
| 동일 | (웃으며) 왜? 관심 있어? |
| 지웅 | (가만히 생각하다, 빤히 보며) 정말 별거 없는 내 인생이 고마워질 때가 와요? |

＊다시 현재〉〉

지웅, 동일을 빤히 바라보고 있다.

| 지웅 | 왜요? 그렇다고 재미없진 않으니까 그렇게 또 이상한 눈으로 보지 마시죠. |
|---|---|
| 동일 | 있어 봐. 곧 재미있어질 테니까. 그럼 내가 왜 너한테 이걸 맡겼는지 알게 될 거다. |
| 지웅 | 그냥 짬 처리한 거 아닙니까? |
| 동일 | 넌 임마 선배의 바다같이 깊은 뜻도 모르고. 쯧. 숙제다 임마. 알아내봐. 난 간다. |

동일이 나가고, 혼자 남은 지웅.

## S#32.  **이작가야, 밤.**

마주 보고 앉아 잔을 부딪치며 이야기를 나누고 있는 연수와 최웅. 채란이 촬영 중이다. 어색한 분위기는 아니고 간간이 웃으며 대화가 이어지고 있지만 어딘가 모르게 묘한 분위기다.

최웅     그땐 계속 공부하라고 잔소리하던 게 너무 얄미웠었는데 결과적으론 그 덕분에 대학 생활이라는 것도 해봤으니까. 고맙죠 뭐.

연수     대학 가서도 얼마나 공부를 안 했는지. (웃으며) 얘 첫 학기 학점은 제 오른쪽 눈 시력이랑 똑같이 나왔어요. 그것 때문에 2학기에는 성적 올리기로 내기하고… 기억나지? 그때 내기로 건 게…

최웅     그랬었나. 그것도 벌써 꽤 오래전 기억이라.

연수, 흘끗 최웅의 눈치를 본다. 대화가 이어지는 듯 안 이어지는 애매한 분위기. 그때, 솔이가 안주를 테이블에 올려놓고 연수 옆으로 앉는다.

솔이     이건 서비스. 바지락도 싱싱한 건데 간단하게 술찜 했어. (최웅 보며) 너 진짜 오랜만에 보는 거니까 서비스야. 얼굴 좋아졌다? 이게 얼마 만이야. 너희 헤어ㅈ… (아차 싶은) 아니. 어… 졸업하고 안 봤으니까 암튼 꽤 됐다. 그치?

최웅     그러게. 오래됐네.

솔이     그래서 넌 꽤나 성공했다며?

은호     (자리에 앉으며) 꽤나가 아니라 엄청이죠. 우리 형이 얼마나 잘나가는데.

솔이     너 그림 그리지 않았었나? 그거로 성공한 거야?

은호     그림으로 씹어먹고 있죠. 연수 누나도 우리 형이랑 같이 일하려고 먼저 찾아왔으니까 말 다 했죠 뭐. (강냉이 하나 주워 먹으며) 이 게 그러니까 사람 일이라는 게 알 수가 없어요. 그죠? 둘이 헤어 지고 이게 이렇게 바뀌게 될…. (아차 하고 벌떡 일어나는) 참. 내가 화장실을 가려고 했지?

솔이     (황급히 은호를 데리고 가는) 어어. 일어나 일어나. 화장실 저기야. 일로 와요. 빨리. 나와요.

은호     (솔이를 보곤) 근데 그쪽 분명히 어디서 봤는데…

솔이와 은호가 빠져나가고 고요해진 테이블.

연수     (나지막하게) 저것들이 아주 엉망진창으로 만들고 가네.

그리고 흘끗 최웅을 보는데 최웅의 표정은 너무 담담하다.

연수     (N) 아까부터 계속 왜 이러는 거죠.

최웅     (채란을 보고) 또 무슨 질문 하셨죠?

연수     (N) 아직 화가 나있는 걸까요? 아니면…

채란     영상으로는 10년이라는 시간이 흘러서 두 분이 다시 이렇게 모 이게 된 거잖아요. 기분이 어떠셨나요?

최웅     (망설이지 않고) 시간이 꽤 많이 지나서 잊고 지내던 부분도 많았 는데 다시 만나니까 뭐… 의외로 꽤 반갑기도 했죠. 물론 영상 보셔서 아시겠지만 저희가 살가운 사이는 아니라. (웃는)

막힘없이 말하고 있는 최웅을 보고 의아한 표정을 짓는 연수.

연수     (N) 정말 아무렇지 않은 걸까요.

채란    연수 씨?

연수    (딴생각하다) 아. 네?

채란    연수 씨는요?

연수    아… 뭐. 저도… 비슷했죠. 반갑기도 했고… 놀라기도 했고…


연수, 가만히 최웅을 바라본다.



## S#33.  **이작가야 밖, 밤.**

술집 문을 열고 나오는 최웅. 가게 옆으로 돌아가 잠깐 벽에 기대어 선다. 그러곤 나지막하게 한숨을 쉰다. 그때,


연수    아직 나한테 화나 있는 거지?

최웅    (연수를 본다)

연수    그래. 아무리 상황에 대해 설명을 들었어도 화나는 건 다른 문제지. 다시 한번 사과할게. 널 그런 모욕적인 상황에 놓이게 할 생각은 정말 없었어. 미안해. 좀 더 빨리 사과하지 못해서도 미안. 알잖아 내가 좀 사과에 서툰 거. 그러니까… (최웅을 보곤) 아무튼 미안.

최웅    (가만히 보다) 그래. 알겠어. 사과받을게. 그럼 됐지?

연수    어?

최웅    더 할 말 있어?

연수    아니….

최웅    그래 그럼.


최웅, 연수를 지나쳐가려 한다. 연수, 최웅을 잡아 세우는.

| | |
|---|---|
| 연수 | 아니. 야 최웅! 너 솔직히 아직 화 안 풀렸잖아. 그럼 차라리 화를 내. 화내고 짜증 내고 하란 말야. 아까부터 계속 너 이상하게 구는 것도 너무 신경 쓰이잖아. 원래 하던 대로 해. |

최웅, 가만히 연수를 본다.

| | |
|---|---|
| 최웅 | (담담하게) 야. |
| 연수 | (N) 최웅은 저를 그렇게 부르지 않아요. |
| 최웅 | 뭘 바라는데? |
| 연수 | 어…? |
| 연수 | (N) 최웅은 저를 이렇게 바라보지 않아요. |
| 최웅 | (피곤하다는 듯) 헤어진 연인이 뭐 어떻게 행동하길 바라는 건데 넌. |
| 연수 | …! |
| 최웅 | 그동안 내가 너무 갑작스러워서 너한테 좀 못되게 굴었던 건 사실이야. 그런데… 이젠 다 괜찮아졌으니까. 쓸데없는 감정 소모는 하지 말자 우리. |
| 연수 | (N) 최웅은, |
| 최웅 | (나지막하게 한숨 쉬곤) 나 너무 피곤하다. 피디님한테 먼저 들어간다고 전해줘. 간다. |

최웅이 멀어진다.

| | |
|---|---|
| 연수 | (N) 적어도 제가 아는 최웅은요. |

연수, 혼자 남겨져있다. 멍하니 최웅이 사라진 방향을 바라보고

있는 연수. 그때,

지웅    국연수? 너 왜 나와있어?

지웅이 연수를 발견하고 다가온다.

연수    (보지 않고) 어. 왔어? 왜 이렇게 늦었냐? 들어가자.

연수, 돌아서 술집 문을 열고 들어가려 한다. 그때, 연수의 눈
에 맺힌 눈물이 가로등에 비쳐 반짝거린다. 순간, 연수를 잡는
지웅.

지웅    너…
연수    (바라보는) 웅?

물기 젖은 연수의 눈을 바라보자 아무 말 못 하는 지웅.

지웅    (N) 그러니까 이것도,

지웅, 연수를 바라보다 천천히 손을 뗀다. 들어가는 연수.

지웅    (N) 내가 낄 곳은 아닌데 말이죠.

혼자 남겨진 지웅. 잠깐 멍하니 서있다.

## S#34.  **RUN 사무실, 오전.**

사무실로 출근하는 연수. 담담한 표정이다.

예인  오셨어요 팀장님!

연수  (가볍게 목례하곤 자리로 가는)

명호  팀장님. 오늘 아침에 고오 작가 쪽에서 이번 콜라보 작품 컨셉 안 보내주셨습니다. 드라이브에 공유해 드렸으니 확인 한번 해 보세요. 누아 작가는 아직이구요.

연수  네. 알겠습니다. 확인하는 대로 바로 팀 회의 진행하죠.

명호/예인/지운 네!

곧장 컴퓨터를 켜고 파일들을 확인하는 연수. 화면에 뜨는 PPT 엔 '100시간'이라는 키워드가 커다랗게 띄워져 있다.

연수  (중얼거리는) 100시간…

연수, 달력을 본다. 토요일에 동그라미 쳐있고 오픈식이라 적혀 있다. 손가락으로 책상을 톡톡 두드린다.

예인  (놀라며) 어머. 이게 무슨 말이에요? 이 작가님 100시간 동안 작업을 하신다는 거예요?

명호  (예인을 보며) 그러니까 말야. 그동안 작업하던 방식을 처음으로 보여주시는 거 같은데 이번 작품은 100시간 동안 작업하는 걸 그대로 영상에 기록하시겠대.

예인  5일 동안 그게 가능해요? 어머. 어머.

명호  그러게. 5일 동안 작업하고 남은 시간은 오픈식 당일날 관객들 앞에서 그리겠다는 건데… 이게 사람이 할 수 있는 건가?

예인　와… 생각보다 훨씬 대단한 작가님이시네…

연수, 멍하니 PPT를 보다 걱정하듯 미간을 찌푸린다.


## S#35.　**회의실, 오전.**

스크린에 PPT가 띄워져 있고 팀원들과 회의를 진행하고 있는
연수.


## S#36.　**소앤 회사, 낮.**

엘리베이터가 14층에 도착하고, 연수가 내린다. 그리고 마주치
는 도율. 연수, 가볍게 도율에게 인사를 하고 도율도 담담하게
인사를 받는다.


## S#37.　**소앤 회의실, 낮.**

소앤 팀원들 앞에서 PPT를 진행하는 연수. 도율, 흥미롭게 듣고
있다.


## S#38.　**최웅 작업실, 낮.**

A1 사이즈의 하얀 종이를 꺼내는 최웅. 책상에 올려놓고, 잠깐
을 가만히 바라보고 있다. 바쁘게 통화 중인 은호.
지웅은 최웅의 책상 옆으로 카메라를 설치 중이다.

최웅, 흰 종이를 가만히 바라보다 옆에 놓인 스톱워치를 누른다. 그 모습을 보곤, 조용히 작업실에서 빠져나가는 은호.
시간이 흐르고 있는 스톱워치 시계 하단 표시. ( 00:00:45 )


## S#39.  RUN 사무실, 오후.

스톱워치 시계 ( 04:37:40 )

테이크 아웃 커피를 들고 사무실로 들어서고 있는 연수. 자리에 앉아 머리를 질끈 묶고 일에 집중한다. 옆에서 팔로우하며 촬영을 하고 있는 채란.


## S#40.  휘영동 골목, 아침.

스톱워치 시계 ( 21:03:10 )

골목을 누비고 다니는 최호. 옆에선 지웅이 카메라를 들고 팔로우하며 촬영하고 있다. 최호 주변을 기웃거리고 있는 창식. 최호와 창식이 투닥거리고 지웅이 피식 웃으며 촬영 중이다.


## S#41.  이작가야, 밤.

스톱워치 시계 ( 32:15:09 )

손님 세 명이 가게 안으로 들어오자 솔이가 환하게 웃으며 맞이한다. 가게 안에는 두어 테이블에 손님이 앉아있고, 뿌듯한 얼굴의 솔이. 주방에서 요리를 하면서도 내내 싱글벙글이다.

## S#42. **작업실, 오후.**

스톱워치 시계 ( 51 : 03 : 12 )

계속 집중해서 그림을 그리고 있는 최웅. 얇은 펜으로 세세하게 선을 더해 건물의 벽돌을 세우고 있다. 헝클어진 머리, 걷어붙인 소매. 하지만 눈빛만은 흔들리지 않고 있다.


## S#43. **작업실, 아침.**

스톱워치 시계 ( 62 : 15 : 00 )

스톱워치를 멈추는 최웅. 그러곤 스르륵 미끄러지듯 걸어가 그대로 소파에 쓰러져 잠든다. 그리고 한 서너 시간이 흘렀을까. 다시 부스스 눈을 뜨는 최웅. 그러곤 잠깐 멍하니 있다 일어나 다시 책상으로 간다. 가볍게 스트레칭을 하곤 펜을 집고 스톱워치를 다시 누른다.


## S#44. **연수 집, 저녁.**

스톱워치 시계 ( 76 : 32 : 12 )

피곤한 몸을 이끌고 집으로 들어오는 연수. 거실에 자경과 지나가 같이 티비를 보고 있다 연수를 맞이한다. 연수, 지나 할머니에게 가볍게 인사를 하고는 방 안으로 들어간다. 가방을 내려놓고 침대에 털썩 앉는 연수. 핸드폰으로 날짜를 확인한다. 목요일이다. 가만히 고민하는 연수. 최웅에게 연락을 할까 하다 포기하고 눕는다.

## S#45. 소앤 건물, 낮.

스톱워치 시계 (85:10:15)

도율과 함께 소앤 건물을 돌아다니며 꼼꼼하게 확인을 하는 연수. 중간중간, 뭔가 걱정되는지 시계를 확인한다.

## S#46. 최웅 집, 오후.

스톱워치 시계 (90:25:11)

거실에서 지하 내려가는 계단을 살금살금 내려가고 있는 은호. 작업실 문 앞에 나와있는 쟁반 위 빈 그릇들을 챙겨 다시 올라간다.

## S#47. RUN 사무실, 저녁.

스톱워치 시계 (92:47:56)

어두워진 사무실. 책상에 앉아 스탠드 불빛 아래에 멍하니 앞만 보고 있는 연수.

예인    … 팀장님!

연수    (멍하니 생각에 잠겨있는)

예인    팀장님!

연수    (그제야 정신 차리는) 어? 네?

예인    저도 이만 들어가볼게요. 팀장님도 얼른 퇴근하세요! 내일 중요한 날인데.

연수    아 네. 예인 씨 수고 많았어요. 들어가서 푹 쉬어요.

예인    (웃으며) 네! 팀장님도요! 그런데 작가님은 얼마나 작업했을까요? 진짜 성공하셨을까요?

연수    뭐… 잘했을 거예요.

예인    잠도 제대로 못 자고 밥도 제대로 못 드셨겠다. 아휴. 예술이란
       진짜 어려운 거네요. 그럼 먼저 들어가 보겠습니다!

예인이 나가고 혼자 남은 연수. 시계를 확인한다. 저녁 8시가 조
금 넘은 시간. 고민하다 핸드폰을 꺼내 은호에게 전화를 거는
연수. 신호음이 가는데 전화를 받지 않는다. 다시, 지웅에게 전
화를 거는 연수. 전화가 연결된다.

지웅    (F) 어. 무슨 일이야?

연수    지웅아. 웅이 상태 어때? 괜찮아?

지웅    (F) 적어도 아까 내가 보고 왔을 때까진 아직 살아있었어.

연수    그래?

지웅    (F) 걱정되면 전화해봐. 괜찮아.

연수    아냐. 뭐 그래. 은호는 웅이랑 같이 있는 거지?

지웅    (F) 아까 나 나올 때 같이 나왔지. 마무리는 혼자 하고 싶대.

연수    그래? 그래도 괜찮아?

지웅    (F) 안 죽어. 걱정 마. 아 넌 잘 모르겠네. 쟤 작업할 땐 원래 저래.

연수    아… 알았어. 끊을게. 너도 내일 오지? 내일 보자.

전화를 끊는 연수. 잠깐 앉아있다 가방을 챙긴다.

## S#48.  최웅 작업실, 밤.

스톱워치 시계 (93:50:03)

여전히 집중해서 작업 중인 최웅. 그러다 손끝이 미세하게 떨리기 시작한다. 손을 붙잡아 보지만 그래도 떨리는 손. 옆에 놓인 커피잔은 집어 드는데 이미 다 먹은 잔이다. 빈 잔만 여러 잔 쌓여있다. 한숨 쉬는 최웅. 잔을 들고 일어서는데 갑자기 앞이 조금 흐려지는 느낌이다.


## S#49. **연수 방, 밤.**

책상에 앉아 노트북을 보며 마지막으로 내일 있을 행사를 체크하는 연수. 그러곤 또 시계를 확인한다. 밤 10시가 다 되어가는 시간. 핸드폰을 들고 전화를 할까 고민하는 연수.

연수    (중얼거리는) 내일 행사를 위해서 한번 확인 전화해 보는 건 당연한 거잖아. 생사 확인.

전화를 누르려다 멈칫,

연수    아냐. 그 예민한 성격에 방해했다고 난리 날 수도 있지.

핸드폰을 다시 던져둔다. 그러곤 핸드폰을 흘겨보며,

연수    아니. 사람 걱정 좀 안 하게 먼저 진행 상황 같은 거 보고하면 어디가 덧나? 하여간 답답해서.

연수, 의자에서 벌떡 일어나 침대에 가서 드러눕는다.

연수    에라. 뭔 상관이냐. 신경 끌란다.

멀뚱멀뚱 천장만 본다.


## S#50. **최웅 집 앞, 밤.**
최웅 집 문 앞에 보온병을 들고 서있는 연수.

연수    (N) 그러니까 제가 여기 왜 서있는 걸까요.

연수, 한숨을 쉰다. 다시 돌아가려 몸을 돌렸다가 다시 돌아본
다. 창문을 기웃거리며 불이 켜져있는지 확인하는데 1층은 어
둡기만 하다.

연수    (N) 아니죠. 이건 어디까지나 내일 행사에 가장 중요한 작가를
관리하는 차원에서 충분히 가능한 행동이죠.

다시 문으로 다가가는 연수.

연수    (N) 작가가 최웅이 아니었어도 나는 충분히 이렇게 행동했을
거예요. 아니 오히려 더 잘 챙겨줬겠죠. 그렇죠. 이건 어디까지
나 일을 위한 호의일 뿐이에요.

벨을 누르는 연수. 하지만 반응이 없자 다시 한번 누른다. 또 벨
소리가 메아리만 칠 뿐 반응이 없자, 표정이 굳는 연수. 다시 한
번 벨을 누르고 핸드폰을 꺼낸다. 다급하게 최웅에게 전화를 걸

고 귀에 가져다 대는 순간, 철컥. 문이 열린다. 천천히 문이 열리는 틈 사이로 최웅이 서있다. 연수 핸드폰을 내린다.

연수    (당황한) 아… 벨 눌렀는데 답이 없길래 전화해 보려고…

최웅    (몽롱한 얼굴로 가만히 바라본다)

연수    아. 난 방해하러 온 게 아니라 내일 행사 최종적으로 확인해 보다가 너도 아니 작가님도 상태를 확인하는 게 내 일이기도 하니까… 회사에서 시켜서. 어어…

최웅    (계속 말없는)

연수    (보온병을 들어 보이며) 아 이거는 대추차. 너 예민할 때 잠 못 자잖… (아차 하고는, 재빠르게 머리를 굴리는) 이것도 물론 회사에서 갖다 주라고 해서. 어… 너 오늘은 그래도 푹 자라고.

최웅    95시간.

연수    응?

최웅    방금 95시간 채웠다고. 다섯 시간은 내일 사람들 앞에서 그릴 거야.

연수    (입을 틀어막는) 진짜? 그걸 정말 다 작업했단 말야? (웃으며) 와 너 진짜 멋있다! (뱉어놓고 민망한) 아… 아무튼. (보온병을 최웅에게 넘겨주며) 그럼 이제 이거 먹고 자. 얼른.

최웅    (가만히 연수를 바라본다)

연수    (괜히 어색한) 난 갈게.

연수    (N) 그래. 이 정도면 괜찮았어요. 깔끔하고 프로페셔널했어요.

만족한 얼굴로 연수 돌아선다. 그때, 최웅이 연수를 잡아 돌려 세운다. 돌아서는 연수. 놀란 얼굴이다. 최웅, 여전히 몽롱한 얼굴로 연수만 가만히 바라보고 있다.

연수    (N) 그런데,

최웅    자고 갈래?


       연수, 최웅 서로의 눈을 바라보며,


                                                        END.

## S#    에필로그

1. 카페 안, 낮.

도율과 마주 보고 앉아있는 최웅. 커피를 한 모금 마시는 최웅.

최웅   (잔을 내려놓으며) 하겠습니다. 누아랑 하든 누구랑 하든 상관없이.
도율   생각보다 더 현명하시네요. 작가님. 그럼 그대로 진행하는 거로
      하겠습니다. 그날 일은 다시 한번 죄송합니다.
최웅   뭐. 저도 너무 날 서있었으니까… 사과드리죠.
도율   제가 아니라 국연수 씨에게만 그러셨죠.
최웅   (흘끗 보는)
도율   (싱긋 웃는)
최웅   개인적인 거 여쭤봐도 됩니까.
도율   별로 좋아하진 않지만, 작가님이면 뭐. 말씀하세요.
최웅   (잠깐 고민하다 시선을 돌린다) …아닙니다.
도율   (최웅을 가만히 보다) 참 쉽게 드러나는 사람이네요. 작가님.
최웅   (무슨 말이냐는 듯 보는)
도율   작가님이 국연수 씨를 바라볼 땐 끝난 연인을 바라보는 눈빛은
      아닌 것 같던데요.
최웅   (당황하는) 그게 무슨…
도율   작가님 빼고 모두가 다 알 텐데요. (흘끗 보곤) 개인적인 감정으
      로 이번 프로젝트를 망치지만 않는다면 뭐든 저는 상관없습니
      다. 물론 국연수 씨는 절대 그럴 일은 없을 거라고 했구요.
최웅   …국연수가요?
도율   아까 하려던 질문에 대한 답은…

| 최웅 | (흘끗 보는) |
|---|---|
| 도율 | 국연수 씨 유능한 사람입니다. 그래서 제가 좋아하구요. |
| 최웅 | (놀라는) |
| 도율 | 물론, 좋은 파트너로서요. 생각하시는 그런 쪽은… 내가 아니라 오히려 다른 사람을 조심하는 게 좋을 텐데. (싱긋 웃는다) |


2. 편집실, 밤.


S#48. 이어서.
어두운 편집실에 앉아 촬영한 영상을 보며 통화 중인 지웅.

| 연수 | (F) 알았어. 끊을게. 너도 내일 오지? 내일 보자. |
|---|---|

화면 속에는 연수가 최웅을 바라보는 시선이 담겨있다. 같은 공간 안에서도 은근히 시선으로 최웅을 계속 쫓고 있는 연수의 모습. 가만히 바라보는 지웅. 그 부분을 편집으로 잘라낸다.

오만과 편견

**S#1.  최웅 집 앞, 늦은 밤.**

EP05 엔딩 이어서.


최웅      자고 갈래?


흐릿한 눈으로 연수를 바라보는 최웅.


연수      (N) 우리가,


연수, 최웅을 흔들리는 눈빛으로 바라본다.


연수      (N) 헤어져야 했던 이유.



**S#2.  중학교 교실, 오후.**

중학생 시절 여중 교실 안. 쉬는 시간이 되자 학생들이 자리에서 일어나고 시끄러워진다. 아랑곳하지 않고 혼자 앉아서 자습 중인 연수. 연수에게 한 여학생이 다가온다.

지연     연수! 매점 가자!

연수     아… 미안. 난 별로 생각 없어.

지연     아 왜~ 내가 바나나우유 쏜닷!

연수     아냐. 정말 괜찮아. 다른 애들이랑 갔다와.

영지     야. 지연! 이리와! 매점 가자!

지연이 아쉬워하며 여학생 무리로 뛰어간다.

영지     (연수를 흘끗 보곤) 쟤 또 안 간다지? 뭐 하러 매번 물어봐.

연수, 영지의 말이 들리지만 못 들은 척 책장만 넘긴다.


## S#3. **교정, 이어서.**

점심시간 이후 누구를 찾는 듯 두리번거리고 있는 연수. 그때, 멀지 않은 벤치에서 이야기 소리가 들린다.

영지     너도 걔 좀 그만 챙겨. 걔 우리 하나도 신경 안 쓰고 지만 생각하잖아.

혜수     그래~ 국연수 걔가 언제 한번 우리한테 뭐 산 적이 있냐? 받아먹기만 하지.

지연     에이. 그렇다고 걔가 사달라고 한 건 아니잖아.

숨어서 가만히 듣고 있는 연수.


영지     그래도 그게 계속 반복되면 염치가 없는 거지. 지난번에도 넌 개 생일 선물 챙겨줬는데 이번에 너 생일 때 걔가 뭐 해줬냐? 꼴랑 편지 하나 두고 갔잖아.

혜수     맞아. 그리고 맨날 혼자만 공부한다고 쏙 빠지는데. 왜 계속 챙겨줘야 하냐?

연수     (N) 가난이 너무 싫은 건,


연수, 손엔 바나나우유가 들려있다.


연수     (N) 남에게 무언가 베풀 수가 없다는 거예요.



## S#4.   교실 안, 이어서.

창가 자리에 혼자 앉아 이어폰을 꽂는 연수. MP3 소리를 키운다.


연수     (N) 특히 날 때부터 따라다닌 가난은


교실로 들어온 지연이 연수를 흘끗 보곤 머뭇거리다 그냥 지나쳐 간다.


연수     (N) 점점 친구와 시간을 보내는 것도 꺼리게 만들더라구요.


그렇게 시간이 흘러도 혼자 그 자리 그대로 앉아 묵묵히 책만 보고 있다. 점점 표정이 굳고 마음도 닫힌다.


## S#5.   골목길, 늦은 밤.

골목길 담벼락에 기대어 서서 가로등 불로 작은 암기 노트를 보고 있는 연수.


연수    (N) 물론 어린 마음에 꽤나 큰 상처였지만,


그때, 남의 집 대문을 열고 자경이 나온다. 그 소리에 쪼르르 달려가는 연수.


연수    (N) 그래도 괜찮았어요.

자경    또 나와있지 또! 오지 말라니깐!

연수    혼자 있기 심심해서 나왔거든요? (자경의 손을 잡는다) 손 차가운 거봐. 오늘도 할 일 많았어?

자경    아유. 별로 없어서 여태 농땡이만 부리다 나왔지 뭐. 얼른 집 가자. 저녁은? 반찬 꺼내 먹었고?

연수    매일 물어볼 거야? 알아서 어련히 잘할까.


연수, 웃으며 자경에게 팔짱을 낀다.


연수    (N) 저한텐 지켜야 할 소중한 게 있었으니까요.

**S#6.    고등학교 입학식, 오전.**

상장을 받아 들고 당당하게 제자리로 돌아오는 연수.
주변 학생들이 돌아보며 연수의 커다란 교복에 대해 킥킥대며
수군거린다.


연수     (N) 그래서 그런 것들에 관심 없는 척, 이기적으로 살기로 했어요.


연수가 차가운 얼굴로 고개를 홱 돌리자 모든 학생들이 다 시선
을 피한다.


연수     (N) 그편이 차라리 나으니까요.


그때, 최웅 눈이 마주친 연수. 자신의 눈을 피하지 않는 최웅을
가만히 보고 있자니 최웅이 어색하게 웃어 보인다. 그 모습에
괜히 심술이 난다.


연수     (입 모양으로) 뭘 봐.


시선을 돌리는 최웅.


연수     (N) 최웅을 만나기 전까지는요.



**S#7.    정자, 오후.**

EP04 비 내리는 정자 이어서.
상기된 얼굴로 가까이 붙어있는 둘. 한참 말이 없다 연수가 먼

저 입을 뗀다.

연수      …우리 사귀는 거 애들한테 말하면 죽어.

최웅      (멍하니 고개를 끄덕인다)

연수      사귄다고 막 귀찮게 구는 것도 안 돼. 난 무조건 공부가 1순위야.

최웅      (고개를 끄덕인다)

연수      그리고 너도 공부 열심히 해야 해. 대학 가야지.

최웅      (고개를 끄덕인다)

연수      넌 뭐 할 말 없어?


최웅, 가만히 연수를 바라본다. 심각한 얼굴로,


최웅      내일 뭐 해?


최웅의 말에 웃음이 터지는 연수.


연수      (N) 잠깐 현실을 눈감게 해준 유일한 사람이었어요. 최웅은.



## S#8.   **몽타주.**


1. 도서관, 늦은 밤.


넓은 책상에 나란히 앉아 열심히 공부를 하고 있는 둘. 꾸벅꾸벅 조는 최웅을 연수가 깨워가며 공부 중이다.

2. 연수 집 앞, 아침.

연수가 대문을 열고 나오자 담벼락에 기대어 서있던 최웅이 활짝 웃는다. 연수, 최웅, 괜히 티격대며 같이 등교한다.

3. 최웅 방 안, 오후.

눈을 질끈 감고 노트북 앞에 앉아있는 최웅. 연수가 심호흡을 하고 대학 합격자 발표를 확인한다. 연수가 말없이 가만히 보고 있자 최웅, 한숨 쉬고 천천히 눈을 뜨고 화면을 바라보는데 합격이다. 최웅을 와락 껴안는 연수와 얼떨떨하게 화면만 바라보고 있는 최웅.

4. 대학 도서관 안, 저녁.

전공 서적을 쌓아두고 공부하고 있는 연수. 그리고 맞은편에 무료한 듯 앉아있는 최웅. 최웅, 포스트잇에 '놀러 가자' 써서 연수 노트에 붙여보지만 단칼에 거절당한다. 뽀루퉁한 얼굴로 괜히 책을 뒤적거리는 최웅. 연수, 한참 집중하다 앞을 보니 최웅이 엎드려 자고 있다. 피식 웃곤 다시 집중하는 연수.

5. 편의점, 늦은 밤.

삼각김밥을 먹으며 카운터를 보고 있는 연수. 그때, 문이 열리고 최웅이 들어온다. 카운터에 턱 하고 올려놓는 도시락통. 뚜껑을 열자 김치볶음밥이 담겨있다. 뿌듯해하는 최웅을 보며 피식 웃는 연수.

6. 길거리, 오후.

길거리에 서서 말다툼하고 있는 연수와 최웅. 연수가 계속 쏘아붙이고 최웅은 참다못해 같이 화를 내며 싸우고 있다. 갑자기 비가 한두 방울씩 쏟아져도 멈추지 않고 싸우다 최웅이 우산을 펼쳐 연수에게 씌운다. 가까이 가진 않고 연수만 씌워주고 자신은 젖고 있어도 개의치 않고 계속 다툰다.

연수    누가 지금 술 마신 거 가지고 그래? 그런 쓸모없는 자리에 왜 나가냔 말이잖아 내 말은.

최웅    (한숨 쉬는)

연수    왜 한숨을 쉬어? 내 말이 틀렸다는 거야?

최웅    너는 꼭 쓸모 있고 없고를 매번 따지면서 살아야 해? 피곤하게?

연수    그 시간에 전공 책이나 한 번 더 봐. 너 복학했다고 아주 신이 나서 어린애들이랑 술 먹고 다니잖아. 그러다 졸업은 언제 하게?

최웅    무슨 벌써 졸업 얘기야. 그리고 내가 언제 신이 났다고,

연수    옆에서 애들이 오빠 오빠 하니까 아주 신이 나셨더만! (어이없다는 듯 웃는) 오빠? 언제 봤다고 오빠야 니가? 선배라고 하라고 해 선배!

최웅    그러니까 니가 지금 화가 난 부분이 정확히 뭔데? 공부 안 하고 술 먹으러 간 거야, 아님 같이 술 먹은 애들이 어리다는 거야?

연수    당연히 시간을 쓸데없이 쓴 게 화가 난 거지.

최웅    아닌 거 같은데?

연수    맞거든!

| 최웅 | 아닌데? |
|---|---|
| 연수 | 맞다고!!! |
| 연수 | (N) 가끔은 눈 감은 현실이 너무 편안하고 간절해서, |

## S#9.  최웅 방 안, 오후.

누워서 만화책을 보고 있는 최웅과 책상에 앉아 노트북으로 자소서 쓰고 있는 연수. 음악이 흘러나오고 있는 방 안.

| 연수 | (N) 진짜 현실을 잊어버리기도 하더라구요. |
|---|---|
| 최웅 | 다 했어? |
| 연수 | 아직. 몇 군데 더 남았어. |
| 최웅 | 너 정도 성적이면 아무 데나 넣어도 바로 다 합격하는 거 아냐? |
| 연수 | 요즘 고스펙자들이 얼마나 많은데. |
| 최웅 | (잠깐 생각하다) 근데 꼭 바로 취업해야 해? |
| 연수 | (흘끗 보곤) 무슨 말이야? |
| 최웅 | 아니. 그냥 직장인 되는 것보다 좀 더 공부해서 더 좋은 직업 가질 수도 있지 않나 해서. 아까워서 그렇지. |
| 연수 | 공부 더할 시간이 어디 있어. 하루라도 빨리 안정적인 곳에 인턴으로 들어가서 정규직 전환 기다려야지. |
| 최웅 | 그래서 그다음은? |
| 연수 | 뭐 월급 꼬박꼬박 저축해서 우리 할머니 일 더 안 하게 해드릴 거야. |
| 최웅 | 그게 다야? |
| 연수 | 응? |
| 최웅 | 너 생활비 벌면서 장학금도 안 놓치고 죽어라 공부하고 열심히 |

산 거 내가 다 봤으니까… 좀 더 큰 성공에 대한 꿈이 있을 줄
알았어.

연수, 가만히 노트북을 바라본다.

| | |
|---|---|
| 연수 | (N) 평범하게 남들만큼만 사는 것. 그게 내 꿈이라 생각해 왔는데, |
| 연수 | (손가락으로 책상을 톡톡 치며) …그게 나한테는 성공이야. |
| 연수 | (N) 어쩌면 이건 내가 원한 꿈이 아니라, |
| 연수 | 넌? 넌 앞으로 뭐 할 건데? |
| 최웅 | 나? (심드렁하게) 글쎄. 별로 생각 없는데… |
| 연수 | 그림에 재능 있고 좋아하니까 그걸 직업 삼을 거 아냐? |
| 최웅 | 그림은 그냥… 취미로 할래. (피식 웃으며) 알잖아. 낮엔 햇빛 아래에 누워있고 밤엔 등불 아래에 누워있는 게 내 꿈. 인생 피곤하게 사는 건 딱 싫다. |
| 연수 | (N) 처음부터 주어진 선택지 없는 시험지였을까. |
| 최웅 | 난 그냥 이렇게 사는 게 좋아. 가족이랑 너 옆에서. |

연수, 가만히 최웅을 바라본다.

| | |
|---|---|
| 최웅 | (연수를 보고, 우쭐대며) 아. 또 감동받은 거 다 알아. 나 참. |

희미하게 웃어 보이는 연수.

| | |
|---|---|
| 연수 | (N) 그리고 애써 감았던 눈을 다시 떴을 때, |

## S#10.  연수 집, 낮.

난장판이 되어있는 집. 자경이 멍하니 앉아있고, 연수가 덩그러니 서있다.

연수     (N) 현실의 악몽은 더 잔인하게 자라나 있더라구요.

연수     도대체 왜 우리가 갚아야 하는 건데! 삼촌이라는 사람 얼굴 한 번을 못 봤는데 왜!!!

자경     연수야. 아가…

연수, 가만히 서서 입술을 깨물며 눈물을 애써 참고 있다. 한참의 침묵. 연수, 힘겹게 입을 연다.

연수     …제발… 난 내가 감당할 수 있을 만큼만 가난했으면 좋겠어.

## S#11.  연수 집 앞, 오전.

이삿짐 트럭에 올라타는 자경과 연수. 연수, 멍한 얼굴이다.

연수     (N) 그동안의 헛된 꿈을 비웃듯

## S#12.  편의점, 늦은 밤.

카운터를 보고 있는 연수. 그때, 핸드폰에 온 연락을 받고 황급히 뛰쳐나간다.

연수     (N) 지난한 현실은,

**S#13.    병원, 이어서.**

입원해 누워있는 자경과 곁에 앉아 가만히 자경의 손을 잡고 있는 연수. 아무것도 없는 표정이다.

연수    (N) 어느새 턱 끝에서 찰랑이고 있었어요.


**S#14.    대학교 강의실, 낮.**

강의실 앞 복도. 강의가 끝난 후라 아무도 없고 고요하다. 강의실로 가며 전화를 걸려는 연수. 그때, 강의실 안에서 최웅의 목소리가 들린다.


최웅    안 가겠습니다.

교수    나 참. 이해를 못 하겠네. 다른 학생들은 간절히 바라는 기회라는 건 알지? 재능 있다는 거 본인도 알지 않나? 왜 거절하는 건가?

최웅    너무 감사하지만… (생각하다) 너무 멀어요. 너무 길구요.

교수    말 같지 않은 소리. 지난번에 6개월 다녀왔을 때도 확실히 달라진 게 눈에 띌 정도로 늘어서 왔는데 이번엔 더 제대로 해볼 수 있는 기회라고.

최웅    그땐 6개월이었으니까요. 거기서 몇 년 사는 거랑은 다르잖아요. 그것도 혼자 그렇게 가고 싶진 않아요.

교수    (어이없다는 듯) 고작 그 이유라고? 그렇게 좋아하는 건물들을 직접 보고 그릴 수 있고 더 많은 것들을 배울 수 있는 기회인데, 최웅 자네는 욕심이 없나 봐?

최웅    (잠깐 생각하다) 저보다 더 간절한 학생한테 주세요 그 기회는.

교수, 어이없다는 듯 최웅을 바라보다 교재를 챙긴다.

교수        허 참. 그럼 추천서는 없던 거로 하겠네.

나가려 하다 다시 돌아서는 교수. 최웅을 다시 보며,

교수        정말 이유가 그거라면 혼자 말고 친구와 같이 나가는 방법도 있
지 않은가? 자네 재능이 정말 아까워서 그래. 생각 더 해보고 바
뀌면 찾아오게.

돌아서 나가는 교수. 최웅, 살짝 호기심의 눈빛이 스쳐 지나간다.
가만히 듣고 있는 연수. 그때, 연수의 핸드폰에 문자가 온다.

**[○○대학 병원 입원 진료비 수납 안내⋯]**

멍하니 문자를 바라본다.

교수가 먼저 강의실을 빠져나오고, 뒤따라 최웅도 나오다 연수
를 발견한다.

최웅        (반가운) 어? 뭐야? 언제 왔어? 뭔 일이래. 너가 내 수업 기다리
기도 하고?

연수, 가만히 최웅을 바라본다. 최웅 웃으며 연수의 손을 잡는다.

최웅        점심 먹으러 가자. 뭐 먹을래? 나가서 먹을까?

연수    (N) 그러니까 우리가 헤어져야 했던 이유는,


## S#15.    **길거리, 다른 날 밤.**
서로 바라보고 서있는 둘.


최웅    우리가 왜 헤어져.
연수    (N) 너와 나의 현실이 같지 않아서.


연수, 담담한 눈으로 최웅을 바라본다.


최웅    …넌 꼭 힘들 때 나부터 버리더라.
연수    (N) 아니, 사실 내 현실이 딱해서.
최웅    내가 그렇게 제일 버리기 쉬운 거냐. 니가 가진 것 중에.
연수    아니. 내가 버릴 수 있는 건 너밖에 없어.


돌아서는 연수.


최웅    이유가 뭔데.
연수    (N) 아니 사실, 지금은 내 현실 하나 감당하기도 벅차서.
최웅    이유가 뭔데!!!
연수    (N) 아니, 사실은,
최웅    우리가 헤어져야 하는 이유가 뭐냐고!!!
연수    (N) 정말 사실은,


최웅이 소리쳐도 연수는 떠나간다.

연수        (N) 더 있다간 내 지독한 열등감을 너한테 들킬 것만 같아서.


          * 제목 삽입〉〉



## S#16.  **최웅 집, 아침.**

고요한 아침. 깜빡깜빡. 소파에 누워 천천히 눈을 뜨는 최웅. 멍하니 천장을 바라본다. 덮여져 있는 담요. 뭔가 떠올리려는 듯 멍하니 생각하다 미간을 찌푸리는 최웅.


최웅        (N) 분명 작업실에 있었는데…


그때, 주방에서 뭔가 달그락 식기 부딪히는 소리가 들린다. 소파 옆 테이블을 보자 보온병과 컵이 한 잔 놓여있다. 멍하니 바라보다 몸을 일으키는 최웅. 주방 쪽으로 천천히 다가간다. 주방 한쪽에서 커피를 내리고 있는 은호.


은호        (화들짝 놀라며) 왐마 씨 깜짝이야! 놀래라. 소리 좀 내고 다녀.

최웅        언제 왔냐.

은호        좀 전에. 형 또 못 자고 있을까 봐 일찍 와봤지. (시계를 보며) 더 자. 별로 못 잤을 거 아냐.

최웅        (냉장고에서 물을 꺼내 마시며, 멀뚱히 생각하는) 나 언제 잤는데?

은호        그걸 왜 나한테 묻지?

최웅        (가만히 생각하다) 나 왜 잘 잤냐. 되게 푹 잔 거 같은데.

은호        보니까 스톱워치는 어젯밤 10시 좀 넘어서 멈춘 거 같던데. 바로 잤나 보네?

| 최웅 | 그런가… |
|---|---|
| 은호 | 또 약 먹고 잤어? |
| 최웅 | 응. (다시 거실로 가며) |
| 은호 | 침대 놔두고 왜 소파에서 잤대. (커피를 따르며) 커피? |
| 최웅 | (소파에 앉는, 테이블에 놓인 보온병과 잔을 보는) 이건 뭐… |

\* 플래시컷〉〉

최웅 집 앞에 보온병을 들고 서있는 연수.

\* 다시 현재〉〉

미간을 찌푸리는 최웅. 멍하니 생각한다. 은호, 커피잔을 들고 다가와 앉는다.

| 은호 | 형. 결국 95시간 채웠더라? 역시 본업빨인가. 오늘따라 좀 멋있 다잉? |
|---|---|
| 최웅 | 너 언제 왔다고? |
| 은호 | (시계 보는, 8시가 조금 넘었다) 7시 반쯤? |
| 최웅 | (잠깐 생각하다) 그때 나 혼자 있었어? |
| 은호 | 에이. 아니~ |
| 최웅 | 그럼? |
| 은호 | 그때만 아니라 늘 혼자 있었지~ |
| 최웅 | (노려보는) |
| 은호 | 좀 있다 지웅이 형 와서 형 작업 영상 편집해 주기로 했어. 오늘 드로잉 쇼하는 거 일부분은 다큐에도 담을 거라고 하니까 형 본 |

업에서 얼마나 멋있는지 아주 제대로 보여주자고 오늘. 그동안의 찌질했던 최웅은 가고…

조잘대는 은호의 말을 듣지 않고 가만히 생각하는 최웅.

은호    듣고 있어?

최웅    (머리를 쓸어 넘기고 중얼거리는) 이렇게 푹 잔 게 얼마 만이지…

은호    푹 잤어? 중간에 안 깨고?

최웅    응.

은호    잘했네~ 컨디션 괜찮겠다 오늘.

최웅, 보온병을 가만히 바라본다.

최웅    (N) 그런데 이 찝찝함은 뭐죠.

## S#17.  **연수 집 거실, 같은 시각.**
피곤한 얼굴로 밥상에 아침밥을 차리고 있는 연수. 하품을 크게 한다. 자경이 거실로 나온다.

자경    주말인디 어째 일찍 일어났대?

연수    (수저를 놓으며) 나 오늘 그동안 준비했던 곳 오픈식 있는 날이라니까.

자경    아. 그게 오늘이여? 시간 참 빠르구만.

연수    얼른 앉아요. 심심하면 이따 구경 오시던가 지나 할머니랑.

자경    아유. 됐어. 너 정신만 없지. 그렇게 고생했는데 어련히 알아서 잘했을까.

연수    (피식 웃는) 고생 고생 개고생을 했지. 역시 우리 할머니만 알아주네.

자경    (국을 한 입 떠먹고 슬쩍 연수 눈치를 보는) 인자 곧 복지관에서 일자리 주는 거 신청 받는다던디. 그거나 해볼라고.

연수    뭐? 갑자기 일은 무슨! 됐어. 몸도 안 좋으면서.

자경    아이 심심해서 해볼라는 거여. 심심해서. 이렇게 계속 방구석에만 있다가는 갑갑해서 먼저 뒤지겠어.

연수    그니까 경로당 가서 놀고 다니시라니까?

자경    아유. 가면 맨날 천날 하는 것도 없고 재미없어. 가면 죄다 골골대는 노인네들이고…

연수    할머니가 또 다 싸우고 다니느라 친구가 없어서 그렇지.

자경    (발끈하는) 뭐 니 할미를 쌈닭으로 알어! 암튼 그거 해볼라니까 그렇게 알어.

연수    아니 그러다 할머니 또 쓰러지면 나 진짜…

자경    (말 끊으며) 이렇게 가만히 들어앉아만 있다가 깜빡깜빡할까 봐 그랴. 노인네들 치매 뭐 그런 거 말여.


자경의 말에 멈칫하는 연수. 천천히 밥을 떠먹고 있는 자경의 손을 바라본다. 거칠고 주름진 손.


자경    (흘끗 보곤) 그냥 말이 그렇다는거. 진짜 그렇다는 게 아니고. 나처럼 이 나이 먹고도 정신 또릿한 인간이 또 어딨대. 걱정말고 밥이나 먹어 얼른.

연수    걱정 안 하거든요?

자경    그럼 자꾸 왜 그렇게 처다봐. 남사스럽게.

| 연수 | 속상해서 그런다 속상해서. 평생 일할 거 다 당겨다가 고생만 하고 살았는데 이젠 좀 편하게 지내면 안 돼? |
|---|---|
| 자경 | 이것보다 더 편하게 지내는 게 어딨대? 손주가 해주는 밥 얻어 먹으면서 잘 먹고 잘 자고 있는데. 이게 뭔 복이야? |
| 연수 | (자경의 손을 만지며, 속상한) 손이 이게 뭐야. 핸드크림 매일 발라도 발라도 그대로잖아. 효과 하나도 없어 순 사기꾼들. |
| 자경 | (손을 슬며시 빼며) 손 이거는 아무짝에도 안 부끄러운데 내 새끼 어려서부터 돈 걱정만 하게 만든 게 그게 내 평생 한이지. |

표정을 감추는 연수. 자경, 그런 연수를 보다 다시 수저를 든다.

| 자경 | 이제 쓸데없는 말 그만하고 얼른 밥 묵어. |
|---|---|
| 연수 | (조용히 수저를 드는, 그러곤 흘끗 보며) 아무튼 그럼. 힘든 일이면 절대 안 돼. 잠깐 잠깐씩 나가서 콧바람 쐬는 정도면 생각해 볼게. |
| 자경 | (웃는) 아휴. 지랄두. 이젠 니가 내 애미 노릇이여? |
| 연수 | 당연하지. 내가 할머니 보호자인데. 말 잘 들으셔야 할 텐데? |

자경의 웃음소리에 연수도 피식 웃는다.


## S#18.  휘영동 골목, 오전.

카메라 가방을 들고 웅이와 가게 앞을 지나가고 있는 지웅. 웅이와 기사식당 앞이 어쩐지 부산스럽다. 머리부터 발끝까지 잔뜩 힘주어 정장을 차려입은 최호와 그 곁엔 헤어와 메이크업까지 마친 연옥이 한껏 드레스 업을 하고 같이 서있다.

| | |
|---|---|
| 창식 | 아니 최사장. 그게 무슨 꼬라지여? |
| 최호 | 어이 창식이. (한 바퀴 돌며, 잔뜩 긴장한) 어떤가. |
| 연옥 | 아니. 당신 넥타이 다른 거로 바꿔요. 안 되겠다. 아까 그 빨간색이 아무래도 낫겠지? |
| 최호 | 그래? 알았어 알았어. |
| 창식 | 어디 가는디? 좋은 데 가는겨? |

지웅, 둘을 보고 멈춰 선다.

| | |
|---|---|
| 지웅 | 이 집 사장님 부부 못 보셨나요? 마음씨 고우신 분들인데. |
| 최호 | (웃으며) 아유 지웅아 잘 왔다. 우리 어때? 전체적으로다가. |
| 지웅 | 전체적으로다가 뭔가 굉장히… 청담동 느낌인데? 우리 아부지 어머니 돌려줘요. |
| 연옥 | (들뜬) 오늘 이따 우리 웅이 무슨 쇼 한다며. |
| 창식 | 애가 생쇼를 하는 건 평소에도 많이 봤는디 뭘 또 차려입고 본댜? |
| 최호 | 아니. 거참. 생쇼가 아니라~ 우리 웅이가 오늘 사람들 앞에서 그림 그린다잖아. |
| 연옥 | (지웅에게) 지난번에 은호가 와서 알려줬어. 이번에 꼭 보러 오라구. 웅이 얘는 한 번을 그런 거 보러 오라고 안 하더니… |
| 최호 | 그래서 이렇게 쫙 빼입어 봤는데 어떤가? 넥타이는 바꿀겨. |
| 지웅 | (웃는) 그렇게 빼입고 가야 하는 자리 아니니까 편하게 입고 가도 돼요. 그리고 아직 시간 꽤 남았는데 벌써 가시게요? |
| 연옥 | 미리 가서 맨 앞줄 맡아놔야지. 아참참. 웅이 아빠. 떡 한 거 찾아가야지. |
| 최호 | 아 맞지. (시계 보는) 가서 떡도 좀 돌리고 하려면 빠듯하겠는데? |

창식  뭐 나도 가서 보면 안 되는겨? 가가 뭘 쇼를 하는지 궁금하긴 한디.

최호  아이. 동네 사람들 다 데리고 가면 애가 놀라지 않겠어? 담에 가 담에. 나도 오늘이 첨인데 말야.


최호와 연옥, 뿌듯한 얼굴이다. 피식 웃는 지웅.


지웅  어머니. 떡은 동네 사람들한테만 돌려야 할 거 같은데? 애 기절 하는 거 안 보려면.

연옥  잉? 그래도 그런 데는 뭐라도 돌리는 게 예의지. 우리 애 보러 힘들게 와준다는데.

최호  그래. 그게 예의지. 안 그래도 내가 수건 같은 거 돌리는 건 좀 촌스럽다고 말했어. 그래도 떡은 빼면 섭섭하지. 안 그래?

지웅  거기 사람들 최웅한테 그림 좀 그려달라고 사정하고 모셔간 거 예요. 가면 다 차려져 있고 한껏 대접해 준다고 최웅을.

연옥  (입을 막는) 어머. 정말이니?

최호  사정을 해서 하는 거라고? 우리 웅이한테?

지웅  아부지 아들 그만큼 잘나가요.

창식  (웃으며) 에이~ 무슨 가가 그 정도는 아니…

최호  (끊으며) 그 정도 되지! 되고 말고! 창식이 자네가 뭘 알아!

지웅  (웃으며) 일찍 안 가셔도 되니까 있다가 시간 맞춰 천천히 오세요.


부산스럽고 호들갑 떨고 있는 최호와 연옥을 보며 웃는 지웅.
유난이지만 즐거워하는 그 모습이 부럽다.

**S#19.  인서트.**

오픈식이 준비된 소앤샵 건물. 건물 앞엔 화려하게 오픈식을 알리는 장식들로 꾸며져 있고, 드로잉 쇼에 대한 안내도 되어있다.


**S#20.  소앤샵 2층, 낮.**

고오 작가와 누아 작가 각자의 드로잉 쇼를 진행할 룸을 확인하고 있는 연수. 뒤로 예인과 지운, 명호가 따라가고 있다.

명호   (기지개를 켜며) 으아~ 오늘 드디어 장기 프로젝트의 대망의 마지막 날이네요! 그런데 이따 사람들 몰리기 전에 우리 뭐라도 든든하게 먹고 시작해야 하지 않을까요?

예인   (명호에게 눈치 주는) 그럴 시간이 어디 있어요?

연수   아뇨. (시계를 흘끗 보곤) 오늘 다들 정신없을 텐데, 같이 점심 먹으면서 마지막 회의 진행하죠.

예인   아 그럼 제가 주문을…

연수   제가 하죠 뭐. 샌드위치 괜찮죠?


연수, 핸드폰으로 서브웨이 앱을 켜서 샌드위치 주문을 한다.


연수   (잠깐 화면을 보다 팀원들을 흘끗 보며) 뭐… 다 같은 거로 주문하면 되나요?


팀원들, 서로 눈빛이 잠깐 오가고, 연수에게 다가온다.


예인   그… (빠르게) 저는 다이어트 중이라 빵은 위트 빵, 로스트 치킨에 소스는 올리브에 후추…

명호   저는 스테이크 치즈에 야채는 피클을 빼주셔야 하고,

지운   (예인 보며) 선배님. 지난번에 그 소스 조합 뭐였죠? 적어놨었는데,


연수, 얼떨떨하게 서있자, 예인, 자연스럽게 웃으며 연수 핸드폰
을 가져간다.


예인   제가 주문하겠습니다. 팀장님 건 늘 드시던 대로 하면 되죠?


연수, 끄덕인다.



S#21.   **소앤샵 라운지, 이어서.**
연수와 팀원들, 테이블에 둘러앉아 샌드위치와 음료를 먹으며
패드로 확인 사항을 체크하고 있다. 연수, 그러다 졸린지, 팀원
들 몰래 작게 하품을 한다.


예인   (연수를 보곤) 팀장님. 괜찮으세요? 많이 피곤해 보이시는데…

연수   아뇨. 괜찮아요.

예인   말씀하신 대로 기자 간담회 시간은 누아 작가와 고오 작가 따로
잡아뒀구요. 장 페라 님은 입국하시는 대로 오시면 아마 드로잉
쇼가 끝난 후에 참여하실 수 있을 것 같아요.

연수   네. 수고했어요.

예인   고오 작가님 도착 시각은 공유받으셨나요?


예인의 말에 갑자기 스쳐 지나가는 기억들.

＊플래시컷〉〉 어젯밤 회상.

1. 최웅 집 앞, 늦은 밤

최웅이 연수를 끌어안는 장면.

2. 최웅 집 안, 새벽.

소파에 누워있는 최웅과 밀착해 있는 연수의 얼굴. 서로를 바라
보는 흔들리는 눈빛.

＊다시 현재〉〉

눈을 질끈 감는 연수.

| | |
|---|---|
| 예인 | 팀장님? |
| 연수 | 아… 네. 제가 확인하겠습니다. |
| 예인 | 네. 그리고 장도율팀장님은 지금 1층에 도착하셨다고 합니다. |
| 연수 | (건성 대답하는) 네. |
| 예인 | (빤히 보다) 안 가보셔도 되나요? |
| 연수 | 이따 시작하면 뵙죠. (다 먹은 쓰레기를 정리하며 일어서는) 천천히들 먹고 (시계를 보곤) 30분 후 1층 정문으로 모이세요. 전 2층 한 번 더 확인 후에 내려가겠습니다. |

연수가 떠나고, 남은 팀원들. 샌드위치를 마저 먹으며,

| 예인 | 확실히 또 분위기가 달라졌죠? 아까 장도율팀장님하고 아주 냉랭하시던데. |
|---|---|
| 명호 | 그때 파티장부터 해서 두 분은 완전 갈라선 거지. 거봐. 처음부터 내가 둘은 아니랬잖아~ |
| 지운 | 선배님도 분명 맞다고 한 거 같은데… |
| 명호 | 내가 언제? 예인 씨가 하도 그러니까 맞장구쳐준 거지 뭐. |
| 예인 | 이상하다… 분명히 요즘 팀장님 어딘가 좀 다른 거 같은데…(고민하다) 장도율이 아니면… 다른 사람인가? |

## S#22. **최웅 집 마당, 낮.**

최웅 얼굴에 초점을 잡고 있는 카메라 화면. 최웅, 무념 무상한 얼굴로 마당 한가운데 의자에 앉아있다.

| 지웅 | (카메라 세팅하며) 오늘은 작가로서의 최웅의 모습을 그대로 담을 거니까 일에 대한 너의 생각을 편하게 말하면 돼. |
|---|---|
| 최웅 | 일에 대한 생각 뭐? |
| 지웅 | 뭐 그림에 담은 너의 생각이라던가. 작가 최웅으로서의 삶이라던가. 다음 계획이라던가 목표라던가 그런 거. |
| 최웅 | (가만히 생각하다) 그런 거 없는데. |
| 지웅 | 너 인터뷰 많이 하지 않았었냐? |

옆에서 그림 도구를 챙겨 나가던 은호가 거든다.

| 은호 | 그래서 인터뷰에서 맨날 쓸데없는 말만 하고 와 저 형. 좀 멋있는 말 좀 하면 좋을 텐데. 형이 좀 지어내주면 안 돼? |

| 지웅 | 애 생각을 내가 어떻게 지어내냐? |
|---|---|
| 최웅 | 그냥 다른 질문하면 안 돼? |
| 지웅 | 그럼 일단 그림을 제대로 시작하게 된 계기에 대해서 이야기 해 봐. |
| 최웅 | (생각하다) …그런 거 없는데. |

최웅을 가만히 보는 지웅. 카메라를 마저 세팅한다.

| 지웅 | 그래 그럼. 그렇게 대답해. |
|---|---|
| 은호 | (멈춰 서는) 어? 형! 그럼 너무 생각 없어 보이잖아! |
| 지웅 | 그게 사실인데 뭐. (최웅을 보고) 꾸며낼 필요 없고 그냥 그렇게 대답해. |

카메라 화면 속 최웅의 얼굴. 무슨 생각인지 알 수 없는 표정이다.


## S#23. **차 안, 낮.**
은호가 운전 중이고 최웅이 조수석에 타 있다.

| 은호 | 거의 다 왔다 이제. (최웅을 보곤) 형. 긴장 안 돼? |
|---|---|
| 최웅 | (멍하니 다른 생각을 하다) 어? |
| 은호 | 어떻게 보면 오늘이 진짜 데뷔하는 날이기도 하잖아. 첨으로 형 이 두두 등장! 하는 날이니까. 안 떨리냐구. |
| 최웅 | 떨린다 그럼 지금 취소해 줄 거야? |
| 은호 | 그럴 리가요. 참으세요. 우리 형 긴장 푸는 데는 또 이걸 안 들 을 수 없지. (보이스 코맨드) '엔제이-○○○' 틀어줘. |

음악이 흘러나오고, 신난 은호와 달리 최웅은 창밖만 볼 뿐.

은호    (흘끗 보곤) 그래도 난 좋아. 형이 이렇게 밖에 나오는 거.

최웅    내가 어디 갇혀있었냐?

은호    갇혀있었다고 볼 수 있지. 사실 연수 누나 나타나고 나서부터
        형 또 잠 못 자고 불안해지는 건 아닌가 걱정했었는데 결과적으
        로 보면 이런 프로젝트를 하게 된 것도 다 누나 덕분이지. 내가
        하자고 했으면 죽어도 안 했을 텐데 말야. 암튼 난 앞으로도 형
        이 이렇게 세상이랑 소통하면서 작업했으면 좋겠어. 그럼 형 더
        유명해지고 일도 많아지고 돈도 많이 벌고 그런 의미에서 매니
        저 월급 인상에 대해서는 어떤 의견을 가지고 있어?

최웅    부정적인 의견이지 뭐.

은호    그렇구나. 그 문제는 앞으로 더 천천히 토론해 보자. 다 왔다. 형
        먼저 내려서 2층 올라가 있어. 가면 대기실 있을 거야. 난 주차
        하고 짐 챙겨서 올라갈게.

최웅    (찌릿 보며) 너 월급도 월급인데 복지 비용이 너한테 얼마나 들어
        가는지…

은호    아이코. 뒤에 차 빵빵거린다. 얼른 내리세요 작가님.

쫓겨나듯 내린 최웅. 소앤샵 건물을 천천히 올려다본다. 오픈
전이지만 꽤나 사람들이 왔다 갔다 하는 모습이다. 크게 심호흡
을 하는 최웅.


**S#24.  소앤샵 2층, 낮.**
출입이 통제된 2층에 올라가자 1층보다는 조용하다. 천천히 대

기실을 찾아 걸어가는 최웅. 드로잉 쇼를 진행할 쇼룸도 기웃거리며 확인하고 대기실로 보이는 곳을 향해 간다. 그러다 멈칫, 멈춰 서는 최웅. 통유리창으로 되어있는 작은 방 안에 햇살을 받으며 작은 소파에 앉아 잠이 든 연수 모습. 문이 활짝 열려있다. 가만히 멈춰 서서 연수를 보는 최웅. 그때,

예인   지운 씨. 팀장님 못 봤어?

예인의 목소리가 들리자 연수가 살짝 미간을 찌푸린다. 그러자 순간적으로 방 안으로 들어가 문을 조용히 닫는 최웅. 흘끗 창을 보곤 블라인드를 닫아버린다. 본인도 모르게 한 행동에 당황하고 있는 최웅, 밖에선 예인이 지나쳐가는 소리가 들린다. 다시 평온하게 잠든 연수. 최웅, 나갈까 망설이다 조용히 들어와 연수 맞은편 의자에 앉는다. 조용한 방 안. 평온한 연수의 얼굴을 보니 피식 웃음이 난다.

최웅   (N) 날 볼 땐 늘 잔뜩 화가 나있는 얼굴이면서…

장난스러운 눈빛으로 바라보던 최웅. 점점 표정이 진지해진다.

최웅   (N) 이제야…

최웅, 턱을 괴고 가만히 바라본다.

최웅   (N) 국연수를 제대로 보는 것 같아요.

## S#25. 소앤샵 주차장, 낮.

카메라와 장비를 챙겨서 차에서 내리는 지웅, 채란, 태훈, 상수 (카메라맨).

지웅  아까 최웅 인터뷰는 많으니까 국연수 인터뷰 따야 해. 전체는 러프하게만 찍어 두고 쇼 시작하면 그림 그리는 최웅만 포커스 해. 인턴 너는 채란이한테 붙어있고.

태훈  (해맑게 웃으며) 네! 꼭 붙어있겠습니다!

채란  국연수 씨 인터뷰는 제가 할까요?

지웅  (잠깐 생각하다) 내가 할게. 그리고 이따 회사에서 작가 미팅 있으니까 빨리 마무리하고 들어가자.

채란  네. 알겠습니다.


장비를 챙겨서 소앤샵으로 들어가는 넷.


## S#26. 소앤샵 2층 방, 낮.

여전히 곤히 잠들어있는 연수. 가만히 연수를 바라보고 있는 최웅. 그때, 연수가 뒤척이더니 잠에서 깨려 한다. 최웅, 화들짝 놀라 문으로 달려가 지금 막 들어오는 척 문을 열고 닫는다. 눈을 뜬 연수, 멍하니 최웅을 보다 상황 파악이 되곤 화들짝 놀란다.

연수  (N) 최웅이 언제 나타난 거죠?

최웅  (아무렇지 않은 척) 대기실이 여기야?

연수  (당황해서 고쳐 앉는) 아… 어. (황급히 핸드폰으로 시간을 확인한다)

최웅, 자연스러운 척 다시 의자를 찾아 앉는다. 조용한 방 안. 누구 먼저 말을 꺼내지 않고 어색한 분위기다.

연수    (N) 어제 일을 꺼내면 뭐라 말해야 할까요.

그때, 최웅이 먼저 말을 꺼낸다.

최웅    어제 말야.
연수    (화들짝 놀라는)
최웅    우리 집에 왔었어?

최웅의 말에 연수, 잠깐 생각하듯 바라본다.

연수    (N) 역시… 기억을 못 하나봐요.
연수    어. 응. 뭐 갖다 줄 것도 있고 해서 갔었지.
최웅    혹시 내가…

그때, 핸드폰이 울리자 바로 자리에서 일어나는 연수.

연수    미안. 나 준비하러 가봐야 해서… 어… 쇼 관련해서는 이따 관계자들이 와서 자세히 알려줄 거야. 그럼…

연수 황급히 빠져나가려 한다. 그러다 문고리를 잡고 잠깐 멈칫,

연수    (N) 그렇다고 이렇게까지 피할 이유는 없는데…
연수    아… 그…

최웅    (연수를 보는)

연수    (최웅을 보다) … 잘 해.


연수, 나가고 최웅 혼자 남는다. 그리고 이어서 바로 짐을 잔뜩
들고 들어오는 은호.


은호    안 도망가고 잘 찾아왔네? 준비하고 이따 리허설 잠깐 하면 돼.
       (종이를 내밀며) 이거 관객 배치도랑 순서.


종이를 건네주자 멍하니 있던 최웅이 그제야 끄덕인다.



## S#27.  쇼룸, 낮.

연수, 예인과 이야기 중이다.


연수    고오 작가 영상 확인했나요?

예인    네. 확인 마쳤고 문제없습니다.

연수    그럼 지금 바로 플레이해 두세요. 음악도 작가님이 요청하신 리
       스트로 플레이하구요.


곧이어 음악이 흘러나오고(S#9와 같은 음악), 벽에 빔프로젝터로
최웅이 작업한 모습이 담긴 영상이 재생된다. 멈칫하는 연수.
그러곤 멍하니 그 영상을 바라본다. 벽 가득하게 진지한 얼굴로
그림에만 몰두하고 있는 최웅의 모습들이 보인다.


연수    (N) 최웅에게,

날카로운, 하지만 반짝이는 최웅의 눈빛을 가만히 바라본다. 예인이 옆에서 연수를 부르고 있지만 듣지도 못하고 멍하니 볼 뿐이다.

연수    (N) 저런 얼굴이 있었나요.

## S#28. 대기실, 낮.

눈을 감은 채 가만히 앉아있는 최웅. 옆에선 채란이 카메라로 촬영 중이다. 그리고 채란 옆에 있는 태훈. 은호가 문을 열고 들어온다.

은호    형. 이제 나가야 해.

최웅, 미동 없이 가만히 있는다.

은호    (다가가는) 형? 자?

그러자 천천히 눈을 뜨는 최웅.

은호    많이 긴장돼? 청심환 하나 더 줄까?
최웅    (진지하게) 왜…
은호    ?
최웅    잘 잔 거지 어제.
은호    (어이없는) 이젠 잘 자도 문제냐? 아직도 그 생각 중이야? 어휴.
        (채란을 보곤) 나중에 자막으로는 그림에 대해 진지하게 고민 중

이라고 써주세요. (찡긋 웃으며) 아시죠?


## S#29. 쇼룸, 낮.

지나가는 방문객들과 관객들이 점점 쇼룸에 모여든다. 벽에는 빔프로젝터로 최웅이 작업한 모습이 담긴 영상이 계속해서 재생되고 있고, 쇼룸 가운데는 커다란 테이블에 최웅의 작업 중인 그림과 펜이 놓여있다. 평소 최웅이 즐겨 듣던 음악이 흘러나오고 있고 아직 최웅의 모습은 보이지 않는다.


＊분할 화면〉〉


반대쪽 쇼룸에는 누아의 그림이 전시되어 있다. 가운데는 커다란 태블릿이 놓여있고, 빔프로젝터 화면에는 프로젝터와 연결되어 누아의 그림이 떠있다. 누아가 자신 있게 등장하자 관객들이 박수로 맞이한다.
최웅의 쇼룸엔 아직 최웅이 등장하지 않았다.
누아, 재치있게 자신을 소개한다.
최웅이 천천히 쇼룸 가운데로 걸어 들어간다. 하지만 관객들은 긴가민가하며 술렁인다.
누아, 화면으로 자신의 그림들을 보여준다.
최웅, 말없이 테이블에 놓인 펜을 쥔다.
누아, 펜으로 태블릿에 그림을 그린다.
최웅, 펜으로 종이에 그림을 그린다.
누아 쇼룸, 기자들이 많은 사진을 찍고 있다.
최웅 쇼룸, 기자들 사이로 숨죽여 보고 있는 최호와 연옥의 모습.

＊누아 화면 사라지고〉〉

말없이 집중하고 있는 최웅. 한쪽 벽에는 스톱워치 시간이 흘러가고 있다. (95:34:48) 섬세하게 펜으로 하나하나 선을 추가해나가는 최웅.
시간이 흐르자 관객들은 그의 정적인 모습에 숨죽이고 있다 한둘 떠나가기도 하고 새로 오기도 하며 자유롭게 오가고 있다.
한쪽 옆에서는 채란과 상수가 카메라로 촬영 중이고, 태훈도 진지하게 바라보고 있다.
최웅의 모습을 바라보던 최호와 연옥. 점점 표정이 어두워진다. 그리고 그 뒤로, 멀리 떨어진 곳에 연수가 서서 최웅을 바라보고 있다. 처음 보는 최웅의 모습에 연수 신기한 표정이다. 그때, 연수의 옆에 다가서는 지웅.

지웅   처음 보지?

연수   (지웅을 보곤) 아… 어. (피식 웃는) 내가 모르는 모습도 있었네. 낯설다. 최웅.

지웅   나도 처음 제대로 봤을 땐 뭔가… 최웅 아닌 것 같더라.

연수   (계속 최웅을 보며) …그러게.

지웅   (그런 연수를 바라보다) 너도 고생 많았어. 여기 와서 보니까 생각보다 꽤 크던데 이런 거 준비하느라 힘들었겠네.

연수   (씨익 웃으며) 일이니까 뭐. (장난치듯) 근데 넌 일 안 하고 이렇게 나랑 노닥거리고 있어도 돼?

지웅   그러니까. 일 좀 하게 출연자 데리러 왔지.

연수, 무슨 말이냐는 듯 지웅을 바라본다.

## S#30.  휴게 공간, 낮.

연수의 얼굴이 가득 담긴 카메라 화면. 연수, 의자에 앉아 인터
뷰 중이고 지웅이 촬영 중이다.


연수      그래서 정말 사람 일 모르는 거죠. 전교 꼴등 하던 애랑 같이 일
         을 하게 될 줄이라고는 누가 상상했겠어요.

지웅      같이 일해서 좋았던 점이나 불편한 점은 없나요?

연수      당연히… 모든 게 불편하죠. (도도하게) 아시잖아요. 최웅이랑 하
         나부터 열까지 안 맞는 거. 걔가 되게 답답한 스타일이거든. 이
         거 진행할 때도 좀 과정을 서로 공유해야 일을 더 효율적으로
         진행할 수 있는데 답답하게 꼭 말을 안 해요 말을. 혼자만 생각
         해 맨날. 걘 옛날에도 그랬어요. 무슨 생각이냐 물어보면 몰라,
         글쎄, 아무 생각 없는데? 이 셋 중에 하나야. 생각하니까 또 열
         받네.

지웅      그럼 좋은 점은요?

연수      없는데요.

지웅      하나도?

연수      (가만히 생각하다 머뭇거리는) 뭐… 아까 그림 그리는 거 보니까…
         몰랐던 새로운 모습을 보게 된 것 같긴 하고… 예전에도 그림을
         그리긴 했었는데 저렇게 진지하게 그리는 건 처음 봤거든요..
         취미로만 그리겠다더니 무슨 바람이 불었는지 저렇게 열심히
         하는 모습 보니까 좀 달라 보이긴 해요. (약간 신난) 아. 애가 원
         래 그림에 진지하긴 했어요. 그 옛날 영상 보시면 5화인가? 거
         기에 제가 실수로 그림 망쳐서 막 난리 난리 생난리 하는 거 있
         거든요. (웃는) 저 그때 솔직히 미안하긴 했는데 걔가 막 고통스
         러워하는 거 보니까 좀 재밌긴 했어요. 그렇게까지 화 잘 안 내

는 애잖아요. 사실 약간 그게 맛 들려서 일부러 몇 번 더 건든 적도 있는데…

연수가 신이 나서 술술 이야기를 하고 있는 모습을 카메라 뒤 지웅이 가만히 바라본다. 묘한 표정이다.

연수    (웃다 지친) 아 웃겨. 최웅 걔 진짜 웃겼었는데… (진정하고) 하. 근데 저러고 있는 모습은 사실 좀 낯설어요. 뭔가… 변했다고 해야 하나. (가만히 생각하다) 최웅은 안 변할 줄 알았는데…

잠깐 침묵.

연수    아. 쓸데없는 말 너무 했지? 자르자 이건.
지웅    그럼 다음 질문으로…

지웅의 말을 듣고 또 성실하게 답변하고 있는 연수와 그를 보는 지웅의 표정이 묘하다.


S#31.    **쇼룸, 오후.**
스톱워치 시간은 98:35:21. 여전히 최웅은 집중해서 그림에만 몰두하고 있고 관객들은 대단하다는 듯 수군대고 있다. 쇼룸으로 다시 들어오는 연수. 최웅을 가만히 바라보다 옆에 있는 은호에게 다가간다.

연수    좀 쉬었다 해야 하는 거 아냐?

| 은호 | 형 한번 작업하면 저 정도는 기본이야. |
| 연수 | 그래도. 사람도 많고 평소보다 배로 긴장될 텐데. |
| 은호 | 음… 그럼 내가 한 번 확인하고 올게. |

은호가 떠나고, 연수 걱정스런 얼굴로 최웅을 바라본다. 그때,
자리에서 조용히 일어나 나가던 최호, 연옥. 연수와 마주한다.

| 연옥 | 어머. 연수 아니니? |

갑작스러운 만남에 당황하는 연수.

| 연수 | 아… 안녕하셨어요? |
| 최호 | (웃으며) 거 참 오랜만이다 연수야. |
| 연옥 | 그래. 같이 촬영한다는 얘기 들었어. |
| 연수 | 아 네네. 잘 지내셨어요? |
| 연옥 | 우리야 뭐 늘 똑같이 지내지. 어쩜… 넌 하나도 변한 게 없네~ |
| 연수 | (웃으며) 두 분도 변함없으신데요. 웅이 보러 오셨어요? |
| 최호 | 으응. 그렇지. |
| 연수 | 다 안 보고 가시게요? 좀 길긴 하죠? |
| 연옥 | (표정이 어두운) 아 뭐… 그보다… 혼자 저러고 있는 거 보니까 마음이 좋지 않네. 웅이 어렸을 적 생각도 나고… 매일 혼자 저러고 있을 거 생각하면… |
| 최호 | 됐어. 그만해~ 가자구. (연수를 보며) 다음에 밥 먹으러 놀러 와. 왜 통 안 왔어~ 편하게 생각하고 오라니까. |
| 연옥 | 그래. 와서 밥 먹구 가. 맛있는 거 해줄게~ |
| 연수 | 네네. 그럴게요. |

최호가 떠나고, 연옥도 따라가다 멈칫. 다시 연수를 돌아본다.

연옥    (머뭇거리다) 웅이가… 많이 힘들어 했어.

연옥의 말에 무슨 말을 해야 할지 몰라 하는 연수.

연옥    너도 많이 힘들었지? (슬머시 연수의 손을 잡고 살짝 토닥여준다) 밥 먹고 가라는 거 빈말 아니니까 꼭 와. 알았지?

연옥의 말에 눈빛이 흔들리는 연수. 애써 웃으며 고개를 끄덕인다. 연옥이 떠나고 혼자 남은 연수. 다시 최웅을 돌아보는데, 최웅, 물병을 들고 서 연수를 바라보고 있다. 무슨 생각인지 알 수 없는 눈빛으로. 연수, 최웅과 눈이 마주치자 황급히 쇼룸을 빠져나간다.


## S#32.   **소앤샵 2층, 오후.**

쇼룸에서 황급히 빠져나가는 연수를 바라보는 지웅. 연수의 표정을 보곤 무언가 생각하는 듯하다. 그때, 채란이 곁에 다가온다.

채란    인터뷰는 다 따셨어요?
지웅    어. 넌 왜 나와있어?
채란    (기지개를 켜며) 찍을 만한 게 없어요. 자세고, 동작이고 똑같이 저러고 몇 시간째 있으니까요. (흘끗 보곤) 인터뷰는 뭐 쓸만한 게 있어요?

지웅    글쎄…

채란    처음에 출연자 두 분 다 출연에 너무 부정적이어서 사실 나올
게 별로 없을 거 같았는데, 이제 조금씩 꺼내는 거 같지 않아요?

지웅    그런가?

채란    특히 국연수 씨요. 의외로 최웅보다 많은 걸 쉽게 드러내는 거
같더라구요. (중얼거리듯) 아직… 뭔가 남아있는 것 같아 보이기
도 하고.

지웅, 가만히 연수가 사라진 쪽을 바라본다. 그런 지웅의 얼굴
을 유심히 보는 채란.

지웅    넌 먼저 인턴 챙겨서 정리하고 회사 들어가 있어. 회의 준비하
고. 내가 마무리해서 넘어갈게.

채란    네. 장비 챙겨서 나올게요.

지웅이 나가고, 채란이 돌아서자 이미 장비를 다 챙겨 들고 멀
뚱히 서있는 태훈. 당황한 채란.

채란    촬영 정리할지 어떻게 알았어?

태훈    (해맑게) 제가 귀가 좀 밝습니다.

채란    (흘끗 보곤) 아까부터 뭐가 좋다고 그렇게 웃고 있어?

태훈    아… 저 김지웅피디님… 아니 선배님이 저 이 팀에 넣어주셨다
고 들었는데 너무 감사해서요. 정말 열심히 하겠습니다!

채란    (건성 대답하는) 그래 그래~ 열심히 해봐. 다들 그렇게 말은 해.

태훈    네?

채란    아니다. 가자.

## S#33.  대기실, 오후.

대기실 문을 닫고 들어가는 연수. 문에 기대 숨을 고른다. 방금 전 연옥이 했던 말이 다시 떠오른다.

연옥     (F) 웅이가… 많이 힘들어 했어.


눈을 질끈 감는 연수.


＊플래시컷〉〉어젯밤 회상.


1. 최웅 집 앞, 늦은 밤.

최웅     자고 갈래?


최웅의 말에 놀라는 연수. 아무 말 못 하고 최웅을 바라본다. 그런데 어쩐지 최웅의 눈빛이 몽롱한 듯하다. 연수, 최웅에게 다가간다.

연수     너 혹시 어디 아파…?


연수가 최웅의 이마에 손을 짚어보려는 순간, 최웅의 고개가 연수의 어깨로 떨어지며 연수를 끌어안는다. 그대로 쓰러질 듯 연수에게 안기는 최웅에 놀라는 연수.


2. 최웅 집 안, 이어서.

소파에 기대어 앉은 최웅. 잠이 들듯 말 듯 몽롱한 상태로 몸을 파묻고 있다.

연수    약을 얼마나 먹은 거야? 자주 먹는 거야? 언제부터 먹었는데?

연수가 쏘아붙이듯 말해도 최웅 듣는 둥 마는 둥 가만히 있다.

연수    언제부터 잠을 못 잔 거야? 왜 말을 안 했어?

보온병을 열어 컵에 대추차를 따르는 연수.

연수    이거 마시고 얼른 가서 자.

그때, 최웅이 그대로 소파에 누워 잠에 든다. 컵을 내려놓고, 최웅을 가만히 바라보는 연수. 최웅에게 천천히 다가가는데,

＊다시 현재〉〉

노크 소리에 눈을 번쩍 뜨는 연수. 문을 열자 예인이 서있다.

예인    아 여기 계셨네요 팀장님. 누아 작가님 쪽은 거의 끝나가고 있다고 해서서요.
연수    네 알겠어요. 누아 작가 끝나는 대로 먼저 1층에서 기자들과 대면하도록 준비해 주시고 소앤 쪽 사람들에게도 전달하세요. 고오 작가는 제가 안내하겠습니다.
예인    네 알겠습니다.

## S#34. 쇼룸, 오후.

점점 마무리를 향하고 있는 최웅의 그림. 하지만 끝까지 긴장을 놓지 않고 흔들림 없이 천천히 선을 더하고 있다. 그 모습을 지켜보고 있는 명호와 지운. 지운이 조용히 속삭인다.

지운   달라요.

명호   응? 뭐가?

지운   누아 작가랑 고오 작가님이요. 달라도 너무 달라요. 어떻게 표절 논란이 났는지 싶을 정도로.

명호   그치? 누아 작가 거 보고 오니까 완전 다르더만. 일부러 오늘만 다르게 한 건가?

지운   에이. 그게 그렇게 되나요? 팀장님이 찾으신 자료 보니까 몇몇 작품들만 유난히 비슷하고 최근에는 비슷한 게 거의 없더라구요.

명호   그래? 그럼 누가 몇 개만 그냥 따라 한 건가? 도대체 누가…

은호   (자연스럽게 옆에 서는) 누아가 따라 한 거죠. 딱 보면 모르겠어요?

명호   아. 그래요?

은호   오늘 고오 작가님의 드로잉을 보고도 모르겠어요? 저분이 찐이에요. 찐. 그러니까 두 분 다 나가시는 길에 고오 작가님한테 문자 투표해 주세요.

지운   투표하는 건 없는데요?

은호   아 이거 쇼미더표절 아니었어요?

명호   그런데 누구…

그때, 최웅이 숨을 깊이 한 번 내쉰다. 그러고는 펜을 내려놓는다. 완성이 된 그림. 그러곤 스톱워치를 바라본다. (99:47:28) 가만히 바라보다 그제야 관객들을 보는 최웅. 조용한 관객들.

최웅     …시간이 좀 남았네요.

사람들이 조금씩 웅성거린다.

최웅     반갑습니다. 고오 작가입니다.

최웅의 인사에 그제야 사람들이 박수를 친다. 열정적으로 박수를 치는 은호. 사방에서 사진과 기자들의 플래시가 터진다. 완성된 그림이 화면 가득 떠있고, 최웅, 담담하게 그들을 바라보며 둘러본다. 마치 누군가를 찾는 듯.
관객들에게 조용히 인사를 하고 빠져나오려는 최웅. 그때, 멀리 서있는 연수가 보인다. 천천히 연수를 향해 발걸음을 옮기는 최웅. 연수도 최웅을 바라보고 서있다. 한쪽에 서서 그들을 카메라에 담고 있는 지웅.

그때, 관객 자리 뒤에서 누군가가 일어나 최웅의 앞을 꽃다발로 가로막는다.

엔제이    축하해요. 작가님.

최웅이 돌아보자 엔제이, 선글라스를 벗으며 씨익 웃는다.

엔제이    이런 모습이 있었구나?

엔제이가 선글라스를 벗자, 더 거세게 터지는 플래시. 순식간에 기자들과 사람들이 최웅과 엔제이를 둘러싼다. 그 모습을 보는 연수. 그리고 연수를 담는 지웅.


## S#35.  다큐 방송사, 오후.

지웅이 문서들을 잔뜩 들고 회의실로 가고 있다. 가는 길에 마주친 동일.


지웅  메인 작가 붙여달라고 한 지가 언젠데 이제서야 붙여줘요?

동일  그… 있잖아. 일단 난 최선을 다해서 찾아봤다? 그니까 나한테 뭐라 하기 없다? 지금 다들 작품 들어가 있어서 특집으로 뺄 만한 작가가 영 없는 거야… 아무튼. (지웅의 어깨를 툭 치며) 잘 해봐.

지웅  뭐야. 누굴 붙여놨길래 그렇게 변명을 하는 거예요?


지웅, 회의실 문을 열자, 민경이 상석에 앉아있다. 그리고 옆으로 채란과 태훈이 앉아있다. 지웅, 민경을 보자 재빨리 동일을 돌아보는데 동일은 이미 사라지고 없다.


민경  뭐 해? 안 들어오고. 거기 계속 서있을 거야?

지웅  (작게 한숨을 쉬고) 작가님이 들어올 사이즈 아닌 거 아실 텐데 왜 거기 계세요. 특집으로 짧게 칠 거예요. 정 없으면 막내 작가들 불러서 알아서 해볼게요.

민경  내가 하고 싶어서 왔겠니? 박피디가 하도 사정을 해서 왔지.

지웅  (자리에 앉으며) 드라마로 가실 거라면서요. 가서 드라마 쓰시지 왜…

민경  쓰고 있어. 쓰고 있는데 쓰라고 하는 말이 제일 듣기 싫더라 난. 잠깐 머리 식힐 겸 왔으니까 그렇게 대놓고 싫어하지 마라 김피디.

지웅 또 멋대로 다 하시려고?

민경 잘 나오잖아 그래서.

지웅 전 싫어요.


둘 사이에서 난감한 표정의 채란.


채란 저…

민경 프리뷰 봤어. 엉망이던데?

지웅 (채란을 보고) 누가 보여주래?

민경 김피디. 지금 도대체 뭐 찍고 있는 거야? 영상이 무슨 말을 하려
   는지 전혀 모르겠잖아. 전혀. 안 그러던 사람이 왜 그래? 감 떨
   어졌어?

지웅 (자리에서 일어나는) 제가 알아서 할 테니까 작가님은 다시 돌아
   가시던가 다른 데서 머리를 식히시던가 마음대로 하시…

채란 저 선배님!!

지웅 (채란을 보는)

채란 (지웅을 보며) 저희 지금… 심각해요. 작가님 필요해요 저희.


채란의 말에 지웅, 가만히 바라본다. 민경, 어깨를 으쓱인다.


민경 …뭐. 옛날에 미안한 것도 있고. 이번엔 좀 고집 덜 부려볼게.
   (씽긋 웃는다)


지웅, 가만히 생각하다 자리에 앉는다.

| 지웅 | 그래서… 하고 싶은 말이 뭡니까? |
|---|---|
| 민경 | 여기 출연진들 자기 친구들이라며? 그래서 막 찍은 거야? |

민경이 살살 긁는 말에 발끈하지만 참는 지웅.

| 민경 | 사실 처음 봤을 땐 안 하려고 했는데 좀 보다 보니까 흥미로운 게 있대? 10년 전 것도 찾아봤고. |
|---|---|
| 지웅 | 그래서요? |
| 민경 | 출연자 둘 사이에 묘한 분위기가 있던데. 아냐? 김피디가 그걸 놓쳤을 리는 없는데? |
| 지웅 | (말없이 보는) |
| 민경 | 그걸 잡고 스토리 쓰면 재미있는 그림 나오겠던데 뭘. |
| 지웅 | 억지로 만드는 거 싫습니다. |
| 민경 | 오히려 카메라가 의도적으로 그런 분위기를 놓치려는 느낌이 드는 것 같던데 난? 그건 내 기분 탓일까? |
| 지웅 | (발끈하는) 놓치다니 무슨. 최대한 객관적으로 담기 위해서… |
| 민경 | 그럴 거면 왜 사람이 찍어? 요즘 세상 좋은데 기계가 알아서 찍게 두지. 예나 지금이나 변한 게 없네 김피디. |
| 지웅 | (말하려다 입을 꾹 닫는) |
| 민경 | 뭐 그림은 역시 김피디가 어련히 예쁘게도 찍어놨던데. 암튼 그쪽으로 컨셉 잡고 구성안 짜볼게. |
| 지웅 | (못마땅한) 바쁘지 않으세요? |
| 민경 | 요즘 나이 먹어서 그런가. 풋풋한 애들이 그렇고 그런 게 참 재미있더라 난. (웃는, 태훈을 보곤) 이쪽은 딱 보니까 들어온 지 얼마 안 됐나 본데? |
| 태훈 | 네! (흥분한) 작가님이 쓰신 프로그램 다 봤습니다! 저 특히 〈하 |

나뿐인 가족〉 엔딩마다 나오는 자막들 정말 좋아합니다! 팬입
니다!

민경    (웃는) 이 팀에 제대로 된 애가 한 명 있긴 하네?

민경을 가만히 보던 지웅. 한숨을 한 번 쉬고 입을 연다.

지웅    그럼… 구성안 일단 줘보세요.

그때, 회의실 문을 빼꼼 열고 동일이 얼굴을 내민다.

동일    (활짝 웃으며) 같이 하는 거야? 그래~ 에이스들끼리 같이 모여서
        하면 얼마나 좋아~ 대박 나겠다 이거~ 그럼 오늘 내가 회식 쏠
        까? 엉?


## S#36.    대기실, 저녁.

대기실에 모여있는 예인, 명호, 지웅. 다들 지친 다리를 주무르
며 각자 쉬고 있다.

예인    (핸드폰을 보며) 이야… 실검 장난 아니다. 역시 엔제이 화력 장난
        아니네.
명호    사람 아니고 요정인데 그 정도는 당연하지~ (눈을 꼬옥 감는) 잔
        상도 빛이 나는구나.
예인    몇 달을 홍보하려고 개고생한 것보다 오늘 마지막에 엔제이 등
        장 한 번이 홍보 백배는 더 효과 있는 것 같아서 뭔가 허탈하네
        요~

지운  그래도 잘 됐죠. 그런데 정말 엔제이 님은… 상상도 못 했어요. 언제부터 와 있었던 거죠?

명호  그보다 작가님이랑 그 정도로 친했던 거야? 그냥 그림 산 정도 가 아니라?

예인  그러게요~ 고오 작가님은 인생에서 엔제이 님이 은인이시네. 레벨업을 팍팍 시켜주시잖아.


그때, 연수가 문을 열고 들어온다. 일어나는 셋.


명호  어 팀장님. 오셨어요?

예인  팀장님 수고하셨습니다. 기자 간담회는 잘 마무리되었고 장 페 라 님 쪽은 장도율팀장님이 안내하고 계십니다.

연수  다들 오늘 고생 많으셨어요. 이따가 뒤풀이 있다고 하니까 참가 하실 분은 대표님 따라가시면 돼요. 나머지 마무리는 제가 할 테니까 다들 가보세요.

예인  정말요? 저희도 같이 마무리해도 되는데…

연수  괜찮습니다. 주말인데 다들 나온 것도 힘들었을 텐데. 얼른 가 봐요.

명호  이따 팀장님도 뒤풀이 오실 거죠?

연수  끝나는 거 봐서요. 가요. 얼른.


후다닥 가방을 챙겨 드는 셋.


예인  그럼 가보겠습니다 팀장님!

명호  이따 뵐게요!

지운  이따 꼭 오세요 팀장님! (인사하고 나가는)

셋이 떠나고 잠깐 혼자 소파에 앉는 연수. 그때, 핸드폰 문자 알림 소리. 확인하는 연수.

[ 이번에도 고생 많았어! 도대체 우리 국팀장이 못하는 게 뭘까 늘 궁금해. 뒷풀이 때 보자고. - 방대표 ]

문자를 확인하곤 핸드폰을 내려놓는다. 아무런 표정이 담기지 않은 얼굴. 적막한 공간. 연수, 작게 한숨을 내쉬곤 소파에 몸을 묻는다. 그러자 떠오르는 잔상.

＊ 플래시컷〉〉

그림에 집중하고 있는 최웅의 눈빛.

＊ 다시 현재〉〉

연수      (피식 웃으며) 꿈 같은 거 없다며 최웅.

미소가 천천히 지워지고, 어쩐지 씁쓸한 얼굴만 남는다. 그때, 또 한 번 울리는 핸드폰 문자. 기획팀 단체 채팅창에 기사 캡처가 올라온다. 최웅과 엔제이가 나란히 찍힌 사진과 고오 작가의 성공적 데뷔를 알리는 기사들. 사진 속 최웅을 가만히 바라보는 연수.


S#37.  **소앤샵 앞, 저녁.**
전화를 걸며 건물 밖으로 나오는 최웅.

최웅     이 자식은 왜 전화를 안 받아…

그때, 밴 문이 열리고 은호가 폴짝 뛰어내리며 손을 흔든다.

은호     형!! 여기!!

최웅, 다가간다.

최웅     왜 전화를 안 받…

엔제이   (밴에서 얼굴을 쏙 내미는) 작가님. 인터뷰 끝났어요?

최웅     (당황하는) 아직 안 가셨어요?

엔제이   어? 그거 되게 서운한 말투야 지금…

은호     (흥분하는) 아니 이 형이 지금 무슨 배은망덕한 말이야?! 귀한 시
         간 쪼개고 쪼개서 와주신 분한테!

최웅     아. 오늘 와주셔서 감사해요. 오실 거라곤 생각도 못 했는데.

엔제이   저도 초대 못 받고 스스로 찾아올 거라곤 생각도 못 했죠. (씨익
         웃곤) 스케줄 때문에 뒤늦게 잠깐 들어가서 봤어요. 정말 새로운
         모습이던데요?

은호     다음에는 제가 꼭 꼭 미리 초대를 해드리겠습니다!

엔제이   참. 그리고 계속 실검에 이름 올라가 있어서 당황스러울 것 같
         아서 미리 말해 주는데 작가님과 저는 서로를 응원하는 아주 친
         한 친구라고 잘 말해 뒀으니까 별다른 걱정은 안 해도 돼요.

최웅     친구요?

엔제이   친구 아니에요 우리?

최웅     아 맞죠. 친구죠. (웃는) 친구를 한다니까 꽤 영광이라.

엔제이   (피식 웃는) 나 참. 친구 하자니까 좋아하는 남자는 처음이네 또.

| 최웅 | 네? |
|---|---|
| 엔제이 | 아니에요. 집에 가세요? 태워다 드릴까요? |
| 최웅 | 아뇨. 저희도 차 가져와서요. |
| 엔제이 | 오케이 그럼. 잘 가요. |
| 최웅 | 그 말 하시려고 기다리신 거예요? |
| 엔제이 | (웃으며) 말했잖아요. 나 되게 바쁜데 안 바쁘다고. |

밴 문이 닫히고, 곧 떠난다.

| 은호 | 어떻게 태워다 준다는 걸 거절할 수 있어? 심장 두 개야? |
|---|---|
| 최웅 | 시끄러. 피곤해. |
| 은호 | 아무튼 형 큰일 났어. |
| 최웅 | 뭐가. |
| 은호 | 최웅 나만 알고 싶은 작가에서 모두가 알고 싶은 작가로 바뀌는 날이야 오늘. |
| 최웅 | 뭐래. 얼른 차나 빼와. |
| 은호 | 그런 의미에서 월급 인상 안건은 통과하는 거로… |
| 최웅 | 아 빨리 안 가? |

티격태격하는 은호와 최웅.


## S#38.  이작가야, 밤.

바 테이블에 혼자 앉아있는 연수. 소주잔을 원샷하고 내려놓는다. 그런 연수를 못마땅하게 보고 있는 솔이.

| 연수 | 크… 달다. |
|---|---|
| 솔이 | 궁상이다 진짜. 이 좋은 날 왜 여기 혼자 와서 지랄이야 지랄은? |
| 연수 | 뭐가. 언니 심심할까 봐 와준 거지. |
| 솔이 | 나 장사 안 되는 거 다 니년 탓인 거 같다 아무래도. 뒤풀이 가서 프로젝트 잘 끝낸 거 축하하면서 부어라 마셔라 해야지 왜 여기서 이러고 있냐고. |
| 연수 | 이게 더 편해. |
| 솔이 | 이게 궁상이지 뭐야. 안 신나? 몇 달을 개고생한 걸 끝냈는데? |
| 연수 | 뭐… 딱히. 그냥 일인데 뭐. 끝내면 또 새로운 거 시작하겠지. |
| 솔이 | 어휴… 일하는 거 많이 힘드냐? |
| 연수 | 아니. 옛날에 비해서는 힘든 것도 아니지. 그럭저럭 괜찮아. |
| 솔이 | 그럼 뭐가 문제야? |
| 연수 | (생각하다) 딱히 힘들지도 않고… 그렇다고 딱히… 즐겁지도 않아. 그냥 딱 그 정도? |
| 솔이 | (술 한잔 더 따라주는) |
| 연수 | 언니가 전에 그랬지. 나 눈알에 영혼도 없이 껍데기만 왔다 갔다 한다고. |
| 솔이 | 응. 지금도. 저기 주방에 있는 동태 눈깔이 너보단 소울 있어. |
| 연수 | (생각하다) 아까 최웅이 그림 그릴 때 눈을 봤는데… 거긴 영혼 가득한 거 같더라구. |
| 솔이 | (흘끗 보곤) 걔가? |
| 연수 | 뭐에 미친놈처럼 그림에만 집중하고 있는 거 보니까… (나지막하게) 솔직히 부러웠어. |
| 솔이 | 그런 애를 왜 부러워해 니가. |
| 연수 | (피식 웃으며) 나 좀 한심하지? 한심한 건 내가 제일 싫어하는 건데. 걔가 그렇게 변하는 동안 난 그저 먹고 사는 걱정만 하면서 |

고작 여기 머물러있는 거… 내가 봐도 한심해.

솔이    어휴. 지랄도. 거기 머무르긴 뭘 머물러. 니가 갚아낸 빚이 얼마야? 세상 제일 열심히 사는 거 내가 다 봤는데. 그렇게 해서 여기까지 왔으면 성공한 거지 이년아.

연수, 담담하게 술잔을 비운다.

연수    그런데… 언니.

솔이    ?

연수    (N) 난 내 성공이 초라해.

연수, 말없이 가만히 술잔만 바라본다.

솔이    뭐? 말을 해 기지배야.

연수    (N) 지금 내가 뭘 하고 있는지 모르겠어.

연수    아냐.

솔이    너 여기 오기까지 과정이 얼마나 힘들었니. 최웅 걘 그걸 알겠냐? 니가 어떻게 지냈는지 걔가 알면… 아무튼. 니가 걔를 부러워할 건 하나도 없다고. 알겠어?

연수    (피식 웃곤) 오늘 프로젝트 끝낸 기념 기분이다! 언니. 오늘 내가 많이 팔아줄게! 여기 소주 쭉 줄 세워봐.

솔이    이미 너 들어올 때 3병 찍어놨어. 덤탱이도 씌울 테니까 걱정하지 말고. (열리는 문을 보며) 어머! 어서 오세요!

문 열고 손님이 들어오자 환하게 웃으며 반기는 솔이. 그 모습을 보고 웃는 연수. 한잔을 더 들이킨다.

## S#39.  최웅 집, 같은 시각.

거실 소파에 쓰러지듯 누워있는 최웅.

은호  형 나 간다? 오늘은 그냥 푹 쉬어~

최웅  알겠으니까 밝은 불은 *끄고* 가.

은호  알았어.


밝은 불이 꺼지고 어두운 조명만 은은하게 비춰진다. 은호가 나가자 고요한 집 안. 최웅 가만히 눈을 감는다. 한참을 누워있어도 잠이 오지 않자 뒤척거리는 최웅. 그때, 전화가 울린다.


(E) 핸드폰 진동 소리


## S#40.  술집, 이어서.

어느새 엎드려 있는 연수. 그리고 가게 문이 열리며 한 남자가 들어온다. 솔이가 반갑게 쳐다본다.

솔이  아 왔어? 미안. 갑자기 불러서. (음식 조리하며) 아휴. 얘 좀 봐라. 알다시피 얘 친구가 나 하난데 오늘따라 손님들이 많아서 내가 지금 얘를 어떻게 치울 방법이 없네. 그렇다고 경찰을 부를 수도 없고. 얘 깨면 지랄하겠지만 어쩌겠냐. 너가 좀 도와줘.


남자가 다가와 연수의 옆에 선다. 그리고 천천히 연수를 흔들어 깨워본다. 연수, 희미하게 눈을 뜬다. 흐릿하게 보이는 남자의 얼굴.

연수     (나지막하게) …웅아.

남자가 연수의 가방을 들고 연수를 일으켜 세운다.

연수     …웅이야?

남자의 옆 모습. 지웅이다.

지웅     어. 그래. 나야.

연수를 챙겨 데리고 나간다.


## S#41.  **최웅 집, 이어서.**

어두운 거실. 천천히 걸어 다니며 전화 통화 중인 최웅.

최웅     걱정하지 마. 아냐. 누가 그래. 요즘 잘 자. 응. 정말.
연옥     (F) 지난번에 보낸 약은 잘 먹고 있는 거지?
최웅     은호한테 매일 확인 시키는 거 다 알거든요.
연옥     (F) 그래. 빼먹지 말고 꼭 먹어. 알았지?
최웅     알았어. 나 쉴게.
연옥     (F) 아 그리고…
최웅     응. 왜?
연옥     (F, 머뭇거리는) 그게… 아까 내가 괜한 소리를 한 거 같아서 마음이 영 쓰이네.

최웅    뭐가?

연옥    (F) 아까 연수한테… 니가 많이 힘들었다고 괜한 말을 했어 엄마가… 연수 잘못이 아닌데 질책하는 것처럼 들렸으면 어쩌니? 아유… 미안해서 어쩌지.

연옥의 말에 뭔가 기억이 난 듯 멈춰 서 잠깐 눈을 질끈 감는 최웅. 그러곤 다시 눈을 뜬다. 생각에 잠긴 얼굴.

연옥    (F, 조심스럽게) 그리고 너희 둘… 혹시… 아 아니다. 아냐. 쉬어 아들.

최웅    …응. 엄마도 자요.

전화를 끊고, 가만히 서있는 웅.


## S#42.   편의점 앞, 이어서.

편의점 앞 테이블에 앉아있는 연수. 연수의 볼에 닿는 차가운 음료.

연수    앗 차가워!

지웅    좀 깼냐?

연수    으응. (하품을 크게 하는)

지웅    잠을 못 잔 거야?

연수    으응. 피곤한데 술도 먹으니까 훅 취했나 보다.

지웅    마셔. (배 음료를 건네는)

연수    올. 센스.

음료를 마시곤,

연수    미안. 늦은 시간에. 귀찮았겠다.
지웅    …별로. 재미없는 술자리에 있었거든.
연수    너도 술 마셨어?
지웅    어… 조금.
연수    너 술 못 먹잖아.
지웅    (흘끗 보곤) 그걸 기억해?
연수    당연하지. 어울리지 않게 아기 주량인 거 기억하지.
지웅    (조그맣게) …아기는 심했다.

하늘을 올려다보며 후우- 길게 숨을 내뱉는 연수. 그러다 홱
고개를 돌려 지웅을 본다.

연수    근데 영상들은 좀 괜찮게 나오고 있어?
지웅    뭐… 그럭저럭.
연수    흠… 아무리 봐도 괜히 찍는다 한 거 같단 말야. 고등학생 땐 풋
       풋해서 귀엽기라도 했지. 지금은 뭐 맨날 일하는 것만 찍어대고
       있는데 뭐가 재미있겠어? (지웅을 보며) 안타깝지만, 너 이번 작
       품 망하겠다.
지웅    (피식 웃는다) 망하길 바라는 건 아니고?
연수    어. 내가 사람들 아무도 못 보게 할 거야. 나 홍보 기가 막힌 거
       알지? 루머 퍼트릴 거야.

지웅, 기분 좋게 웃는다.

연수    나만 몰래 미리 보기로 먼저 보여주면 생각해 볼게.

지웅    미리 보기?

연수    엉. 나 얼굴 이상하게 나온 거나, 습관적으로 욕하는 거 찍혀있
        으면 어떡해. 그리고 최웅 내 뒷땅 까고 있을 게 분명한데… 궁
        금하단 말야.

지웅    (연수를 보는)

연수    (슬쩍 눈치를 보곤) 최웅이… 나보고 뭐라고 안 해?

        연수의 말에 지웅, 가만히 연수를 바라본다.

연수    아니 뭐… 그냥… 욕이라던가,

지웅    너…

연수    ?

지웅    아직 최웅 좋아하냐?

        훅 들어온 지웅의 말. 연수, 아무 말 못 하고 가만히 지웅을 바
        라본다.
        여름밤의 차가운 공기가 두 사람을 감싼다.

## S#43.  **골목길, 이어서.**

        어둡고 고요한 골목길. 간간이 켜져있는 가로등. 혼자 집으로
        걸어가고 있는 연수. 한숨을 푹 쉬며 걷고 있다. 지웅의 말이 계
        속 맴돈다.

지웅      (F) 너 아직 최웅 좋아하냐?

연수      (N) 그럴 리가 없잖아요.


눈을 꼭 감았다 뜨는 연수. 그러다 갑자기 멈춰 선다. 연수의 집 앞에 서있는 흐릿한 형체.


연수      (N) 그럴 리가 없는데…


최웅, 연수 집 앞 담벼락에 서있다. 연수, 멍하니 그를 보고 있다.


연수      최웅?


연수를 돌아보곤 천천히 다가가는 최웅.


연수      니가 여기는 어떻게…

최웅      들었어. 너 다시 이 집으로 이사 왔다는 거. 그래서 그렇게 자주 마주친 거였나.

연수      (당황한) 아… 그래?

최웅      술 마셨어?

연수      (황급히 고개를 돌리며) 응. 그런데 무슨 일로 온 건데 이 시간에.

최웅      그러게. 막상 오고 보니까 너무 늦은 시간이라 돌아갈까 고민 중이긴 했어.

연수      (계속 시선을 피한 채) 급한 거 아니면 내일 말할래? 나 지금 너무 피곤한…


연수, 지나쳐가려다 비틀거리며 중심을 잃자, 최웅, 연수를 붙잡는다. 가까이 붙어버리는 둘의 얼굴. 그때, 연수에게 떠오르는 기억.

✽ 플래시컷〉〉 어젯밤 회상.

늦은 새벽. 최웅 집 안 거실. 어두운 조명만 은은하게 비추고 있고 최웅은 소파에 잠들어있다. 어느새 연수가 담요를 꺼내 최웅에게 덮어 두고, 연수는 조금 떨어진 곳에 앉아 가만히 최웅을 바라보고 있다.
조용히 잠든 최웅이 자꾸만 미간을 찌푸리자 연수가 다가가서 미간을 눌러 펴준다. 그러곤 가만히 앉아 잠든 얼굴을 바라보는 연수. 그때, 갑자기 최웅이 눈을 뜬다. 몽롱한 눈빛. 화들짝 놀란 연수가 자리에서 일어나려 하자 최웅이 연수의 팔을 잡아당긴다. 연수, 어정쩡하게 최웅에게 붙어 얼굴이 닿을 듯 가깝다. 몽롱한 눈으로 가만히 연수를 바라보는 최웅. 놀란 연수. 심장이 터질 것만 같다.

최웅    …또 국연수야.
연수    (당황해서 손을 빼려는)
최웅    …또 꿈이지.
연수    (최웅의 말에 멈칫하는)

최웅, 연수를 가만히 바라본다.

최웅    …안 속아.

최웅의 말에 다시 주저앉는 연수. 최웅, 고개를 돌려 연수를 가만히 바라본다.

최웅      연수야…

나지막하게 연수를 부르는 최웅의 목소리. 고요한 집 안. 두 사람의 숨소리만 들린다. 한참의 침묵. 그리고 다시 최웅이 입을 연다.

최웅      …나 힘들어.

멍하니 연수를 바라본다. 충격받은 연수, 눈물이 그렁 맺힌다.

✱ 다시 현재〉〉

황급히 최웅에게서 떨어지는 연수.

연수      (N) 또 떠올라 버렸어요.
최웅      괜찮냐? 술 많이 마셨나 봐?
연수      아… 어 괜찮아.
최웅      (가만히 보다) 어제 말야.

최웅의 말에 연수, 돌아본다.

최웅      집에 보온병이 있던데 너가 주고 간 거야?
연수      (N) 최웅이 기억을 못 해서 다행이에요.

| 연수 | 아 웅. 너 정신 없어 보이길래 주고 갔어. |
|---|---|
| 최웅 | 아… 그래? |
| 연수 | 너 약 먹었다며. 그래서 몽롱해 보이더라. |
| 최웅 | 그럼 너 가고 내가 잠든 거야? |
| 연수 | 어. 그럴걸? |
| 최웅 | 아… 그렇구나. |
| 연수 | 그거 물어보려고 온 거야? 전화로 하지. |

연수를 가만히 보고 서있는 최웅.

| 연수 | (N) 그 모습은 저만 기억하고, |
|---|---|

연수, 다시 몸을 돌린다.

| 연수 | 그럼 나 들어갈게. 잘 가. |
|---|---|
| 연수 | (N) 그렇게 묻어두면 돼요. |

연수, 한 발 한 발 최웅에게서 멀어진다.

| 최웅 | 그럼 내일은 니가 기억 안 나는 척해. |
|---|---|

나지막한 최웅의 목소리.

| 최웅 | 꿈 아니잖아. |
|---|---|

최웅의 말에 멈춰 서는 연수.

최웅    왜 꿈인 척해.

그대로 굳어버리는 연수.

최웅    왜 거짓말해.

아무 말 하지 못한다.

최웅    연수야.

최웅의 부름에 뒤돌아보고 싶지만 아무것도 할 수 없는 연수.

최웅    연수야…

무너질 것 같은 기분이다. 힘들게 돌아보는 연수. 최웅, 이미 젖은 눈빛으로 연수를 바라보고 있다. 최웅의 눈빛에 한 대 맞은 듯한 연수.

최웅    우리… 이거 맞아?

최웅이 한 걸음 다가온다.

최웅    우리 지금 이러는 게 맞아?

한 걸음 더.

최웅    다른 사람도 아니고 우리잖아. 그저 그런 사랑하고 그저 그런
        이별한 거 아니잖아 우리.

        연수, 흔들리는 눈빛으로 최웅을 바라본다.

최웅    (떨리는 목소리로) 이렇게… 다시 만났으면. 잘 지냈냐고. 어떻게
        지냈냐고. 힘들진 않았냐고… 나는… 나는 좀 많이 힘들었다고.
        말할 수 있잖아. 그 정도 이야긴 해도 되잖아 우리…

        연수, 세차게 고개를 끄덕인다. 두 뺨에 흘러내리는 눈물.

연수    (N) 우리가 헤어진 건,
최웅    어떻게 지냈어?
연수    (N) 다 내 오만이었어.

        연수, 말없이 눈물만 흘린다. 최웅의 젖은 눈도 불빛에 반짝인다.

최웅    말해 봐. 어떻게 지냈어 너.
연수    (N) 너 없이 살 수 있을 거라는 내 오만.

                                                              END.

S#      에필로그

1. 최웅 방 안, 오후.

S#9. 같은 상황.
음악이 흘러나오고 있는 방 안.

연수     넌? 넌 앞으로 뭐 할 건데?
최웅     나? (심드렁하게) 글쎄. 별로 생각 없는데…
연수     그림에 재능 있고 좋아하니까 그걸 직업 삼을 거 아냐?
최웅     그림은 그냥… 취미로 할래. (피식 웃으며) 알잖아. 낮엔 햇빛 아
        래에 누워있고 밤엔 등불 아래에 누워있는 게 내 꿈. 인생 피곤
        하게 사는 건 딱 싫다.

기지개를 켜고 연수를 보며 돌아눕는 최웅.

최웅     난 그냥 이렇게 사는 게 좋아. 가족이랑 너 옆에서.

하지만 연수의 표정이 좋지 않다. 최웅, 슬쩍 연수의 눈치를 본
다. 잠시 후, 연수가 방을 나가자 슬그머니 노트북에 앉아 연수
가 쓰고 있던 빽빽한 자소서를 본다.

최웅     (중얼거리는) 나 너무 한심해 보였으려나…

새로 인터넷 검색창을 띄우는 최웅.

[ 디자인학과 취업 ]

[ 그림으로 돈 버는 법 ]

[ 미술 특기자 취업 방법 ]

열심히 검색을 해본다.


2. 최웅 방 안, 오전.


자막    **이별 4개월 후.**


고요한 방 안. 책상에 앉아 멍하니 앞만 보고 있는 최웅. 아무것
도 담겨져 있지 않은 얼굴이다. 한참을 그러고 있던 최웅. 자리
에서 일어나 방문을 잠근다. 그러곤 책상으로 다가와 서랍에서
무언가를 꺼낸다. 새하얀 종이들이다. 그리고 펜을 손에 쥐는
최웅.
펜을 쥔 손에 힘이 들어가 미세하게 떨린다. 차갑고, 단호한 표
정의 최웅. 종이에 선을 하나 주욱 긋는다.

캐치 미 이프 유 캔

**S#1.** **최웅 집, 낮.**

잔잔한 음악이 흐르고 있는 거실. 평화로운 분위기.

최웅, 난초에 분무기로 물을 뿌리고 헝겊으로 닦아주고 있다.

여유로운 표정.

최웅     (인터뷰하듯) 손자병법에는 이런 말이 있죠. '최고의 방어는 공격
        이다.'

정성스럽게 난초를 닦으며,

최웅     글쎄요. 전 동의하지 않아요. 방어하기도 힘들어 죽을 거 같은
        데 공격할 힘은 도대체 어디 있을까요?

고개를 절레절레 젓는 최웅.

최웅     그러니까 제가 봤을 땐 최고의 방어는…

최웅, 카메라를 본다.

최웅    도망이죠.


## S#2.   초등학교 교실, 낮.

자막    **초등학생 최웅**

최웅    (N) 저에게 있어 도망의 역사는 꽤 오래되었어요.
선생님   자~ 오늘 3교시에 '사랑하는 우리 가족'에 대해 발표할 친구는
        최웅이에요~ 웅아~ 준비해 왔지?

어린 최웅. 멍한 얼굴로 가만히 칠판만 보고 있다.

선생님   자 쉬는 시간 잠깐 가지고 조금 있다 시작할게요~

종소리가 울리고 와글와글 아이들이 자리에서 일어난다.
한참 가만히 앉아있던 최웅, 조용히 일어난다.


## S#3.   초등학교 운동장, 이어서.
나무 위에 올라가 앉아있는 최웅.
그 아래로 선생님과 아이들이 둘러싸고 있다.

선생님   웅아~ 얼른 내려와 얼른~ 위험하다니까!

최웅, 듣는 채도 안 하고 단호한 얼굴로 앉아있다.

최웅     (N) 꽤나 어린 나이에,
선생님   (답답한) 발표 안 시킬 테니까 얼른 내려와! 응? 정말이야! 안 해
         도 돼! 웅아~

최웅, 그제야 흘끗 아래를 내려다본다.

최웅     (N) 그 달콤함을 맛봤다고나 할까.
선생님   (손가락을 내밀며) 정말이야! 약속!

최웅, 손가락을 내밀어 약속하는 듯한 제스처.


## S#4.  휘영동 골목, 오후.

자막  **고등학생 최웅**

평상 옆에서 신발 끈을 단단히 고쳐 묶는 최웅.

최웅     (N) 물론 도망은 저를 위한 거긴 하지만,

곧 기사식당에서 최호가 뛰쳐나온다.

최호     최웅!!!

소리와 함께 달리기 시작하는 최웅. 익숙한 듯 평온한 표정으로 호흡하며 뛰는 최웅.

최웅    (N) 상대를 위한 것이기도 해요.

뒤로 최호가 망가진 낚싯대를 들고 뛰어온다. 길목을 도는 최웅.


**S#5.    고등학교 교정, 이어서.**

길목을 돌아 뛰는 최웅. 옷이 바뀌어 있고, 쫓아오는 사람도 지웅으로 바뀌어 있다.
지웅 손에 들려 있는 찢겨진 체육복 바지.

지웅    이 개자식아!!!
최웅    (N) 순간 이성을 잃어서 상당히 감정적여지는 순간을 피해,

지웅과 달리 굉장히 담담해 보이는 최웅의 표정.


**S#6.    공원, 이어서.**

또 한 번 길목을 돌자, 옷이 한 번 더 바뀌고, 연수가 쫓아오고 있다. 연수, 지친 듯 멈춰 서서 숨을 몰아쉰다.
최웅이 뒤돌아보자 천천히 손짓한다.

연수    (숨을 몰아쉬며) 안 때릴게. 화도 안 낼 테니까 일로 와. 얼른.

최웅, 멈춰 서서 가만히 보고 있다.

최웅    (N) 다시 차분하게 대화를 할 수 있을 때까지 시간을 벌어주는
       거니까요.
최웅    진짜?

연수, 숨을 고르다 최웅을 보곤 다시 뛴다. 그러자 다시 재빠르
게 도망가는 최웅. 연수, 소리친다.

연수    일로 안 와?!


## S#7.    운동장, 오전.

자막    **대학생 최웅.**

텅 빈 학교 운동장. 지웅과 최웅이 트레이닝복을 입고 서있다.

최웅    (N) 그렇다고 아무 때나 도망을 가는 건 아니에요.

뒤쪽에서 나란히 걷고 있는 지웅과 최웅.

지웅    니가 마라톤 대회를 나간다고?
최웅    (단호한 얼굴로) 연수가 하프 코스 완주하면 커플링 껴준대.
지웅    (고개를 젓는) 걔도 참 대단하다. 연애를 하는 거냐 육아를 하는
       거냐.

| 최웅 | 연수는 아직 날 잘 모르는 거 같다. 나도 한다면 하는 사람인데. 암튼. 도와줄 거지? |
|---|---|
| 지웅 | 진짜 빡세게 훈련시킬 거니까 나중에 딴말하지 마라. 매일 이 시간에 나와서 한 시간씩 뛰는 거야. |
| 최웅 | (잠깐 흠칫하지만) 당연하지. 일주일만 체력 단련하면 하프는 무슨 풀코스도 가능하지. |

지웅과 함께 운동장을 뛰기 시작하는 최웅. 처음엔 가벼운 얼굴로 뛰는 최웅.
날이 바뀌고 옷이 바뀐다. 점점 지쳐가는 최웅. 지웅이 뒤에서 밀다시피 하며 끌고 간다.
옷이 세 번이 바뀌고, 넷째 날. 운동장엔 지웅 혼자 서서 시계를 보며 미간을 잔뜩 찌푸리고 있다.


## S#8.  **최웅 집, 이어서.**

침대에 누워 끙끙 앓고 있는 최웅. 손 하나 까딱 못하고 근육통을 호소하고 있다. 지웅에게서 전화가 걸려오는 핸드폰을 던져둔다.

| 최웅 | (N) 객관적인 상황 판단을 통해 적절하게 선택하는 거죠. |
|---|---|
| 최웅 | (중얼거리는) 그래… 김지웅이랑 우정링이나 끼지 뭐. 그럼 그럼… |
| 최웅 | (N) 그래서 전 도망이 부끄럽지 않아요. |

# S#9.　최웅 방, 오전.

자막　**그리고 현재 최웅**

침대에서 눈을 뜨는 최웅. 부시시한 눈으로 천천히 정신을 차리
는데 문득 스쳐 지나가는 잔상.

＊플래시컷〉〉

EP06 엔딩 장면.
눈물을 흘리는 연수와 젖은 눈으로 바라보고 있는 최웅의 모습.

＊다시 현재〉〉

최웅　　(눈을 질끈 감으며) 으윽.

다시 이불을 뒤집어쓴다. 그러곤 이불을 팡팡 걷어차는 최웅.


# S#10.　거실, 이어서.
주방 테이블엔 장을 봐온 듯 식재료들이 잔뜩 놓여있고, 은호가
부산스럽게 움직이고 있다. 방에서 나오는 최웅.

은호　　(최웅을 흘끗 보곤) 형 일어났어? 오늘 우리 파~리 하기로 한 거
　　　　알지? 형 데뷔 축하를 이렇게 정성스럽게 한다 내가. (시계를 보
　　　　는) 어. 곧 지웅이 형 오겠다. 오늘은 다 같이 촬영한다고 연수

누나도 온대. 또 더 초대할 사람 없어? 예를 들면 엔제이 님이라든가 엔제이 님이라든가 엔제이 님 같은.

은호의 말을 가만히 서서 듣고 있는 최웅. 돌아서 다시 방으로 들어간다.

최웅    (N) 저의 도망은 회피가 아니라,

잠시 후, 가방을 하나 메고 나오는 최웅. 정신없이 요리를 엉망으로 하고 있는 은호를 흘끗 보곤 테이블에 놓인 바나나 하나를 훔쳐 주머니에 넣고는 멀쩡한 문을 놔두고는 창문을 활짝 열더니 폴짝 뛰어넘는다.

최웅    (N) 합리적인 선택이니까요.


**S#11.    연수 집 화장실, 같은 시각.**
부시시한 얼굴로 멍하니 거울을 보며 양치질 중인 연수. 눈이 부어있다.

연수    (N) 도망이요?

무슨 생각을 하는지 알 수 없는 표정.

연수    (N) 그런 비겁한 행동은 살면서 단 한 번도 해본 적 없어요.

입을 헹구고 내뱉는다.

연수    (N) 그거 다 한심한 변명이고 핑계인 거죠.

그러자 갑자기 다시 떠오르는 어젯밤.

＊플래시컷〉〉

EP06 엔딩 장면 이어서.
연수, 말없이 눈물만 흘리자 최웅, 천천히 손을 든다. 연수의 눈
물을 닦아주려는 듯 손을 가져가다 멈춰 선다. 머뭇거리는 손.
그 사이에 연수, 한 발 뒤로 물러선다.

연수    (잠긴 목소리로) 내가… 내가 좀 취해서…

그리고 돌아서는 연수.

＊다시 현재〉〉

연수    (고통스러운 듯 눈을 질끈 감는) 아…

다시 정신 차리고 거울 속을 바라본다. 심호흡을 크게 한다.

연수    (N) 아무튼 도망은 비겁한 사람이나 하는 거라구요.

## S#12.  다큐 방송사 회의실, 오후.

회의실에 앉아있는 지웅과 채란, 태훈. 아무 말 없이 조용하다.
그때, 문을 열고 들어오는 민경.


민경     (파일을 들고 들어오며) 어때? 구성안은 다들 봤니? (둘러보곤) 아직
        못 봤나 본데? 내 기가 막힌 구성안을 보고 그런 표정을 지을
        수가 없을 텐데?
지웅     그 기가 막힌 구성안. 아쉽지만 못 찍습니다.
민경     뭐? 왜? 김피디. 이런 식으로 내 꺼 까는 거는 너무 유치하지
        않…
지웅     도망갔어요.
민경     누가?
지웅     출연자요.
민경     출연자? 누구?
지웅     최웅.
민경     (피식 웃으며) 다시 잡아오면 되지 그게 뭐라고…
지웅     그리고 국연수요.


* 제목 삽입⟩⟩




## S#13.  최웅 집 거실, 낮.


자막    3시간 전.


거실 소파에 앉아있는 은호와 솔이. 거실 바닥엔 풍선들이 굴러

다니고 주방 테이블엔 음식과 와인들이 놓여있다. 그리고 둘 앞에 서있는 지웅과 채란.

지웅, 계속 전화를 하고 있지만 받지 않는지 미간을 찌푸리며 끊는다.


은호   내가 계속 전화해 봤다니까? 안 받아.

지웅   (한숨 쉬곤) 아침까진 같이 있었다며.

은호   어. 분명 있었거든? 근데 없어졌어.

채란   (솔이를 보곤) 정말 연수 씨한테 뭐 들은 거 없어요?

솔이   (어이없는) 저 와인들 다 내가 들고 온 거예요. 오늘 여기서 파티 한다고 해서 가게도 닫고 왔는데 이게 뭐야. 나도 피해자처럼 보이지 않아요?

지웅   최웅은 그렇다 쳐도 연수가 그렇게 무책임한 애는 아닌데… 혹시 무슨 일이 있는 건 아냐?

솔이   (지웅을 보며) 어제 너가 데려다준 거 아냐? 걔 술이 안 깼나?

지웅   (잠깐 생각하는)

솔이   애가 숙취가 심한 애는 아닌데… (핸드폰을 꺼내는) 할머니한테 연락해 보지 뭐.


그때, 솔이의 핸드폰에 문자가 온다. 문자를 확인하곤 흥미로운 듯한 표정의 솔이.


지웅   왜? 국연수야?

솔이   맞네. 잠수 탄 거. '잠깐 시간이 필요함. 할머니에겐 말하지 말 것.' 말투 싸가지 없는 거 보면 어디 납치당한 거 아니고 국연수 맞네.

| 은호 | 연수 누나 잠수 탄 거예요? 왜? 왜지? |
|---|---|
| 지웅 | (머리가 지끈거리는) 최웅은 갈만한 데 있어? |
| 은호 | 알잖아. 그 형은 생각이 짧아서 근방 뒤져보면 바로 잡히게 되어있어. 걱정 마. 아니 근데 갑자기 왜 오늘 이러는 거야? 어제 드로잉 쇼도 잘 끝내놓고. 이해할 수가 없네. |
| 채란 | 그런데 갑자기 둘이 동시에 이러는 거… 이상하지 않아요? |

다들 채란을 본다.

| 채란 | (아무렇지 않게) 아니 뭐. 둘 사이에 무슨 일이 있었다던가… 아닌가? 나만 이상한가? |

채란의 말에 뭔가 생각하는 듯한 표정의 지웅.

| 은호 | 에이~ 어제도 둘이 같이 있는 거 한 번도 못 봤는데요? |
| 솔이 | 맞아. 그리고 어제 끝나고는 연수 걔 우리 가게에서 혼자 술 먹고 취해서 집에 갔어. |
| 은호 | 웅이 형은 피곤해서 집에서 일찍 잤고. |

은호, 솔이 잠깐 말없다 서로를 확 바라본다.


## S#14.  공원, 같은 시각.

가방 하나 메고 벤치에 멍하니 앉아있는 최웅. 바나나 껍질을 한 줄기씩 까며,

| 최웅 | (N) 어제 나는 술에 취했는가? |
|---|---|
| 최웅 | 아니요. |
| 최웅 | (N) 어제 나는 약을 먹었는가? |
| 최웅 | 아니요. |
| 최웅 | (N) 그런데도 어제 나는 국연수 앞에서 울었는가? |

한숨을 푹 쉬는 최웅. 껍질 깐 바나나를 한 입 베어 먹으려는데 그마저도 힘없이 땅에 툭 떨어진다. 가만히 바라보다 다시 한숨을 쉰다.

최웅 (생각하다 문득) 근데 걘 어제 취해서 기억 못 할 수도 있잖아.

핸드폰을 열어보는 최웅. 부재중 통화 19통. 그리고 은호가 보낸 문자 메시지들.

[ 형 어디야? 어차피 잡힐 거 힘 빼지 말고 말해. ] [ 내가 월급 올려 달라고 해서 이러는 거야? 그렇다면 나도 물러서지 않아! ] [ 설마 연수 누나랑 같이 있어? ] [ 둘 다 갑자기 왜 잠수냐고! ]

메시지를 확인하곤 더 깊은 한숨을 쉬는 최웅.

최웅 (N) 일단은 피하고 생각해 봐야겠어요.


## S#15. 공원, 같은 시각.

최웅이 있는 공원과 같지만 반대쪽에 서있는 연수. 쏟아지는 햇살에 살짝 미간을 찌푸리곤 손 그늘을 만들고 서있다.

연수    (N) 어느 정도 예상은 했지만…

연수    진짜 갈 데가 없네…

어깨를 으쓱하곤 주변을 둘러본다. 자전거를 타는 아이들, 산책하는 연인들, 즐겁게 수다 떨고 있는 학생들. 연수, 애꿎은 바닥만 툭툭 차며 가만히 서있다.

연수    (N) 사람들은 보통 이럴 때 뭘 하는 걸까요.

핸드폰을 꺼냈다가 슬쩍 다시 주머니에 넣는다.

연수    아. 나 친구 없지.

가만히 서있다 돌아서는 연수.

연수    (N) 이건 도망이 아니라 일단 생각이 정리될 때까지만 잠깐 피해주는 거예요.


## S#16.   제작사 회의실, 낮.

S#12. 이어서.

회의실에 둘러앉아 있는 민경, 지웅, 채란, 태훈.

민경    (만족한 미소로 턱을 괴며) 너무 흥미로워.

| | |
|---|---|
| 지웅 | (미간을 찌푸리며) 네? |
| 민경 | 둘 다 갑자기 도망을 갔다는 거지? 어머. 기대한 것보다 더 재밌다 얘. (채란을 보며) 둘이 같이 잠수 탄 거 안 이상해? |
| 채란 | (흘끗 지웅 눈치를 보곤) 좀… 그렇긴 하죠. |
| 민경 | 그러니까. 이거 대박 나려나 보다? 둘이 진짜 뭐 있나 봐? |
| 지웅 | 뭘 찍을 수나 있어야 하죠. 출연자 없이 뭘 어떻게 합니까? |
| 민경 | (눈을 가늘게 뜨고) 진짜 김피디 왜 자꾸 그러지? 의지가 별로 없어 보인다 이번 작품은? |
| 지웅 | 뭐라구요? |
| 민경 | 언제 자기가 출연자 도망갔다고 촬영을 접은 적이 있어? 죽도 촬영 기억 안 나? |
| 지웅 | (미간을 찌푸리며) 그건 왜 또 꺼내요? |
| 민경 | 그때도 출연자 증발했는데 뻘까지 뒤져가면서 찾아온 게 김피디 아니었어? 또 거기 어디야 뱀 농장에서는 탈출한 뱀들도 잡으러 산으로 뛰어다녔잖아? 안 그래? 근데 고작 이걸로 촬영을 하네 마네 하는 거야? |
| 지웅 | (머리가 지끈거리는) 출연자 잡아 오면. 하기 싫다는 사람들 억지로 앉혀놓으면 그게 그림이 나오겠습니까? |
| 민경 | 잡아 오면 다시는 도망 못 가게 해야지. 어디 보자… (채란을 보며) 자기는 섬이 좋아, 산이 좋아? (찡긋 웃는다) |
| 채란 | 네? |
| 민경 | 거기 우리 인턴? 내 작품의 특장점이 뭐지? |
| 태훈 | (고민 없이) 낯선 환경과 제한적인 공간에서 인물의 원초적인 감정을 끌어내는 거요. |
| 민경 | 간단하게? |
| 태훈 | 가둬놓고 찍기요. |

민경     (웃으며) 날도 좋은데. 여행 한 번 갔다 와 다들.

여행이란 말에 마냥 솔깃하는 태훈과 미간을 찌푸리는 지웅. 채
란은 그런 지웅을 가만히 보고 있다.

민경     도망간 애들 어디 한적한 곳으로 납치해서 한 3회 분량 찍어 오
라구.


## S#17.    **최웅 집, 같은 시각.**
소파에 누워서 흔들거리고 있는 발가락. 통화 중인 은호다.

은호     알았어. 알았어. 걱정 마. 지금 열심히 찾고 있다니까? 찾으면
연락할게. 택시 온다. 택시~ 형 끊어!

전화를 끊고 핸드폰을 툭 던져두곤 발가락을 더 흔들거린다.

은호     (여유 있게) 땡큐 최웅. 도비는 이제 자유예요.

크게 기지개를 켜는데 그때, 옆에서 바스락거리는 소리에 은호
돌아보곤 화들짝 놀란다.
옆에 서서 시리얼을 퍼먹고 있는 솔이.

은호     엄마 깜짝이야!
솔이     그렇게 놀라기엔 아까부터 있었는데?
은호     (당황스러운) 뭐 하세요 거기서?

| 솔이 | 배고파. 먹을 건 많은데 먹을만한 건 없을까 왜? |
|---|---|
| 은호 | (어이없는) 안 갔어요? |
| 솔이 | 가라고 안 했는데? |
| 은호 | 다들 갔잖아요. |
| 솔이 | 여기 내 술이 있는데? |
| 은호 | 연수 누나 찾으러 안 가요? |
| 솔이 | 그러는 너는? |
| 은호 | 근데 저희 언제 말을 놨었죠? |
| 솔이 | 나는 나이에 따른 위계질서를 옹호하고 지지하는 사람이라 자연스럽게 방금 놨지. |

어이없다는 듯 보는 은호. 솔이, 다시 주방으로 가며.

| 솔이 | 근데 너 진짜 최웅 어디 갔는지 몰라? |
|---|---|
| 은호 | 에이. 알죠 당연히. 그 형이 갈 데가 어디 있겠어요? 뻔하죠. 그 형 친구도 없고 취미도 없어요. 게임도 안 하는걸? |
| 솔이 | 국연수도 마찬가지야. 그래서 그 둘이 사귄 건가. |
| 은호 | 유일하게 취미라고 할 거라면 하나 있는데… |
| 솔이 | (으쓱하며, 식재료를 뒤지는) 뻔하지 뭐. 그럼 거기 있겠네. 둘 다. |
| 은호 | 근데 이 집이랑 오늘 초면 아니에요? 굉장히 자연스럽게 사용 중인 거 같은데. |
| 솔이 | 가게도 닫고 오랜만에 제대로 놀려고 왔는데 이러고 있을 순 없지. |
| 은호 | ? |
| 솔이 | (은호를 돌아보며, 와인 병을 흔드는) 최웅 없는 최웅 파티? |

은호, 솔이를 진지하게 바라본다.

은호      누나 천재예요?


### S#18.  **도서관, 낮.**

동네 작은 도서관. 햇살이 잘 드는 창과 적은 사람들이 조용히 이용 중인 모습. 그리고 그 사이로 책을 잔뜩 들고 멍하니 서있는 최웅.

최웅      (N) 도망 후 고작 3시간 만에.

최웅이 누군가를 바라보고 있다. 책이 한 권 툭 떨어진다.

최웅      (N) 들어온 문으로 다시 돌아와 버린 느낌.

맞은편. 마주 보고 책을 들고 서있는 연수.

연수      (N) 결국 다시 최웅 앞이라니.

서로 당황한 채 서서 바라만 보고 있는 둘. 한참 그러다 먼저 정신을 차린 최웅이 먼저 입을 뗀다.

최웅      하이.
최웅      (N) 올해 내뱉은 말 중 최악의 말 1위 선정.

연수, 당황했지만 침착하게 입을 연다.

연수   여기서 뭐 해?

최웅   (책을 들어 보이는)

연수   오늘 너 축하 파티한다고 하지 않았어?

최웅   그러는 넌?


연수, 다급하게 머리를 굴린다.


연수   그냥. 쉬고 싶어서…?


또 말없이 서로 보고 서있는 둘.


최웅   지금 굉장히 어색한 거 알지?

연수   그래? 아니 난 괜찮은데.

최웅   정말?

연수   응. 아무렇지 않은데. 왜? 어색할 일이 있나?

최웅   기억 안 난다고 우기는 쪽을 선택했나 본데.

연수   응? 뭐가? 무슨 말을…

최웅   (끊으며) 국연수.

연수   (한숨을 쉬곤) 그래. 어색하다. 어색해 죽겠다. 전남친 앞에서 술
       먹고 질질 짜서 쪽팔려 미치겠다. 됐냐?


연수의 말에 도서관에 있던 사람들이 홱 돌아본다. 연수 아차
하는 표정. 최웅, 가만히 연수를 본다.

| 최웅 | (N) 말했다시피 저한테 도망은 회피가 아니라 합리적인 선택이에요. |
|---|---|

최웅, 성큼성큼 연수 쪽으로 걸어온다.

| 최웅 | (N) 그러니까 그건, 선택하지 않을 때도 있다는 거죠. |
|---|---|
| 최웅 | (연수를 지나쳐가며) 밥 먹자. 나와. |

연수, 놀란 얼굴로 최웅을 돌아본다. 최웅, 도서관 문을 성큼성큼 벗어난다. 그러자 울리는 경보음. 잠시 후 다시 돌아와 책을 반납대에 두고 다시 나간다. 연수, 피식 웃는다. 그러곤 다시 긴장한 얼굴.


## S#19.  골목길, 낮.

멍하니 하늘을 바라보며 골목 한편에 앉아있는 엔제이 얼굴.
집들이 밀집되어 있는 좁은 골목길.
한 곳엔 [ 엔제이와 함께하는 여름 장마 대비 사랑의 연탄 나눔 ] 현수막과 작은 천막이 쳐져 있고, 편한 복장에 조끼를 착용한 엔제이와 스무 명 남짓의 사람들.
곳곳에 흩어져 잠시 휴식을 취하고 있다. 치성이 엔제이에게 물병을 들고 다가온다. 못마땅한 얼굴.

| 치성 | 너 이러는 거 무슨 생각인지 모르겠다. 이런 건 하기 싫다고 해도 돼. |
|---|---|
| 엔제이 | (어깨를 으쓱하며) 좋은 일 하는 게? 오빠 심보가 너무 별론데? |

치성      남 좋은 일이지 너한테는…

그때, 쭈뼛쭈뼛 다가오는 여학생 하나. 고등학교 체육복을 입고
있다.

여학생    (음료를 내밀며) 언니. 이거 드세요. 제가 사 온 거예요.
엔제이    (웃으며 받는) 고마워요.
여학생    (수줍게, 엄지를 들며) 언니는 정말 실물이 훨씬 예뻐요! 정말로!

여학생이 가고, 치성이 엔제이가 받은 음료를 뺏어 간다.

치성      속도 없냐?
반장      (박수치며 외치는) 자 다들 도시락 받아 가세요!
엔제이    (흘끗 보곤) 대표님이 도시락 보낸 거지? 거봐. 대표는 좋아하잖아.
치성      대표님 좋으라고 이러는 거냐?
엔제이    먹자. 배고파.

지원자들이 천막을 향해 가다 엔제이를 보며 웃으며 부른다.

지원자1    엔제이 님도 같이 드세요!
지원자2    얼른 오세요!

엔제이, 가려는 듯 몸을 돌리자 치성이 붙잡는다.

치성      그렇게 너 욕하던 인간들이랑 얼굴 맞대고 같이 밥을 먹고 싶어?

엔제이, 어깨를 으쓱하곤,

엔제이    왜? 맛있겠는데.

천막으로 다가가는 엔제이. 치성, 한숨 쉬곤 뺏은 음료수를 확인하곤 바닥에 부어버린다.


## S#20.  천막 안, 이어서.

지원자들끼리 둘러앉아 도시락을 먹고 있고, 엔제이와 치성은 보이지 않는다. 그때, 여학생이 슬쩍 눈치를 보다 지원자들에게 나지막하게 말을 건다.

여학생    다들 여기 오면 엔제이가 선처해 주신다는 말 듣고 오신 거죠?
지원자1   네. 작년에도 여기 온 사람들은 다 선처해 줬다면서요?
지원자2   (끄덕이며) 맞아요. 바로 고소 취하해줘요.
여학생    어떻게 아세요?
지원자2   (눈치 보다) 사실… 작년에도 한 번 왔었거든요.
여학생    어머. 그럼 이번에 또 걸리신 거예요?
지원자2   운이 더럽게 나쁜 거죠. 요즘은 뭐 별말 아닌 것도 다 악플이라고 하니 참…
여학생    그러니까요. 사실 이것도 좀 웃기지 않아요? (슬쩍 눈치를 보곤) 악플러들이랑 함께하는 봉사 활동이라니… 멘탈이 대단한 건지 아님 똑똑하다고 해야 하나?
지원자3   다 이미지 메이킹이죠 뭐. 독하다니까 정말. 아무튼 오늘 비위나 잘 맞춰주면 선처해 주니까 끝까지 힘내죠 다들.

| 여학생 | 도시락마다 자기 얼굴 스티커 붙여져 있는 거 봤어요? 참나. 여기서 자기랑 얼굴 맞대고 밥 먹는 거 좋아할 사람 도대체 어디 있다고… |
|---|---|
| 지원자3 | 어우. 진작에 떼다 버렸지. 어린 친구가 영악한 거 같아요 아주. |
| 여학생 | 근데 언니는 댓글 뭐라고 쓰셨어요? |
| 지원자3 | 아니 난 없는 얘기 한 것도 아니거든요. 아 왜 엔제이 옛날에 스폰 엄청 받았다는 거~ 그거 좀 썰 푼 거지~ 소속사에서 아주 입 막으려고 선량한 시민만 쥐 잡듯이 잡는다니까? |
| 여학생 | 어머. 엔제이 스폰도 받았어요? 대박. 언제? |

바짝 달라붙어 서로 수군거리는 지원자들. 그리고 천막 뒤, 음료 상자를 들고 서있는 엔제이.
그리고 엔제이의 발 앞에 구겨진 엔제이 얼굴 스티커가 버려져 있다. 담담하게 바라본다.


**S#21. 웅이와 기사식당 앞, 낮.**

말없이 식당을 바라보고 서있는 연수. 최웅, 들어가려다 멈춰서 연수를 돌아본다.

| 최웅 | 뭐 해? 안 들어가? |
|---|---|

머뭇거리는 연수. 최웅, 연수를 보다 먼저 들어간다. 연수, 곧 최웅을 따라 들어선다.

## S#22.  웅이와 기사식당, 이어서.

카운터에서 돈을 정리하고 있는 최호.


최호    (최웅을 보곤) 너 어딜 갔다가 이제… (뒤이어 연수를 보곤, 놀라는)
        오. 연수 왔구나?


그 소리에 주방에 있던 연옥이 나온다.


연옥    연수? (연수를 보곤) 어머. 연수 왔니?


재빠르게 연수에게 다가가는 연옥. 연수의 등을 토닥이며,


연옥    잘 왔어. 잘 왔어. 밥 먹으러 온 거지? 얼른 앉아.
연수    (웃으며 인사하는) 어젠 잘 들어가셨죠?


최웅, 자리에 앉아있고, 연수, 마주 앉는다.


최웅    엄마 이제 정말 나는 안 보이나 봐.
연옥    (연수에게) 정말 오랜만에 오지? 뭐 먹고 싶어? 뭐든 말만 해. 아
        줌마가 다 해줄게.
연수    전 다 상관없어요. 아줌마가 해주시는 건 다 맛있어요.
연옥    그래두~ 특히 더 먹고 싶은 건 없었어?
연수    (잠깐 생각하다) 그럼… 비지찌개 아직 하세요?
연옥    그럼~ 참. 연수가 그거 참 좋아했지? 금방 해줄게.
최웅    나는 그럼…
연옥    (연수 보며) 고기반찬하고 이것 저것 내줄 테니까. 많이 먹고 가.

알았지?

연옥이 다시 주방으로 들어가고, 마침 창식이 가게로 들어온다.

창식      최사장 나왔슈.

최호      자네 방금 왔다 가지 않았어?

창식      그렇지 뭐~ (최웅을 보곤) 어? 웅이 쟈 언제 왔대?

창식, 자연스럽게 핸드폰을 꺼내 든다.

최호      뭐 해?

창식      아까 지웅이가 웅이 저거 보면 바로 알려달라고 했잖어.

최호      (창식의 핸드폰을 그대로 다시 주머니에 쑤셔 넣으며) 넣어 둬. 넣어 둬.

창식      아니. 애가 애타게 찾는다고 아까…

최호      (창식을 끌고 나가는) 어허. 나가. 얼른 가. 여기 하루에 한 번만 올 수 있는겨. 얼른 가.

최호와 창식이 나가고, 식사 시간이 지난 때라 꽤 한산한 식당 안. 연수, 어색한 듯 두리번거리며 앉아있고 최웅, 그런 연수를 가만히 바라보고 있다.

## S#23.    편집실, 같은 시각.

자리에 앉아 애꿎은 영상만 계속해서 돌려보고 있는 지웅.
그때, 문을 열고 동일이 소시지 빵을 씹으며 들어온다.

| | |
|---|---|
| 동일 | 그거 백날 돌려보면 답이 나오냐? |
| 지웅 | (한숨 쉬곤) 편집실에서 음식 냄새나는 거 싫다고 말씀드렸을 텐데요 분명. |
| 동일 | (입에 욱여넣으며) 다 먹었다. 다 먹었어. 새끼 예민하긴. 넌 밥 안 먹냐? |
| 지웅 | 먹었습니다. 편집실 밖에서. |
| 동일 | 애들 도망갔다며? (웃는) 내가 딱 이쯤이면 한 번 튈 때 됐다고 생각했지. 걔들은 어떻게 변한 게 하나 없냐? |
| 지웅 | (동일을 보며, 미간을 찌푸리며) 알고 있었어요? |
| 동일 | 걔들 10년 전에도 한 1~2주 찍고 도망갔었거든. 몰랐어? |

지웅, 가만히 생각한다. 뭔가 생각난 듯,

| | |
|---|---|
| 지웅 | 최웅 무단결석하고 국연수 조퇴한 날? |
| 동일 | 그래 임마. 아무 말도 없이 갑자기 둘 다 도망가서 동네를 다 뒤지고 다녔잖아. |
| 지웅 | 그래서. 어디서 찾았어요? |
| 동일 | 못 찾았지. |
| 지웅 | (뭐냐는 듯 보는) |
| 동일 | 근데 갑자기 둘이 원만한 협의를 봤는지 아무 일 없었던 것처럼 다시 왔어. |
| 지웅 | 그게 뭐예요? |
| 동일 | 그니까 지들이 알아서 지지고 볶고 올 거라고~ 넌 그냥 기다렸다가 오면 잡아채 가. 아까 보니까 채란이 숙소 찾고 있던데 어디 멀리 가는 거 아냐? |
| 지웅 | (생각하는) |

동일   나도 같이 가면 안 돼? 공기 좋은 데 간다는데 엉? 같이 가서 소
      주 한잔…

지웅   선배가 그럴 시간이 있으세요? 저희 놀러가는 거 아닙니다. 이
      작가님도 따라붙으려는 거 딱 잘라났으니까 허튼 생각 마세요.
      철 좀 듭시다 두 분.

동일   (삐죽거리며, 작게) 놀러가는 거면서. (돌아서 나가려는)

지웅   또 어디 가세요?

동일   저도 놀러가는 거 아닙니다~ 신경 *끄세요*~


## S#24.  **다큐 방송사 사무실, 이어서.**

사무실로 들어서는 지웅. 채란이 다가온다.


채란   당장 내일 갈 수 있는 곳들 위주로 리스트업은 해뒀어요. 결정
      은 출연자 찾고 나서 해야 할까요?

지웅   그냥 다 세팅해 둬. 더 늦춰지면 우리 시간도 없어. (나갈 준비를
      하는) 내가 어떻게 해서든 잡아다 놓을 테니까.


지웅, 자리에 각 잡고 앉아있는 태훈을 흘끗 보곤,


지웅   쟤는 쓸만해?

채란   숙소 리스트업 해보라고 시켰더니 신혼부부들이 갈 법한 데로
      스무 장 정도 정리해서 주더라구요. 쓸데없이 정리 퀄리티는 예
      술이었고.

지웅   나 벌써 울렁증 오려고 하네. 안 맞아. 나랑.

태훈, 지웅을 보곤 해맑게 일어나는,

태훈   선배님 외근 가십니까? 제가 운전해 드릴까요?
지웅   됐어. 인턴 너는 오늘…
태훈   임태훈입니다!
지웅   그래 인턴 오늘은 그만…
태훈   (해맑게) 임태훈인데…!

채란, 어깨를 으쓱하고, 지웅, 어이없다는 듯 보다

지웅   (한숨 쉬곤) 그래. 임.턴. 임턴이라고 해줄게. 넌 퇴근해. 집에 가
       서 짐 싸두고. (채란을 보고) 너도 정리하고 들어가.

지웅이 나가고, 채란, 다시 자리로 돌아간다. 태훈이 채란에게
슬쩍 다가간다.

태훈   선배님. 제 이름이 좀 입에 안 붙는 느낌입니까? 꽤 어려운 편인
       가…
채란   (담담하게 보는) 글쎄. 너 전으로 몇십 명의 인턴들이 있었을까?
태훈   네?
채란   입에 붙을 만하면 도망가는 애들 이름까지 외워서 뭐 하겠어?
태훈   (무슨 말인지 생각하는)
채란   (어깨를 툭툭 치곤) 생각하지 말고. 그냥 얼른 퇴근해. 내가 뭐랬
       어? 가라고 할 땐…
태훈   뒤도 돌아보지 말고 가라. (꾸벅 인사하는) 그럼. 들어가보겠습니
       다 선배님!

태훈이 씩씩하게 나가고, 그 뒷모습을 보는 채란.

채란    가방을 메고 있었네 저거…


## S#25.  웅이와 기사식당, 이어서.

말없이 밥을 먹고 있는 최웅과 연수. 주방에서 연옥이 고개를
빼고 보고 있고, 최호, 괜히 종업원의 서빙을 뺏어 직접 하면서
둘을 흘끗흘끗 바라본다.

최웅    여기로 와서 불편해?

최웅의 말에 숟가락을 멈추는 연수. 그러다 다시 움직인다.

연수    아냐. 안 그래도 한번 오려고 했었어. 아줌마 아저씨 두 분 다
        변한 거 없이 건강하신 것 같아서 보기 좋다.
최웅    그래도 나이 드셨어 요즘. 할머니는? 여전히 정정하시고?
연수    (멈칫했다가) 응. 뭐. 그렇지.
최웅    그래.

다시 말없는 둘. 최호, 연옥 서로 눈빛을 주고받다 연옥이 최호
에게 반찬을 건네고, 최호, 둘에게 다가간다.

최호    (다가가며) 자 열무가 기가 막히게 익었으니까 이것도…
최웅    어제 그 질문에 대답 못 들었는데.

갑작스러운 최웅의 말에 멈칫하는 연수. 그리고 그대로 숨죽이고 돌아가 버리는 최호.

최웅    (연수를 보며) 너 어떻게 지냈냐고. 그동안.

연수, 가만히 최웅을 바라보다 이내 피식 웃는다.

연수    나야 뭐. 졸업하고 일 열심히 하고… 뭐 그렇게 지냈지.
최웅    (가만히 보다) 그게 다야?
연수    응. 특별할 거 없지.
최웅    그럼 어젠…
연수    (가로채며) 어제 술 너무 많이 먹었어 내가. (웃으며) 창피하니까 그냥 모르는 척해줘. 알잖아. 프로젝트 준비하느라 이것저것 힘든 일도 많았고.

최웅, 연수를 가만히 본다.

연수    잘 먹었어.

연수, 자리에서 일어나자 연옥과 최호가 다가온다.

최호    (아쉬운) 벌써 가게?
연수    (웃으며) 정말 너무 맛있게 잘 먹었어요. 제가 오늘은 갑자기 와서 빈손으로 왔는데…
연옥    어머. 무슨 말이니? 앞으로도 그냥 편하게 지나가다 들려. 응? 참 그리고. (옆에 싸둔 보자기를 내밀며) 이거 가져가.

연수　(당황하는) 아니. 아니에요.

연옥　가져가서 할머니랑 같이 먹어. 반찬 조금 싼 거야. 응? 다음에
　　　할머니 모시고도 같이 오구.

연수　정말… 괜찮은데… (받으며) 감사합니다. 잘 먹을게요.

연옥　감사하면 또 와. 알겠지?

연수　(웃으며) 네.

최호　(최웅을 툭 치며) 뭐 해. 데려다주고 와.


최웅, 자리에서 일어나고,


연수　(당황한) 아니. 혼자 가도 되는…

최호　(최웅과 함께 등 떠미는) 얼른 가고. 또 와 알겠지?


얼떨결에 밀려 나온 둘.
최호, 연옥, 나란히 서 둘의 뒷모습을 바라본다.


연옥　둘이 어때 보여요?

최호　글쎄… 전혀 모르겠는데… 흠…



S#26.　**골목, 이어서.**

어느새 노을이 지는 하늘. 보자기를 들고 걷고 있는 연수와 조
금 떨어져 걷고 있는 최웅. 최웅, 뭔가 생각하는 듯 복잡한 표정
이다.


연수　늘 하는 말이지만 넌 정말 부모님한테 잘해드려. 저렇게 좋은

분들 없어.

최웅    (말없는)

연수    넌 집으로 가? 설마 김지웅이 아직 죽치고 있는 건 아니겠지?

최웅    (말없는)

연수    오늘 너나 나나 말없이 빠진 거니까 내일은 잘 사과하고 다시…

멈춰 서는 최웅. 연수도 따라 멈춰 서 최웅을 돌아본다.

최웅    그래 이 기분이었어.

연수    (최웅을 보는)

최웅    너 만날 때 항상 느꼈던 기분. 사람 하나 바보로 세워두고 혼자
       한 걸음씩 멀어지는 거 바라보기만 하는 이 기분 말이야.

서로 바라보는 둘. 고요한 골목.

연수    …무슨 말이야?

최웅    니가 괜찮다 그러면 나는 그래 괜찮구나 해야 했고. 니가 아무
       일 없어 라면 나는 그래 괜한 걱정이구나 해야 했고. 니가 헤어
       지자고 하면 그래 이유는 모르겠지만 그러자 해야 했고. 니가
       다시 나타나면 나는… 그동안 어떻게 지냈는지 모르겠지만, 니
       가 무슨 생각으로 다시 돌아왔는지 정말 모르겠지만… 그래. 그
       렇구나 해야 하는 거지.

최웅    (N) 최고의 방어는 공격.

최웅의 말에 연수, 아무 말 못 하고 쳐다만 보고 있다.

| | |
|---|---|
| 최웅 | 이제야 국연수가 돌아온 게 실감이 나네. |
| 연수 | 최웅. |
| 최웅 | …지겹다. 정말. |
| 최웅 | (N) 그걸 제가 지금 하고 있나 봐요. |

돌아서는 최웅. 골목길. 연수 혼자 덩그러니 남아있다.

| | |
|---|---|
| 최웅 | (N) 그런데 이건 내 선택이 아니었어요. |

## S#27.  골목길, 오후.

현수막을 들고 다 같이 모여 사진을 찍고 있는 사람들. 가운데
엔제이가 해맑게 웃고 있다.
사진을 찍고 나자 다 같이 박수를 치며 서로에게 인사를 한다.
그리고 지원자 몇 명이 쭈뼛쭈뼛 엔제이에게 다가온다.

| | |
|---|---|
| 지원자1 | 오늘 엔제이 님 덕분에 소중한 경험했습니다. 감사합니다. |
| 여학생 | 언니 덕분에 정말 저희가 부끄럽고 많이 반성했어요. 이런 기회 만들어주셔서 너무 감사해요! |
| 지원자3 | 그럼 저희는 이제 선처해 주시는… |
| 여학생 | (툭 치며, 엔제이 보고 웃는) 정말 저희가 한 실수 두고두고 갚으면서 살게요 언니! 오늘 본 언니의 멋진 모습도 사람들한테 많이 알릴 거구요! |

엔제이, 말없이 듣다가 웃는다.

엔제이      그래요.

하나둘씩 정리하며 짐을 챙기는 사람들. 그때, 엔제이가 나지막하게 말한다.

엔제이      그런데 반장님 어쩌죠. 저 이제 못 올 거 같은데.

엔제이를 쳐다보는 사람들.

엔제이      (나른하게) 몇 번 오다 보면 끝날 줄 알았지 이렇게 매번 끊임없이 생겨날 줄은 몰랐거든요. 팬 아니에요 이것들. 내가 고소한 악플러들이지.

여학생      저 언니…

엔제이      (담담하게) 언니? 누구? 저요? 글쎄. 매번 이년 저년 그렇게만 부르던 거 같은데.

놀라는 사람들.

엔제이      고소 취하는 안 해요 여러분. 오늘 고생 많이 하셨어요. 저와 함께 봉사 활동할 의사가 있냐고 물었을 때 흔쾌히 나와주셔서 감사하구요. 조심히 가요.

돌아서는 엔제이. 그러자 어이없다는 듯 수군거리는 사람들.

지원자2      아니 무슨! 갑자기 이러는 게 어디 있어요? 이것도 명백히 사기지! 선처를 해주기로 했으면 선처를 해야지 뭐 하는 거예요?

엔제이 　(돌아보며) 글쎄. 선처해 주겠다는 약속은 한 적 없는 것 같은데. 그쪽은 작년에 나랑 마주 보고 밥 먹더니 또 나 보고 싶어서 악플 쓰셨나 봐요.

지원자2 　(당황한) 아니 그건…! 거.. 건전한 비판도 못 합니까! 뭐 죄다 악플이에요?

엔제이 　(핸드폰을 꺼내 열며) 그럼 그 건전한 비판. 내가 읽을까, 그쪽이 읽을래? 얼마나 건전한지 소리 내서 읽어볼까요?

지원자3 　아니 일반인을 상대로 당신이 권력 남용하는 거 아니에요 지금?! 우리 다 바쁜 사람들인데 지금 이게 똥개 훈련시키는 것도 아니고!

엔제이 　(보며) 그쪽은 선처라도 받으려면 끝까지 내 비위 맞춰야지. 그래도 괜찮겠어?


당황해 아무 말도 못 하는 사람들.


지원자1 　(슬쩍 다가오며) 저… 엔제이 님. 저는 아시다시피 이번에 딱 한 번 실수한 겁니다. 저 이거 해결 안 되면 취업 불이익 있습니다. 제발 제 인생을 봐서라도 한 번만 선처를 해주시면…

엔제이 　그래 그쪽은 딱 한 번 실수하셨으니까…

지원자1 　(기대하는)

엔제이 　저도 딱 한 번 고소할게요. 두 번 실수하시면 저도 두 번 고소하구요.

지원자1 　(억울하다는 듯) 아니. 사람이 살면서 실수를 할 수도 있지 그렇게 꼭 잔인하게 구셔야겠어요?

엔제이 　어떻게 실수를 해야 그렇게 자세하고 세세하게 성희롱을 할 수 있을까요 닉네임 비비빙님?

싸 해지는 분위기. 아무도 말 못 하고 멍하니 엔제이만 바라보고 있다.

엔제이    그동안 우리 활동이 화해와 용서의 장이었다고 그렇게 기사들이 많이 났잖아요? 오늘 가서 아니라고 말하세요. 미친년이 용서는 개뿔 끝까지 다 고소하려고 잔뜩 독이 올라있더라. 갑자기 돌았는지 안 하던 짓을 하더라. (가만히 보다) 그렇게 하세요. 하던 대로.

치성, 한쪽 뒤에서 가만히 듣고 서있다.

엔제이, 돌아서려 하자 씩씩거리며 붙잡으려는 사람들.
그때, 치성이 다가와 막아선다.

치성    (차갑게) 다들 그쯤 하세요. 상식이라는 게 있으면.


## S#28.    길거리, 이어서.
집으로 가고 있는 최웅. 혼란스러운 표정이다.

최웅    하… 또 뭐라고 한 거야.
최웅    (N) 그냥 빨리… 집에 가서 쉬고 싶은 생각뿐이에요.

그때, 최웅의 핸드폰이 울리고, 은호와의 채팅방에 사진과 동영상들이 쏟아진다. 동영상을 눌러보는 최웅.

＊영상 속〉〉

테이블엔 최웅의 사진이 놓여있고, 온갖 음식들과 와인 병이 뒹굴고 있다. 은호와 솔이 취해 신난 듯 소리를 치고 있다.

은호    형~ 축하해~ 비록 지금 멀리 떨어져 있지만~ 우린 형을 축하하고 있어~ (최웅의 사진을 들며) 여기 있는 최웅도 행복하대~

솔이    야! 니가 돈을 그렇게 많이 번다며? 너 내 가게 인수할 생각 없냐? 어엉?

은호    이건 형과 나의 성공 스토리야~ 내가 형을 이렇게 키웠다니 뿌듯해서 내가… (갑자기 울먹이는) 내가 진짜… 내가 우리 덜떨어진 형 이만큼 성공하는 것도 보고…

솔이    (은호 얼굴을 벅벅 문지르며) 아 또. 왜 울고 그래. 울지 마. 그러다 술 깨.

은호    혀엉~ 보고 싶다~ 그곳에선 행복하게 살아야 해~

솔이    그래. 여긴 걱정하지 말고. 얘도 내가 잘 챙길 테니까…


영상을 끊어버리는 최웅.


최웅    이건 아무리 봐도 내 장례식인데…


한숨 쉬며,


최웅    신고할까…


그때, 또 한 번 울리는 최웅의 핸드폰. 신경질적으로 핸드폰을 보다 발신인을 확인하곤 가만히 바라보다 전화를 받는다.


## S#29.  **연수 집, 오후.**

멍한 얼굴로 대문을 들어서는 연수. 한 손엔 보자기를 꼭 쥐고 있다. 현관문이 열리는 소리에 자경이 방에서 부르는 소리가 들린다.


자경   연수 왔어?


연수, 멍하니 말이 없자 자경, 방에서 나온다.


자경   뭐 해 그러고 서서? 이제 들어오는겨?
연수   아… 어.
자경   그 손에 보따리는 뭐여?
연수   (멍하니 있다 보자기를 자경에게 건네는) 할머니. 나 나갔다 올게.
자경   어? 지금 막 들어온 거 아녀?


연수, 다시 뛰쳐나간다.


## S#30.  **밴 안, 오후.**

고요한 차 안. 엔제이는 창밖만 바라보고 있다. 치성, 흘끗 보곤 입을 뗀다.


치성   잘했어. 진작에 했어야 해. 그게 용서가 쉽게 되는 일이니? 악플러도 선처해 주는 천사 같은 엔제이 그딴 거 개나 줘라 그래. 대표님한테 말해서 앞으로는 무조건 다 선처 없이 강경 대응이야.

엔제이     (말없는)

치성     도대체 왜 매번 이렇게 직접 만나려고 했던 거야?

엔제이     (생각하다) 그냥… 실체가 있는 거면 좀 덜 무서울까 해서.

치성     (한숨 쉬는) 그냥 피해. 도망가. 그래도 돼.


신호에 멈춰 선 차. 엔제이, 창문을 내리고 밖을 본다. 유난히 푸른 하늘.


엔제이     그래서 오늘은 도망가잖아.

치성     (창밖에 누군가를 보며) 네 도망이 저 사람이야?


창밖에 있는 사람을 보곤 천천히 미소가 번지는 얼굴.


엔제이     응.


＊ 플래시컷〉〉 과거 회상.


1. 미술관, 낮.


고오 작가의 그림들이 전시되어 있는 미술관.
엔제이가 가만히 그림을 들여다보고 있다. 그때, 은호가 다가온다.

은호     (잔뜩 긴장한 얼굴로) 아.. 안녕하세요!! 엔제이 님. 팬입니다. 영광
        입니다.

엔제이   (웃으며) 안녕하세요.

은호     그림을 사시겠다고 들었는데…

엔제이   (은호를 흘끗 보곤) 이 그림 그린 작가님은요? 안 오셨나요?

은호     아, 작가님은 외부에 노출되는 걸 꺼려 하셔서요.

엔제이   그래요? 아쉽네요. 어떤 사람인지 궁금했는데…


엔제이, 천천히 다른 그림들도 둘러본다. 그러다 한 그림 앞에
서 멈춰 선다. 빼곡하게 나란히 선 나무 사이에 작지만 단단해
보이는 작은 건물 하나가 그려져 있는 그림.
그 앞에 서서 하염없이 그림을 보고 있는 엔제이.
얼마나 흘렀을까. 잠시 후 누군가 엔제이 앞으로 꾸겨진 냅킨
휴지를 내민다.


엔제이   (돌아보며) 이게 뭐예요?

최웅     아… 이게 좀 꾸깃하긴 한데 깨끗한 거예요.

엔제이   이걸 왜요?

최웅     (가만히 보다) 울고 계시잖아요.


엔제이 눈에서 흐르고 있는 눈물. 본인도 몰랐던지 화들짝 놀란
다. 엔제이가 냅킨을 건네받자 사람 몇몇이 엔제이 쪽으로 오
고 있다. 그러자 최웅, 사람들 앞을 막아선다.


최웅     아 여기 동선이 좀 헷갈리실 텐데 저쪽부터 보고 오셔야 해요.

사람들이 돌아서자 엔제이가 최웅에게 다가간다.

엔제이    고마워요.

최웅    (어색하게 웃어 보이곤, 가려 하는)

엔제이    웃기지 않아요? 건물 그려진 그림 보면서 울고 있는 거.

최웅    뭐… 그럴 수도 있죠.

엔제이    (흘끗 보곤) 그쪽도 이 그림 보면서 운 적 있어요?

최웅    (가만히 생각하는)

엔제이    (피식 웃는) 그죠. 나만 제정신이 아닌 거겠죠?

최웅    (잠깐 생각하다) 가끔 울고 싶을 때 와서 울어도 돼요.

엔제이    ?

최웅    창피하면… 옆에서 저도 같이 울고 있을게요.

최웅이 다시 한번 어색하게 웃어 보이자, 엔제이가 멍하니 최웅을 본다.

＊다시 현재〉〉

창문을 마저 활짝 내리곤 크게 소리친다.

엔제이    작가님!!!

해맑은 엔제이의 시선이 닿은 곳. 버스 정류장에 앉아 아이스크림을 물고 있는 최웅의 모습.
최웅, 손을 들고 입을 벌려 인사하다 아이스크림을 놓쳐버린다.
그 모습을 보곤 꺄르르 웃는 엔제이.

## S#31.  놀이터, 이어서.

아무도 없는 놀이터. 그네에 나란히 앉은 둘.
엔제이, 최웅에게 새 아이스크림을 뜯어 건네주며.


엔제이    내가 타이밍 좋게 전화했지 뭐야. 그래서 가출해서 떠돌아다니
고 있었던 거예요?

최웅    아니. 이 나이에 가출이라뇨. 잠깐 혼자 시간을 갖겠다 뭐 그런
거죠.

엔제이    촬영 그거 하기 싫으면 때려쳐요. 일반인이 갑자기 감당하기엔
꽤나 부담스러운 일이긴 해.


그때, 놀이터를 지나가던 초등학생 여자, 남자아이가 엔제이를
보곤 들고 있던 신발주머니를 떨어뜨린다.


엔제이    (아이들을 보곤) 어. 이리와. 괜찮아. 이리 와봐 얘들아. 어. 그 신
발주머니 주워서 와.


쭈뼛쭈뼛 다가오는 아이들.


여아    와… 대박… 엔제이…

남아    엔제이 맞아요? 진짜?

엔제이    응. 펜 있어?

여아    (황급히 가방에서 크레파스를 꺼내는)

남아    (핸드폰을 꺼내 엔제이를 찍으려는)

엔제이    얘. 사진을 찍을 땐 찍어도 되냐고 물어보고 찍는 거야. 알겠지?

남아    (끄덕이곤) 찍어도 돼요?

엔제이    아니. 사진은 안 돼. 인터넷에 예쁜 사진들 많으니까 그거 봐.
          (크레파스로 신발주머니에 사인을 하는) 자. 너희 희소성이라는 게 뭔
          지 알아?

여아/남아  ?

엔제이    (생각하다) 레어템이 뭔지 알지?

여아/남아  (끄덕이는)

엔제이    (사인하며) 너희 이 신발주머니가 레어템이 되려면 지금 주변에
          가서 아무한테도 나 여기 있다고 하면 안 되는 거야. 무슨 말인
          지 알겠어?

여아/남아  네!

엔제이    너희가 말하면 내가 모두의 신발주머니에 사인을 해줄 거야. 그
          러면 안 되겠지? 응?

여아/남아  (크게 끄덕이며) 네!

엔제이    응. 그래. 이제 가봐~ 우리 대화 중이니까.


          아이들이 꾸벅 인사하고는 신나서 달려간다.


최웅      초등학생들도 다 알아보네요 엔제이 님은. 꽤나 피곤하겠다.

엔제이    작가님 같은 일반인은 평생 몰라요. 아. 아니 작가님 이제는 어
          느 정도는 공감하시겠다?

최웅      사실 그 망할 다큐 때문에 간간이 알아보시는 분들은 있었어요.

엔제이    그런데도 왜 그걸 또 하려고 했대?

최웅      그냥 뭐… 어쩌다 보니까 꼬였어요. 내 발에 내가 걸려 넘어진
          거랄까.

엔제이    아~ 뭐. 그럴 때가 있지.

엔제이, 최웅을 가만히 바라본다.
최웅, 심각한 얼굴로 아이스크림을 먹고 있다. 그 모습에 피식 웃음이 나는 엔제이.

최웅      (흘끗 주변을 둘러보곤) 방금 저 비웃은 거 같은데…
엔제이    나랑 밥 먹어요 작가님.
최웅      저 방금 먹었어요.

기다렸단 듯 나온 최웅의 대답에 어이가 없는 엔제이.

엔제이    작가님. 내가 웬만하면 직접 이런 말까진 안 하려고 했는데…
최웅      (뭐냐는 듯 보는)
엔제이    안 그래 보이겠지만 내가 A형에 MBTI는 ISFP라 또 상당히 내향적이고 감성적인 사람이거든요. 그래서 난 마음 수첩이란 거에 적어둔 게 있는데,
최웅      무슨 수첩이요?
엔제이    첫 번째. 내가 작가님 그림을 사서 굉장히 핫해졌는데 왜 작가님은 나한테 밥을 사주고 싶지 않을까? 두 번째. 내 건물 그려달라고 정식으로 의뢰했는데 왜 연락도 없을까? 그리고 세 번째. 초대도 안 해준 드로잉 쇼에 찾아가서 또 한 번 작가님을 핫하게 만들어줬는데 왜 작가님은 나한테 밥 한 번을 사주고 싶지 않을까?
최웅      (당황한 채 듣고 있다) 아니 그건…
엔제이    이렇게 크게 세 가지 마음의 빚이 있어요 작가님. 어떻게 청산하실래요?
최웅      그게 제가 요즘 뜻하지 않은 일들이 갑자기 많이 생겨나는 바람

에…

엔제이   지금 내가 무슨 생각 하고 있을까요?

최웅   네?

엔제이   그래서 내 밥과 내 그림은 어디 있지?


당황하는 최웅. 그 모습에 웃는 엔제이.


## S#32.   **골목길, 이어서.**

연수, 급하게 걷고 있다.


연수   자기만 그렇게 화낼 줄 알아? 어이가 없어.


연수, 말은 그렇게 하면서도 걱정이 가득한 얼굴이다.


연수   자기는… 뭐 나한테 다 말한 적 있어?


연수, 전화를 걸며 두리번거리며 최웅을 찾고 있다.


연수   전화는 왜 안 받는 거야…

연수   (N) 화나면 매번 숨어버리는 건 항상 최웅이었다구요.


그때, 연수 멈춰 선다.


연수   (N) 어… 그러니까,

놀이터 그네에 앉아 엔제이와 함께 장난치며 웃고 있는 최웅의 모습. 가까운 둘의 모습에 당황한다.

연수      (N) 이건 예상하지 못한 건데요.

명하니 둘을 바라보는 연수. 웃고 있는 최웅의 얼굴로 엔제이의 얼굴이 다가가는 순간. 연수의 목덜미가 잡혀 뒤로 돌려진다. 지웅이다.

지웅      잡았다.

연수, 놀란 얼굴로 지웅을 올려다본다.


## S#33.  **놀이터, 이어서.**
손으로 최웅의 볼을 스윽 닦아내는 엔제이. 갑작스러운 행동에 당황하는 최웅.

엔제이    이 사람은 아이스크림을 도대체 어디로 먹는 걸까?
최웅      (민망한 듯 이곳저곳 닦으며) 더워서 그랬어요 더워서.
엔제이    아무튼. 내가 밥 먹자고 하면 먹었어도 안 먹었다고 하는 사람만 있는 줄 알았는데. 작가님 너무 어렵다~

최웅, 엔제이를 가만히 보다 뭔가 결심한 듯 이야기를 꺼낸다.

최웅      저기 엔제이 님. 지난번도 그렇고… 이렇게 계속 연락하거나 불쑥불쑥 찾아오시는 거… 혹시 제가 눈치 없이 굴고 있는 건가요?

엔제이  (흥미롭다는 듯 보는) 눈치 없는 척하고 있었던 거 아니에요?

최웅  역시… 그렇군요. 죄송합니다. 제가 먼저 말을 꺼냈어야 했는데…

엔제이  그러게 말이야. 내가 먼저 말하긴 좀 쑥스럽잖아요?

최웅  (진지하게) 그림을 세 점이나 사셨는데 한 점은 그냥 드리겠습니다. 사실 이런 적 한 번도 없는데 엔제이 님이니까. 원하시는 그림 말씀하시면…


진지한 최웅의 표정에 어이가 없는 엔제이.


엔제이  아니. 저기요. 작가님. 저 돈 많아요. 내가 지금 그림 하나 공짜로 얻겠다고 이러고 있는 거로 보여요?

최웅  네? 그럼 뭐 때문에 계속 이렇게 저한테 잘 해주시는지…

엔제이  아… 명분이 없다? 흐음…

최웅  아니 꼭 그런 게 아니라 엔제이 님 같은 사람이 저한테…

엔제이  좋아서요.


툭. 아이스크림을 떨어뜨리는 최웅.


엔제이  아잇… 아이스크림은 자꾸 무슨 죄야? 작가님 손가락에 힘이 없나?


최웅, 엔제이를 본다.


최웅  저 그게 무슨…

| 엔제이 | 오늘도 저 무지 거친 하루였거든요. 물론 수많은 힘든 날 중에 하루니까 징징거리고 싶진 않은데 아무튼. 그런데 작가님 보면 기분이 꽤 괜찮아져요. 처음엔 작가님 그림을 보면 그랬는데 이젠 사람을 봐도 그런 거야. |
|---|---|
| 최웅 | (놀라 바라보는) |
| 엔제이 | 이게 앞으로 내가 작가님 찾아오는 명분. 그러니까 나 보면 그만 좀 놀라요. |
| 최웅 | (아무 말 못 하는) |
| 엔제이 | 눈 그렇게 튀어나올 것처럼 뜨지 마요. 사랑한다는 거 아니고, 사귀자고 고백한 것도 아니고 일단은 그냥 좋아한다는 거니까. 어쩌면 작가님 우리 두부 닮아서 그런 걸지도 몰라. |
| 최웅 | 두부라면… |
| 엔제이 | 응. 우리 집 멍멍이. |

최웅, 여전히 당황스러운 눈으로 엔제이를 보고 있다.

| 엔제이 | 더 놀라라고 한 말은 아닌데… |

엔제이, 갑자기 일어난다. 선글라스를 꺼내 끼는 엔제이.

| 최웅 | (덩달아 일어나며) 가시게요? 이제 어두워지는데 선글라스는 왜… |
| 엔제이 | (흘끗 저쪽을 가리키며) 가끔 말 안 듣는 애들이 있어요 꼭. |

저 멀리 초등학생 아이들이 우르르 뛰어오고 있다.

| 엔제이 | 갈게요. 다음에 또 놀아줄게요. (웃는) 가출 끝내고 얼른 집 들어 |

가요.

엔제이, 전화를 걸며 황급히 벗어난다. 혼자 덩그러니 앉아있는 최웅. 여전히 당황스러운 얼굴이다.


## S#34.  골목길, 이어서.
두 팔을 벌린 채 서있는 지웅과 그런 지웅의 몸을 수색하고 있는 연수.


지웅    없다니까. 진짜 카메라 안 가져왔어.

연수    (의심스럽다는 듯 보며) 정말?

지웅    나도 윤리적으로 촬영하는 사람이야.


몸수색을 마치는 연수. 그제야 다시 걷는 둘.


지웅    추궁을 해야 하는 건 나인 거 같은데 왜 내가 당하고 있는 거 같지?

연수    너도 참 대단하다. 하루 종일 나 찾으러 다녔어?

지웅    아니. 찾기 시작한 건 얼마 안 됐어. 너가 생각보다 너무 금방 잡힌 거야. 도망갈 거면 좀 멀리 가던가.

연수    (뜨끔 하는)

지웅    뭐 하고 있었어?

연수    아니 뭐 그냥… 산책.


지웅, 연수를 가만히 바라본다.

＊플래시컷〉〉

놀이터 앞. 엔제이와 최웅을 바라보고 있는 연수. 그리고 그 모습을 뒤에서 보고 있는 지웅.

＊다시 현재〉〉

지웅    그래. 자 그럼 오늘 도망간 이유는?
연수    (생각하다) 어제 큰 프로젝트 하나 끝냈잖아. 나도 좀 쉬고 싶어서 그랬지 뭐.
지웅    흐음… 쉬고 싶어서 그랬다?
연수    그래. 일종의 해방감? 뭐 그런 거 좀 느껴보려고.
지웅    아~ 그런 거면 말하지. 곧 제대로 느껴볼 수 있는데.
연수    응?
지웅    있어. 그런 게. 촬영은 계속하는 거지?

연수, 말없다.

지웅    질문 아니고 확인이야. 대답하지 마.
연수    넌 이걸 왜 찍고 싶은 거야?
지웅    (잠깐 생각하다) 말했잖아. 청춘 기획물에 이거만한 소재 없다고.
연수    정말로? 다른 거 찾으려면 얼마든지 찾을 수 있었을 텐데?
지웅    갑자기 그건 왜?
연수    나랑 최웅. 계속 싸워댈 거 알면서도 붙여놓으려는 이유가 뭔지 궁금해서. (지웅을 보며) 진짜 작품을 위해서는 친구를 이용해 먹어도 좋다는 싸이코는 아닐까…

| 지웅 | 그래서 내 작품들이 다 잘 나와. |
|---|---|
| 연수 | 야! |

지웅, 피식 웃는다.

| 지웅 | 최웅이랑 또 싸웠냐? |
|---|---|
| 연수 | 싸운 거라기보단 걔가 항상 일방적으로 화내는 거야. 걔 언제부터 그렇게 화가 많아졌냐? |
| 지웅 | 언제부터겠어? |

연수, 잠깐 멈칫한다.

| 연수 | 그래. 다 내 잘못이지 또. |
|---|---|
| 지웅 | (연수를 보다) 다 네 잘못은 아니고. 50 정도? 최웅이랑 반반이지 뭐. |
| 연수 | 반반? |
| 지웅 | 연애하다 끝나는 게 뭐 누구 하나의 잘못이겠어. 둘이 똑같은 거지 뭐. |

연수, 슬쩍 지웅에게서 떨어져 지웅을 관찰하듯이 보며 걷는다.

| 지웅 | 왜 그래? |
|---|---|
| 연수 | 호오… 연애에 대해서 잘 아나 봐? |
| 지웅 | 뭐? |
| 연수 | 그래서 넌. 연애는 하고 있고? |

지웅, 잠깐 멈칫하더니 웃는다.

지웅      하하 참.

연수      못 하고 있네. 제대로 해본 적은 있고?

지웅      연수야. 세상엔 두 종류의 남자가 있어. 연애를 안 하는 사람과 연애를 못 하는 사람…

연수      넌 못 하는 사람이지?

지웅      (피식 웃으며 머리를 쓸어 넘기는) 너 그러다 큰일 나. 내가 어떤 사람인지 알면 너 정말 깜짝 놀란다.

연수      호오… 그래? (가까이 얼굴을 들이대며) 어떤 사람인데?

지웅      (흠칫 놀라 뒤로 빠지며) 뭐… 약간 나쁜 남자 스타일?

지웅의 말에 크게 웃는 연수. 계속 웃고 있자 지웅 팔짱을 끼곤 말을 이어간다.

지웅      치명적이라는 거 알지? 그건 약간 생명에도 위협이 된다는 뜻이야. 내가 그래. 많은 분들에게 꽤나 치명적이어서 스스로 자제를 하고 그래.

연수      (눈물 닦으며) 아. 요 근래 들은 말 중에 제일 웃겨. 니가 그런 말 하니까 왜 이렇게 웃기지?

지웅      웃자고 한 말 아닌데. 이거 다큐야.

지웅, 연수 웃는 모습에 슬쩍 미소를 짓는다.

연수      아니 근데 너 학교 다닐 때도 꽤 인기가 많긴 했어. 인정.

지웅      이제야 말이 통하네.

연수    왜 그랬지?

지웅    (흘끗 보곤) 서운한 말인데 그건.

연수    너가 전교 회장이어서 덕을 봤나 봐.


지웅, 연수를 가만히 본다.
연수, 웃으며 지웅을 본다.


지웅    그땐 너가 날 잘 몰라서 그래.


순간, 지웅에게 짧게 스쳐 지나가는 진지한 눈빛. 그때, 뭔가를
발견하고 미간을 찌푸리는 연수.


연수    아 저거…


멀리서 흐느적거리면서 여기저기 부딪치고 다니고 있는 솔이.


지웅    …저거 솔이 누나야?

연수    (한숨 쉬곤) 아 끔찍한 하루의 마무리다.


그러곤 솔이에게 다가가는 연수.


연수    언니!!!


솔이, 초점 없는 눈으로 해맑게 연수에게 손을 흔든다.

## S#35.  최웅 집, 저녁.

어느새 어두워진 하루.

최웅, 피곤한 얼굴로 어두운 집으로 들어선다. 불을 켜자 흠칫 놀라 주저앉는다. 마치 살해 현장처럼 바닥에 엎드려 쓰러져있는 은호.

그리고 핏자국처럼 흩뿌려진 와인. 놀란 가슴 쓸어안고 천천히 다가가는 최웅.

최웅   (기대하는) 드디어… 그렇게 된 거야 구은호?

천천히 다가가 귀를 대어보는 최웅.

조용히 들리는 코 고는 소리. 최웅, 일어나 두리번거리며 뭔가를 찾는다.

쿠션을 하나 가져와 은호의 얼굴을 가만히 누르는 최웅.

잠시 후, 숨 막혀 파닥거리는 은호.

최웅   (중얼거리는) 월급 인상이 아니라… 없애는 것도 나쁘지 않아.


## S#36.  연수 집, 같은 시각.

솔이를 업고 연수의 방으로 들어가는 지웅.

연수, 솔이의 신발을 벗기고 침대에 눕힌다.

연수   어휴. 진짜 이 진상. 화상.

지웅   (어깨를 주무르며) 근데 집에다 안 데려다주고 여기다 재워도 돼?

연수   (다시 일어나려는 솔이를 눕히며) 이 언니 아빠 목사야. 믿기지 않겠지만 독실한 크리스천 집안이야. 언니 술 마시는 것도 모르셔.

지웅      술집을 운영하는데 그걸 모르신다고?

연수      이 언니 연기하는 거 보면 이해가 돼. 작가가 아니라 배우 했어
야 해.

솔이      (다시 벌떡 일어나는) 우으응…

연수      (그대로 이마를 쳐 눕히는) 자. 좀 그냥 자라.


지웅, 그제야 연수의 방을 천천히 둘러본다.


연수      고생했다 너. 괜히 너도 똥 밟았네.


그때, 방문이 열리고 자경이 들어온다.


자경      뭔 난리여 이게?

지웅      (반가운) 할머니!

자경      아이고. 이게 누구야? 지웅이 아냐?

지웅      (가서 자연스럽게 안기는) 잘 지내셨어요? 와. 더 젊어지셨어 어
떻게?

자경      아이고. 진짜 반갑다 지웅아. 너도 잘 지냈지?

연수      (어이없는) 둘이 언제 그렇게 친했대?

자경      얘만큼 싹싹한 애도 못 봤어 그래. 밥은 먹었어? 안 먹었으면 먹
고 가지. (냄새를 맡곤) 이 썩은 내는 뭐여? (뻗은 솔이를 발견하곤)
저 써글 것. 또 저러고 왔냐?

연수      일단… 다들 내 방에서 나가줄래?

## S#37.  최웅 집, 이어서.

은호는 구석에 패대기 쳐있고, 최웅, 엉망인 집을 치우고 있다. 술병들을 모조리 갖다 버리고 과자 봉투들도 쓸어 담는데, 테이블에 놓인 쪽지 하나가 눈에 띈다. 휘갈긴 글씨체.

[ 웅이 형. 가출한 우리 형. 나는 형이 이렇게 성공할 줄 알았어. 나는 형이 정말 자랑스러워. ]

피식 웃곤 쓰러져있는 은호를 바라본다.

최웅  그래도 용서는 안 해줄 거야.

[ ⋯ → 뒷장에 계속 ]

쪽지를 뒤집어보는 최웅.

[ 형이 비록 사랑에는 실패한 루저지만! 일은 성공한 거야! 우리 소처럼 일하자! (다른 글씨로) 나 솔이 누나야. 2000 정도는 해줄 수 있겠니? ]

가만히 쪽지를 보던 최웅, 은호에게 가서 엉덩이를 한 번 걷어찬다. 은호, 신음 소리를 내곤 그대로 계속 자는.
최웅, 다시 조용한 방을 혼자 계속 치운다.
조금은 쓸쓸해 보이는.

**S#38.** **연수 집, 이어서.**

어느새 거실에 앉아 도란도란 이야기를 나누고 있는 자경과 지웅. 그 모습을 주방에서 차를 끓이며 생소하게 바라보는 연수. 자경이 웃는 모습에 싫진 않은지 연수도 은은하게 웃는다.
그러다 문득 다시 아까 일이 생각난 듯, 조금씩 어두워지는 연수의 얼굴. 한숨을 쉰다.


**S#39.** **인서트.**

어둡고 조용한 동네 전경.


**S#40.** **연수 집 앞, 아침.**

연수의 집 앞에 서있는 차 한 대. 연수가 뚱한 얼굴로 나와있다.
그리고 운전석 창문이 내려가더니 지웅의 얼굴이 보인다.


연수  아침부터 무슨 일이야?

지웅  타. 드라이브 가자.

연수  잠이 덜 깼니?

지웅  해방감 느껴보고 싶다며. 잠깐 바람 좀 쐬고 오자.

연수  싫어 귀찮….


클랙슨을 꾸욱 누르는 지웅.


연수  야! 뭐 하는 거야! 동네 사람 다 깨울 일 있어?

지웅  탈 때까지 다 깨워보지 뭐.

연수          야!

연수, 어이없다는 듯 본다.


## S#41.  **최웅 집 마당. 오전.**

화창한 날씨. 호스로 마당의 풀과 나무에게 물을 뿌리고 있는
최웅. 평화로운 모습이다.

최웅          (N) 미국 호러영화들을 보면 범죄는 보통 이런 대낮에 예고도
            없이 벌어져요.


그때, 은호가 미술 도구와 짐을 잔뜩 들고 최웅의 앞을 유유히
지나간다.

최웅          뭐냐? 너 어디 가냐?


말없이 지나가는 은호. 잠시 후 호스에 물이 졸졸졸 나오다 끊
긴다. 흔들어보다가 갸웃거리며 마당 밖으로 나가는 최웅.
빠져있는 호스를 다시 끼우려 몸을 숙이는 그때, 검은 승합차
한 대가 최웅의 집 앞에 선다.
의아한 듯 바라보는 최웅.

최웅          (N) 주인공이 방심한 틈을 타서 허를 찌르는 거죠.


승합차 문이 드르륵 열리더니 그대로 손이 하나 뻗어져 나와 최

웅을 차에 태운다. 소리도 못 지르고 끌려가는 최웅.
문이 닫히고 그대로 출발한다.

최웅    (당황한) 뭐.. 뭐야!!!
최웅    (N) 그리고 범죄자는 보통


운전석에는 채란이 있고, 조수석엔 태훈이 타있다.
그리고 최웅의 옆에는 씨익 웃고 있는 은호.

최웅    (N) 면식범이죠.
최웅    이게 도대체 뭐 하는 짓이야!


최웅의 말에도 아랑곳 않고 차는 떠난다.



## S#42.  **산골 길, 낮.**

구불구불한 산골 길을 따라 올라가는 승합차. 그러다 작은 공터
에 멈춰 선다. 문이 열리자 은호가 내리고, 기지개를 켠다.

은호    최웅의 게릴라 콘서트! 과연 몇 명의 팬들이 모였을까요?


차 안에서 최웅을 끌어내리는 은호.

은호    안대를! 벗어주세요!
최웅    (은호의 얼굴을 밀치며, 지친 얼굴) 진짜 이게 뭐 하는 짓이야…? 네
        시간 동안 어떻게 한 번을 대답을 안 해…?

차에서 내려 장비들을 꺼내고 있는 채란과 태훈.

최웅   그쪽 대장 어디 있어요? 고소하기 전에 빨리 김지웅 데려오..

그때, 막 도착한 차. 뒷좌석 문이 열리면서 솔이가 뛰쳐나온다.

솔이   (다급하게) 비켜 비켜!

길가 옆 도랑으로 가서 헛구역질을 하는 솔이. 그리고 운전석에서 내리는 지웅.

지웅   잘 찾아왔네.
최웅   (지웅에게 다가가는) 야. 이번 장난은 재미도 감동도 없다. 무슨 꿍꿍이인지 모르겠는데 당장 그만…

그때, 조수석에서 내리는 연수. 연수 또한 당황스러운 얼굴이다.

최웅   (N) 그러니까 이것도 장르는 멜로가 아니라,
지웅   (웃으며) 드디어 다 모였네. 2박 3일간 여기서 지낼 거야. 우리.
최웅   (N) 호러물이라는 거죠.
은호   네~ 최웅의 팬은 총 7명이 모였습니다~
지웅   오면서 느꼈을 텐데 여긴 차 없으면 못 나가. 집에 가고 싶으면 지금 걷기 시작해야 할 거야. 며칠 걸릴진 모르겠지만.
연수   야 김지웅!

당황스러운 얼굴로 서로를 바라보는 최웅과 연수. 매미 소리만

울창하게 들린다.

최웅     (N) 매년 여름이면 찾아오는 뻔하디뻔한 공포 호러 스릴러물.

                                                  END.

## S#    에필로그

자막    **10년 전.**


1. 고등학교 교실, 아침.

수업 시작하기 전 조회시간. 자유롭게 떠들고 있는 학생들.
동일, 당황한 표정으로 카메라를 내린다.


동일    최웅이 안 왔다고?


동일의 말에 조용히 책을 보고 있던 연수가 흘끗 바라본다.


학생    전화도 안 받는데요?


동일, 난감한 얼굴이다.


2. 교무실, 낮.

점심시간. 조용한 교무실에 담임 앞에 서있는 연수.


담임    몸이 많이 안 좋아?
연수    네.
담임    그래. 그래. 요즘 공부다 촬영이다 계속 무리했지? 오늘은 조퇴
        하고 가서 쉬어.

인사하고 교무실에서 나오는 연수.


3. 학교 도서관, 오후.


모두들 수업 중이라 아무도 없고 고요한 도서관 안.
연수가 조용히 책장으로 다가가 책을 찾고 있는데,
비어있는 칸을 보고 미간을 찌푸린다.
어쩔 수 없이 돌아서는데, 최웅, 책을 들고 당황한 채 서있다.


최웅    하이.


말하고 후회하는 최웅.


연수    (놀란) 너 뭐 해 여기서?
최웅    책.. 보려고.
연수    (어이없는) 학교 안 오고 도망간 애가 도서관에 있어?
최웅    허를 찌르는 거지. 그러는 넌 수업시간 아냐?
연수    …조퇴했어.


어색하게 서있는 둘. 연수, 최웅이 가진 책을 보곤,


연수    너 그 책 읽으려고?
최웅    응.


《짜라투스트라는 이렇게 말했다》 책을 들고 서있는 최웅.

연수    (도도하게) 글쎄. 너한테는 좀 어려운 책인데 괜찮을까? 니체의
        방대한 철학 사상을 이해하기가 쉽지는 않을 텐데 말야.

최웅    (책을 보는)

연수    그러니까 그거 나 줄래? 내가 읽는 게 더 효율적일 것 같은데.

최웅    영원 회귀… 같은 우주가 무한히 처음으로 동일하게 돌아가는
        것. 동일한 것의 영원 회귀 속에 우리는 현재라는 시간의 무한
        한 반복을 살아간다는데, 시간의 영원성에 대한 사유가 더 궁금
        해서 다시 읽어보려고.

        연수, 당황하지만 아닌 척.

연수    아… 어. 그래. (작게) 읽고 빨리 반납해.

최웅    어제 말이야.

        연수, 최웅을 본다.

최웅    내가 좀… 심하게 말한 거 같긴 해.

연수    (가만히 보는)

최웅    (눈치만 보는)

연수    그래서 오늘 도망갔냐?

최웅    너 불편할까 봐.

        연수, 최웅을 스쳐 지나간다. 최웅, 고개를 숙인다.

연수    (돌아보며) 배고프다. 밥 먹으러 가자.

**EP 08**

비포 선 셋

$$\textcircled{8}$$

**S#1. 시골집, 낮.**

시골집 마당 평상 위에 앉아있는 최웅. 뜨거운 햇빛에 손 그늘을 만들고 부채질을 하며 얼굴을 잔뜩 찌푸리고 있다. 그리고 지웅이 그 모습을 담으며 인터뷰를 하고 있다.

지웅      이렇게 나오니까 즐거우시죠?

최웅      (뚱한 얼굴로, 건성으로 답하는) 네~

지웅      평소에도 쉬러 가고 싶다고 자주 말하셨는데 정말 이루어졌네요?

최웅      (뚱한 얼굴로, 건성으로 답하는) 네~

지웅      여행도 종종 다니세요?

최웅      (뚱한 얼굴로, 건성으로 답하는) 네~

지웅, 카메라 뒤에서 얼굴을 빼 슬쩍 최웅을 노려보곤,

지웅      기억에 남는 여행이 있나요?

최웅, 부채질을 멈추고 말이 없다.

지웅     어떤 여행이 가장 기억에 남았나요?
최웅     (N) 기억하고 싶지 않아도,

최웅, 입을 꾹 다문 채 가만히 딴 곳을 본다.

최웅     (N) 선명하게 떠오르는 여행이 있어요.
지웅     질문 못 들으셨나요?
최웅     (N) 그리고 그것도 역시,
지웅     (카메라를 내리며) 야 최웅!


## S#2.  최웅 본가 방, 오전.

자막  **최웅 출국 이틀 전.**

커다란 캐리어에 무기력한 표정으로 짐을 싸고 있는 최웅.
그때, 최웅의 방문이 열리고 연수가 고개를 내민다.

연수     (밝게) 야 최웅!

연수의 등장에도 눈으로만 흘긋 보곤 대꾸 안 하는 최웅.

최웅     (N) 또 국연수예요.
연수     사람 무시하냐?

최웅   우리 헤어진 거 아니었어?

연수   우리가? 그랬나?

최웅   (흘끗 보며) 어떻게 그렇게 떠밀 듯이 가라고 할 수가 있냐?

연수   (으쓱이며) 안 갈 이유가 없잖아.

최웅   6개월이나 떨어져 있어야 하는데 넌 아무렇지 않아?

연수   그런 좋은 기회로 더 많이 배우고 올 수 있다는데 당연히 가
       야지.


       최웅, 다시 짐을 싸려 하자,


연수   여행 가자.

최웅   (무기력하게) 가. 혼자. 나도 곧 혼자 긴 여행 떠나야 해.


       연수, 성큼성큼 다가온다.


연수   얼른 일어나. 지금 출발해야 해.

최웅   뭐? 어딜?

연수   너 바다 보고 싶다며? 지금 가자.

최웅   (어이없다는 듯) 지금?

연수   버스 예매했어. 빨리 일어나. 나와.


       놀라 연수를 바라보는 최웅.


최웅   (N) 지금처럼 나의 의사와는 전혀 상관없이 가게 된,


       연수, 최웅을 일으켜 끌고 간다.

최웅    (억지로 끌려 일어나며 소리치는) 아니 무슨 여행을 출발할 때 알
려줘?


## S#3.   속초 시외버스 터미널, 오후.

버스에서 내리는 연수와 최웅. 여전히 뚱한 얼굴의 최웅.

최웅    (N) 여행 같지 않은 여행.

연수    (공기를 마시며) 벌써 바다 냄새나는 거 같지 않아?

최웅    도대체 이건 누굴 위한 여행인데?

연수    (시계를 보곤) 시간 없어. 막차 타고 다시 올라가려면 빨리 움직
여야 해.

최웅    (멈칫) 설마 이거 그런 거야?

연수    뭐?

최웅    이별 여행 뭐 그런 거?


말없이 피식 웃는 연수.


최웅    (N) 어떻게 잊을 수가 있겠어요.


## S#4.   대게 식당, 오후.

찐 대게가 상에 가득 올라있고, 신난 연수의 얼굴.

연수    와. 대박. 비주얼 봐. 장난 아니다. 그치?

최웅    (의심스럽게 보는)

| 연수 | (다리 하나 최웅의 손에 쥐어주며) 누나가 사는 거니까 많이 먹어. 알았지? |
|---|---|
| 최웅 | 마지막 만찬이다 뭐 그런 건가. |
| 연수 | (대꾸 안 하고 가위로 다리를 자르는) 살 실한 거 봐. 나 이런 거 처음 먹어봐. |
| 최웅 | 좋은 데 데려와서 좋은 거 먹이고… 나 여기 버리고 가려고? |
| 연수 | (최웅 입에 게 다리를 밀어 넣으며) 조용히 먹지? |

최웅, 뚱하게 바라보는데 연수, 아무렇지 않게 먹고 있다.
어이가 없는 최웅.

| 연수 | 얼른 먹어. 일정이 빠듯해. |
|---|---|
| 최웅 | (N) 이렇게나 제멋대로에, |


## S#5. 속초 바닷가 사랑 나무, 오후.

사랑 나무 아래에서 사진을 찍는 연인들. 삼각대 두고 다정한
포즈로 사진을 찍고 있다. 최웅을 끌고 가는 연수.
기다리다 차례가 오자 최웅을 밀어 넣는 연수.

| 연수 | 얼른 거기 서봐. |
|---|---|
| 최웅 | (얼떨결에 밀려가서 서는) 뭐? 나 혼자? |
| 연수 | (폴라로이드를 꺼내 사진 찍는) 자. 찍을게. |
| 최웅 | 나 혼자?? |
| 연수 | 웃어봐 좀. 뒷사람들 기다리잖아! 얼른! |
| 최웅 | (어이없는, 어색하게 서있다) 아니 왜 나 혼자 찍는데? |

열심히 사진을 찍는 연수와 어이없이 혼자 초라하게 서있는 최웅.

최웅    (심각하게) 진짜 이거 이별 여행이야? 이제 홀로서기하라는 거야?
최웅    (N) 무슨 꿍꿍이인지 알 수도 없고,
연수    (만족한 듯 카메라 내리며) 자 됐어. 이동하자 이동!


## S#6.    **바닷가, 저녁.**

앉아서 아련하게 바다만 보고 있는 최웅. 그 옆에서 연수가 요란하게 폴라로이드로 최웅의 사진을 찍고 있다.

최웅    그냥 조용히 바다만 보고 있으면 안 될까?
연수    남는 건 사진이래.
최웅    난 조용히 생각을 좀 깊이 하고 싶은데.
연수    무슨 생각?
최웅    앞으로 우리 미래에 대한 생각.
연수    뭘 그런 걸 여기까지 와서 생각해?
최웅    집에서 생각하고 있었는데 너가 여기까지 끌고 온 거잖아.
연수    (사진 찍으며) 여기 봐봐.

플래시가 터지고 사진이 인화되자 기다렸다 보는 연수.
웃음이 터진다.

연수    이거 봐! 너 되게 야생 고라니처럼 나왔다!
최웅    내 말은 귀에서 녹아서 사라지는 거야?

| 연수 | (사진을 가만히 보며) 아쉽다. 낮에 찍었으면 더 잘 나왔을 텐데. |
|---|---|
| 최웅 | (N) 내 말은 듣지도 않는 막무가내인데. |
| 연수 | 좀 웃어봐! |
| 최웅 | (허탈한 듯) 난 여기까지 와서 누구랑 대화하냐. |
| 연수 | (시계를 보곤) 아… 시간 얼마 안 남았네? 시장도 들려야 하는데… |

한숨 쉬는 최웅. 혼자 신나 있는 연수.


**S#7.  중앙시장, 늦은 저녁.**

최웅을 질질 끌고 가서 어묵을 사서 입에 집어넣어 주는 연수.
피곤한 최웅의 얼굴. 여기저기 간식거리들을 사며 신난 연수.
그런 연수를 가만히 보는 최웅. 이해할 수 없다는 얼굴이다.


| 최웅 | (N) 그리고, |
|---|---|


**S#8.  시외버스 터미널 안, 밤.**

11시가 훌쩍 넘은 시간. 자판기에서 음료를 두 개 뽑아 들고 대
합실로 가는 연수. 사람이 거의 없고 조용한 대합실 안 구석 의
자에 혼자 앉아 눈을 감고 있는 최웅을 보곤 피식 웃고 다가가
옆에 앉는다.


| 연수 | 재미있었다. 그치? |
|---|---|
| 최웅 | (말없는) |

연수    (흘끗 최웅을 보곤 나지막하게) 자?

최웅    (말없는)


최웅, 계속 말이 없자 연수, 최웅을 바라보는데 미간을 잔뜩 찌
푸린 채 눈을 감고 있다. 가만히 손가락으로 찌푸린 미간을 눌러
펴주는 연수. 그러자 천천히 눈을 뜨는 최웅. 연수, 피식 웃는다.


연수    넌 꼭 잔뜩 찌푸리고 자더라.

최웅    (말없이 바라보는)

연수    다음엔 이렇게 당일치기 말고 더 길게 가자.


최웅, 연수를 멍하니 바라본다.


연수    알바를 하나 더 늘렸더니 요즘 너무 바빴어. 오늘도 오전 알바
       어떻게든 빼보려고 했는데… 그게 안 됐네. 나 이렇게 여행 온
       거 처음이라 일정을 좀 빠듯하게 짜긴 했어. (웃는) 다음에는 더
       길게, 더 멀리 가자.

최웅    (연수를 가만히 보다) 다음에도 나랑 같이 여행 가게?

연수    (최웅을 보고 피식 웃는) 그럼 내가 누구랑 가. 혼자 가?


가만히 서로를 바라보는 둘.


최웅    (N) 국연수는 늘 그런 식이었어요.

연수    너 진짜 바보냐? 우리가 왜 헤어져?

최웅    (가만히 보다 울컥하는) 그럼 그렇게 말하면 되지 왜 말을 안 해서
       사람 불안하게 만들어?

| 연수 | 말을 꼭 해야 알아? 딱 보면 몰라? |
|---|---|
| 최웅 | 응. 몰라. 나는 아직도 그래. 너가 무슨 생각인지 정말 모르겠어. |

연수, 최웅을 가만히 본다.

| 연수 | 최웅. |
|---|---|
| 최웅 | (시선을 피하는) |
| 연수 | 웅아~ |
| 최웅 | (말없는) |
| 연수 | 나 봐봐. |

연수, 최웅을 가만히 바라보다,

| 연수 | 안 헤어져 우리. |
|---|---|
| 최웅 | (천천히 연수를 돌아보는) |
| 연수 | 만약에 우리가 또 싸우면, 또 헤어지면, |
| 최웅 | (가만히 보는) |
| 연수 | 너는 이렇게 다시 내 앞으로 오기만 해. |
| 최웅 | 그러면? |
| 연수 | 그러면… |

연수, 최웅의 귓가에 무언가 속삭인다. 최웅, 그제야 피식 웃는다.
최웅이 웃는 모습을 가만히 보는 연수.

| 연수 | 아까도 그렇게 웃지 그랬냐? 너 없을 때 사진으로 봐야 하는데. |
|---|---|
| 최웅 | (이제야 이해된다는 듯) 그래서 그렇게 나만 찍은 거야? |

연수    안 되겠다. 지금 다시 찍자.

       폴라로이드 카메라를 다시 꺼내는 연수.

연수    자. 웃어.
최웅    여기서?

       최웅, 어리둥절하게 보다 진지한 연수의 얼굴에 피식 웃음을 터
       뜨린다.

최웅    (N) 한없이 멀게 느껴지다 한없이 가까이 다가와,

       그 모습을 렌즈를 통해 가만히 보고 있는 연수. 셔터에 올린 손
       이 누를 듯 말 듯 한다.

최웅    (미소를 유지한 채) 안 찍어?

       연수, 카메라를 내리곤 최웅을 바라본다.

최웅    왜? 다시 보니까 웃는 거 별로야?
연수    내가 너 사랑하는 거 같아.

       연수의 말에, 미소가 천천히 지워지는 최웅.

최웅    (N) 순간을 영원으로 만들어버리는데,
연수    (가만히 보다) 알고 있었어?

말없이 서로를 바라보는 둘. 최웅, 천천히 입을 뗀다.
떨리는 눈빛, 낮은 목소리로,

최웅    아니.

연수    (가만히 보는)

최웅    모르니까… 계속 알려줘.

그리고 연수에게 키스하듯 다가가는 최웅. 연수, 천천히 눈을
감는다.

최웅    (N) 어떻게 잊을 수가 있어요.

두 사람의 입술이 닿기 전 화면 전환.


## S#9.   시골집 마당, 낮.
다시 현재. 평상에 멍하니 앉아있는 최웅.

최웅    (N) 그리고 그땐 몰랐죠.

최웅, 지웅의 뒤로 시골집 마루에 앉아 딴 곳을 보며 생각에 잠
긴 듯한 연수를 바라본다.

최웅    (연수를 바라보며) 글쎄요. 여행을 별로 좋아하지 않아서,

최웅    (N) 여행지에서 하는 약속은,

최웅    …기억할 만한 건 없어요.

최웅    (N) 죄다 거짓이라는 걸.


그때, 연수, 최웅과 눈이 마주친다.
잠깐 서로를 보다 다시 흩어지는 눈길들.


＊ 제목 삽입〉〉



**S#10.  시골집 마당, 낮.**

새소리가 평화롭게 들려오는 시골집 마당. 평상에 앉아 인터뷰를 하고 있는 은호. 은호를 찍고 있는 채란.


은호    (진지한 척) 사실 저도 뭐가 뭔지 잘 모르겠는데 혹~시나 해서 따라왔어요. 웅이 형이랑 연수 누나 두 사람… 뭔가 좀 이상한 거 같긴 하거든요.


은호, 다리를 꼬고 앉는다.


은호    (턱을 쓰다듬으며) 우리 웅이 형은 원래부터 책임감이 없어서 잠수 타거나 도망가는 거 이해가 충분히 되는데… 연수 누나까지 도망갔던 건… 혹시나 둘 사이에 무슨 일이 있었던 건 아닐까… 합리적인 의심을 할 순 있죠. 아무튼 그래서 저는 놀러 온 거 아니고, 두 사람을 뭐랄까 일종의 감시를 하러 왔달까. (카메라를 보며 진지한 척) 아티스트의 멘탈을 관리하는 것. 그것이 매니저의 일이니까.

## S#11.    시골집 안방, 낮.

캐리어에서 짐을 꺼내 정리하고 있는 솔이. 마찬가지로 그 모습을 담고 있는 채란.


솔이    지들이 알아서 하겠죠. 애들도 아니고 다 큰 성인인데. 아직도 저렇게 유치하게 싸워대는 거 보면 나이는 내가 다 먹었나 봐. (수영복을 들어 보이며) 어머. 이게 여기 있었네. 여기 수영할 데는 있어요? (다시 정리하며) 아무튼. 둘이 가둬놓고 찍기로 한 건 잘한 거예요. 애들이 아주 책임감이 없어.

채란    두 사람을 꽤 오래전부터 알고 지냈다고 하셨는데, 예전에 비해서 지금 달라진 점이 있을까요?

솔이    (곰곰이 생각하는) 음… 솔직히 말하면… 똑같아요. 쟤들은 옛날에도 피곤하고 지금도 피곤해요. 주변 사람들을 더 피곤하게 만들어 아주. 근데 어디 갔어요 걔들은? 또 어디서 싸우고 있는 거 아냐?


## S#12.    작은 언덕, 낮.

나무 아래 혼자 앉아있는 최웅. 애꿏은 풀을 뜯으며 미간을 찌푸리는 최웅. 날아드는 풀벌레들에 손을 휘휘 젓는다.


최웅    (N) 상황이 더 안 좋아졌어요.


한숨을 쉬는 최웅.


최웅    (N) 하필 이럴 때 또 말 같지도 않은 여행이라니…

그때, 언덕을 올라오던 연수와 눈이 마주친다. 멈칫하는 연수.
다시 돌아갈까 망설이는 듯하다 아무렇지 않은 척 다가온다.

연수      너는 좀 이왕 도망친 거 멀리 도망가지 그랬냐?

최웅      이렇게 잡혀온 너도 할 말은 아닌 거 같은데?

연수      그래서 정말 포기했어? 이대로 여기서 찍겠다고?

최웅      그럼 뭐. 방법이 있어?


연수, 말없이 거리를 두고 서있다. 잠깐 머뭇거리다, 천천히 입
을 뗀다.


연수      지겹다며.


최웅, 천천히 고개를 돌려 연수를 바라본다.


연수      내가 그렇게 지겨운데 같이 있을 수 있겠어?


최웅, 말없이 다시 앞을 본다. 다시 둘 사이에 흐르는 침묵.
최웅, 뭔가 생각하다 나지막하게 중얼거린다.


최웅      …진짜 같이 왔네. 더 길게, 더 멀리.

연수      뭐라고?

최웅      (연수를 보며, 담담하게) 어차피 너도 비슷한 거 아냐? 이러는 거
지겨운 건.

연수      (가만히 보는)

최웅      싸우고 피하고 또 싸우고 숨어버리고. 그게 우리잖아. 그러다

여기까지 온 거니까… 뭐 어쩌겠어.

최웅의 얼굴에서 뭔가를 읽어보려 해도 아무런 감정이 느껴지지 않는 얼굴이다.

최웅   뭐… 내가 자리 비켜줘?
연수   (가만히 보다) 아니. 내가 갈게.

연수, 돌아서 내려간다. 그 모습을 바라보다 풀 위로 누워버리는 최웅. 손으로 눈을 가리고 한숨을 쉰다.

최웅   (N) 하필 이럴 때 그때가 생각나다니…


## S#13.  시골길, 낮.

풍경을 앵글에 담고 있는 지웅. 조용히 집중해 그림을 담고 있다. 그때, 지웅의 옆에 바짝 붙어 있는 태훈이 입을 연다.

태훈   와… 그림 죽이네요.

한숨 쉬고 카메라를 내리는 지웅.

지웅   니가 왜 내 귀에 달라붙어 있을까?
태훈   (기대 가득한) 저 이번 여행에서는 꼭 선배님 곁에서 많이 배워가고 싶습니다! 선배님의 작은 행동 하나하나 놓치지 않고…
지웅   글쎄. 니가 놓쳐지고 싶지 않으면 지금 당장 떨어지는 게 좋을 거 같은데.

태훈, 두 발짝 물러선다. 그러곤 다시 해맑게,

태훈   다시 한번 말씀드리지만 저 이 팀에 들어오게 되어서 너무 기쁩
      니다! 채란 선배님도, 선배님도 너무 멋진 분들이시라 배울 게
      정말 많을 것 같습니다!
지웅   다시 한번 말하는 거 싫어해 난. (한숨 한 번 쉬고) 니가 여기서 해
      야 할 일은 딱 두 가지가 있어.
태훈   (기대하는) 뭐든 열심히 하겠습니다!
지웅   첫 번째는 만약 채란이가 무언가를 찾는다? 그럼 니 손에 그게
      들려있어야 해.
태훈   (온몸에 주렁주렁 달고 있는 잡동사니를 보여주며) 그건 자신 있습니다!
지웅   두 번째는 내가 이렇게 고개를 돌릴 때, (좌우로 고개를 젓는) 내
      시야에 니가 걸리적거리면 안 돼.
태훈   ?
지웅   그럼 넌 어디 있어야 할까?

태훈, 스윽 지웅의 뒤에 가서 선다.

지웅   그래. 그렇지. 간단하지?

지웅이 카메라를 들고 움직이자 태훈이 뒤에서 졸졸 따라간다.

태훈   아무튼 저 정말 열심히 배우겠습니다! 저도 금방 그만둬버릴까
      봐 일부러 정 안 주시는 거 알고 있습니다! 하지만 저 정말 끝까

지 남아서 제대로 하고 싶습니다! 제가 다른 건 몰라도 끈기 하나는 정말 남들보다 뛰어나다고 자부할 수 있거든요!

재잘거리는 태훈에 귀찮은 듯한 얼굴로 말없이 걷는 지웅.

태훈      저도 꼭 선배님처럼 유능한 피디가 되고 싶거든요! 팀장님께서 선배님도 처음엔 비록 실수도 많이 하고 엉망진창이었지만 팀장님이 잘 가르쳐서 이렇게 훌륭하게 성장했다고 하셨거든요! 그러니까 저도…!

멈춰 서는 지웅. 휙 돌아서자, 태훈도 황급히 따라서 지웅의 뒤로 돌아선다. 어이없는 지웅. 다시 뒤로 돌아보자, 또 재빠르게 지웅의 뒤로 서는 태훈.

지웅      (어이없어 실소가 터지는) 뭐 하자는 거지?
태훈      저도 많이 배우고 꼭 멋지게 성장하겠습니다!
지웅      (다시 휙 돌아보는)
태훈      (또다시 뒤로 피하며) 사실 제가 요즘 촬영장 올 때가 제일 설레거든요.
지웅      (돌아보는 척하지만 돌지 않는)
태훈      (얼떨결에 지웅의 앞으로 와버린, 당황하지만 씨익 웃으며) 이건 정말이에요. 요즘 이것보다 설레는 일은 없거든요. 선배님도 그러지 않으세요?

지웅, 태훈의 말에 가만히 바라본다.

지웅    (가만히 보다 한숨 쉬곤) 쓸데없는 소리 하지 말고 가서 채란이 도
       와서 촬영 세팅이나 해.

태훈    네!!

       총총 달려가는 태훈. 그 뒷모습을 가만히 보던 지웅은 다시 카메
       라를 만지작거린다. 카메라를 들고 다시 풍경을 앵글에 담는다.

지웅    (중얼거리는) 설렐 일도 많다.

       그때, 지웅의 앵글에 들어오는 연수. 연수, 미간을 잔뜩 찌푸린
       채 걸어오다 멈춰 선다. 가만히 서서 시골 풍경을 바라보는 연
       수. 바람이 살랑 불며 연수의 머리카락이 조금씩 흩날린다. 그
       모습을 앵글로 가만히 지켜보는 지웅.


## S#14.  철물점 앞, 낮.

       휘영동 골목길에 있는 철물점 앞. 몇 명의 사람들이 그 앞에 서
       서 사진을 찍고 있다. 그러자 철물점 안에서 슬그머니 고개를
       빼고 나오는 창식.

창식    거… 뭣들 하는 거유?
행인1   앗. 죄송합니다! 여기서 사진 좀 몇 장 찍어도 되나요?
창식    (의심의 눈초리로 보는) 여기서?
행인2   여기가 (핸드폰 보여주는) 이 그림 속 가게 맞죠?

       창식, 핸드폰을 들여다보는데 최웅이 그린 철물점 그림이다.

| 창식 | 어 이거 우리 가게 맞는디… |
|---|---|
| 행인1 | (친구 보며) 거봐. 맞다니까~ 그 작가님이 이 동네 그림을 많이 그리셨대. |
| 행인2 | (또 그림을 보여주며) 혹시 여기는 어디인지 아세요? |
| 창식 | 이건 저~ 쪽 감나무 집인데? |
| 행인1 | 오. 그럼 거기도 갔다 가자! |
| 창식 | 아니 근데 이게 뭔 그림인디? |

## S#15. **웅이와 기사식당 앞, 낮.**

최호, 식당 앞에서 골프 스윙 자세를 잡고 있다. 그때, 창식이 달려온다.

| 창식 | 어이!! 최사장!!! |
|---|---|
| 최호 | 이봐 창식이. 자네 아까 아침에도 왔다 갔지 않나… 하루에 한 번만 오라고. |
| 창식 | 웅이 가가 진짜로 생쇼를 하긴 했나 보네? |
| 최호 | 생쇼가 아니고… |
| 창식 | (흥분한) 아니 우리 가게 앞에 사람들이 와서 막 사진을 찍어 간 대니까? 웅이 가가 그린 그림이랑 똑같다고 막 찾아오드라고! |
| 최호 | 아 그거… |
| 창식 | 아 그거…? 뭐여. 반응이 왜 그리 미지근혀? |

최호, 슬그머니 가게 문을 열어 안을 보여준다. 가게 안에 가득 차있는 젊은 손님들.

최호   요새 자꾸 젊은 손님들이 와서 이상하다 했는데… (우쭐한) 우리
      웅이가 꽤 유명해졌나 보더라고.

      창식, 놀란 듯이 바라본다.

최호   (우쭐한) 그래서 이제 그림 좀 몇 개 걸어다 놔야겠어 여기다가.
      이 바깥에다가도. 어때? 우리 골목이 아주 관광지가 되겠어. 허
      허 참.

      연옥이 가게 안에서 부른다.

연옥   아유! 웅이 아빠! 그러고 있지 말고 얼른 서빙이나 거들어!
최호   아. 그리고 명찰 같은 거 하나 만들어서 달아야겠어. 웅이 아부
      지라고. 아니면 모자를 만들어 써야 하나…
연옥   얼른 안 와요?!

      최호가 가게로 들어가려 하자 창식이 붙잡는다.

창식   (비장하게) 그 그림. 나도 하나 줘. 최사장.


## S#16.   **시골길, 낮.**
      눈을 감고 가만히 바람을 느끼고 있는 연수. 그때, 핸드폰에 단
      체 채팅방 메시지가 울린다. 확인하는 연수.

      ＊채팅 내용〉〉

**방이훈 대표:** 이번 프로젝트 아주 성공적이야. 다들 고생 많았어~

　　　　　　일마에서도 아주 만족스러워한다고 .

**김명호:** 국팀장님이 제일 고생 많으셨죠!

**강지운:** 맞아요! 팀장님 정말 고생 많으셨어요!!

**지예인:** 팀장님~~ 휴가 잘 보내고 오셔요! 촬영도 잘 하시구!

**지예인:** 참! 기사 보셨어요? 작가님 반응 정말 핫해요!

**지예인:** (기사 링크)


＊ 다시 현재〉〉


기사 링크들을 눌러보는 연수.


[ 고오X일마, 시너지 효과 쏠쏠 ]

[ 고오 작가 100시간의 향연, 그는 누구인가 ]

[ 베일에 싸여 있던 고오 작가,

알고 보니 다큐멘터리 역주행 유명인사… ]

[ 유명 일러스트레이터 고오, 엔제이와의 특별한 인연? ]


엔제이와 함께 난 기사를 물끄러미 보는 연수.


＊ 플래시컷〉〉


EP07 S#32.

놀이터에 나란히 앉아있는 엔제이와 최웅을 바라보는 연수.


＊ 다시 현재〉〉

연수, 핸드폰을 물끄러미 바라보다 중얼거린다.

연수    뭐 특별한 인연일 것까지야…

그때, 불쑥 뒤에서 나타나는 지웅.

지웅    혼자 뭘 중얼거려?

연수, 화들짝 놀라 핸드폰을 집어넣는다.

연수    (카메라를 보곤) 설마 또 나 찍었어?
지웅    그게 내 일이긴 합니다만. 몰래 찍진 않으니까 걱정말고. 말했
       다시피 윤리적인 피디니까.
연수    (흘끗 노려보곤) 이렇게 납치해 온 게 윤리적이야?
지웅    미리 말했으면 또 도망갔을 거 아냐. 둘 다 신뢰를 꽤 잃었으니
       까… 선조치 후보고라고 하지.
연수    (노려보는) 너 요즘 자꾸 얄미워져.
지웅    (피식 웃는) 촬영 펑크 낸 건 책임져야지? 그러게 왜 말없이 도망
       을 갔을까.
연수    이런 벌 받을 줄 알았으면 도망 안 갔어.
지웅    그래도 이왕 이렇게 나온 거 머리 식힌다 생각하고 편하게 쉬어.
연수    카메라 앞에서요? 퍽이나 편하겠다.

지웅, 가만히 보다,

지웅    여행 오면 하고 싶은 거 없었어?

| 연수 | 글쎄. 요즘 바빠서 생각해 본 적 없는데. |
|---|---|
| 지웅 | 생각해 봐. 내가 하게 해줄게. |
| 연수 | (흘끗 노려보며) 그것도 다 촬영을 위한 거잖아. |

지웅, 피식 웃는다. 그때, 멀리서 전화를 하며 두리번거리던 채란이 둘을 발견한다. 카메라를 내리고 연수와 편안하게 웃으며 대화하고 있는 지웅의 모습을 가만히 보는 채란.


### S#17. 헤어샵, 낮.

머리에 스팀기를 꽂고 앉아 핸드폰을 보고 있는 엔제이.
미연이 다가와 엔제이 옆에 앉는다.


| 미연 | 그래서 어떻게 되고 있어? |
|---|---|
| 엔제이 | 응? 뭐가? |
| 미연 | 너가 간 보던 그 작가. 뭐야. 벌써 끝났어? |
| 엔제이 | 끝나긴. 시작도 안 했지. |
| 엔제이 | 마무리는 아니고. 일단은… 고백으로 혼쭐내줬지. |
| 미연 | 또? 어휴. 그럴 줄 알았다. |
| 엔제이 | 섭섭해. 그런 반응. 늘 새로운 것처럼 반응해 줘. |
| 미연 | 내가 니 얼굴로 태어났으면 온 세상 남자 다 후리고 고백 갈취하고 다녔을 거다. 도대체 넌 뭐가 맨날 아쉬워서 니가 들이박냐? |
| 엔제이 | 좋으면 좋다고 말하는 게 뭐 어때서? 언니가 그래서 연애를 못 하는 거야. |
| 미연 | 그래서 넌 연애를 하기로 했고? |

| 엔제이 | 아니 뭐. 아직은 내가 그냥 좋다고만 말한 거라… (으쓱이는) 얼마나 놀랐겠어. 시간이 필요할 거야. 혼란스럽겠지. |

엔제이, 핸드폰을 든다.

| 엔제이 | 이럴 때 한 번씩 전화를 해주면 마음이 살랑살랑하거든. (찡긋 윙크하는) |

최웅에게 전화를 거는 엔제이. 당당한 모습이다. 하지만 전화가 연결이 되지 않는다.

| 미연 | 뭐야? 안 받아? |
| 엔제이 | (당황스러운) |
| 미연 | (웃는) 이야. 고백했더니 전화를 안 받는다? 꽤 흥미로운 전개인데? |

벌떡 일어나는 엔제이.

| 미연 | (말리는) 야! 아직 10분 더 앉아있어야 돼! |
| 엔제이 | (흥분한) 아니 진짜 자꾸 내 전화 안 받고 뭐 하는 거야 이 사람은? |


## S#18.  시골집 마당, 오후.

마당 평상에 거리를 둔 채 나란히 앉아있는 연수, 최웅. 채란이 카메라로 찍고 있고, 뒤에서 지웅이 바라보고 있다. 인터뷰하고 있는 둘. 여전히 어색하고 뚱한 표정이다. 채란, 카메라를 내리며,

| 채란 | 두 분 인터뷰는 여기까지 할게요. 그리고 이제 각자의 취향, 스타일대로 시간을 보내는 모습 찍을게요. 편하게 하고 싶은 거 말씀해 주세요. |
|---|---|
| 최웅 | 그냥 누워있어도 돼요? |
| 지웅 | 그럼. 당연히 되지. 이때까지 네 촬영본의 80은 누워있는 거니까 뭐 더 누워있어도 돼. 80이든 90이든 무슨 차이가 있겠어? 영원히 누워있어도 돼. |

최웅, 지웅을 노려본다. 그때, 마당으로 들어오는 솔이, 은호, 태훈. 은호와 태훈이 양손 가득 장 본 것들을 들고 있고 각자 입에 아이스크림이 물려있다.

| 솔이 | 이야. 여기서 시내 나가려면 한~참 나가야 하더라. |
|---|---|
| 채란 | (놀라는) 야 임턴! 너 법카를 얼마나 긁은 거야? |
| 태훈 | (어리둥절한) 이거 다 필요한 거라던데요? |
| 솔이 | 에이~ 사람 머릿수가 몇 갠데. 이 정도는 있어야죠. |
| 은호 | 솔이 누나 요리 짱 잘해요. 가게가 왜 망하는지 영문을 모를 만큼… |
| 솔이 | 입 닫고 아이스크림이나 먹어. |

최웅, 평상에 그대로 누워 밀짚모자로 얼굴을 덮는다. 연수, 그런 최웅을 흘끗 보곤 집으로 들어간다. 채란, 태훈을 구석으로 데려가 혼내고 있고, 솔이와 은호는 장 봐온 물건을 평상에 꺼내놓는다.

| 솔이 | (봉투에서 호미가 나오는) 이게 뭐야? 아잇… 뒷사람 거까지 계산 |
|---|---|

해 왔네. (대수롭지 않게 던지는)

그 모습들을 가만히 바라보고 있는 지웅. 이마를 짚는다.

지웅     생각했던 것보다 더 개판인데.


## S#19.  **시골집 안, 이어서.**
작은방 안에 들어가 가방을 뒤적거리고 있는 최웅. 지웅이 문에
서서 최웅을 바라본다.

지웅     그럼 그리러 갈 거라고?
최웅     그럼 여기서 할 게 뭐 있냐? (지웅을 보곤) 야! 문지방에서 내려
        와! 이 상도덕 없는 놈아!
지웅     어디로 가게?
최웅     멀리 안 갈 거니까 걱정 마. 여기 나무 종류가 많은 거 같더라
        고. 야. 겉옷 제대로 챙겨 입어. 그래도 숲이니까. 벌레 많아.
지웅     난 너 안 따라가는데?
최웅     엉? 그럼?
지웅     채란이가 너 팔로우할 거야.
최웅     그럼 넌?
지웅     연수가 마을 구경 간다고 해서 그쪽으로 팔로우하게.

최웅, 지웅을 가만히 보다

최웅     뭐 그러던가.

연수가 옆방에서 나와 마루로 나온다.

지웅      (연수 보며) 준비 다 했어?
연수      (신발을 신는) 웅. 준비할 게 뭐 있겠어. 진짜 나 맘대로 해도 돼?
지웅      뭐든. 하고 싶은 거 다 해.


최웅, 괜히 둘의 뒷모습을 바라보다,

최웅      (슬쩍 물어보는) 야. 몇 시까지 돌아와야 해?
지웅      글쎄. 정해진 건 없는데.
최웅      (흘끗 보곤) 그래도 시골이라 빨리 어두워질걸? 일찍 들어와야
         할걸?
연수      (지웅을 보곤) 웅아 가자.


연수의 말에 멈칫하는 최웅. 연수와 지웅이 나가는 뒷모습을 바
라본다.

최웅      (어이없다는 듯) 웅아…? 둘이 언제부터 그렇게 친했다고… 어이
         가 없네.


괜히 신경질적으로 노트와 펜을 챙기는 최웅.

최웅      (중얼거리는) 웅이는 나잖아.

## S#20.  시골길, 오후.

천천히 걷고 있는 연수 뒤로 카메라를 들고 팔로우하는 지웅.
천천히 주변을 둘러보며 걷고 있다.


연수      요즘 좀 답답하긴 했는데 이런 곳에 나오게 되니까 좀 해방감이
          랄까… 그런 게 있는 거 같기는 해요. 그리고 이렇게 쉬는 게 너
          무 오랜만이기도 하구요.


그리고 또 말없이 걷는다.


연수      사실 제대로 쉬어본 적이 없어서 쉬는 법도 잘 몰라요. 그래서
          더 쉬지 않고 일하는 것 같기도 하고… 여행이라는 걸 가본 적
          이 한 번뿐이라…


연수, 뭔가 생각난 듯 멈칫하곤 입을 다문다. 그러다 다시 아무
렇지 않게 지웅을 본다.


연수      (진지하게) 나 되게… 카메라 체질인가? 묻지도 않은 거 또 술술
          말하고 있었지 지금.
지웅      (피식 웃는다)
연수      (툴툴거리는) 아. 또 김지웅 좋은 일 했네.


그러다 멈춰 서는 연수.


연수      근데 나 궁금한 게 있는데.
지웅      뭔데?

| 연수 | 내가 자전거를 타면 날 어떻게 찍는 거야? |
|------|------|
| 지웅 | 음… 보통 차로 팔로우하기도 하고, 헬리캠을 띄우거나 아니면 멀리 카메라 고정해놓고… 뭐 그러니까 꽤 고생하면서 찍는다는 말이지. |
| 연수 | 호오… |
| 지웅 | 지금… 타게? |

연수, 끄덕인다.

| 지웅 | 그럼 애들 좀 불러서… |
|------|------|
| 연수 | 에이. 그냥 간단하게 찍자~ |
| 지웅 | 간단하게 찍으면 나만 힘든데. |
| 연수 | (씨익 웃으며) 그러니까. |

지웅, 가만히 보다 피식 웃곤 카메라를 내린다.

| 지웅 | 많이 유치해졌어 국연수. |
|------|------|
| 연수 | 안 돼? |
| 지웅 | 가져올게. 자전거. |

＊ 점프컷1〉〉

지웅, 카메라를 들고 앞으로 뛰어간다. 꽤 떨어진 곳에 멈춰 서서 숨을 고르는 지웅. 연수에게 손짓을 하자 연수가 자전거를 타고 출발한다. 그 모습을 카메라에 담는 지웅. 연수, 신나게 자전거를 타고 지웅을 지나쳐간다. 연수, 멈춰 서 지웅을 돌아보며 소리친다.

연수　뭐 해? 또 앞으로 가서 찍어야지?

지웅, 그 모습을 보곤 어이없단 듯 웃으며 카메라를 내린다.
그러곤 또 카메라를 들고 달려가는 지웅.

＊점프컷2〉〉

논길 위에 거의 드러눕다시피 해서 연수가 자전거 타는 모습을
찍는 지웅. 연수, 여유로운 표정을 지으며 즐기고 있다.

＊점프컷3〉〉

카메라를 어깨에 메고 자전거 탄 연수를 쫓아 뛰어가는 지웅.
연수 얄밉게 뒤돌아보며 웃는다.

＊점프컷4〉〉

지웅, 자전거 의자에 작은 카메라를 달고, 연수의 앞에서 자전
거를 타고 달린다. 쭉 뻗은 시골길을 자전거로 달려가는 둘의
모습.


S#21.　**작은 숲, 같은 시각.**
나무 아래 앉아있는 최웅. 무릎 위에 노트를 두고 연필로 나무

그림을 그리고 있다. 그를 옆에서 촬영 중인 채란. 아무 말 없이 고요하고 사각사각 연필 소리만 들릴 뿐. 그러다 멈추는 최웅. 멍하니 무슨 생각을 하는 듯 바라보다 흘끗 채란을 본다.

최웅  재미없죠?

채란  괜찮아요.

최웅  편하게 하던 대로 하라니까… 저 원래 계속 이렇게 재미없게 있어요.

채란  알아요. 10년 전 촬영본 다 봤어요.

최웅  그때도 똑같이 재미없었을 텐데.

채란  그래서 별로 기대 없었어요.

최웅  (흘끗 채란을 노려보곤) 김지웅이랑 그만 붙어 다녀요. 김지웅 같아요.

채란  그거 우리 쪽에선 칭찬이에요.

어이없다는 듯 실소를 터뜨리는 최웅. 다시 연필을 잡는다. 그러다 멈칫. 다시 채란을 돌아본다.

최웅  어때요? 10년 전 촬영본은.

채란  영상 안 보셨어요?

최웅  영상에 안 나온 것도 많잖아요.

채란  (가만히 생각하다) 그게 진짜 재미있어요. 저라면 다시 재편집해서 내보내고 싶을 만큼.

최웅  왜요?

채란  그냥 전교 1등과 전교 꼴등의 생활 모습으로만 보여주기엔 놓치고 있는 게 있잖아요.

| 최웅 | (흘끗 보곤) 그게 뭔데요? |
|---|---|
| 채란 | 알면서 모르는 척하시네요. |
| 최웅 | (멈칫하는) |
| 채란 | 촬영본 다 보니까 최웅 씨가 언제부터 국연수 씨를 좋아했는지도 맞힐 수 있겠던데 난. |
| 최웅 | 지금 놀리는 거예요? |
| 채란 | 네. 조금요. |
| 최웅 | (노려보며) 다시 말하는데 김지웅이랑 붙어 다니지 마요. |

피식 웃는 채란. 그런 채란을 못마땅한 듯 보는 최웅.
그러다 잠깐 머뭇거리더니 다시 입을 뗀다.

| 최웅 | 그럼 지금은요? |
|---|---|
| 채란 | (흘끗 최웅을 보는) |
| 최웅 | 지금은 어떤 것 같아요. 그 뒤에서 볼 때. |

최웅, 연필을 쥔 손을 괜히 꼼지락거린다. 긴장한 듯 채란을 보는 최웅.

| 채란 | 제 생각은… |
|---|---|
| 최웅 | (긴장하며 보는) |
| 채란 | 여기까지. 더 개입하면 안 돼요. 이 자리가 그렇거든요. |
| 최웅 | (어이없는) 하. 되게 재밌는 분이시네요 피디님? |
| 채란 | (으쓱하곤) 고마워요. 그럼 이제 출연자님도 좀 더 재미있게 해주셨음 좋겠는데. |

최웅, 채란을 노려본다.


## S#22. 시골 동네, 오후.

조용한 마을. 커다란 나무 아래 평상. 그 앞에 널브러져 있는 자전거 두 대. 그리고 평상에 뻗어 눕는 연수. 그리고 그 옆에 조금 떨어져 걸터앉는 지웅. 카메라를 내려놓는다.


연수    (숨을 몰아쉬며) 왜 나만 힘들어? 도대체 넌 왜 안 지치는 건데?

지웅    (피식 웃곤) 연수야. 피디는 체력이 재능이고 능력이야.

연수    징그러워 너. (생각하다) 맞다. 너 학교 다닐 때도 육상부였지.

지웅    그걸 기억해?

연수    허구한 날 땡볕에 뛰어다녔잖아. 상대적으로 최웅은 그늘에만 누워있어서 더 눈에 띄었지.


살랑 불어오는 바람.
연수, 천천히 눈을 감고 편안하게 숨을 쉰다.


연수    (나지막하게) … 좋다.


지웅, 흘끗 연수를 보는데 햇빛 한 줄기가 연수에게 비춰지자 몸을 살짝 돌려 햇빛을 차단한다. 다시 연수에겐 그늘이 드리운다.


연수    이대로 잠들고 싶다.

지웅    (흘끗 시계를 보곤) 피곤하긴 하겠다. 아침 일찍 여기까지 오느라.

연수    그늘에 누워서 낮잠 자는 거 이해 안 됐는데… (피식 웃는) 이런 느낌이구나?

지웅    한숨 자. 시간은 많아.

연수    (점점 목소리가 나른해지는) 으응… 그래도 지금 자면… 밤에 잠 못 자는데…

연수가 입을 다물자 고요해진다. 바람에 바스락거리는 잎사귀 소리만 들릴 뿐. 지웅도 편안하게 앉아 멍하니 먼 곳을 바라본다. 평화로운 분위기. 연수의 숨소리가 규칙적으로 들려온다.
잠시 후, 장갑과 호미가 든 바구니를 끼고 평상 옆을 지나가던 한 아주머니가 둘을 보곤 말을 건넨다.

아주머니  (지웅을 보곤) 못 보던 젊은 총각이네? 놀러 왔어?

지웅    (웃으며) 네. 며칠 쉬다 가려구요.

아주머니  둘이 여행 왔나 보네. 암것도 없는데 어떻게 여기까지 왔대? 그래두 경치는 좋지?

지웅    마을이 예쁘네요. 조용하고, 공기도 좋고.

아주머니  저~ 쪽으로 가면 쪼그만한 산이 있는데 해 질 때 그쪽에서 보면 경치가 아주 더 끝내줘. 나중에 여자친구 깨워서 가봐.

지웅    (웃으며) 네. 감사합니다.

아주머니  (둘을 보고 지나가며) 아유. 한창 좋을 때야. 그때가.

아주머니가 지나가고, 다시 고요해진다. 지웅, 가만히 먼 곳을 바라보다 바람을 느끼며 천천히 눈을 감는다. 그때, 연수가 눈을 감은 채 입을 연다.

연수    (나른하게) 내가 여자친구구나.

잠든 줄 알았던 연수가 입을 열자 놀라 바라보는 지웅.
연수, 계속 눈을 감은 채 장난스럽게 피식 웃는다.

연수　　한창 좋을 때야, 우리가?

연수, 장난스럽게 눈을 뜨며 몸을 일으킨다. 그때, 연수를 보던
지웅과 가까이 마주하게 되며 서로 눈이 마주친다. 지웅, 흔들
리는 눈으로 연수를 보고 있다. 마치 뭔가를 들킨 듯한 눈빛.
지웅의 눈빛에 놀라는 연수. 지웅, 연수를 바라보다 시선을 피
한다. 짧은 찰나였지만 뭔가 다름을 느낀 연수.

지웅　　(변명하듯 중얼거리는) 그냥 뭐 굳이 말을 고칠 필요는 없으니까…
　　　　그냥 하신 말이니까…

연수, 고개 돌린 지웅의 뒷모습을 의아하게 바라본다.


S#23.　**시골집, 늦은 오후.**
　　　　해가 질 무렵의 오후. 대문을 열고 들어오는 최웅과 채란. 마당
　　　　에서 태훈이 조명을 설치하고 있고, 평상에는 솔이가 평화롭게
　　　　누워있다. 흘끗 고개를 들고 들어오는 사람을 보는 솔이.

태훈　　(반갑게) 오셨어요? 조명 설치는 다 됐습니다!
솔이　　(흘끗 보곤) 이제 오냐? 오다가 구은호 못 봤어?
최웅　　걔 어디 갔어요?
솔이　　아까 나랑 오토바이 타고 나갔다가 내가 버리고 왔거든.

| | |
|---|---|
| 최웅 | 그건 너무 재밌었겠다. 근데 왜요? |
| 솔이 | (일어나 앉으며) 그냥. 애가 말이 많아. 시끄러워 죽겠어 아주. 잔소리 잔소리가 아주… |
| 최웅 | (끄덕이는) 이해해요. 잘하셨어요. |

채란, 태훈을 데리고 집 안으로 들어간다. 마당에 둘만 남았다. 평상 한쪽에 걸터앉는 최웅.

| | |
|---|---|
| 최웅 | (솔이를 흘끗 보곤) 국연수랑 김지웅은 아직 안 왔어요? |
| 솔이 | 응. 안 왔는데? 아까 마을 한 바퀴 돌 때도 안 보였는데 꽤 멀리 갔나? |

최웅, 미간이 찌푸려진다.

| | |
|---|---|
| 최웅 | (시계를 보는) 지금 시간이 몇 신데… |
| 솔이 | 때 되면 들어오겠지 뭐. (늘어지게 하품하며 스트레칭을 하는) 어후. 쉬는 것도 힘들다. 나 벌써 서울 가고 싶어. |

그때, 대문이 열리고 은호가 절뚝이며 들어온다.

| | |
|---|---|
| 은호 | (한껏 억울한 표정으로 솔이에게) 진짜… 나를… 버리고 가요…? 저 7km를 계속 걷기만 했어요… 그것도 슬리퍼 신고…. |
| 솔이 | 아이구. 우리 은호 그지꼴로 살아 돌아왔네? |
| 은호 | 누나!!! |

최웅, 신경 쓰이는지 괜히 다시 한번 시계를 보곤 마을 쪽을 돌

아본다.


## S#24. **옹이와 기사식당 앞, 늦은 오후.**

해가 지는 오후. 연옥과 최호가 가게에서 나온다.


연옥    이렇게 일찍 닫아본 적이 없는데…

최호    오늘은 재료도 떨어졌고, 여긴 일찍 닫고 다른 가게나 정리하고 가자구.


그때, 둘의 앞에 서는 한 여자. 모자를 푹 눌러 쓰고 마스크를 끼고 있다. 엔제이다.


엔제이    혹시 끝났나요?

연옥    아유 어쩌죠? 오늘은 가게 일찍 닫으려는데…

엔제이    아… 그럼 사람들 아무도 없겠네요?

연옥    네.

엔제이    그럼 오히려 좋죠. (모자와 마스크를 벗곤 웃는다)

최호    (엔제이를 보곤) 가만있어 봐… 어디서 봤는데…

엔제이    최웅 작가님 안 계세요?

연옥    아 우리 웅이 찾아온 팬이에요?

엔제이    팬이기도 한데… 빚도 좀 받으러 왔거든요.


엔제이가 씨익 웃는다. 그러자 최호, 알아챈 듯 눈이 점점 커진다.

## S#25. 웅이와 기사식당 안, 저녁.

테이블에 앉아있는 엔제이. 그리고 맞은편에 나란히 앉아 엔제이를 요리조리 살펴보는 최호와 연옥. 엔제이, 밥을 크게 한 숟갈 떠먹는다.


최호      아유. 밥도 복스럽게 잘 먹네.

연옥      그러니까 말이에요. 부모님이 너무 좋아하시겠다. 이런 훌륭한 딸이… 밥 먹는 것만 봐도 뿌듯하시겠어요. 그쵸?

엔제이      (꼭꼭 씹어 삼키고 웃으며) 부모님은 두 분 다 외국에 있어서 잘 못 봐요.

연옥      어머. 그럼 혼자 지내는 거예요? 아유. 얼마나 고생이야. 밥 먹으러 자주 와요. 근데 우리 웅이하고는 친구라고 하셨죠?

엔제이      네. 작가님이 이런 유명한 친구 있다고 자랑 안 했어요?

최호      걔가 친구가 하나 더 있다는 것도 놀라운디 이런 연예인하고 친구라는 게… 진짜 친구 맞는 거죠? 진짜 웅이 이게 빚이라도 진 거면…

엔제이      (웃으며) 작가님이 저 밥 사주기로 한 걸 아직 안 사준 거뿐이에요.

최호      (흥분하는) 내 그놈의 자식을…! 엄마 아부지가 밥장사를 몇 개를 하는디!!! 밥 사준다 그러고 안 사주고 그러고 다니는겨 가는?!

엔제이      (웃는) 그런데 오다가 보니까 골목에 웅이네가 되게 많던데… 다 아버님 어머님이 하시는 거예요?

최호      (웃으며 연옥을 툭툭 치는) 아이고. 아버님이래.

연옥      (최호를 말리며) 네. 어쩌다 보니까 이렇게 장사를 하고 있어요.

엔제이      작가님 정말 훌륭한 부모님 아래에서 자라셨구나… 그래서 작가님이 그렇게 욕심이 없고 여유가 있으신가.

| 최호 | 우리가 어려서부터 그렇게 키워서 그래요. 그냥 아무것도 안 해도 되니까 건강하게만 커달라 했더니 가가 진짜로 그래. 아무것도 안 하더라고. (기막힌 듯) 효자긴 효자여. |
|---|---|
| 엔제이 | 와… 작가님은 무슨 복이에요? 그래도 부모님은 다들 자식에게서 뭔가를 바라잖아요. |
| 연옥 | 건강하게 우리한테 와준 것만으로도 고맙죠 뭐. (잠깐 낯빛이 어두워지는) |
| 최호 | 아무튼. 웅이 친구면 자주 놀러 와요. 애가 어려서부터 친구가 별로 없어서 친구 놀러 오면 그렇게 반가워. |
| 엔제이 | (잠깐 생각하다 장난스럽게) 작가님 여자친구도 없었어요? |
| 최호 | 에이~ 여자라고는 우리 연수 하나밖에 없었지. |
| 연옥 | (최호를 툭 치며) 아무리 그래도 애 사생활을 그렇게 말해도 돼요? |
| 최호 | 뭐 어때? 친구라는디. |
| 엔제이 | 아… (생각하는) 그 다큐멘터리에 같이 나왔던 국연수 씨…? |
| 최호 | 고러치. 그것도 봤어요? (웃으며) 거기서 우리 웅이 너무 귀엽지 않어? 연수하고 둘이 아주 귀여워 죽겄어. |
| 엔제이 | (가만히 생각하다) 그럼 지금 촬영차 여행 갔다는 거면… 둘이 같이 갔겠네요? |
| 최호 | 그렇죠~ 아유 둘이 가서 또 싸우지나 말았으면 좋겠어. |
| 연옥 | 아유. 말을 너무 많이 시켰네 우리가. 얼른 먹어요. 천천히. |

엔제이, 가만히 생각하다 연옥에게 웃어 보인다.


## S#26.  **인서트, 저녁.**

어느새 어두워진 마을. 집 안에도 불이 켜지고, 마당에는 채란과

태훈이 카메라 세팅 중이고, 솔이가 평상에서 찌개를 끓이고 은
호가 솥뚜껑에 고기를 굽고 있다. 곁에서 도와주고 있는 연수.


## S#27.  시골집 안, 이어서.

작은 방 안으로 들어오는 지웅. 방 안에 있는 최웅을 보곤,

지웅       뭐 해? 나와. 저녁 먹으면서 오늘 촬영 마무리하게.

최웅       (가만히 지웅을 보다) 꽤 찍을 게 많았나 봐?

지웅       어 뭐… 왜?

최웅       아니. 꽤 늦게 들어오니까… 국연수랑…

지웅       (보는)

최웅       (말하려다 마는) …아니다. 그리고 너 후배를 너랑 똑같이지게 키
          우지 마.

지웅       (피식 웃는) 우리 채란이가 일을 잘했나 보네.

최웅       나쁜 것만 가르쳐 아주. (자리에서 일어나는)


열린 문 사이로 연수의 모습을 보는 최웅. 잠깐 멈칫한다.
지웅, 그런 최웅을 본다. 최웅, 아무렇지 않은 척 방을 나선다.


## S#28.  시골집 마당, 저녁.

평상에 둘러앉아 저녁을 함께 먹는 연수, 최웅, 은호, 솔이.
그 모습을 촬영하고 있는 지웅과 채란. 태훈은 조명을 잡고 있다.

솔이       (밥 한 주걱 더 은호 밥에 올려주며, 일부러 더 밝게) 많이 먹어 많이. 오

늘 고생 많이 했으니까.

은호    누나. 저 다리에 감각이 없어요. 이거 맞아요?

솔이    괜찮아 괜찮아. 푹 자고 일어나면 괜찮아.

은호    (숟가락을 쥔 손이 떨리는) 저 지금 약간 손도 떨리는데… (나머지 손으로 잡아본다) 왜 안 멈추지?

솔이    기분 탓이야. 먹어 먹어. 얼른. (술 마시는 제스처) 이따 한잔? 오늘 같은 날은 일찍 자는 거 아니지. 밤새 달리게 많이 먹어둬.


묵묵히 밥만 먹고 있는 연수와 최웅.


솔이    (연수를 보곤) 근데 넌 김지웅이랑 어디 갔다 왔는데 그렇게 오래 걸렸어? 어디 좋은 데라도 찾았어?


솔이의 말에 귀를 쫑긋하는 최웅.


연수    그냥 뭐… 자전거 타고 마을 돌다가… 잠깐 낮잠 좀 자다 왔어.

최웅    (연수를 홱 쳐다보며) 낮잠? 밖에서?

연수    (이상하단 듯 보며) 어. 왜?

최웅    (아차 하며, 다시 고개를 돌리는) 아니 뭐… 낮잠 자는 거 한심해하잖아 너.

연수    (아무렇지 않게) 여행인데 뭐 어때. 하고 싶은 거 하는 거지.

최웅    (애꿎은 밥만 뒤적이며) 글쎄. 넌 여행 가서도 일정 빠듯하게 돌아다니는 거 좋아하지 않나?

연수    (멈칫, 다시 아무렇지 않게) 그때그때 달라. 누구랑 가냐에 따라도 다르고.

최웅    (멈추곤 연수를 보는) …여행 되게 많이 다녔나 보다?

연수   (최웅을 보며) 뭐… 적당히?

어쩐지 팽팽한 기운의 둘. 그런 둘을 흥미진진하게 보고 있는
솔이와 은호. 그때, 침묵을 깨는 핸드폰 진동 소리. 은호가 핸드
폰을 집어 든다.

은호   어? 형. 아부지한테 전화 왔는데? 아니. 전화가 아니라 영상 통
화인데? 아부지 이런 것도 할 줄 알아?

핸드폰을 가져가는 최웅.

최웅   이런 거 한 적 한 번도 없는데…?
은호   뭔 일 있는 거 아냐? 얼른 받아봐.

연수도 신경 쓰이는 듯 바라보자, 최웅 전화를 받는다. 그러자
화면 가득 보이는 최호의 얼굴. 해맑게 웃고 있다.

최호   (F) 어이. 웅이. 잘 도착했는가? 도착했으면 도착했다고 연락을
해야지.
최웅   아부지. 이런 건 누가 가르쳐줬대?
연옥   (F, 화면으로 끼어들며) 지웅이도 같이 잘 있지?
최웅   (그럴 줄 알았다는 듯, 화면을 지웅에게 돌려 보여주며) 명예 아들 저기
있네요.

지웅, 카메라 뒤에서 웃으며 손을 흔든다.

최호    (F) 저녁 먹고 있는겨? 연수는? 같이 먹고 있어?

그러자 연수가 불쑥 최웅의 옆으로 끼어든다. 연수가 옆으로 다
가오자 흠칫 놀라는 최웅. 연수, 아무렇지 않게 웃는다.

연수    저 여기 있어요. 두 분도 저녁 식사하셨어요?
연옥    (F) 아유. 우리도 먹었지~ 연수야. 거긴 어때? 많이 덥진 않아?
        밥은 잘 챙겨 먹고 있고?
연수    (웃으며) 네. 여기 좋아요~ 경치도 좋고, 공기도 좋고. 두 분도 가
        게 맡기고 한번 휴가 다녀오셔야죠.

살갑게 이야기하는 연수를 물끄러미 보는 최웅.
둘의 모습을 가만히 보는 지웅.

최호    (F) 그래. 담에 웅이한테 맡겨놓고 우리도 가야지. 아참참. 웅아.
        너 친구분 오셨어.
최웅    (의아한) 친구? (지웅과 은호를 스윽 돌아보는) 내 친구 여기 다 있는
        데…?

그때, 화면 가득 나타나는 엔제이.

엔제이  (F) 작가님. 섭섭한데?

엔제이의 등장에 놀라는 최웅과 연수. 연수, 당황해서 바라보다
옆으로 떨어진다.

최웅     엔제이 님? 거긴 어떻게…

최웅의 말에 숟가락을 밥에 꽂고 자세를 고쳐 앉는 은호.

은호     뭐? 엔제이 님???

솔이     (숟가락을 빼 은호 머리를 툭 치는) 이게 누구 제사 지내? 숟가락을
         꽂고 난리야?

얼떨떨한 최웅. 엔제이의 웃음소리가 들린다.

엔제이   (F) 저 때문에 도망간 건 아니죠 작가님?

최웅, 주변을 보곤 핸드폰을 들고 일어선다.

최웅     (지웅에게) 나 잠깐 통화 좀 하고 올게.

최웅이 자리를 뜨자, 은호가 쫓아가려는데 솔이에게 붙잡힌다.
그리고 아무렇지 않게 다시 밥을 먹는 연수. 분위기가 어수선해
진다. 채란, 어쩌냐는 듯 지웅을 보는데, 지웅, 말없이 연수만 보
고 있다.


## S#29.  인서트.

어두운 마을 전경. 간간이 가로등 불이 보이지만 그마저도 몇
개 없다. 집집마다 켜져있던 불들도 꺼져가고, 시골집 마당을
밝히던 조명도 꺼지자 칠흑같이 어두워진다. 간혹 들리는 개 짖

는 소리. 그리고 휘황찬란하게 밝은 달빛.


**S#30.** **시골집 안, 밤.**

화장실에서 수건으로 얼굴을 닦으며 마루로 나오는 연수. 큰방 안으로 들어가려는데 동시에 옆에 작은 방문을 여는 최웅. 어색하게 마주친 눈.

최웅, 연수를 보다 입을 열려는데 방 안으로 들어가는 연수.

마루에 혼자 서있는 최웅. 연수가 들어간 방 안을 가만히 바라본다.


**S#31.** **큰방 안, 이어서.**

연수, 방문을 닫고 후회하는 얼굴.


연수   (N) 왜 피한 거죠? 바보같이.


연수, 한숨을 쉬고 돌아보는데 이미 뻗어 누워 자고 있는 솔이.

나뒹굴고 있는 솔이를 가지런히 눕히는 연수, 시계를 본다.

9시 반이 좀 넘은 시간. 이부자리를 펼치곤 핸드폰을 꺼내 누군가에게 전화를 건다.


연수   (신호음이 가고, 웃으며) 응. 할머니. 잤어? 내가 깨웠구나? 에이. 자다 깬 목소린데?


어느새 부드럽게 웃으며 애교 있게 통화하는 연수.

## S#32.  작은 방 안, 밤.

편한 옷으로 갈아입고 이부자리를 펼치고 있는 최웅. 문을 열고 지웅이 들어온다. 지웅, 가만히 최웅을 바라본다.


최웅    (흘끗 보곤) 왜?

지웅    아니. 내일도 촬영 있으니까 일찍 자라고.

최웅    (시계를 보곤) 10시도 안 됐는데 자라는 건 나한텐 가혹행위야.

지웅    약은?

최웅    챙겨올 틈이 있었겠냐?

지웅    뭐… 따뜻한 우유라도 갖다 줄까?

최웅    (앉으며) 됐어. 너는 어디서 자냐?

지웅    촬영팀은 숙소 따로 잡았어. 내일 아침에 다시 올게.

최웅    그래.


하지만 계속 최웅을 보며 서있는 지웅.


최웅    (벽에 기대 누우며) 뭔데? 할 말 있으면 그냥 해. 밤새워 서있을 거
        아니면.

지웅    촬영 방향을 두 사람의 감정에 더 집중하는 쪽으로 잡았어.

최웅    그런데?

지웅    (가만히 보다) 촬영할수록 헷갈리네. 니가 국연수를 바라보는 시
        선이 지난 과거에 대한 불편함인지 아니면…

최웅    아니면…?


최웅, 천천히 지웅을 본다. 지웅, 말없이 본다.

| 최웅 | (지웅을 보며) 아까 채란 씨가 그러던데. 그 자리에 있으면 더 개입하면 안 된다고. |
|---|---|
| 지웅 | (가만히 보는) |
| 최웅 | 뭐가 궁금한데? |
| 지웅 | …더 개입하면 안 되는 건, |

최웅, 지웅, 서로를 가만히 본다.

| 지웅 | 카메라 뒤에 있을 때고. |
|---|---|
| 최웅 | (무슨 말이냐는 듯 보는) |
| 지웅 | (가만히 보다, 피식 웃으며) 궁금한 건 많은데… 다음에. 자라. |

지웅이 나가고, 혼자 남은 최웅.


## S#33.  큰방 안, 이어서.

시곗바늘이 빠르게 움직이고, 어느덧 11시가 넘은 시간. 하지만 계속 뜬 눈으로 뒤척이는 연수. 눈을 꼬옥 감아보지만, 효과가 없는지 다시 눈을 뜬다.

＊플래시컷1〉〉

EP07 S#26.

| 최웅 | 이제야 국연수가 돌아온 게 실감이 나네. |
|---|---|
| 연수 | 최웅. |

최웅    …지겹다. 정말.

＊다시 현재〉〉

멍하니 생각하는 연수.

＊플래시컷2〉〉S#12. 회상.

최웅    어차피 너도 비슷한 거 아냐? 이러는 거 지겨운 건.

연수    (가만히 보는)

최웅    싸우고 피하고 또 싸우고 숨어버리고. 그게 우리잖아. 그러다 여기까지 온 거니까… 뭐 어쩌겠어.

＊다시 현재〉〉

다시 돌아눕는 연수. 눈을 감고 천천히 호흡을 한다.

＊플래시컷3〉〉S#28. 회상.

엔제이    (F) 저 때문에 도망간 건 아니죠 작가님?

엔제이 웃음소리. 그리고 엔제이와 영상 통화를 하며 마당을 벗어나는 최웅.

＊다시 현재〉〉

한숨 쉬는 연수. 다시 눈을 뜨곤 멍하니 천장을 바라본다.

연수        (중얼거리는) … 이제 내가 무슨 상관이야. 신경 쓰지 말자.

          ✻ 플래시컷4〉〉 S#9.

지웅        기억에 남는 여행이 있나요?
최웅        글쎄요. 여행을 별로 좋아하지 않아서… 기억할 만한 건 없어요.

          연수, 최웅과 눈이 마주친다.

          ✻ 다시 현재〉〉

          벌떡 일어나 앉는 연수. 다리 사이에 얼굴을 파묻고 가만히 있는
          다. 한참을 가만히 있다 천천히 고개를 들어 옆방을 쳐다본다.

연수        (N) … 그건 좀 서운한데.


## S#34.  작은 방, 같은 시각.
          어두운 방 안. 작은 상이 펴져있고 작은 스탠드 불빛이 켜져있
          다. 그 앞에 앉아 조용히 그림을 그리고 있는 최웅. 낮에 그리던
          나무를 이어 그리고 있다. 사각사각 연필 소리만 들리는 방 안.

지웅        (E) 니가 국연수를 바라보는 시선이 지난 과거에 대한 불편함인
          지 아니면…

연필이 멈춘다.

최웅    (N) 지난 과거에 대한 불편함. 딱 그 정도가 맞아요.

멍하니 생각에 잠기는 최웅.

최웅    (N) 그런데 문제는 지난 과거 주제에,

\* 플래시컷〉〉S#8. 회상.

연수가 했던 말들이 선명하게 떠오른다.

연수    다음에는 더 길게, 더 멀리 가자.
연수    만약에 우리가 또 싸우면, 또 헤어지면, 너는 이렇게 다시 내 앞
       으로 오기만 해.
연수    …내가 너 사랑하는 거 같아.

\* 다시 현재〉〉

최웅    (N) 지나치게 선명하다는 거예요.

깊게 숨을 내쉬곤, 다시 연필을 쥔 손에 힘을 준다.

\* 분할 화면〉〉

계속해서 그림을 그리고 있는 최웅. 이리저리 뒤척이지 잠에 들

지 못하는 연수.


## S#35. **인서트.**

(E) 닭 울음소리. 이른 아침 동네 전경.


## S#36. **시골집 마당, 아침.**

장비를 세팅하고 있는 지웅, 채란, 태훈. 마루엔 잠이 덜 깬 은호
가 하품을 하며 앉아있고, 큰방에서 솔이가 나온다.


솔이    (부은 얼굴로) 누가 나 어제 마취총으로 쏜 거 아니지? 세상에 이
        렇게나 푹 잔 건 처음이야.

은호    누나 어제 밤새 놀자면서 밥 먹고 쓰러지는 건 너무한 거 아니
        에요? (솔이를 보며) 근데 누나 얼굴 무슨 일이에요? 역시 숲이라
        벌레가 많았던 거죠?

솔이    이 시간엔 이렇게 생겼어. (하품하는)

채란    잘 잤어요 다들? 다른 분들은…

솔이    (목을 긁으며) 오늘 찍을 거 많은 거 아니면 연수 좀 더 재웠으면
        하는데… 쟤 늦잠 자는 거 진짜 오랜만일 거예요.

은호    웅이 형도. 형 어제 또 그림 그리다 늦게 잤나 봐. 여기까지 와
        서 왜 또 그림을 그리고 그래… 마음 아프게.


은호 옆에 나란히 앉는 솔이. 채란, 어쩌냐는 듯 지웅을 본다.


지웅    (생각하다) 그래. 천천히 찍지 뭐. 진짜 둘한테는 휴가니까. 채란

이는 나랑 촬영 장소 보러 가고···

세팅을 다시 철수하려는 지웅.

| | |
|---|---|
| 솔이 | 그치만 분량 걱정은 하지 말라구. 우리가 있잖아. |
| 은호 | 맞아요. 우리가 희생할게요. |

둘 다 머리는 까치집을 하고 멀뚱멀뚱 촬영팀을 바라본다.

솔이    우리 인터뷰 또 안 필요해?


## S#37.  **시골집, 오전.**

큰방 문이 열리면서 나오는 연수. 고요한 집. 연수, 주변을 둘러본다. 새소리만 들린다.

연수    언니?

아무 대답이 없고, 조용하다.

연수    뭐야··· 아무도 없어?

시계를 보는 연수. 오전 11시가 가까워지고 있다. 긁적이며 마루와 부엌을 둘러보는데 아무도 보이지 않는다. 그리고 작은 방 앞에 멈춰 서는 연수. 잠깐 머뭇거리다,

연수    (목을 가다듬는) 흠흠. 안에 있어?

아무 소리도 들리지 않자, 천천히 문을 여는 연수.


## S#38.  작은 방, 이어서.

방문이 열리자, 한쪽 구석에 웅크리고 잠든 최웅의 모습이 보인
다. 멈칫하고 다시 문을 닫으려는 연수. 그런데, 작은 상 위에 흩
어진 그림과 연필이 눈에 들어온다. 연수, 망설이다 조용히 방
으로 들어간다. 그림을 집어 드는 연수. 나무들이 그려진 그림
들. 그리고 스케치한 그림들이 꽤나 흩어져있는 걸 보곤 다시
최웅을 돌아본다.

연수    (N) 또 잠을 제대로 못 잔 걸까요.

연수, 그림을 내려놓고, 조용히 최웅의 곁으로 다가간다. 최웅의
옆에 쭈그리고 앉는 연수. 걱정스러운 얼굴로 최웅을 쳐다본다.
그때, 잠결에 미간을 찌푸리는 최웅. 그 모습을 보던 연수. 미간
으로 손을 뻗어 살짝 누르자 주름이 펴진다. 그러곤 다시 손을
거두는데, 옆에 놓여있던 최웅의 손이 잠결에 스르륵 연수의 손
가락을 붙잡는다. 놀라는 연수. 하지만 최웅은 가만히 잡고 있
을 뿐 눈을 뜨지 않는다. 연수, 혹시나 깰까 숨을 죽이며 그대로
손가락을 붙잡혀있는다. 그러곤 다시 천천히 손가락을 빼는데,
빠져나가는 손을 최웅 손이 다시 붙잡으려는데 엇갈린다. 연수,
잠깐 가만히 바라보다 조용히 일어나 나가며 방문을 닫는다. 그
리고 잠시 후 천천히 눈을 뜨는 최웅. 멍한 눈빛.

**S#39.  인서트.**

마을 전경, 시골 풍경, 작은 숲. 맑은 날씨의 경치들.


**S#40.  작은 산, 늦은 오후.**

멍한 표정으로 서있는 연수.


＊ 플래시컷〉〉 S#38.


손이 엇갈려 스쳐 지나가는 모습.


＊ 다시 현재〉〉


연수     (멍하니 중얼거리는) 깼었나…?

채란     연수 씨… 연수 씨?

연수     (정신 차리는) 네?


옆에서 카메라를 들고 있는 채란.


채란     무슨 생각 하시길래 못 들으세요?

연수     아… 아니. 아니에요. 뭐라고 하셨죠?

채란     나머지 인터뷰는 내려가면서 찍을게요. 마을 주민께서 알려주
           신 곳이 있는데 노을이 질 때 거기가 정말 예쁘대요.

연수     아 네… 좋아요.

## S#41.  시골길, 늦은 오후.

아이스크림 쭈쭈바를 입에 물고 그림 종이들을 펄럭이며 걷고
있는 최웅. 지웅이 팔로우하고 있다.


지웅      (카메라를 내리며) 잠깐 배터리 좀 갈고 갈게.


멈춰 서는 최웅. 그때, 불쑥 배터리를 내밀며 등장하는 태훈.


지웅      뭐야 너. 채란이한테 안 붙었어?
태훈      채란 선배님이 선배님께 붙으라고 하셨는데…
지웅      (어이없는) 누구 말을 우선으로 들어야 할까?
태훈      (배터리를 들어 보이며 웃는) 그치만 다행히 적절한 타이밍인 것 같
         습니다!


지웅, 못마땅한 듯 보곤 배터리를 받는다.


지웅      (중얼거리는) 정채란 은근히 나한테 떠민단 말야…


그때, 어제 그 아주머니가 또 한 번 지나가다 지웅을 본다.


아주머니    어제 그 총각이네?
지웅      아. 안녕하세요. 또 뵙네요.
아주머니    (최웅과 태훈을 보곤) 사람이 여럿이 왔나 보네?
지웅      네. (웃는) 어디 가세요?
아주머니    집 들어가지. 참 어제 거긴 가봤어? 여자친구랑?

여자친구라는 말에 돌아보는 최웅.

지웅     아… 지금 거기로 가고 있을 거예요.
아주머니  에이. 오늘은 안되지. 좀 이따 비 와.

그 말에 하늘을 보는데 쨍쨍하다.

태훈     그러기엔 너무 쨍쨍한데요?
아주머니  거 참. 딱 봐도 비 올 하늘이지. 얼른 집에 들어가. 나돌아다니다
        쫄딱 젖지 말고. 어제 가서 봤어야지. 거기가 참 예쁜데.

그러곤 홀연히 사라지는 아주머니.
하늘을 다시 한번 보곤 대수롭지 않게 다시 배터리를 가는 지웅.


## S#42. 작은 산, 늦은 오후.

해가 지고 있고, 숲에서 내려오고 있는 연수와 채란.
작은 정자가 눈에 띄자 그쪽으로 이동한다.

채란     마지막 컷은 여기서 찍을게요. 이번 여행에 대한 소감을 말해주
        시면 돼요.
연수     네. 알겠어요.

정자에 앉는 연수. 채란, 옆에 삼각대를 설치하고 카메라를 바
라보다 미간을 찌푸린다.

| 채란 | 아… 배터리가 부족한데요? 하다가 끊기겠어요. 챙겨왔어야 했는데. |
|---|---|
| 연수 | (갸우뚱하는) 이거 데자뷰인가. 나 이런 적 있었던 거 같은데… |
| 채란 | 어쩔 수 없죠. 내려가서 마을에서 찍죠. |
| 연수 | (생각하다) 아뇨. 그냥 여기서 찍어요. 여기가 그림이 이쁘다면서요. |
| 채란 | 그렇긴 하죠. |
| 연수 | 전 여기서 기다리고 있을게요. 다녀오세요. |
| 채란 | 그래도 괜찮겠어요? |
| 연수 | 그럼요. 혼자 좀 쉬고 싶기도 했고. |
| 채란 | 알겠어요. 그럼 차에 가서 배터리랑 조명도 좀 챙겨서 올게요. 잠깐만 기다려요. |

채란이 내려가고, 연수 혼자 남는다. 한숨을 내쉬곤 정자에 드러눕는 연수. 가만히 천장을 바라보며 새소리를 듣다 천천히 눈을 감는다.

| 연수 | (N) 요즘 부쩍 최웅 피하는 시간에 많은 시간을 쓰는 것 같단 말이죠. |
|---|---|

## S#43. 시골집, 늦은 오후.

평상에 드러누워 있는 솔이와 은호. 고요하고, 평화롭다.

| 은호 | 누나. 저 궁금한 게 있는데요. |
|---|---|
| 솔이 | 어. 말해. |

| 은호 | 우리 저녁 뭐 먹을 거예요? |
| 솔이 | 너는 참 쓸데없는 거만 궁금해하는구나. |
| 은호 | 꽤나 중요한 문제인걸요. |
| 솔이 | 그럼 불부터 피울래? 빨리 먹으려면… |
| 은호 | 앗 차가워. 뭐야. 누나 침 튀었어요. 저리 가요. |
| 솔이 | 싹바가지 없는 말만 골라 하는 재주가 있어 아주. 내 침이 튀면 내가 맞지 니가 맞겠냐? 앗 차가워. 뭐야. 나도 맞았는데? |
| 은호 | (몸을 일으키며 손을 뻗는) 어? 비 오는 건가? |

황급히 일어나는 솔이와 은호. 처마 밑으로 도망간다. 비가 한 두 방울 떨어지더니 금세 쏟아지기 시작한다.

| 솔이 | (놀라는) 이렇게 갑자기? |

## S#44.   작은 숲 정자, 늦은 오후.

비가 쏟아지고 있는 작은 숲. 빗소리가 나무에 부딪혀 더 커지는 듯하다. 눈을 감고 있던 연수. 천천히 눈을 뜨곤 상황 파악을 한다.

| 연수 | 뭐야… 비 오는 거야? |

천천히 일어나 앉는 연수. 앞을 바라보는데 비가 꽤나 쏟아지고 있다. 손을 뻗어보는 연수.

| 연수 | 비 온다는 말 없었는데… |

가만히 내리는 비를 보는 연수. 뻗은 손바닥에 빗방울이 고이고, 그 모습을 가만히 본다.

연수    (뭔가 생각하더니 피식 웃는다) …진짜 데자뷰 제대로네.

연수, 무릎을 끌어안고 앉아 내리는 비를 한참을 바라본다.

연수    시원하게도 내린다. (멍하니 보다) …쓸데없는 생각이나 다 쓸어 내려가라.

그때, 멀리 흐릿하게 보이는 사람 형체. 흘끗 보는 연수. 멀리 흐릿하게 다가오는 우산을 쓴 사람. 갸우뚱하며 자세히 바라보는 연수. 우산을 든 남자가 점점 더 선명해진다. 점점 빠르게 다가오는 남자. 연수, 멍하니 바라보다 천천히 일어선다. 남자, 연수와 조금 떨어진 앞에 멈춰 선다. 마주 보고 선 두 사람.

연수    (멍하니 보다) …진짜 최웅이네.

최웅, 우산을 든 채, 떨어져 서서 연수를 가만히 바라보고 있다. 빗줄기는 점점 굵어지고, 가만히 서로를 보는 둘. 최웅, 더 다가오지도 않고 그렇게 서있다.

연수    (가만히 보다) 거기 서서 뭐 해?
최웅    생각.
연수    무슨 생각.
최웅    …왜 난 또다시 국연수 앞일까 하는 생각.

연수, 흔들리는 눈으로 최웅을 바라본다. 점점 더 깊어지는 최
웅의 눈빛.

최웅    (N) 이걸 뭐라고 할 수 있을까요.
최웅    저주에 걸린 거지.
연수    (가만히 보는)
최웅    니가 그때 그런 말을 하지 말았어야 해.
연수    …또 나야? 내 잘못이야?
최웅    응. 또 너야. 지긋지긋하게도 또 너야.
연수    하.

연수, 감정을 억누르고 한숨을 내쉰다.

연수    그럼 지나가. 앞에 서있지 말고.
최웅    (가만히 본다)
최웅    (N) 정말 저주에라도 걸렸다거나,

빗소리만 들린다. 피하지 않고 서로를 보는 두 사람. 뜨겁게 얽
히는 두 사람의 눈빛. 최웅이 말이 없자, 연수, 다시 입을 뗀다.

연수    …싫으면 내가 지나가고.

연수, 정자에서 나와 빗속으로 뛰어든다. 최웅을 그대로 지나치
려는데 연수의 앞을 막아서는 최웅. 약간은 화가 난 듯한 얼굴로
연수를 내려다본다. 연수, 지지 않고 눈빛을 받아친다. 그러자
천천히 팔을 뻗어 우산을 연수에게 씌우는 최웅. 눈빛은 여전히

연수의 눈에 고정되어 있다. 연수, 가만히 최웅을 바라본다.

최웅    (N) 아니면 이 말도 안 되는 여행에 홀렸다거나,

연수    지나갈까 여기 있을까.


말이 없는 최웅. 연수, 다시 입을 뗀다.


연수    …지나갈까 여기 있을까.


최웅, 또다시 말없이 쏟아지는 비만 맞고 있자 연수, 우산을 잡
으려 손을 뻗는다.


최웅    (N) 그것도 아니면,


그때, 우산 손잡이에 연수의 손이 닿기 직전 스르륵 우산이 떨
어진다. 그대로 연수의 빈손을 잡아채는 최웅의 손. 최웅, 꼭 잡
은 손을 당겨 온다. 그러곤 연수를 끌어안으며 입을 맞춘다.


최웅    (N) 처음 국연수를 다시 만났던 순간부터,


＊플래시컷〉〉


1. 정자, 오후.


EP04 S#에필로그-2 이어서.
비 내리는 정자 아래에서 입을 맞추는 최웅과 연수.

2. 휘영동 골목, 밤.

EP03 S#10. 이어서.
벚꽃이 아직 붙어있는 연수의 손을 잡아채 끌어당겨 입을 맞추는 최웅.

3. 시외버스 안, 밤.

EP08 S#8. 이어서.
버스 안. 한 손은 연수의 손을 꼭 잡고, 한 손은 연수의 볼을 감싸고 입을 맞추는 최웅.

＊다시 현재〉〉

쏟아지는 비에 온몸이 흠뻑 젖어도 망설임도 불안함도 없이 입을 맞추고 있는 두 사람.

최웅        (N) …이렇게 될 걸 알고 있었다거나.

END.

| | |
|---|---|
| **S#** | **에필로그** |

연수, 최웅을 가만히 바라보다,


| 연수 | 안 헤어져 우리. |
|---|---|
| 최웅 | (천천히 연수를 돌아보는) |
| 연수 | 만약에 우리가 또 싸우면, 또 헤어지면, |
| 최웅 | (가만히 보는) |
| 연수 | 너는 이렇게 다시 내 앞으로 오기만 해. |
| 최웅 | 그러면? |
| 연수 | 그러면… |

연수, 최웅의 귓가에 속삭인다.


| 연수 | 그땐 내가 널 붙잡고 절대 안 놓을게. |
|---|---|

최웅, 그제야 피식 웃는다. 사랑스럽게 웃는 연수.

# Our Beloved Summer

**기획**  스튜디오S

**제작**  스튜디오N, 슈퍼문픽쳐스

**연출**  김윤진, 이 단

**극본**  이나은

**출연**  최우식, 김다미, 김성철, 노정의,
박진주, 조복래, 안동구, 전혜원,
박원상, 서정연, 차미경, 허준석,
이승우, 박연우, 박미현, 이선희,
윤상정, 박도욱, 정강희, 차승엽,
안수빈

**아역**  송하현, 김지훈


**책임프로듀서**  홍성창

**제작**  권미경, 신인수

**프로듀서**  이재우

**기획프로듀서**  한혜원

**제작총괄**  김 민, 장서우

**제작PD**  이희원, 김현지

**라인PD**  최슬기, 고은미, 박초아

**마케팅프로듀서**  차세리

**제작관리**  최재희

**야외조연출**  전영원, 이경구

**내부조연출**  정 훈

**FD A**  최재환, 솜야, 정연진, 김은주

**조연출 B**  박지영

**FD B**  한대건, 우지원, 정미러

**스크립터**  김채은, 팽보영

**섭외**  [다온로케이션]

**촬영감독 A**  [2thumb boys] 앵 두, 염호왕

**촬영감독 B**  [TEAMWORKS] 박기현,
정현우

**포커스 A**  구자훈, 이수광

**포커스 B**  이상정, 남재현

**촬영팀 A**  A캠 김태웅, 최지민, 박민지
B캠 한용구, 신정수, 박명은

**촬영팀 B**  A캠 김대희, 이영현, 김하은
B캠 염태석, 김규호, 정소영

**조명감독 A**  [현실조명] 이상준

**조명감독 B**  김남원

**조명팀 A**  장수원, 신유승, 한동균, 장준태,

장서윤, 윤동건

**조명팀 B** 한성희, 정인조, 최준찬, 윤하은,
박경덕

**발전차 A** 김관혁

**발전차 B** [평택] 이시형

**조명장비** [현실조명]

**동시녹음 A** [㈜사운드디자인] 강명구

**동시녹음 B** [사운드박스] 허준영

**동시녹음팀 A** 나겸재, 이정률

**동시녹음팀 B** 박경수, 김주현

**KEY GRIP A** [wave grip] 강석민

**KEY GRIP B** [로앵글] 이상석

**그립팀 A** 강민준, 김은호, 김건우, 유건이

**그립팀 B** 정현민, 남상우

**캐스팅** [배우마당] 임나윤, 임류미, 최지영

**아역캐스팅** [배우마당] 엄이슬, 이나연

**보조출연** [트리엔터테인먼트] 송현민,
윤우영, 나윤진, 최재성

**무술감독** [Best stunt] 강풍, 임승묵

**무술대역** 정경철

**특수효과** [HM.crew] 구형만, 이재명,
구도형

**미술총괄** [해와달미술촌]

**미술감독** 조원우

**미술팀** 김한결, 함지윤, 최혜진

**세트총괄** [남아미술센터] 송석기

**세트제작** 김병열

**세트제작지원** [공간을채우다] 이새롬

**세트작화** [아트라미] 박희승

**소품** [STUFF] 오진석

**소품실장** 김수미

**소품팀장** 박제희, 황혜준

**소품팀원** 최호근, 서지안

**의상** [가온 미디어 패션]

**의상디자이너** 이수진, 박정진

**의상팀장** 김미란이

**의상팀** 김가인

**의상지원 차량** 정동권

**분장** [레나타]

**분장실장** 장경은

**분장팀** 장은정, 신해진, 박지은

**버스/봉고배차** [광휘]

**스탭버스** 박윤호, 김문재

**연출봉고** 임광영, 허운순

**카메라봉고 A** 임외빈

**카메라봉고 B** [한섬미디어] 강택균

**카메라탑차** [한섬미디어] 천관욱, 이오진

**방역/보양** [샛별에이전시]

**WEB DESIGN** 김해란

**편집** 김나영

**서브편집** 박은미, 김윤화

**편집보조** 장연주, 김수엽

**DI/종합편집/DIT** [DH Media Works
Lab]

**DI** 이동환

**종합편집** 이동환, 이한슬

**데이터 슈퍼바이저** 김재겸, 박주현

**데이터매니저** 하란희, 조은성

**SBS 종합편집** 신준호

**음악감독** 남혜승

음악스텝 박상희, 이소영, 박진호, 김경희,
　　　　　전정훈, 고은정, 조미라

음악효과 서성원

OST제작 [(주)모스트콘텐츠]

사운드믹싱 이동환

사운드디자인 유석원

VFX [디포커스스튜디오]

타이틀/예고/하이라이트 [PEAK] 박상권,
　　　　　　　　　　　우정연, 이학진,
　　　　　　　　　　　우선호

그림협조 [Jae Huh & Co.]
　　　　　Thibaud Hérem

그림대역 김승배

자막 김현민, 오유니

마케팅총괄 [제이와이미디어]
　　　　　정승욱, 김동욱
　　　　　[미디어그룹테이크투] 임정민

홍보 대행사 [피알제이] 박진희, 이미송

타이틀캘리그라피 전은선

포스터사진 이승희

포스터디자인 [프로파간다] 최지웅,
　　　　　　박동우, 이동형

스틸 [가라지랩] 고남희, 강수빈, 이유림

메이킹 [가라지랩] 신수혜, 이경원

특수소품차/렉카 [주식회사 인아트웍]

대본인쇄 [SH미디어]

Studio S

IP부가사업 김성준, 김준경, 홍민희

메이킹/홍보영상총괄 유지영, 이정하

메이킹 제작 이혜린

홍보영상 제작 안정아

SBS

SBS홍보 손영균, 이두리, 정다솔

SBS홍보사진 김연식

SNS/홍보영상 박민경, 박조아, 권순민

SBS I&M

웹기획 강유진

웹운영 원희선

웹디자인 김비치

웹콘텐츠 권서영